有爱的青春陪伴者

昨日晴书

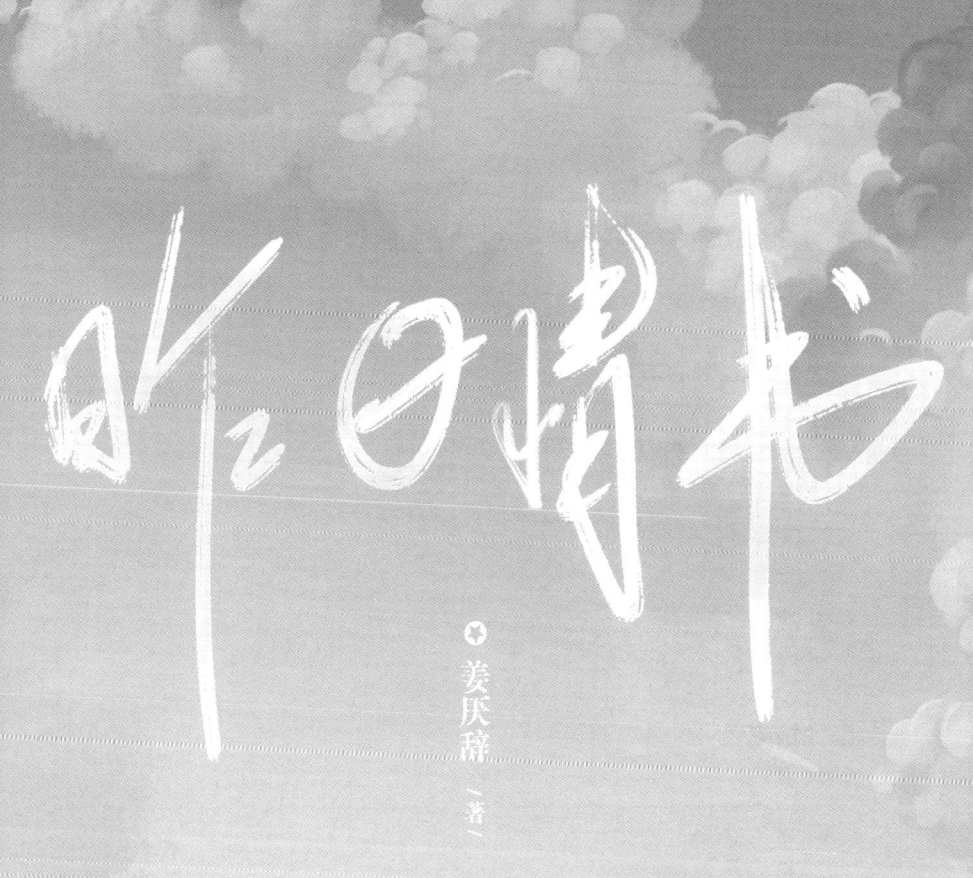

姜厌璃 著

江苏凤凰文艺出版社
JIANGSU PHOENIX LITERATURE AND ART PUBLISHING

图书在版编目（CIP）数据

昨日情书 / 姜厌辞著. -- 南京：江苏凤凰文艺出版社，2023.10
 ISBN 978-7-5594-7696-8

Ⅰ.①昨… Ⅱ.①姜… Ⅲ.①长篇小说 – 中国 – 当代 Ⅳ.①I247.5

中国国家版本馆CIP数据核字(2023)第075245号

昨日情书

姜厌辞 著

责任编辑	王昕宁
特约编辑	雪 人　听 听
出版发行	江苏凤凰文艺出版社
	南京市中央路165号，邮编：210009
网　　址	http://www.jswenyi.com
印　　刷	长沙鸿发印务实业有限公司
开　　本	880mm×1230mm　1/32
印　　张	11.5
字　　数	437千字
版　　次	2023年10月第1版
印　　次	2023年10月第1次印刷
书　　号	ISBN 978-7-5594-7696-8
定　　价	42.80元

江苏凤凰文艺版图书凡印刷、装订错误，可向出版社调换，联系电话025-83280257

目录 /contents

第一章·
"肆" /001

第二章·
飓风 /020

第三章·
我与你 /039

第四章·
无关痛痒 /056

第五章·
银河的馈赠 /074

第六章·
毫无招架之力 /097

第七章·
不问缘由的信任 /120

第八章·
新年烟花和冰激凌 /150

第九章·
她一个人的兵荒马乱 /166

第十章·
那月亮还是离我好远 /183

第十一章·
忘了是第几次想起 /200

第十二章·
窥见了一丝光亮 /218

第十三章·
两败俱伤的戏 /235

第十四章·
最大的遗憾 /249

第十五章·
只喜欢你 /270

第十六章·
他和她 /283

第十七章·
我们 /304

第十八章·
"月" /326

番外一·
求婚 /340

番外二·
唯一 /348

番外三·
我爱你 /355

目录 /contents

第一章
"肆"

1

到达明港镇时，已经是下午五点了。

房子是乔司月的爷爷留下来的落地式平层楼房，带一个院子。院子不大不小，种了不少绿植，还搭了一个棚子。棚上藤蔓交缠，星星点点的红色灯笼花垂落。

屋里家具很少，土厅摆了张双人沙发，沙发有些老旧，有的地方还露出了里面黄色的海绵。主厅铺着浅色的地砖，左侧墙角堆着折叠木桌和几张蓝色塑料凳。

乔司月刚把书包放到沙发上，厨房里就传出奶奶方惠珍的声音："谁去小卖部买瓶康乐醋回来？"

妈妈苏蓉停下手头的动作，抬眼看向乔司月："硬币在我手提包侧边口袋里，自己找。"她稍顿，望了眼厨房，压低音量，"算了，去我皮夹里抽张二十块的。"

乔司月找到皮夹，声音略带迟疑："还需要买什么吗？"

苏蓉："家里没喝的，今天天气热，买些冰饮回来。"

乔司月刚跨出门槛，身后又传来一声："别忘了给你弟带。"

乔司月轻轻"哦"了声，也不管苏蓉有没有听见，头也不回地往前走。

上一次来明港镇还是两年前，这两年街巷布局没有大变，道路还是那般窄，电瓶车杂乱无章地停在两侧,电线杆上贴满各类小广告。

乔司月绕了一圈,还是没找到方惠珍说的地方,一不留神拐出巷口,潮湿咸腥的海风迎面扑来,沿着坡道一路往上,终于在路的尽头看见一家小卖部。

小卖部里有些昏暗,开着风扇,头顶一盏白炽吊灯在风中摇晃,光亮惨淡。

屋内躺椅平放着,上面躺着一个人,裤腿缩上去一截,黑色板鞋上的脚踝细瘦伶仃。

乔司月收回目光,从冰柜里拿了两罐芬达和两罐青岛啤酒,苏蓉不爱喝这些,就没给她拿。

乔司月看了圈货架,也没找到康乐醋,便绕回柜台,将汽水与啤酒放到上面。

易拉罐与玻璃台面碰撞,发出不轻不重的动静,躺椅上的人依旧没醒。

凑近　看——

纯黑棒球帽罩在男生的脸上,看不到五官,只能看到他皮肤很白,下颌线条自然流畅。

一侧的小方几上堆着一摞书,最上面那本封面上明晃晃写着四个字《午后曳航》。

男生翻了个身,棒球帽顺势滑落在地,正脸朝向乔司月。

光线实在算不上好,乔司月勉强辨清他的模样,猛地一怔。

躺椅上的人终于发现有顾客了,有了动静。

躺椅"吱呀吱呀"的声音将乔司月的思绪拉回来,她看见男生直起腰,两腿叉开,修长手指插进头发胡乱抓了把,目光斜斜地朝她看来,定格一秒后自然垂落。

"需要什么?"

慵懒散漫的嗓音,又带着几分初醒的哑涩。

话落的同时,他站了起来,身形颀长瘦削,肩线平直,说是行走的衣架也不夸张。

他应该有一米八了吧?

乔司月需要仰头才能同他对视。

顾客长时间不说话,林屿肆抬起原本低垂的视线。

女生扎了个高马尾,清瘦的耳郭旁垂下一绺泛黄的碎发,瞳色和发色一样淡,颈侧皮肤白到晃眼,渗出些薄汗。

她安安静静的,穿着一身白,看上去像幅寡淡的山水画,可不知怎的,林屿肆想起糖浆做成的脆玻璃。

"需要什么?"他重新问了遍,是没什么起伏的语调。

乔司月:"康乐醋有吗?"

感觉自己的声音听上去有些哑,她低低地咳了几声。

林屿肆忍不住瞥她一眼:"没,袋装陈醋行吗?"

乔司月轻轻"嗯"了一声。

林屿肆绕过她,去货架拿了一包陈醋,计算好总价:"一共七元。"

乔司月递过去一张二十元纸币。

林屿肆没找到硬币,估计是下午被人换去打街机了。

他低头的时候,乔司月忍不住又往他身上看去。他头发很浓密,这会儿不再杂乱,看上去很柔软,带点卷曲的弧度。

莫名想替他捋平。

她手指贴在裤缝边,微微动了几下,忽然听见他说:"没硬币了,找不开,你先把钱拿回去,下次再给。"

"我不喜欢欠别人的。"她想也没想就说。

这话一说出口,乔司月就后悔了,她不喜欢欠别人的,那他就喜欢吗?

林屿肆盯着她,不到两秒就收回了视线。他摸出一支笔,又从账本上撕下一页纸,飞快落下一个字:肆。

笔锋遒劲。

林屿肆摁住纸片边角,往前一推:"下次来把这个带上。"

他没把话说全,但乔司月听懂了他的意思,她将纸叠成四方状,放进口袋。

没走出几步,一辆货车在门前停下,从车上下来一个中年男人。

"阿肆,又来给你阿婆看店啊?她人呢?"

男人的方言,粗声粗气的。

乔司月没听懂,脚步不受控地慢下来,专注地等着另一个人的回应。

半晌,她听见林屿肆说:"跳广场舞去了。"

他语速慢悠悠的,却不显得怠慢无理,含着几分笑意。

他明明刚被人吵醒,却一点起床气都没有,乔司月忍不住在心里将他归到好脾气那一类。

中年男人又说:"今天的货……阿肆你清点一下……这是账单。"

身后的交谈声戛然而止,没多久,货车启动的声音响起。不一会儿,货车拐了个弯,消失在视野里。

几乎是同一时刻,一道黑影从乔司月身侧掠过。她慢半拍地侧过脑袋,恰好对上林屿肆飞跃而来的身影。电光石火间,他抬腿用力往前一踹,空气里骤然响起重物倒地的声响,然后才是男生的三连质问:

"十块钱也抢,这辈子没见过钱?"

"刚才不是挺威风,怎么这会儿摔成蛤蟆了?"

"天都没暗,就开始干偷鸡摸狗的勾当了,赶业绩也没必要这么拼。"

——语气与之前大相径庭,是急转直下的疏冷。

他面色也不好看,像浮着层薄冰。

林屿肆上前按住倒地的小混混，弯腰把散在地上的钱捡回来。起身的时候，察觉到身侧正有人盯着自己看，他侧过头，手上的力气不自觉松了些。

小混混见机起身，逃跑时动作幅度太大，无辜的乔司月被撞了下，猛地朝前倒去。

林屿肆眼疾手快地揪住她的衣领，以老鹰抓小鸡的姿势使劲往上一提。

巨大的拉力下，乔司月整个人往后仰，"啪嗒"一声，塑料袋掉落在地，易拉罐沿着斜坡一路滚下。

她趔趄几步，扶住身侧的树干，勉强站稳。

两个人的距离却因此拉近，他身上的气味迎面扑来，是类似于柠檬的味道，清冽又酸涩，好似能让人郁气疏解。

有那么一瞬间，乔司月觉得明港这要命的鱼腥味，也没有想象中那么让她难以接受了。

林屿肆盯住她的发旋："站稳我就松开了。"声音清冷寡淡。

乔司月低下头，看到他的T恤被风吹得一鼓一鼓的，地上的虚影也跟着晃动。

她缓缓点了点头，然后说："谢谢。"

林屿肆松开手，目光在她皱巴巴的衣领上停顿一刻，提醒道："你的领子歪了。"

乔司月稍愣后将衣襟往前一拢，顺便拨了拨颈侧的碎发。她转身抬眼，发现他的目光正凝在自己身上。

被他这么盯着，乔司月浑身不自在，脸上有些发热，她不自觉地摸了摸耳垂。

她又说："谢谢。"

他应了声："小事。"

轻描淡写的语气，让乔司月僵了一瞬，感觉手脚都不是自己的。

她转过身，还没走出几步，左脚踩住右脚不知道什么时候散掉的鞋带，生生把自己绊倒。

预料中的痛感并没有出现，她左脸颊罩上一只宽大的手掌，隔开了凹凸不平的树干。

濡湿温热的触感，痒到心尖。

乔司月目光垂落，发现他的另一只手正攥着自己的小臂。

条件反射般的，她猛地甩开林屿肆的手。

看见林屿肆脸上刹那的惊讶后，后知后觉的懊恼一股脑涌上心头，乔司月站直身子，脊背僵硬，对着他清瘦的脸片刻后，假装若无其事地说："谢谢。"

还是那两个字，今晚说的第三遍。

但除了"谢谢",又好像没有别的话可以说。

林屿肆瞥了她一眼,像是完全没将刚才那幕放在心上,继续用漫不经心的腔调回道:"应该的。"

应该什么?

乔司月花了足足五秒钟,才剥离出这简简单单的三个字里潜藏的含义:顺手而已。

等她回过神时,留给她的只有一道背影。

他走路的姿势有些散漫,像被风吹歪的青竹,高瘦却富有韧性。

乔司月安静地看了几秒,转回身,脚步越来越快,到最后直接变成小跑。

小卖部门前新砌了水槽,林屿肆走过去,弯腰将脑袋探到水龙头底下,狠狠冲了一把。

风吹来,丝丝凉意缓解脑袋的胀痛感,他腾出右手关了水龙头,仰面时水珠顺着脸颊滑落,有几滴从刘海跌进眼里,有些难受。

他拽起衣摆胡乱往脸上抹,才注意到身上这件薄T恤被喷溅出的水花浸湿,手背也多出一道伤口,估计是刚才被树皮划的。

他进门的那一刻,放在玻璃柜台上的手机响起,是外婆叶晟兰打来的。

林屿肆单手执机,抬起另一只手攥住后颈衣领往上一捋,露出匀称紧实的肌肉线条。

"呼呼"的风扇声里,他听见自己外婆在电话那头啐了口:"李家那自称豆腐西施的女人你还有印象没?就在刚才,这女人带她儿子撒泼来了,还说什么再有下次,就把我们的音箱砸了。她以为自己是谁,敢情这广场是她家豆腐摊吗?我们跳跳舞打发时间碍着她什么事了?我活了一把年纪,头一次见到这么泼辣不讲理的女人,真是开眼了。"

林屿肆不甚在意地哼笑一声,一边撕开创可贴粘在伤口处,一边充当和事佬:"人家儿子马上要小升初了,你们成天在广场上'舞动青春',也不能怪她急眼。我记得没错的话,那孩子刚在地方台秀了把号称'爱因斯坦继承人'的小脑袋瓜,这还不得被他妈妈当成重点保护对象?"

叶晟兰没过脑就说:"就她有个天才儿子?我还有个奇才外孙呢!你妈妈去世得早,这些年你那混账爹除了给零花钱,也没怎么管过你,你还不是照样过得好好的?"

两头同时静默。

叶晟兰重重"哼"了声,转移话题:"出息了啊,翅膀还没长硬,胳膊肘就开始往外拐了。"

林屿肆顺着台阶下:"我也是为你着想,现在给自己留条后路,放低姿态握手言和,没准等她老了你们还能一起跳广场舞。"

这事说到底还是叶晟兰理亏，加上她耳根子软，根本架不住这种带着调侃性质的劝解，只不过她态度刚软化几分，遥遥看见几位身穿制服的民警朝自己这边走来。

"哟，还真把警察给请来了。"叶晟兰中气十足的声音跟钢炮一样"轰隆隆"响着，"肆儿，快来外婆这儿，让这个没见过世面的乡巴佬见识一下什么叫绝顶聪明的帅哥，比她那大头儿子强多了。"

"行，兰儿你等着。"林屿肆一边爽快应下，一边翻箱倒柜找到一件被压得皱巴巴的白T恤，用力甩几下，套上。

他转身准备离开的时候，手肘带过桌几上成堆的书册，最上面那本书掉落在地。

书里飞出一张纸，是叶晟兰的字迹。

上面是一段摘抄：

> 我已经意识到：自己对这个女人的整个肉体负有责任。因为归自己支配的那个物体，正在温柔且无法抑制地撒娇。

林屿肆忽然反应过来，女生在盯着这本书时，那种奇怪又带着一丝理解的眼神究竟因何而起

不过他没放在心上，别人怎么看他，都与他无关。

也就是前后脚的工夫，陆钊的消息进来。

陆钊：张巡骂你一个开小卖部的成天招摇什么，还到处造谣你戴的那块表是假的。我看他才招摇，不知道从哪儿倒腾来一串金链子，真给他脸了。

陆钊：赶紧穿上你那大几千的小皮衣来龙阙网吧，在他面前炫一把，顺便给我撑撑场面。

没到半分钟，他又发来一条：你人呢？关键时刻又装不在是吧？

林屿肆：先不提我装没装，你爸要是知道你学古惑仔跟人挑事，你离完蛋就不远了。

陆钊：明明是他先找碴，怎么成我挑事？一句话，你来不来？

林屿肆：没空。

陆钊：都这个点了，你外婆那小卖部还能有什么生意？

林屿肆没说自己几分钟前刚结束一单交易，在屏幕里敲下六个字：别吵，我真有事。

陆钊：什么事这么重要？连你的帅哥兄弟都不管了。

林屿肆一把拉下卷帘门，上好锁后言简意赅地回复：炫帅。

他把钥匙放回口袋，手机振动几下，陆钊的消息一条接一条地蹦了出来。

他正打算回复，这时一个黑色塑料袋从眼前飞过，恰好挂在树杈上，里

头灌了风,"簌簌"作响。

四个易拉罐胡乱横在花坛边,粘了些土。

林屿肆微微挑眉,从兜里摸出钥匙,"咔"的一声,卷帘门被推了上去。

2

乔司月在路标旁停下,撑着双膝咳了几声,才意识到自己落下了饮料,她犹豫片刻,最终还是没回头。快到岔路口时,身后响起一阵脚步声。

她边走边回头,男生修长笔挺的身影被夜色包裹着,只留下模糊不清的轮廓。

他个高腿长的,步子迈得很大,没一会儿就追上她。

乔司月勉强看清了林屿肆的脸,呼吸突然滞住。

巷子空落落的,安静得吓人,对方的嗓音显得格外透亮清晰:"你落了东西。"

她愣愣接过,这次连"谢谢"都忘了说。

天色暗到发沉,零星几点亮光缀在夜空。气象预报说今天会下雨,现在却一点征兆都没有。

乔司月靠在墙角站了会儿,食指被重力扯出一截白印子。

袋子里装着四罐饮料,没有摔过的凹痕,是从冰柜里新拿出的。

她缓慢抬起手,把易拉罐贴着脸颊,冰冰凉凉的,那股燥热降了下去,心跳也逐渐恢复到正常指数。

乔司月回到家时,苏蓉在厨房,弟弟乔惟弋光脚坐在沙发上,聚精会神地玩着扁平形状的小方盒。

乔司月的注意力本来没多少落在他身上,直到她将塑料袋放在茶几上,余光看清他手里的东西——一个深蓝色的MP3。

是中考结束后,爸爸乔崇文送给她的毕业礼物。

配套耳机线缠成一团,被随意抛在角落。

乔司月唇线不自觉拉直,她先是望了眼厨房的方向,然后稍稍弓身,目光从乔惟弋头顶倾轧而下,刻意将音量压得极低。

"我说过的,不要随便动我的东西。"她尽量让语气变得平缓,但还是泄露出怒意。

乔惟弋被吓了一跳,好一会儿才伸出手,掌心朝上,磕磕巴巴地说:"对不起。"

乔司月一顿。

毋庸置疑,乔惟弋是怕她的。

但是乔司月想不通他为什么会怕自己,明明在这个家里享受着偏宠的人是他。

后来,苏蓉说起她一同事的女儿和表弟之间的关系有多好。

"就你,和自己弟弟一点都不亲。"怕这话没什么威慑力,不够直击人心,苏蓉又加了句,"你俩可是亲姐弟。"

乔司月这才明白,乔惟弋的恐惧有一部分源于自己不冷不热的态度。

曾经有段时间,她尝试去改变自己和乔惟弋之间的关系。但她发现,这种努力总会在某个不公平的细节发生时功亏一篑。

刚刚的动静不大不小,引得苏蓉探出半截身子:"怎么去了这么久?"

"迷路了。"乔司月转身摆弄碗筷。她低着头,自然而然地避开苏蓉投射过来的探究目光,整个人看上去与平常无异。

苏蓉"哦"了一声,将脑袋收回去,锅铲与锅碰撞的声音无缝衔接上。

手心渗出薄薄的一层汗,乔司月胡乱往T恤上揩了下。等苏蓉将最后一道菜摆上餐桌,她轻声说:"钱没找回来。"

她三言两语概括了事情的来龙去脉,却闭口不提在小卖部偶遇的少年。

苏蓉笃定这钱是要不回来了,止不住开始数落:"人家说什么你就信?跟你爸一个德行,活该老实人被人欺。"

不知道为什么,听到这话后,乔司月不受控地想替林屿肆辩解几句。

他那样的人,怎么会赖账?

乔司月张了张嘴,正想说什么,苏蓉就截断她的话头,将矛头对准乔崇文。

说的话题一成不变,全在责骂乔崇文迂腐不懂变通,活该落得这不体面的下场。

乔崇文原来是南城一家上市公司的部门副经理,当年金融危机爆发后,公司面临大规模裁员,按资历压根轮不到乔崇文,但乔崇文这人不会奉承,做事一板一眼,说难听点就是爱钻牛角尖,经常和领导对着干,领导已不满他很久,借此机会将他开除。

那会儿各行各业都不景气,乔崇文找不到工作,很长一段时间都处于待业状态。入不敷出的状况持续大半年,存款见空,苏蓉只好将市区的房子变卖,又托人找关系,看有什么适合的工作。

好在乔司月的爷爷曾是明港一所中学的校长,攒下不少关系人脉。

不久传来消息说镇上一传媒公司缺策划,巧的是乔崇文这些年干的工作就是策划,也算专业对口。

举家搬到明港当晚就敲定下来。

虽说落实了工作,但这大半年到处求人的憋屈生活一直是苏蓉心头的刺,她逮到机会就要发泄。

从头至尾,乔崇文都没有搭腔,由着苏蓉骂。

家里的塑料凳就三张,方惠珍早早吃过晚饭,这会儿正在邻居家唠嗑,乔崇文自觉坐到小木凳上，剥着花生，时不时呷口酒。

一拳打在棉花上，苏蓉有气也没处使，最后干瞪他一眼，将嘴合上。

把碗筷放回厨房后，乔司月拿起放在棕皮沙发上的书包，直接上了四楼。

南北房间用楼梯和独卫隔开，乔司月的卧室朝南，房间不大，只容得下一张原木双人床、一个简易衣柜和一张一米宽的小书桌。

苏蓉简单收拾过，床上铺着方惠珍提前准备的草席，空调被整齐地叠在床头。

灯泡上蒙着一层厚重的尘埃，亮度折损不少。乔司月找来晾衣杆，在夹口放了块抹布，脱鞋上床，伸直手臂往天花板探去。

灰尘纷纷落下，电风扇开着，积在地板上的灰很快被吹散。

她重新拖了遍地，又找来床单换上，刚坐下，就听见楼梯口传来脚步声。

门一开，苏蓉的脸露出来。

乔司月慢慢坐直，目光垂落下来，盯着苏蓉不断靠近的脚尖。

她脚上套着一双不合时宜的棉布拖鞋，略显笨重。

苏蓉站在床边，开门见山地说："明天我跟你爸去城里看看，顺便帮你把这窗帘换了。"

苏蓉环视一圈，瞥见床单和角落的草席，微微顿住："这天气，不用草席你晚上睡觉会热。"

乔司月："有电风扇吹着，不会热的。"

苏蓉没再和她较真，又说："转学这事，你爸还在想办法，估计最快也要半个月后……你奶奶听邻居说这学期期末考在七月中旬，你书都还在，这段时间就先自己复习。"

苏蓉走后，乔司月的肩膀慢慢垮下来。不知道从什么时候开始，她和苏蓉之间的沟通越来越少，仿佛每说一句话就会耗费大半力气。

过了差不多五分钟，乔司月掏出口袋里的字条，用指腹摩挲着，心头的不适渐渐消弭下去。

纸上再简单不过的一个字，却勾起她的无限遐想。

"肆"会是他的名字吗？

什么"肆"？

单单一个"肆"，又或者……

不知不觉，薄纸片被汗液浸湿一角，乔司月骤然松开手，下巴支在桌板上。

书桌有股难闻的气味，她没理会，继续盯着纸片看了会儿，心里又开始变得闷闷的。

好半会儿，她的视线才从纸上挪开，扭头看向窗外。这会儿夜色还是晴朗的，大概率是不会下雨了。

也就在这时，乔司月忽然意识到，自己看的是南城的气象预报，和相距几百公里远的明港没有半点关系。

她起身把百叶窗拉到顶，弯月露出来，盘根错节的枝杈将月亮切割得七零八碎，白雾为远处昏黄灯火蒙上层薄纱，衬得那弯明月更加遥不可及。

朦胧间，她眼前又浮现出少年的眼睛。

他看她时的眼神，是完完全全的陌生。

可这分明不是他们的第一次见面。

明港的夜晚是难熬的，潮湿又闷热，时不时还能听到动车在高架桥上倾轧而过的声响。乔司月将写着"肆"的字条放进收纳盒锁上，拿上睡衣进了浴室。

家里用的老式热水器，太多年没用过，机器有些失灵，水一会儿热一会儿凉。乔司月草草洗完澡，趴在桌子上背了会儿历史，睡意在动车第十五次飞驰而过时涌上来。

那天晚上，她睡得并不安稳，光怪陆离的梦接踵而至。

梦境的最后，她感觉自己变成了一个巨大的蚕蛹，蚕丝密不透风地包裹住自己。

不知道过了多久，蚕蛹裂开一条缝，光亮倾泻而下，视线恢复清明后，面前站着一个人，高高瘦瘦的身形，穿一身桀骜的黑色，眉眼很熟悉，是那个可能叫"肆"的少年。

原来，眼前这光，是他替她撕开的。

明明只是梦，乔司月却感受到心脏强有力的跳动。

就好像，她生来就该为他心动。

3

之后那一周，乔司月每天都会去小卖部，但再也没有碰到过林屿肆，只有一个穿戴时髦的老太太，每回都会笑眯眯地问她需要什么。

怕自己的不自然引起对方怀疑，乔司月每次都随手从柜台拿了一根棒棒糖，跑回家后，才发现拿的都是最不爱吃的草莓味。

明港镇不算大，但光高中就有三所。不知道乔崇文从哪儿找的关系，把乔司月安排进当地师资、设备最好的霖安中学。

乔家的分工一直很明确，苏蓉负责料理生活，乔崇文负责监督学习。

只不过在乔司月上初二以后，乔崇文自知心有余而力不足，放弃继续给她辅导功课这项任务，转而口头教育，具体表现在每次乔司月考砸后，不忘对她来一句"不努力的是你，现在伤心的又是你"。

第一次听他这么说，乔司月怔了好久，没有想到温和的父亲能说出这般刺人的话。后来听的次数一多，也渐渐没了感觉。

这天饭桌上，乔崇文说："学习这事，没人能帮得了你，自己多上点心。到了新学校，有什么不懂的，就多开口问老师和同学，不要难为情，也不要老是自己一个人闷头苦干，多交些朋友总归是好的。"

乔司月"嗯"了一声，戳着碗里的米饭，眉眼低垂，避开乔崇文的视线："下午我想去书店买些辅导书。"

乔崇文欣慰地笑起来："这就对了。你底子在，学东西又快，只要肯下功夫，一定能追上去。画画嘛，就先放着，等你高考完再说。"

乔司月没应答，往嘴里塞了片菜叶子，食不知味。

苏蓉边剥虾边插嘴："下午不行，我要和你爸去趟小商品市场，等晚上吃完饭我们再陪你去。"

"我可以自己去的。"

"你才刚来这儿多久，哪会知道书店在哪儿。"

方惠珍在一旁不耐烦地打断："都这么大的人了，还能走丢了不成？长了一张嘴，难不成是摆设？要真不会开口问路，说到底那也是被你们宠坏的……哎，小弋，让你妈给你剥几只虾。"

乔司月没说话，余光看见苏蓉皱了下眉，但她手上的动作没停，剥好的红尾虾落在乔惟弋猫咪形状的碗里。

空气短暂地安静几秒，一道软糯的童声响起："姐姐，你吃。"

乔司月手指僵滞，慢吞吞地抬起头。

乔惟弋的眼睛很漂亮，又大又圆，像两颗黑葡萄，盯着她看时，却永远一副怯生生的模样。

乔司月心口微酸，还没来得及说什么，方惠珍的声音再次插进来："吃你的……你姐姐她有手，自己会剥的。"

乔惟弋眨巴眨巴大眼睛，没动筷了，也没说话。

僵持的氛围延续不到两秒，乔司月把虾放回去："我吃饱了，你自己吃。"

她刚把桌上的残渣收拾好，连碗筷一起放回厨房，转头便听见方惠珍喋喋不休地抱怨："这就吃饱了？现在的小姑娘都怎么回事，成天减肥长减肥短的，我这一桌的海鲜可都是给你们姐弟买的，这下得浪费多少啊……"

屋外阴沉沉的，空气潮湿黏稠，沾在睫毛上，重到让人睁不开眼。

乔司月用力揉了下眼睛，落在台阶上的脚步声却几不可闻。

吃饭前，乔司月刚拖过地，卧室地板还是湿的，她没进去，去卫生间洗了把脸，对镜看了会儿，跪坐在马桶前，手指抵住舌根按压着，把刚才吃下去的全吐出来。

忽而听见一阵急促的脚步声，半路戛然而止，她后背倏然僵住，心脏"怦怦"直跳。

过了好半会儿她才扭头,门后空无一人,却在楼梯口望见一道瘦小的身影,穿着蓝白条纹衬衫。

是乔惟弋。

下午四点,骤雨初歇。乔司月背上帆布包出门,没走出多远,乔惟弋的声音在背后传来。她扭头一看,他正朝自己奔来。

"姐姐,吃糖。"他手心里放着几颗五颜六色的糖果,用玻璃糖纸包着。

"我不吃。"乔司月只停留不到三秒。

随后两道脚步声交错响起,她再次停下,语气不自觉重了几分:"你别再跟着我了。"

"那你吃糖。"乔惟弋拽住她的衣摆,那双眼睛依旧含着胆怯,又似乎还有别的,她没看懂。

"这是我偷偷藏的,奶奶不知道,姐姐你别害怕。"

她有什么好怕的?

乔司月沉沉吐出一口气,半蹲下身子,与他的视线齐平,手掌摊开。

乔惟弋眼睛亮了亮,忙不迭把糖果放进她掌心:"姐姐一定要吃哦。"

"嗯。"乔司月被他的目光烫到,有些不自在地别开了眼,"你先回去,我买完书回来给你带冰棍。"

说完,乔司月的小拇指被钩住,她抬眼瞧见乔惟弋眉眼弯弯。

"都拉钩了,那姐姐就不能反悔啦。"

乔司月站起身,看见他蹦蹦跳跳的背影,手指猛地一紧。好一会儿,她才抬起手臂,掌心朝上,玻璃糖纸折射出耀眼的光芒。

也因这番举动,她的目光不可避免地对上自己小臂内侧的一道细长疤痕。

她的皮肤极白,衬得伤疤更加明显。

忘了是多久以前受的伤,她只记得这是乔惟弋跟她闹脾气,将小剪刀砸到她身上弄的。

那时候方惠珍只注意到乔惟弋脸上的眼泪,没看见她被划出血的伤口。

仿佛被人重重敲了下,乔司月脑袋又开始疼起来。

电线杆旁立着大号绿色垃圾桶,乔司月走过去,手臂举在半空很久,久到她再也撑不住,之后响起一声轻响。

乔司月对这一块地方还很陌生,走了不少冤枉路才在高架旁找到一家书店。

凑巧的是,高架另一边就是霖安中学。

大概是今天放学早,书店里已经有不少学生。乔司月找准区域,仔细挑选教辅。

忽然，身后一道清亮的女声响起："林屿肆这周生日，你说，我送他什么好？"

"他邀请你一起过生日了？"一旁的圆脸女生问。

"没有啊，你又不是不知道他从来不过生日的。"长发女生腼腆一笑，"我就是觉得，大家都当了一年的同学了，生日不送礼物不太好。"

这声过后，鬼使神差般地，乔司月什么也看不进去了，纸膜上指甲的凹痕明显。

她随手抓了本练习册，摊开，目光落在空白页面上一动不动。约莫五秒后，她脚跟不着痕迹地往后挪，交谈声更清晰了。

乔司月稍稍转头，瞥见长发女生嘴角来不及收回的笑意，和自己这些天在镜子里反复练习如何敛住笑容时的神态如出一辙。

片刻后，长发女生从她身边走过，带来一阵清淡的茉莉花香。

视线里的长发女生肌肤瓷白细腻，穿着淡粉色连衣裙，收腰设计，勾勒出纤细的腰肢，裙摆和发丝一样柔软轻盈，脸上的笑容明艳又鲜活。

乔司月条件反射地垂下眼帘，不期然对上自己白色T恤上的印花卡通人物，往下是蓝色九分牛仔裤，裸露的脚踝下套着一双浅米色帆布鞋，溅了些黑泥。

拐角立着一面全身镜，清晰地映出她十六岁的脸。

她这些年一点没晒黑，还是冷白皮，只不过是没有生气的白色，有种墙面被风雨蚕食剥落后的年代感。

书店里开着空调，风口正对向乔司月，但她还是觉得又燥又热，像有团火在烧，烧得心肺有些疼。

她又一次抬眼看向长发女生。

似乎察觉到正被人注视着，长发女生的视线转过来。

乔司月这才注意到她有一双漂亮的杏眼，睫毛很长。

"有事吗？"长发女生的声音有些迟疑。

乔司月呼吸凝住，面上升起一种被抓包的羞赧，忙不迭地摇了摇头。

长发女生没放在心上，继续和身侧的伙伴交谈，这次换了个话题："听大嘴说昨天他跟隔壁职高的火拼游戏，还把张巡那帮人打得落花流水的。"

"什么游戏啊？我之前听说他玩《魔兽世界》贼溜。"

长发女生止不住地笑："什么《魔兽世界》，是《QQ堂》。"

交谈声慢慢远去。

等人走后，乔司月才呼出堵在胸口的气，抿了抿干燥的唇，将随手拿来的练习册放回原处，挑出数学和地理两套试题，去柜台结账。

玻璃自动门打开，屋外是暗淡的世界。

看这天气，估计过不了多久就会下暴雨。

乔司月刚从包里掏出雨伞，余光瞥见几个男生走在对面的人行道上，勾肩搭背的。

最高的那个男生穿着灰色短袖连帽卫衣,牛仔中裤、小腿细长,脚落地时肌肉有明显的紧绷感。

"轰隆"一声惊雷,他随手将卫衣帽子兜在头顶,刘海被压下,几乎遮住了眼睛。他露在外面的半截手臂线条干净利落,同他腿部的肌肉纹理一样漂亮。

乔司月心里也在打雷。

寸头男生笑得没个正行:"你们是没看见,我们肆儿三百六十度无死角赢了张巡后,那厮的脸就跟西蓝花一样,绿得没法看。"

又是这个名字。

在某些方面,女生的洞察力极其敏锐。

经过一番抽丝剥茧,乔司月心里有了猜测:他应该就是那长发女生口中的"Lin yu si"。

"Lin yu si",另外两个字怎么写呢?

乔司月勉强让自己从翻涌的思绪中抽离,视线牢牢聚焦到一处。

他勾着唇在笑,带了点她从未见过的痞气,更多的是目空一切的傲然。

天色很沉,暴雨倾泻而至。

乔司月的心脏随着一声轰鸣,快要炸开。

林屿肆出现得突然,像初夏的这场暴雨,来得凶猛又热烈,不遮不掩地浇到她心里。

遥遥驶来一辆出租车,其中一位男生挥手拦下,几个人一起上了车,笑声跟着断了。

乔司月脚步忽地顿住,仿佛被人施了定身咒,站在原地一动不动。

直到有人也从店里出来,肩膀与她相撞,才将她飘散已久的思绪拉了回来。

仿佛被鬼迷了心窍,她几乎不带犹豫地跑进雨里。

没几秒,出租车连影都看不见了,她突然停下。

回到家,乔司月整个人湿透了。

苏蓉还没回来,家里只有方惠珍一个人,见她狼狈的样子,也没说话,懒懒地坐在沙发上。

热水器时好时坏,乔司月险些被烫到,把洗澡时间缩短到五分钟,找了件宽大的T恤换上,在卫生间草草吹干头发。

回房后,她拿出新买的习题册,试图将他的身影从脑海里挤出。

MP3一直处于待机状态,耳机一插上,张国荣的声音飘进耳朵里。

最后几句,让乔司月心口微热。

狂风与暴雨都因你燃烧
一追再追，只想追赶生命里一分一秒
原来多么可笑
你是真正目标
一追再追……

她笔尖顿住，眼尾垂落。

密密麻麻的黑色印刷体下，赫然立着一个"解"字。

笔锋遒劲潇洒，最后一笔挑起一个峰回路转的小钩，力度大到扎破薄纸。

——有解却无答。

可就在今晚，乔司月第一次知道，单方面关注着一个人原来这么不公平。

他根本不需要做什么，只留给她一张转瞬即逝的侧脸，却能让她魂不守舍整整一天。

4

五月的明港，夜晚都是闷热的，每天醒来都是热汗涔涔。

乔司月拿起睡衣走进浴室，哪想到热水器彻底报废，她洗了足足五分钟的冷水澡，结束时牙关都在打战。

初夏洗冷水澡的后果是，当天夜里烧到 38.9℃。

病来如山倒，乔司月被苏蓉带到镇上离家最近的一家诊所挂了三瓶水，又回家躺了好几天，才有所好转。

中途她被方惠珍叨过好多次，大意是说她没有公主命，倒被养出一身公主病，娇气到不行。

说这些话时，方惠珍的音量没有收，乔司月在大老远就能听到，唯一庆幸的是方惠珍用的南城方言，语言间的屏障成了乔司月身上最后一块遮羞布，哪怕那会儿应该感到羞耻的人不是她。

苏蓉对家用电器不甚了解，想等乔崇文出差回来后一起去城里买新的，所以这些天乔司月只能用烧开的热水混着冷水，潦草擦一遍身体。

次数一多，苏蓉也觉得这样麻烦，便给乔司月一些零用钱，让她去附近的澡堂。

傍晚，乔司月找到苏蓉说的地址。澡堂的店面不大，里头电视机的声音开得很响。前台是个矮胖的中年妇女，瓜子壳铺了一桌。

乔司月上前问："你好，请问这里怎么收费的？"

"泡澡五块钱，淋浴充钱后按时计费。"女人眼皮子都懒得掀，开门见山地问，"泡澡还是淋浴？"

"淋浴。"

女人这才抬头看了乔司月一眼,沾着椒盐的手从抽屉里摸出一张卡:"押金十块,想充多少钱?"

乔司月犹豫几秒,问:"洗一次澡大概要多少?"

"五分钟的话,就几毛钱,往上叠加。"

"先充一块。"乔司月把十元纸币推过去,又从兜里翻出两枚五毛钱的硬币。

隐约听见一声嗤笑,她抬起头,女人已经把脸别过去。

乔司月在柜台上抽了张纸巾,包住热水卡,用力攥在手心。

澡堂的环境实在算不上好,白色瓷砖的缝隙里嵌着很厚的泥垢,女浴室门口贴着一张白纸,纸张受了潮,依稀辨认出上面用红色记号笔写的"男士止步",各色的劣质塑料拖鞋横七竖八地堆放在一起。

乔司月挑出相对干净的一双穿上,小心翼翼地踩着脚下的防滑垫,拉开门帘,热气迎面扑来。

正中央是泡澡区,北面淋浴花洒整整齐齐地排成一列,中间没有隔板,甚至没有帘子这种遮挡物,身体就这样暴露在朦胧的白雾中。

乔司月太阳穴突突直跳,随即涌上来浓重的生理性厌恶。

她几乎是跑着出去的,地面湿滑,短短二十米的距离,差点滑倒两次。

好不容易逃出去,隔壁男浴室传来不大不小的动静,像在争执。

乔司月脚步一顿,终于听清了里头的争吵声,没忍住朝那儿走了几步。

声音变得更加清晰,其中一道很像半个小时前在路上遇到、好心给她指路的女生的声音。

苏悦柠之前路过几次澡堂,但从来没进去过,加上门口的男女标识已经被水汽糊成一团,一不留神就走错了地方,进了男浴室。

她一向心大,倒也没觉得多尴尬,说了声"抱歉"转身就走。谁知道被她看去半截身子的大老爷们儿不乐意了,非要找她讨个说法,实际上是看她年纪小,想趁此机会敲竹杠。

苏悦柠又气又急:"你自己看看自己,浑身上下有什么值得我故意这样做的。"

话音落下的同时,空气里冷不丁响起一道附和。

那声"嗯"轻飘飘的,苏悦柠差点以为是自己的错觉。直到她把头别过去,看到女生站在男浴室木质储物柜投射的阴影里,眉目寡淡得像素描画,嘴唇也没什么气血,看上去弱不禁风的。

"你没什么好看的。"乔司月看着是一具柔柔弱弱的小身板,说出来的话倒是夹枪带棍的,"看你还不如去菜市场买几斤新鲜瘦肉,至少不腻。"

听女生这么说,一时间苏悦柠忘记了害怕,"扑哧"笑出声,嘴上又开始装腔作势:"还真是,一身肥膘就出来晃荡。"

乔司月想着以这样的方式转移对方的注意力,把苏悦柠从他手里带出来,哪知道这苏悦柠也这么虎。

眼见男人脸色越来越难看,乔司月忍受着胃里翻江倒海般的恶心,飞快跑上前,拉住苏悦柠的手就往外跑。

两人在花坛旁停下。

苏悦柠弯腰粗粗喘气,平缓呼吸后,一脸好奇地问:"你刚才不怕吗?"

"怕的,"乔司月看着她,认真补充道,"刚才被你的尖叫声吓到了。"

正儿八经的腔调,苏悦柠分不出对方究竟是不是在开玩笑,但她没放在心上,眼睛弯成漂亮的月牙状,伸出手:"我叫苏悦柠,悦耳的悦,柠檬的柠,你叫什么?"

苏悦柠手背上的皮肤白而细腻,指节细瘦。乔司月停顿一下,轻轻握住她的手,温声细语地接过她抛来的问题:"乔司月,月亮的月。"

"真巧了,我们名字里都带'yue',不是缘分是什么?"

乔司月跟着笑起来,可连她自己都不知道在笑什么。

正说着,迎面走来一个寸头男生,单眼皮,肤色略深,套了件藏青 T 恤,上面粘了两道细长的白色印记,像是油漆,手里拿着两瓶汽水。

乔司月一眼认出了他。

很奇怪的是,但凡和"阿肆"有关的所有人,她都记得特别清楚,比如对面的人,还有在书店见到的那戴着蝴蝶结发箍的女生。

陆钊的目光在乔司月身上停留两秒:"这是哪位,之前没见过啊?"

苏悦柠揽住乔司月的肩膀:"我新交的朋友。"

乔司月微怔,惊叹于苏悦柠如此轻易将"朋友"二字说出口,明明她们认识还不到半个小时。

陆钊对苏悦柠海纳百川的博大胸怀不感兴趣,"哦"得很敷衍。

他在苏悦柠身侧坐下,把其中一瓶汽水递过去:"给,阿肆让买的。"

苏悦柠的手刚伸出去,耳边突然炸开一道声音:"你说谁?"

乔司月的反应和她温暾的形象大相径庭,苏悦柠和陆钊齐齐朝她看去,表情还有些错愕。

乔司月也被自己的反应吓到,欲盖弥彰地垂下头。

陆钊一脸狐疑:"阿肆,林屿肆啊。怎么,你认识?"他声音轻下来,"不能吧,他的朋友不就是我的朋友,怎么会多出你这么一条漏网之鱼?"

乔司月干巴巴地笑了下,摇头,嗓音淡到像清晨的薄雾:"我有个认识的人也叫阿肆,刚才下意识把你说的那位当成他了。"

陆钊心大,没有多想,这个话题很快翻篇,他对苏悦柠说:"晚上去唱歌,一起啊,阿肆请客。"

苏悦柠没回答，慢悠悠地接过汽水瓶，往乔司月面前一递："给你。"

乔司月迟疑几秒，才接过："谢谢。"

玻璃瓶外浮着一层薄雾，很快凝结成水珠，有几滴滑落在她短裙上。

她浑然不在意，紧紧攥住瓶身，仿佛只要她一松懈，这不属于自己的馈赠就会被收回。

陆钊"哧"了声，又递过去一瓶汽水，苏悦柠赏给他一个"算你识相"的眼神。

"真给你惯的。"陆钊睨了苏悦柠一眼。他长着一副凶相，不笑时棱角分明的脸上痞气十足。

苏悦柠一边打开瓶盖，一边说："我看干脆别泡澡了，直接去 KTV……哦对了，阿肆怎么还没来？"

陆钊："刚才给他打电话，说是还在路上。"

乔司月安静地听着，恨不得他们能再多讲些关于他的事情，可她又觉得这种偷偷摸摸地打探太不体面。

慢火煎熬里，她察觉到一道目光停留在自己身上。

苏悦柠看着她，忽然说："司月，你要不要和我们一起去 KTV？"

乔司月心口一滞。

说不想见他显得太虚假，但她也记得下午出门前镜子里的那张脸，憔悴到难看。

"我还要回家看书，你们去玩吧。"

听乔司月这么说，苏悦柠也没强求。

乔司月离开不久，林屿肆的身影从巷口拐出。

陆钊上前直接给了他肚子一拳："磨磨蹭蹭的，是不是就不想陪我泡澡？"

苏悦柠捕捉到他话里的敏感词，嫌弃地睨着两个男生。

林屿肆漫不经心地扯了扯嘴角，拿矿泉水往陆钊胳膊上捅了捅。

没走几步，陆钊又说："对了，刚才你不在，咱大小姐又给自己找了位好姐妹。"他努力在脑海里搜索几秒，发现自己对那女生一点印象都没有，"算了，长得清汤寡水的，那一张脸可以说是毫无记忆点。"

不知道哪个字刺激到了苏悦柠，她嘲讽似的勾起唇："人家只是不打扮，五官生得可比你精致多了。要是真打扮起来，还不一定比路迦……"

停顿片刻，她一脸烦躁地说："反正你们这些男生就喜欢那种的。"

莫名其妙被一通乱怼，陆钊挠挠鼻子："我又哪里惹到你了？"

他目光游离一瞬，扭头瞥见林屿肆有些冷淡的眉眼，及时止了话茬，可就在下一秒，浮出一段影像来。

他跟在苏悦柠身后走了几步，突然"哦"了一声："我想起来了，这妹妹我见过的，挺奇怪的一个人。"

苏悦柠顿时来了兴趣，也忘记自己正在气头上，把耳朵凑过去："什么时候的事？"

林屿肆走在最前头，对他们的话题不感兴趣，手里的矿泉水瓶在空中划出一道抛物线，"啪"的一声后，陆钊的声音从身后响起。

"就前两天，我看见她在捡垃圾，准确来说，是在垃圾桶里找什么东西……我本来以为她是个不怕脏的，结果你们猜怎么着，这妹妹捡完垃圾，站在水槽前差不多有五分钟，两只手差点被她搓到脱层皮……就是不知道什么东西这么重要，让一个有洁癖的人去翻垃圾桶。"

第二章
飓风

1

转学前几天,正好赶上换季大折扣,苏蓉带乔司月去商场挑了件修身连衣裙。

乔司月磨磨蹭蹭地换好衣服。苏蓉上下仔细打量一番后,露出满意的笑容。

导购见缝插针地说:"你家姑娘身材真好,该瘦的地方瘦,该长的地方一点都不含糊。"

闻言,苏蓉嘴角弧度大了些,下一秒,眉心拧住,一巴掌拍在乔司月的后背上:"把背给我挺直了。"

乔司月没应,走回试衣间,换上自己宽大的T恤衫。

付完钱后,苏蓉又去童装区逛了逛,最后一无所获。回家的路上,她一直在跟乔司月抱怨现在的童装有多贵。

乔司月:"那把我这件退了吧,给弟弟买。"

"小弋现在正是长身体的时候,买太贵浪费钱。"没几秒,苏蓉又说,"这些年,我们在你身上花了多少钱你应该知道的……等我们老了,弟弟就由你照顾了。"

乔司月偏头避开苏蓉直白的眼神,车窗降下,风迎面吹来,心头的压抑感得以减退。

刚下公交车,苏蓉忽然来了句:"你这刘海是不是长了些?我记得每个学校都要检查仪表的。"

明明才刚盖过眉毛。

苏蓉没给乔司月拒绝的机会,二话不说带她去了最近的理发店,理发师"咔嚓"一刀,她的刘海顿时短了好几厘米。

回到家,乔司月把自己关进房间,拽住头发使劲往下扯,不知道是不是心理作用,刘海看上去还真长了些。

转学报到那天,乔崇文问邻居借来面包车,把乔司月送到学校。

霖安中学离得不远,只不过早高峰路上拥堵,车在校门口前的十字路口停下时,离出发已经过去快二十分钟。

乌泱泱的人把狭窄的街道挤得水泄不通,乔崇文只好把车停在路边,说:"下午放学后去老师办公室打个电话给我,我来接你。"

乔司月解开安全带:"不用了,我知道怎么回去,乘公交车很方便的。"

"那你自己路上小心点。"

乔司月默默点头,刚穿过马路,又被乔崇文叫住。

她回头。

车窗降下一半,乔崇文的脸匿在阴影里,有种说不出的深沉,这让她感到一阵害怕。

"上课注意力集中点,别老想东想西的,遇到什么不懂的就问。"

乔崇文一说完,乔司月脑袋里又蹦出他昨晚在饭桌上说的那句"我们可是花了大功夫才把你转进去的,这次别再让我们失望了"。

仿佛被针扎了下心脏,她艰难地呼出一口气,轻声说:"我知道了。"

教学楼的教师办公室还在修葺中,临时搬到行政楼,乔司月事先不知情,多走了一段冤枉路,见到班主任盛薇已经是早读铃响起后。

盛薇看上去还不到三十岁,五官秀气,说话的语气平和温柔:"我看过你初中到转学前的成绩,你的底子应该是不错的,就是高一的时候退步了些。"她尽可能地把伤人的事实用委婉的方式表达出来,但中间刻意的停顿还是点出了她真正想问的问题——怎么会退步这么多名次?

乔司月初中念的市重点,精英荟萃的地方,名次一直没跌出年级前五十名。她中考发挥稳定,除去体育分,文化成绩在全市排到前二十名,进了当地最好的高中,之后又被分到最好的班级。

全校重点关注的班级,配的都是特级教师,教学节奏也快,没有老师愿意为了一两个跟不上进度的学生而刻意放缓节奏。

乔司月思绪容易飘散,尤其上物理课,课后做了习题还是一知半解,但她从一开始就抱着进文科班的目标,理科对她来说不过是一段没有必要的过场,也就没下苦功夫。

渐渐地，差距拉大，加上她有意无意地失分，名次极速下滑，从年级第十五名退步成班级第三十五名。

中规中矩的成绩，只能上个普通一本，距离乔崇文希望她考取一所名牌大学的期待差了十万八千里。

然而乔崇文只看到她的退步，下意识地将此归咎为她的不上进，只是那会儿他身陷失业困局自身难保，对她也仅是口头批评几句，骂过后他继续缩在犄角旮旯里自怨自艾。

其实那一个半学期，算得上是乔司月最难挨的一段时光，可惜整个乔家笼罩在乔崇文失业的阴影里，她晦暗的情绪只能成为最不重要的一粒尘埃。

藏在黑夜里，没有人察觉到它的特别。

乔司月敛了敛神，避重就轻道："教学进度太快，我有点跟不上。"

"其实你二门主科和政史地的成绩都不错，就是理科那三门拖了后腿。"盛薇将手搭在她肩上，轻轻一握，"不过没关系，高二分科，你这成绩去文科实验班够了的。"

乔司月从来没担心过这事，听了盛薇安慰性质的话语，心里微微一暖，声音也不自觉放柔："我知道了，谢谢老师。"

盛薇"嗯"了一声，随后老生常谈地交代几句注意事项，说话时，她的身体无意识地偏了点。

没有办公桌的阻挡，她孕肚明显，乔司月一愣。

察觉到乔司月的走神，盛薇停顿几秒，顺着她的视线垂下头，心领神会："要不要摸一下？"

乔司月犹豫了会儿，小心翼翼地将手覆盖上去。

"感受到了吗？"

乔司月摇头。

盛薇笑起来："你还真是实诚，不像某些小兔崽子。"

话音刚落，盛薇口中的小兔崽子风风火火地出现在办公室门口。

"哎哟喂，这是哪家的少爷，今天也有在茁壮成长哦。"

声音很耳熟，乔司月不自觉地循声看去，突然一怔。

盛薇哭笑不得："你当自己长了透视眼？"

陆钊露出一口白牙："需要什么透视眼？我可是隔着空气都能感受到小少爷这蓬勃的生命力。"

"你以为这么拍马屁，我就可以装作不知道你这次又没交作业？非得让我挺着大肚子去家访？"

"哪能啊？你不心疼你宝贝儿子，我还心疼我干弟弟，怎么舍得让他这千金之躯，纡尊降贵光临寒舍呢？"

"行了，少给我在这儿耍嘴皮子。"盛薇打断，手往乔司月的方向一指，"这是我们班的新同学,乔司月,你先带她去教室,我这儿还有事,得晚几分钟到。"

陆钊这才把注意力落在乔司月的身上,目光一滞,笑到直不起腰,半晌后朝盛薇敬了个礼:"遵命。"

盛薇警告性地瞪他一眼,手指点了点书桌上的试卷:"帮我把周考卷子带回教室。"

离开办公室的那一刻,乔司月如释重负。

陆钊步子迈得大,没几秒工夫就把人甩在身后,快走到拐角,才想起还有这么个人。见她慢吞吞的,他索性倚在墙壁上等,等人走近,不偏不倚地对上女生喜庆的发型,没忍住又笑起来:"你的刘海可爱哎。"

乔司月没作声。

"等会儿,"他多看了她几眼,忽然对这张脸有了印象,"你是苏悦柠的朋友?"

名字很耳熟,乔司月花了三秒才想起,踟蹰过后,她微微点了下头。

"你剪了这么个刘海,刚才我还真没认出来。"

真是哪壶不开提哪壶。

迎面走来一个高个男生,陆钊一把钩住他的肩膀:"上哪儿去?"

"去食堂买个烧饼,一起吗?"

"行啊。"

陆钊刚应下,忽然想起还有件事没完成,怎么说也是班主任亲自交代的任务,索性导游当到底,抬手往前一指:"看到那栋楼了没?就灰白墙那个,标牌写着'求是楼',我们教室在四楼,你认准六班就行。"

乔司月点头。

没几秒,陆钊又折返回来,把试卷塞到她手上,嬉皮笑脸地说:"这个麻烦你帮我带一下,作为感谢,回头我把我好兄弟的QQ号送给你。"

她要这东西做什么?不对,应该问是哪个朋友。

乔司月抱着试卷刚走出几步,陆钊与男生的对话声传来——

"下午的自习课,打篮球吗?"

"不去,我得好好学习。"

"少给我来这套,你什么时候正儿八经地上过自习?"

"那行。"

"你能叫到几个人?"

"不知道,到时候问问看。"

"要是凑不齐人,我把阿肆也叫上。"

阿肆?

乔司月脚步倏然慢下来,脑袋里思绪翻涌。

他也在这个学校吗?

几年级？会和自己同班吗？

这个念头刚冒出来，她自己都被吓了一跳，这世界上哪有这么多的巧合。

乔司月魂不守舍地找到陆钊说的教室。

大概是盛薇提前和班长打过招呼，班长这会儿已经在门口等着，热情地同她打了声招呼后，将她领到座位旁。

刚下课，班上没几个人，在的基本都在赶作业，右后方靠窗的位置上，一个男生趴在课桌上睡觉，显得格格不入。

有人走到那男生座位旁，敲敲他桌板："交作业了。"

林屿肆被吵醒，换了个姿势，无处安放的长腿横在过道间，眼皮褶子被多压出一道，肉眼可见的困乏。

过了好半会儿，他才直起身子，摁住后颈转动一圈，光影在他脸上明暗错落，唯独那双眼睛一如既往的黑沉、平静，仿佛能望到人心里去。

他从抽屉里找出练习本："给。"

嗓音是一如既往的低哑。

乔司月心跳骤然加速，惊喜与无措交织在一起，喉咙被堵得严严实实，连声最简单的招呼也发不出。

这时，旁边有人热心地介绍："这是我们班新转来的学生，叫——对了，你叫什么来着？"

林屿肆也抬头看过来。

乔司月已经习惯观察别人的反应，一个细微的表情或者一句似是而非的话语，她总能揣测出千百种深层含义，然后从中挑选最为合理的解释。

比如现在，林屿肆的视线正没什么情绪地停留在她身上，像在等一个无关紧要的回答。

乔司月不知道该庆幸这蠢刘海没引起他的嘲弄或是嫌弃，还是为他如此平淡、看上去毫不在意的反应感到挫败。

她垂下眼帘，声音轻飘飘的："乔司月。"

"司月？"一道不确定的声音插进来。

乔司月回头，对上女生欣喜的脸。

得知乔司月就是新来的转校生后，苏悦柠嘴角的笑彻底收不住了。

大课间铃声一响，乔司月就被苏悦柠拉去逛了遍学校后花园。

回来时，乔司月看见林屿肆正站在走廊上，不知道在和身旁的男生说着什么，眼角眉梢微微扬起。

初夏的热气散在日光下，像层层暮霭，光影浮动间，男生的脸被衬得格外深邃清隽，普普通通的一件T恤穿在他身上，气质斐然。

乔司月毫不偏颇地认为，林屿肆是自己见过的把校服穿得最干净最好看的男生。

见她突然停下，苏悦柠问："怎么了？"

乔司月摇头："没什么。"

还没来得及收回视线，男生看过来，眼神慵懒随意，游离一瞬后，笔直地同她对上。

乔司月的脑袋一片空白，紧接着看见他朝自己的方向走来，本以为会是一次擦肩而过，可他却在她身前停下。

"乔司月。"

周围人声鼎沸，显得男生不辨情绪的嗓音格外清润，他就这样看着她，眼睛黑而深邃。

乔司月记得很清楚，那天是 2009 年 6 月 15 日。

也是林屿肆第一次叫她的名字。

多年以后，乔司月回忆起当天的情景，很多细枝末节早已被岁月的洪流冲刷得不成样子，唯独记得天气好到不像话，还有他逆光走来的身影，每一帧都格外清晰美好，反复撩拨着她心头那根原本已经生锈的琴弦。

那时，她在心里一遍遍地默念着：

你好，林屿肆。

2

那天唱完 K 回小卖部后，林屿肆问叶晟兰最近有没有见到一个扎马尾辫的女生，拿着一张字条来找她兑钱。

叶晟兰在听见他这么说后喜上眉梢："有女生上门来找你了？"

林屿肆解释："上次零钱没找开，就让她下次再来。"

叶晟兰有些失望，靠在躺椅上，手里的蒲扇一摇一晃，随口说："兑钱的没有，倒有个小姑娘一连几天来买棒棒糖，这桶草莓味棒棒糖全被她买去了。"

林屿肆看过去，原先插满棒棒糖的货架已经空了大半，他"哦"了一声，没再说话。

林屿肆不确定叶晟兰说的那人是不是乔司月，但这不是他关心的点，一边把手伸进口袋，一边说："上次欠你的钱……"

叶晟兰是个仪式感极强的人，每天早上都会往林屿肆口袋里塞颗陈皮糖。林屿肆忘记这茬，找硬币的时候顺便把陈皮糖也掏了出来。

抬眼见乔司月盯着自己手掌看，他索性连糖一起递过去。

乔司月愣愣地接过。

糖纸棱角锋利，但她像感觉不到疼似的，用力收紧手。

突如其来的惊喜砸得乔司月脑袋晕晕乎乎的，回座位没多久，课桌前围了几个人。

头顶大片阴影倾轧而下，乔司月回过神，刚抬起头，有人便沉不住气，开门见山地问："新同学和林屿肆认识呀？"

说话这人是个圆脸女生，眼睛也是圆圆的，戴一副白框眼镜，乔司月总觉得在哪儿见过。

乔司月正在斟酌合适的措辞，苏悦柠抢先说："关你什么事？"

"一大早吃了火药，说话这么炸？"圆脸女生的语气也不太好。

苏悦柠皮笑肉不笑道："只要还没到把你炸到灰飞烟灭的程度，那就算好的。"

僵持了差不多半分钟后，从旁边插进来一道没什么情绪的男声："能安静点吗？"

乔司月忍不住偏头看去，第一次不偏不倚地对上同桌许岩的脸。

他戴着一副厚重的黑框眼镜，刘海快盖住眼睛，气质有些冷郁，握笔时，手背上的青筋暴起得很明显。

圆脸女生瞥见许岩桌上的试卷，神色不屑："我们说话都小声点，千万别影响到大学霸学习，毕竟'千年老二'这头衔也不容易保持住。"

乔司月心口莫名被刺了下，张了张嘴，想说什么又忍住了。

"哐当"一声响，是桌椅碰撞的声音，紧接着，男生离开了座位。

许岩离开后不久，围在乔司月座位旁的人跟着散了。苏悦柠一屁股坐到许岩的位置上："刚才问你话那人叫张楠，是沈一涵的朋友，平时没少替沈一涵打探有关林屿肆的消息。"

乔司月的重点抓得有些偏："沈一涵？"

苏悦柠脑袋转了一圈，没找到人："我们班的文艺委员，现在不在这里，估计是被叫去办公室了。"

仿佛被鬼迷住心窍，乔司月没忍住问："她长什么样呀？"

"能长什么样，就两只眼睛一个鼻子……"苏悦柠撇撇嘴，"我承认，她长得是比一般人好看点，你见到她一眼就能认出。"

乔司月认真地说："我觉得你长得也好看。"

苏悦柠乐了，捏捏她脸颊的软肉："刘海可爱，人更可爱。"

乔司月有些无奈："能别提刘海了吗？"

苏悦柠切了话题："下午有场篮球赛，要一起去看吗？"

乔司月看了一眼课表："可下午有两门主课。"

"放心，自习课才开始呢，不耽误上课的。"

乔司月点头应了声"好"。

上课铃响起，同学们陆续进来。乔司月抬眸，下意识去寻林屿肆的身影，却在不经意间撞进另一双澄澈明亮的眼睛里。对方没有自报家门，可乔司月觉得那就是苏悦柠口中的沈一涵。

是在书店遇到的长发女生。

教室慢慢安静下来，冗长的沉默里，乔司月眼前不受控地浮现出她谈及林屿肆时眼里含光的娇俏模样。

她是那样鲜活的人。

还有苏悦柠和他……

乔司月觉得自己和他们仿佛是两个世界的人，横亘在他们之间的障碍不是她铆足了劲、奋力一跳就能越过的。

下午自习课前，苏悦柠带乔司月去校服售卖点。

来得不巧，今天最后一件 S 码的短袖校服刚卖出。

乔司月没有多想，直接让老板拿 M 码的。

老板仔细打量着她："小姑娘，就你这小身板，穿 S 码的都宽松，M 码的穿在你身上估计跟麻袋一样，我觉得你还是拿最小码 XS 的。"

乔司月接过老板递来的 XS 码校服，两秒后还回去："什么时候能有 S 码的校服？"

"下周，我一周来一次。"

她正犹豫着，一个大块头男生走来，从口袋里摸出一张纸。他一边念，老板一边点货，到最后，M 码的短袖校服全转到男生手里。

乔司月只好买下最小码的短袖校服，好在春秋款校服外套码数齐全，她拿了套 S 码的。

付好钱后，乔司月把校服放回教室。去操场的路上，苏悦柠同乔司月讲了很多学校的人和事，提到最多的是她的两个朋友，陆钊和林屿肆。

结合在书店听到的信息，乔司月得出一个结论：林屿肆成绩很好，但并不是传统意义上的好学生，总迟到、爱打游戏、经常和老师犟嘴。他有自己的一套是非标准，从不拘泥于一些条条框框，也有这个年纪最张扬的意气，无须大肆宣扬，便有无数人为他欢呼喝彩。

苏悦柠拉着乔司月坐下，随后朝林屿肆的方向努了努下巴："看到没，这株狗尾巴草有多吃香，不过也能理解，他确实吸引人。"

乔司月跟着看去，篮球场平时冷冷清清的观赛区已经坐满人，几乎都是冲林屿肆来的，女生居多。

乔司月的面色寡淡了几分，心像坐了次过山车，经过一遭起起落落后，偏头看向苏悦柠,一字一顿地替苏悦柠说出心里话:"可你不是那些人之一。"

她瞳色浅,在阳光下像盈盈秋水,苏悦柠看愣了几秒,手掌撑在身后,把头别回去,忽仰天笑得没心没肺,承认得也坦然:"是呀,我不是。"

苏悦柠和林屿肆之间没多少共同点,他会尝试很多东西,比如竞赛、电游,甚至是摇滚,但又好像没一样是他真正喜欢、向往追求的。

他的心是野的,像风,不停歇地吹,却始终没有归程。

热身运动结束,距离比赛开始还有几分钟,忽然有个寸头男生说:"听说咱们肆哥当着一堆人的面,给那新转来的女生递了一颗糖……"

这人看向林屿肆,笑嘻嘻地问:"你俩啥关系呢?"

这个年纪的男生,日常话题不外乎篮球、球鞋、游戏和女生,有人提了这么一嘴,场面一下子活络开,插科打诨的笑声此起彼伏。

林屿肆瞥他一眼,没回应,低下身子系鞋带,接着起身,将篮球丢过去,声音有些冷:"还打不打?"

"打的打的。"寸头男生接住他的球夹在腋下,屈起右胳膊肘捅过去,嘴角挂着调侃性质的笑,"说真的,她是你什么人?"

林屿肆对他们的浑话越来越反感,嗤笑了声,夺过对方怀里的篮球,远远抛进篮筐,朝记分员比了个手势,冷声道:"债主。"

寸头男生"哟"了一声,正打算结束话题,忽然想起一个小细节:"你确定她是你债主而不是债务人?我怎么觉得她有点怕你啊,早上她在走廊上见到你之后,走路都开始同手同脚了。"

林屿肆眼皮子懒懒一掀,笑得有些刻薄:"不愧是家住海边的,管得就是宽。"

上半场结束,陆钊也和苏悦柠闹腾完,跑回篮球场,手上拿着两瓶水,将其中一瓶朝林屿肆抛过去。

林屿肆接住。

"阿肆,你有没有觉得,乔司月好像还挺漂亮的?之前没仔细看,刚才近距离观察了下,发现她皮肤是真好,五官也确实不差,笑起来还挺好看,感觉整个人都活过来了。"

林屿肆拧瓶盖的动作顿住,几秒后仰头,对嘴猛灌一口水,喉结上下滚动,下颌线绷紧了又放松。

中场休息结束,他把矿泉水放到座椅旁,拿起毛巾胡乱擦了把脸上的汗,微微抬眼,目光停住了。

被距离隔开的那个人,看得不太明晰,连同那瘦瘦弱弱的身形也有些模糊。唯一能看得清楚的,是她半身的沉冷雪色、嵌在衣襟处飘散的红色丝带,以及被风反复吹拂着的深黑裙摆,于灿烂日光里,扬起又落下。

他不动声色地收回视线,没怎么上心,声音依旧懒洋洋的,回答的是陆钊两分钟前的问题。

"是挺漂亮。"

3

林屿肆和陆钊篮球比赛一结束就走了,苏悦柠被语文老师叫到办公室,回来时教室已经空空荡荡的,白炽灯也熄了大半,显得右后方那道瘦小身影格外孤寂。

"你还没走呀?"

乔司月认出对方的声音,搁笔抬头,浅浅一笑:"做会儿功课再走。"

"待会儿要和我一起去唱歌吗?"苏悦柠把胳膊搭在她桌板上,"还有陆钊他们。"

乔司月条件反射般地"啊"了声,然后问:"你们不是前天刚去过吗?"

"唱歌这种活动去多少次都不会腻的,况且上次我临时有事,就没去成,这次补上。"

乔司月扯了扯嘴角:"下次吧。"

苏悦柠有些失望地"哦"了一声,收回手臂:"那我先走了。"

公交车站台在高架另一边,刚过红绿灯路口,乔司月听见身侧有人叫她,她扭头看去。

"司月。"车窗降下,苏悦柠探出半个脑袋,"差点忘了,你把你QQ号给我吧,以后方便联系。"

她扬了扬崭新的手机,上面贴着几颗水钻,在夕阳下闪着亮光。

乔司月收回目光:"我没有手机。"

"那电脑呢?"

乔司月还是摇头。

一时间,苏悦柠不知道该如何接话,好在前排司机缓解了她的尴尬:"还走不走?"

"别催啊,你这不已经开始打表计时了,到了地方我再多给你五十块钱好吧。"

五十块钱,那是乔司月几天的生活费。

"要不你把你的QQ号给我,等我有了手机,再加你。"乔司月撕下练习册一角,连笔一起递给苏悦柠。

苏悦柠"唰唰"几笔,在出租车扬长而去前,丢下一声清脆悦耳的"明天见"。

这会儿天色还没完全暗下来,风依旧潮湿闷热,晚霞悬在半空,被云彩割裂，层次感分明。

在看到写着"龙阙KTV"的霓虹招牌时，乔司月心中的失落感加重了几分。

他会去哪个KTV呢？

现在是不是已经坐在包厢里了？

他会点哪些歌呢？

乔司月思绪一下子被扯得很远，但一想到未来有一段时间能和他待在同一空间，心里的难过渐渐消退，那股欢喜和期待简直快要溢出来，呼吸都变得轻快顺畅许多。

路上交通拥堵，乔司月回到家已经是下午六点，苏蓉刚烧好饭菜。

乔司月目光掠过沙发上的方惠珍和乔惟弋："爸爸还没回来吗？"

苏蓉把碗筷递给她，面容是藏不住的憔悴："家里没电脑，要赶个报告，只能留在公司加班，也不知道什么时候才能回来，你们先吃。"

乔司月慢慢吞吞地吃完饭，帮苏蓉一起收拾碗筷。

把碗筷挪到水槽后，她装作不在意地提了句："上次去小卖部，没找开的钱拿回来了。"

苏蓉没过问细节，心不在焉地"哦"了一声，继续洗碗。

她的目光不知道落在哪儿，眉宇间是化不开的忧愁。

乔司月把钱塞进苏蓉兜里，没立刻走，安静地站在她身后，发现她头发少了很多，黑发里掺进去零星的银丝，她个子也没自己高。

这样的注视，破天荒地让乔司月升起居高临下的错觉。

不知怎的，乔司月心里紧了又紧，但她什么也没说，沉默着回到卧室。

晚上十点，乔司月下楼打水，路过父母房间时，听见里面传来不轻不重的争执声。

苏蓉："你这样天天在公司待到十来点也不是办法，我看干脆买台电脑算了。"

家里原来有台式电脑，年代久远，系统运行卡顿，加上搬家携带不便，就以低价转卖出去了。

"家里现在哪儿来的闲钱买电脑，小弋马上要念小学了，到时候又得花钱。"乔崇文长长地叹了声气，"还有乔乔，再这样下去，估计到时候高考连上一本线都悬。我想着给她报个培训班，先把成绩升上去，再走一步看一步。"

苏蓉也叹气："要不先让你妈问问邻居有谁要出二手的，价格合适，再好好考虑一下。"

"再说吧。"

乔司月越听越不是滋味，回房后拿出数学试卷，把空白的地方填上，没几分钟，又拿起修正带将这些痕迹全部抹去。

第二天，乔司月换上昨天买的校服。

校服不算小，只是胸围那块有些紧。

不知道是衣服的缘故还是心理作用，乔司月觉得胸口闷得厉害。

她解开领子上的两粒纽扣，回到卧室，把长袖外套塞进书包，出门后才敢拿出来往身上套。

这一幕恰好被隔壁张婶捕捉到，问："穿这么多不热啊？"

方言和普通话的结合，意外的是乔司月这次听懂了。

"太阳有些晒。"

乔司月走远后，张婶拿起扫把清理门前落叶，轻声嘀咕："惠珍姐说得没错，她家这孙女是真的娇气哟。"

乔司月到教室的时候，林屿肆已经趴在座位上，眼皮耷拉着，没什么精神。

他好像永远都睡不饱似的，睡觉的姿势也很统一，侧脸贴在桌板上，右手臂抻得很直，手掌垂在半空。

有次，和苏悦柠聊天时，乔司月装作不经意地提起林屿肆："他为什么总在睡觉？"

苏悦柠用开玩笑的口吻说："他晚上精力太旺盛，所以天天熬夜。"

乔司月没听出她话里的歧义，诧异道："那他还能考年级第一？"

"他中考后的那个暑假就把高一、高二的知识点全部学完了。"苏悦柠又说，"你别看阿肆平时游手好闲的，关键时刻还挺靠谱。初三那会儿，明港组织了场马拉松比赛，要是能代表学校获奖，中考能加不少分。阿肆当然用不着加分，但陆钊那吊车尾的成绩不行，所以他就和陆钊一起代表学校参加了那届马拉松。那段时间，他们连上下学都是跑着去的。

"至于最近一段时间，他忙着准备那什么科技创新大赛，每晚基本只睡四个钟头。

"我觉得网上有句话说得挺好的：你必须非常努力，才可以看起来毫不费力。阿肆在很多方面都有天分，家里条件也好，但他付出的努力并不见得比别人少。可惜绝大多数人只看到了他的天分，甚至有些人把他得到的这些都看作不劳而获。"

后来那节地理课，乔司月什么也没听进去，脑子里循环着苏悦柠告诉她的这些事。

明明和自己没什么关系，可她心里却生出满满的自豪感。

第三节是英语课，乔司月忘带习题本，只能寻求同桌的帮助。

许岩侧眸看她，右手仍保持握笔的姿势，没有半点挪动的意思。

乔司月无可奈何地收回视线，拿起笔，装模作样地在课本上写写画画。

英语老师的发音并不标准，听力难度比两倍速的高考试题还要大，加上没有习题本，很多词汇乔司月都没有听懂，一堂课下来，只记住"be""to be""being"，还有他用中文叙述的他在英国留学时期的罗曼史。

得知乔司月盯了一节课的空桌板后，苏悦柠心里的怒气压不住了："要不我去找班主任，让她调个位置，你和我同桌算了。我虽然成绩不太行，但不至于连借书给同桌这点小事都帮不上忙。"她放大音量，像是故意说给许岩听似的。

许岩不为所动，一直保持着拿笔刷题的姿势。

看他"刀枪不入"的模样，苏悦柠彻底无语了，没再和他计较，想起接下来的数学课，觉得有必要和乔司月打个预防针。

"上赵老师的课，最重要的一点是专心。你可以做不出他布置的题目，但态度一定要摆正，千万不能走神，也不能在底下搞小动作，记住了吗？"苏悦柠屈指敲敲乔司月的额头，一板一眼地教育道。

乔司月轻轻点头："我记住了。"

"那你把我刚才的话一字不落地重复一遍。"

乔司月被堵得哑口无言。

这堂课，乔司月还是走神了。

"找几个同学上来把这些题目都做了啊。"赵毅扫视一圈，"抽屉里藏着什么大宝贝，一个个的都舍不得抬头？"说着，他捕捉到一张陌生的面孔，"咱们班来了个新同学是吧，那行……"

乔司月没抬头，也知道这会儿不少人的视线正落在自己身上。

两秒的停顿后，赵毅说："你上来把这道题做了。"

苏悦柠扭头瞥见乔司月一头雾水的表情，心里比她还急，没过脑就直接喊："老赵，我要举报，林屿肆刚才打瞌睡了。"

林屿肆没有辩驳，对着苏悦柠嗤笑一声，在赵毅的眼神压迫下，起身朝讲台走去。

中途他被苏悦柠拉住，用口型示意：帮帮她。

他没有正面回应她的请求，目光投向正杵在黑板前不知所措的女生，懒懒地扬了下眉。

赵毅在底下转了一圈，"指点江山"过后，抬眼直接对上黑板前几乎要贴在一起的两个人："哎哎哎，林屿肆你怎么回事？乔司月身上有答案吗？赶紧给我回自己位置去。"

林屿肆一只手插回兜里，站姿松松垮垮，笑容里带了点玩世不恭的意味："刚打完瞌睡还没清醒过来，怕待会儿做题做到昏厥，没人在旁边扶住我。"

他声线倦怠，语速放得很慢，像真有这么回事似的。

陆钊带头笑起来。

赵毅被气到八字胡一抖一抖的，忙着控场，无暇教育林屿肆抬杠的行为，也就由着他去。

乔司月也笑了，嘴角微微弯起，心里的迷茫和惶恐随之消散不少，忍不住朝他看过去。

室内窗明几净，白晃晃的日光灯从头洒下光芒，十六七岁的少年像青竹一般高挺秀颀，眼窝深邃，下巴线条十净利落。

他身形看上去清瘦，但恰好能掩住双手同时进行的小动作，抖动的阴影里，藏着两段隽秀工整却不同内容的字迹，还特地在左卜角标注题号。

也不知道看了多久，乔司月的目光终于从他骨节分明的手指上挪开，思绪百转千回间，忽然一怔，有些不可置信。

他这是在帮自己？

意识到这点后，乔司月心跳陡然漏了几拍。怕泄露心事，她暗暗深吸一口气，努力让情绪平缓下来，忽而听见他极低的声音："二十一题。"

她的视线才落回到他的右手边，空间有限，他的解题步骤简化不少。

乔司月重新看了遍题目，没按他的来，自己换了套解题思路，落笔飞快。

这点林屿肆注意到了，转瞬即逝的兴味后，他擦去黑板上的证据。

不知道是不是乔司月的错觉，在她回座位后，许岩的目光在她身上停留了一瞬。

下课后，苏悦柠第一时间来到乔司月座位旁："刚才他有没有帮你？"

乔司月慢半拍地点头。

苏悦柠眼睛弯起来，论功讨赏般的语气："那他还挺上道，我还以为刚才把他这么一卖，他肯定不会帮你的。"

话音落下，乔司月又想起林屿肆上讲台前，苏悦柠那急迫的一嗓子，心里忽然有些酸胀。

霖安中学不像乔司月之前就读的高中，每班都配有一台饮水机，这里只有一个公用的茶水间，说是茶水间，其实就是在每层楼中间隔开一块公共区域，再放两台大容量的饮水机。

课后，乔司月拿上保温杯去灌水。

走廊上没多少人，比平时安静很多。

张楠的声音猝不及防地飘进乔司月耳朵里。

"听隔壁班的李杨说，我们班新来的转学生是他的债主。"

似乎听见她哼笑一声，乔司月脚步倏地顿住。

张楠没有点名道姓，但乔司月隐隐有种感觉，这个"他"就是林屿肆。

张楠："这种话你信吗？反正我是不信……林屿肆家里会缺钱？他穿的用的，哪一件不贵？再说了，还钱就还钱，送颗糖算怎么一回事？"

乔司月大脑空了一瞬，丝毫没察觉到保温杯上的漆已经被指甲抠出一道月牙状的痕迹。

她心头滋味难辨，转瞬听见沈一涵用平淡的语气说："那有什么？他一直都是个很温柔的人，照顾新同学应该的。况且不就是一颗陈皮糖嘛，上个月他不是给全班分了个遍？"

也不知道是说给谁听的，沈一涵的最后一句话压得很轻："这真没什么大不了的。"

乔司月彻底僵住，数学课上残留的一丝欢喜被冲刷得荡然无存，一路跌跌撞撞地回到教室。

电风扇送过来一阵清凉的风，粘在后颈的汗液在这种刺激下，有和冰锥一般的刺激效果，她猛地一颤。

苏悦柠摘下耳机，走到她座位旁，担忧地问："你没事吧，怎么倒个水的工夫，脸白成这样了？"

乔司月摇摇头，揩去额角渗出的汗："可能是天气热中暑了。"

"那你快把外套脱了呀。"

"没事的，我以前经常中暑，刮下痧就好了。"

苏悦柠还是不放心，找出上次中暑后放在课桌角落的藿香正气水，递给她，又想到自己的座位恰好在电风扇底下："你今天和我换下座位，我那儿比较凉快。"

乔司月拗不过苏悦柠，把水杯和下节课要用的教材、练习本挪到苏悦柠的座位上，捏着鼻子灌下藿香正气水。她刚坐下，沈一涵和张楠前后脚进来。

几个人的目光在半空相交，乔司月想起在茶水间听到的那些话，喉咙一痛，口中的味道苦涩难忍。

她率先别开眼，打开保温杯，微微仰头，突然一顿，终于意识到自己刚才走得匆忙忘记装水，这一口下去，灌进去的全是空气，在肺腑里横冲直撞。

她忽然有些讨厌这样的自己。

明明很在乎，却要装出一副无关紧要的姿态，失望后还要故作洒脱，反反复复被同一种暗无天日的情绪牵着鼻子走。

难道过分关注一个人都会变成这样吗？

4

这种疑惑延续了足足一周。

周一大课间国旗下的讲话结束后，年级主任重点表扬了这次去市里参加化学竞赛获奖的几位同学，林屿肆的名字也在其中，拿的还是一等奖。

今天气温有三十几摄氏度，站在太阳底下，整个人像被放在熔炉里烤。

六班班主任不在，没人管，一个个跟蔫了似的，叫苦连天。

苏悦柠把胳膊搭在乔司月肩上，手掌不停扇着风，时不时抱怨几句："就这一点事不能广播通报吗？这天这么热，我都快化了。"

好几秒得不到乔司月的回应，苏悦柠侧头看她，稍愣后问："你在笑什么呀？"

乔司月笑起来时嘴角有一道很浅的梨涡，苏悦柠没忍住轻轻戳了戳。

乔司月努力收住笑："年级主任刚才用错了一个成语。"

苏悦柠没跟上她的脑回路："啊？"

"'首当其冲'不是这么用的。"

苏悦柠半信半疑，总觉得她藏着什么事："可你的脸也很红哎。"

"可能是在替他感到羞愧。"

苏悦柠"噗"地笑出声。

乔司月不太能理解她的笑点，眨了眨眼睛，没说话。

回教室的队伍在离开大操场就散得不成样子，苏悦柠拉着乔司月抄了条近路。

靠近人工湖那一边，立着几块公告栏。

乔司月看到林屿肆的照片被贴在红榜上，那是第一名的位置，在他的右边和斜对角都是认识的人，许岩和沈一涵。

见她停下，苏悦柠跟着止住脚步，顺着她的视线飞快扫了眼，解释道："每次大型考试的年级前五十名都会被贴在这儿，不过换榜这么多次，上面这几张脸几乎都没怎么变过。"

乔司月想问"那他呢，一直都是年级第一吗"，话到嘴边，却不由自主变成了："年级前三也都没变过吗？"

"准确来说，是年级前二。"苏悦柠一直不喜欢许岩，觉得他太阴暗，每回提到他时，话里总会带上刺，"你那同桌'千年老二'的名号可不是'浪得虚名'的，只能说，既生肆，何生岩？"

正说着，几道身影走来，乔司月的注意力很快被夺走。

林屿肆和陆钊并排走在一起，两个人勾肩搭背的，不知道在聊些什么，时不时有笑声传来。

这几天观察下来，乔司月发现林屿肆笑的时候从来不收敛表情，薄唇扬起，眼角叉开的弧度更加明显。

他的世界里好像一直都是这样，晴空万里，就算有过短暂的暴雨侵袭，张扬的笑声依旧不会散场。

没来由地，乔司月落寞的心情被他的笑容感染到，一切的苦闷好像都变得不重要了。

即便他永远没有机会知道，就在不久前，距离他不到三米外的贫瘠荒原上已经刮过了一场飓风。

回教室不久，上周的语文周考试卷也发下来了。

苏悦柠抱着试卷坐在乔司月前排唉声叹气："待会儿又要被老高训了。"老高是六班的语文老师，教学风格幽默风趣，但对学生要求很严格。

乔司月问苏悦柠要来试卷，仔细对比后，发现她基础题失分太多。

"其实拼音、成语解释这两题很多选项都是从考过的试题里挑的，所以你可以把平时遇到的疑难读音、成语都记录到本子里，早读课拿出来读一读。"乔司月说，"还有阅读理解，不同题型，它都是有固定的答题模板。我笔记里有记，你可以拿去看看。"

苏悦柠直点头，接过乔司月递来的笔记，认真看了看："笔记能借我复印一下吗？"

"嗯。"

苏悦柠是行动派，得到她同意后，跑去复印室，顺便给陆钊也复印了份。

距离上课还有七八分钟时，班长走到乔司月座位旁："班主任让你去趟办公室。"

乔司月一到办公室，盛薇就问："一周时间下来，各方面都还适应吗？"

乔司月没有多想就回答："都挺好的。"

盛薇仔细观察着她的反应，片刻才正式切入话题："我看你上周的数学成绩不是特别理想，赵老师上课节奏快，你要是有不理解的，课后一定要多去找他。"

乔司月点点头，突然想到什么，问："盛老师，我可以参加下学期的数学竞赛吗？"赵毅在课堂上提过一句，她记下了。

盛薇愣了一下，说："这学期的数学期末成绩每个班排名前五的学生都有资格，到时候学校会再统一安排一次选拔，综合成绩在年级前十的都能参加市里的比赛。"

乔司月又点头。

盛薇发现这姑娘话是真少，总给人一种少年老成的感觉："平时有什么困惑都可以来找我。"

顿了顿，盛薇又说："我看苏悦柠和你关系挺好的，有什么不方便告诉我的，可以多和她说说。她是个很可爱的小姑娘，和她在一起，你会开心很多的。"

乔司月不置可否。

盛薇没什么其他要紧事要说，就放她回教室。

乔司月走出几步折返:"盛老师,校服这个月都买不到吗?"

今早乔司月又去了趟校服售卖点,得知原来的服装厂被查出存在质检不合格、生产环境未达标等问题,被管理部门勒令停业整改,和学校的采办合同终止。

盛薇这才注意到她身上的长袖外套,想了两秒后说:"新的服装生产厂家,学校这边还在接洽,最快也得下月初了。"

乔司月被叫去办公室这段时间,苏悦柠跟陆钊他们去了食堂旁边新开的小超市。

"我发现她好像有点偏科。"苏悦柠接过陆钊递来的汽水,猛吸了门,继续说,"她作文挺厉害,这次考试才扣了两分,刚才还辅导我功课,教我怎么记词语最有效。不过,上周期末模拟她数学才考了一百一十分,连班级中等水平都没有,老赵课上布置的题目,她也不会做。"

"这有什么,那几道题目我也不会。"陆钊不以为意地说。

苏悦柠嘴里的汽水差点喷出来:"你会才有鬼了。"

林屿肆对他们的话题不太感兴趣,一直在低头玩手机。

"肆儿,'道明肆'!"苏悦柠不满他的态度,喊他,"你现在就坐在司月的斜后方,学习上的事你能帮就多帮帮她呗,指望她同桌好像没戏。"

林屿肆这才抬起脑袋,漫不经心地一笑:"你先问她需不需要再说。"

赵毅在课堂上布置的那几道题难度算不上很大,但能在短短几秒钟里就得出答案的水平,实验班估计也拎不出几个。

林屿肆不明白乔司月为什么要隐藏实力。

林屿肆按灭屏幕,从冰柜里拿出一瓶冰可乐,付完钱后示意陆钊他们:"上课了。"

陆钊正要跟上林屿肆,被苏悦柠一把拉回来:"你说他刚才是什么意思?"

"傻了吧唧的,这么简单的意思都听不出来?"陆钊投去鄙夷的一瞥,然后解释,"我们肆儿一直都是热心肠的好小伙,自然是愿意帮的,但说到底,这事的决定权在你好朋友手上,他帮是一回事,人家领不领情就另当别论了。"

苏悦柠不赞同他的说法,"司月不是那种高冷的人,她只是不知道怎么才能自然地和别人相处。其实她人很好的,只要你肯朝她迈出一步,她会加倍对你好的。"

陆钊对她们那种"上个洗手间都要结伴同行"的闺蜜情不感兴趣,耐心告罄后,直接打断:"知道你朋友最好了,全天下没人配得上做她朋友,行了吧?"

"也不能这么说,"苏悦柠小声说了句,"我看肆儿就行。"

苏悦柠带回来一杯冰镇柠檬水。

这会儿乔司月已经坐在自己的位置上，低头不知道在写什么。

苏悦柠走进来，看到那纸上密密麻麻的数字。

"试卷刚发下来没多久，你怎么就已经做到解答题了？"

乔司月接过她递来的汽水，道了声谢后，用没什么起伏的语调说："这次试卷不难，很多都是基础题。"

临近上课，教室里闹腾的动静小了不少，衬得乔司月的声音格外清晰。

许岩拿笔的手微微一顿，抬头扫了她一眼。

苏悦柠的心思还停留在之前的对话上，没有多想，随意地"哦"了一声。

午饭时，她还是没忍住问道："司月，你觉得林屿肆这人怎么样？"

乔司月呼吸一滞，好一会儿才含混不清地说了句："挺好的。"

第三章
我与你

1

林屿肆在这时回到座位,乔司月下意识地抬眸,他的视线刚好迎上来,她心跳不可控地加快。不过两秒,他就挪开视线。

也因这一抬眼,乔司月意外撞上五米外沈一涵的眼睛。

准确来说,沈一涵是在看林屿肆。

那样的小心翼翼,又舍不得挪开,和自己拼命想藏住的目光别无二样。

乔司月没什么胃口,几乎没怎么动过筷子,把餐盘放到回收处的路上,冷不丁被两个男生撞倒在地。

她蒙了蒙,没几秒,游离的意识被苏悦柠的尖叫声拉了回来,低头,就看见自己的蓝白校服外套沾上大片汤汁。

苏悦柠小跑过来,将人扶起后,忙抽出几张纸巾往她身上揩去,但汤汁早就渗进衣服里,污渍依旧明显。

苏悦柠想也没想,直接把乔司月的外套扒下,挂在臂弯。

乔司月后知后觉反应过来,抬眼看见一群人正意味不明地看着自己,她慌忙抢回外套,抱在身前。

苏悦柠愣了几秒,朝她离开的方向追去,刚跑出食堂,脚步突然顿住。

隔着一道铁丝网,苏悦柠看见这身形单薄的女生站在水槽前,双手使劲揉搓着校服。

后来那一整个下午，乔司月都没离开过座位。

第二节课后，苏悦柠走到她座位旁问："你的脸色好像越来越难看了，要不我陪你去校医室吧？"

"不用了，我在桌子上趴会儿就行。"

"那你要是还不舒服，就和我说一声，我陪你去校医室。"

乔司月点头，想起乔崇文早上说的话，扯了扯苏悦柠的衣摆："能借我一下手机吗？我想给家里人发条短信。"

苏悦柠把手机从桌下递过去，乔司月接过后给乔崇文发了条消息，让他下午别来接。

放学后，乔司月多待了半个小时，等教室里的人都走光了，才抱起外套离开。

就在几天前，公交车线路更改，变更后的站点离乔家还有一段距离。路上人烟稀少，偶尔有几辆自行车驶过。

乔司月长舒一口气，将校服放进书包，忽然听见一道略显沙哑的男声。

"小姑娘。"

突如其来的声音，把她吓了一跳。

她停下脚步抬起头，一个骑电瓶车的陌生男人正堵在她身前，模样看上去有四五十岁，穿着深灰色的 Polo 衫。

这会儿天色已经暗淡，街边路灯接二连三地亮起。男人笑起来，脸上的皱纹加深几分，半明半暗间，像纵横交错的沟壑。

乔司月以为他是来问路的，转头却听见他说："发育得真好。"

周围太过安静，显得他的声音格外清楚。

那一瞬间，乔司月感觉全身上下的力气都被抽干，趔趄几步跌坐在地。

几乎在同一时刻，余光里出现一道残影。

"砰"的一声，篮球落在地上。

男人的脸被砸出一道红印子，正要发火，少年捡起篮球，作势要往他身上砸第二下。

他骂骂咧咧几声，骑上电瓶车掉头走远。

乔司月这才僵硬地转过头，随即一怔。

视线中，一道秀颀的身影被灯光浸润着，不遮不掩地映入眼帘。

她不清楚林屿肆是什么时候出现的，但从他刚才的行为举止看，那些污言秽语他一字不落全听见了。

"还傻坐着干什么？"

林屿肆在乔司月身侧停下，稍稍弓身，宽大的手掌伸过去，手背上的青筋一路蔓延至手臂。

见她没反应，他直接握住她的小臂，将人往上带。

被他拽起后，乔司月才反应过来，甩开他的手。

时间被拉得无限漫长，也不知道过了多久，她才敢抬头看他，他的脸隐匿在树叶斑驳的光影里，投射过来的眼神深而黑。

乔司月不想让他误会，深吸一口气解释："我刚才不是故意要甩开你的。"

像难以启齿似的，她停顿了好久才又说："我只是不太习惯别人碰我。"

林屿肆看着她，习惯性地屈指准备朝她脑门上叩，忽然反应过来，手顿在半空两秒后收回，不甚在意地笑了下："你和我道什么歉？"

他后退两步，腾出舒适距离后问："你家在哪儿？"

乔司月愣了下，随后听见他又说："送你回去？"

尾音上扬，听上去像个征询意见的问句，落在耳朵里，却轻柔得不像话。

乔司月无意识往后挪了一小步，却被对方视为拒绝。

林屿肆没有强求，从包里拿出一个小瓶子："拿去。"

乔司月愣愣接过："这是什么？"

"辣椒水。"

意料之外的答案，乔司月语塞。

林屿肆从她的眼睛里读出"你怎么会有这种东西"的困惑，随口说了句："有人落在我这里的，现在送你了，不用还。"

他没再停留，单手钩住书包带往回走。

乔司月一动不动地看着他离开的背影。

他的头发似乎长了些，步伐不似平日里那般松散，皎洁的月光平铺在他肩头，像极了西北雪夜里的白杨，坚韧又挺拔。

这片天安静到只有树叶婆娑的声响。

渐渐地，乔司月看迷了眼睛，不自觉攥紧瓶子，等"那棵白杨"消失后才抬起脚，踩着左侧的黄线，缓步朝前走去。

乔司月到家时，乔崇文已经上桌剥着花生米。

听见动静，他懒懒抬眼："这么晚，老师又拖堂了？"

乔司月低声说："没，在教室做了会儿作业。"

乔崇文"哦"了声，想起什么，状似无意地提了嘴："今天给我发消息的手机你问谁借的？"

"同班同学。"

"男生还是女生。"

"女生。"

"学习怎么样？"

"我刚来还不清楚。"片刻，乔司月补充道，"她性格挺开朗的。"

乔崇文笑起来："开朗好啊，你多跟人家学学，好治治自己的孤僻。"
乔司月低下头，没再说话。

今天一天都吃得少，晚上不到八点，乔司月有些饿了，下楼拿水果。
耳边传来淅淅沥沥的水声，透过窗玻璃，她看见苏蓉正在院子里洗衣服。
犹豫片刻，她跑回四楼，从包里拿出校服外套递给苏蓉："外套弄脏了，我中午用清水简单冲洗过，油渍没冲掉。"
庭院廊下亮着一盏白炽灯，光线微弱，校服领口那摊印记还是很明显。
"怎么沾上的？"苏蓉接过外套，随手扔进水槽。
"在食堂吃饭的时候，有人不小心泼到我身上。"
苏蓉狐疑地眯起眼睛："是不是有人欺负你？"
乔司月愣了下，"没有。"
"要是真有人欺负你了，就和我们说，我和你爸……"
她话还没说完，就被乔司月打断，声音有些冷："真是不小心的。"
乔司月说话总是温声细语的，嗓音里带了点吴侬软语的嗔意，可当她不自觉加快语速，语气就会变得像深冬的针叶与白霜，尖锐又冷冽。
苏蓉扭头看她，见她脸上一如既往地没什么情绪，便收了探究到底的心思。
等校服外套完全没入水中，乔司月才转身，苏蓉的声音从背后传来："这么热的天气，你怎么穿外套去学校？"
"今天有音乐课，音乐教室空调开得低，穿短袖会冷。"
苏蓉本来就是随口一问，听她这么说，便没再说什么。
在乔司月的脚步声即将消失前，苏蓉鬼使神差地回头看了眼，昏黄檐灯下，十六岁的少女身形异常单薄，瘦削的侧身轮廓线条映在白墙上，像被硬生生拉弯的铁丝。
苏蓉眉头一下子皱起，扬着嗓门喊了句："乔乔，把背给我挺直了。"
这声过去，她便收回目光，自然而然地错过墙上忽然颤动的黑影。
失去话语声的小院格外沉寂，不一会儿，空气里响起捣衣杵敲在石板上的沉闷声音。
无形之中，乔司月感觉到有一双手正搭在自己双肩，狠命往下一按，没有骨骼碎裂的声音，但打在墙上的脊背轮廓又弯了几度。
她扬起下巴，不期然对上头顶晃荡的吊灯。细碎的光影融进眼底，带来潮湿的雾气。

这天晚上，乔司月失眠了，卧室窗帘没拉，月光倾泻进来，映出脸上两道亮盈盈的痕迹。
耳边又响起熟悉的铁轨震颤声，她一遍遍地数着，意识慢慢模糊。

第二天早上醒来时，乔司月汗流浃背。

她披了件开衫下楼："妈，我有点不舒服，今天能不去学校吗？"

乔崇文见她脸色很难看，放下筷子问："是不是昨晚着凉了？"

苏蓉走过去探了探她额头："没发烧啊。"

"可能中暑了。"乔司月说。

"又中暑了？"苏蓉皱了皱眉，一手握住她肩膀，另一只手用力在她后颈一拧，还真抓出了一道印子，颜色略深。

临近期末，课业繁重，乔崇义没同意乔司月请假，去药店买了盒藿香正气水，让她打车去学校。

一来一去浪费不少时间，乔司月最后踩点进的班级。

她把头压得很低，恐慌感随着她融入人群后一股脑涌了上来，和耳边的议论声夹杂在一起，一下又一下地敲击着心脏。她手脚渐渐冰冷，脊背僵硬到挺直。

隐约听见有人叫了声她的名字，她猛地一颤，拳头不自觉攥紧，进入警备状态。

"交作业了。"那人说。

乔司月顿了下，从书包里拿出试卷，递过去。

课代表没看她，接过试卷就走。

乔司月慢吞吞地抬起头，扫视一圈，发现这会儿根本没有人把注意力放在自己身上。

这让她松了一口气，可接下来她听到的交谈声，让她的心再次提到嗓子眼。

"你们听说了没？昨天下午林屿肆在篮球场跟隔壁班的李杨起冲突了……"

2

后面的话，乔司月已经没心情再听下去了。

在班里，她只有苏悦柠一个朋友，很少与其他人交流，所以她并不知道林屿肆在别人眼里是什么样，但说到底，那些或好或坏的评价都和她无关。

只不过偶尔她也会生出一个疑惑：林屿肆会不会只是自己潜意识里虚构出的一个完美人设？

自己在看他时加了一层厚重的滤镜，而这滤镜足够磨去他身上所有的瑕疵，只留下吸引人的闪光点。

窗外飘进来细密的雨丝，乔司月起身去关窗户，余光瞥见林屿肆空空荡荡的座位，脑海里一下子闪过很多画面，全部与他有关。

他会在进教室后，顺手摁住门框，等身后的人进来再松开。

他每天都会给陆钊和苏悦柠带早饭，在知道苏悦柠拿自己当朋友后，两人份的早餐变成三人份。

乔司月没告诉他的是，每次出门前她都已经在苏蓉强制性的要求下，塞进去一肚子的豆浆、馒头，但她还是会把他给的那些，一口一口全咽下去。

他从不会在其他男生说难听的荤话时，加入他们的队伍，跟着一起乱开女生的玩笑。

他的温柔是体现在细节上的，而教养是刻进骨子里的。

这样的人，怎么会平白无故同别人发生冲突？

一整个上午，乔司月都心不在焉的，她没法控制自己不胡思乱想。尤其是在看到他的空座位后，这种焦虑逐渐演变成惶恐不安。

苏悦柠请了一上午的假，下午第三节体育课才来。

临近期末，体育课全部改成自习，乔司月主动和苏悦柠的同桌交换座位。

"我听班上的人说，林……屿肆和隔壁班的男生起冲突了。"她捏捏手心，摆出若无其事的姿态。

对比起来，苏悦柠的态度显得平淡很多："是有这回事，但具体的我和陆钊也不清楚。"

"你不担心吗？"见班长循声看过来，乔司月做贼心虚般地咳了两声。

苏悦柠清了清嗓子，趁班长不注意，凑到乔司月耳边："我们出去说。"

她拉着乔司月去食堂附近新开的饮品店买了两杯奶茶，回程的路上不紧不慢道："阿肆不是那种无事生非的人，如果不是李杨先挑事，他不可能先做什么的。"

乔司月咬了咬吸管，若有似无地"嗯"了一声，手里的奶茶触感冰凉，心头的燥热跟着逐渐冷却下来。

回教室没多久，下课铃声响起，四周都是同学们的交谈，聊的全是那事。

乔司月听得有些烦闷，正准备去走廊吹会儿风，男生戴一顶纯黑棒球帽，单手钩着书包带，大步朝她走过来，脸上没什么情绪，似乎一点都没有被流言影响到。

她保持右脚停在半空的姿势，直到人走近，带来一阵清爽的风，随后听见他问："怎么了？"

乔司月摇头，紧接着回到座位坐下。

林屿肆没怎么在意，把书包往课桌里胡乱一塞，压低帽檐，倒头就睡。

窸窸窣窣的议论声里，突兀地插进一道凳脚在大理石地面划拉的声响。

听到声响，林屿肆撩起眼皮。

陆钊开门见山地问："你跟我说实话，昨天你和李杨到底发生了什么？"

李杨和林屿肆不对付这事，陆钊一直知道，也知道林屿肆是顾及自己，才没跟人撕破脸。

林屿肆用食指顶了顶帽檐，淡声道："嘴巴太脏了。"

已成既定事实，陆钊再替他着急也无济于事，三两步回了座位，把下巴搁在桌板上："所以你今天一天上哪儿去了？还是说你怕李杨来找你麻烦？"

"早上班主任打电话给我，让我今天先别来学校。"

闻言，陆钊一脸不可置信："我怎么轮不到这种好事？"

林屿肆没解释，拧开瓶盖，灌了一大口水。

这时，班长风风火火地跑进教室，叉腰喘了会儿气："林屿肆，你外婆来学校了，现在就在年级主任办公室。"

四十多个脑袋齐刷刷转到一个方向。

对于叶晟兰为什么会来学校，林屿肆心里已经有了答案。他没急着走，将空瓶远远抛进垃圾桶，转头看向同桌唐宋："你这眼镜多少度？"

"左眼50度，右眼100度。"

"摘下还能看清黑板吗？"

唐宋搁下笔："什么事你直说。"

林屿肆也不再和他绕圈子："借我会儿，装个斯文人。"

"和李杨那事有关？"

林屿肆"嗯"了一声。

唐宋情绪突然高涨，飞速摘下眼镜，双手递上："这事我挺你，你务必加油！"

李杨在学校里是出了名的泼皮无赖，唐宋之前也被他欺负过，这会儿恨不得林屿肆替他狠狠出了这口恶气。

林屿肆摘下帽子，刚把眼镜戴上，就听陆钊"啧"了声："斯文败类啊。"

乔司月下意识回头看去，看见林屿肆鼻梁处架着一副烟灰色细边眼镜，愣了愣。

戴上还真挺符合陆钊形容的那气质。

林屿肆到年级主任办公室时，里面的气氛可以称得上剑拔弩张。

叶晟兰眼尖，第一个注意到门口站着的人，挥挥手，旁若无人道："肆儿，到外婆这里来。"

林屿肆象征性地敲了敲门。

他一走进办公室，叶晟兰就开口问道："听说你昨天动手了？"

"是。"他承认得坦荡。

"伤着没？"

"没事。"

李母冷脸打断："既然人已经齐了，那我们就打开天窗说亮话，我儿子被欺负这事今天必须给个说法。"

"你们想要什么说法?"抛出这个问题后,叶晟兰并给他们开口的时间,自顾自地说,"这样好了,大家各退一步,我替你们教训他,这件事就到此为止。"

李杨母子愣了几秒。

空气里倏然响起一道轻响。

叶晟兰其实根本没用多少力气,包括这声"啪",也是她嘴里发出的。

而林屿肆像早看穿了她的意图,在她手掌贴到他脑门的那一刹,极其配合地低下头,又装模作样地"嗯"了声。

一个愿打,一个愿挨。

当即有人没憋住笑出声来,视线聚焦的地方,盛薇正捂嘴笑着。

她变脸的速度更快,不到两秒,唇线绷得平直,又装腔作势地抬了抬眼镜:"既然如此,那这事就到此为止吧。都到期末了,课业本来就紧张,再耗下去也只会耽误学习。要是这次期末考我们班的林屿肆保不住年级第一,到时候我找谁说理去?"

李母不乐意了:"盛老师是吧?现在都是素质教育了,人品不行,学习再好有什么用?"

叶晟兰跟着甩脸:"哎哎,我说,你跟我在这儿阴阳怪气些什么?"

眼见局势越来越难以把控,年级主任出来打圆场:"我看这样……我们要不先听听李杨同学的意见。"

听到年级主任这么说,李杨的脸色骤然缓和下来,下巴一昂,摆谱道:"这事可以翻篇,前提是他得在全校面前跟我道歉。"

林屿肆嘴角还提着笑:"道歉可以——"拖腔拉调的,"但我为什么要跟你道歉?"

李杨母子噎住。

"从我进来到现在,你们一直在讨说法,行啊,那就从头说起。"林屿肆稍稍站直身子,脸上的笑收敛了几分,"让他亲口说说事情的起因是什么。"

这事说起来就怪李杨这张嘴。

乔司月被人淋了一身汤水的时候,李杨正好在场。放学后,他约了人在篮球场打球,中场休息时没忍住提了一嘴:"六班新转来那女生看上去瘦得跟个猴子一样,没想到还挺有料。"

他两只手放在胸前,比了个手势,垃圾话一句接一句蹦出:"就是长得有点素,其他的倒是和路迦蓝有得一拼。"

其余几人跟着笑到不行。

李杨还想说什么,猝不及防被人从后推了一把,重心不稳摔了个狗啃泥。

场上安静几秒,他跟跪着起身,飙了句脏话,扭头一看,瞬间戾了。

林屿肆冷着一张脸,逼近几步:"你刚才说什么?"

李杨僵硬地笑了声:"没说什么啊,就随便开开玩笑。"

"开玩笑是吧?那我也跟你开开玩笑。"

不给对方反应时间,林屿肆瞬间逼近。

事情发生得太过突然,在场那几个人全蒙了,尤其是李杨。

虽然他平时嘴上就跟装了炮弹一样,但实际上就只会动动嘴皮子,怂得比谁都快,立刻"夹紧尾巴"跑了。

所以才会有今天办公室面谈这一茬。

李杨自知理亏在先,半天憋不出一个字来。

李母气急,一巴掌拍在他后背:"怕他做什么,赶紧说。"

李杨:"我说什么啊?"

见他这副抗拒的态度,李母后知后觉,脸色极其难看。

叶晟兰心领神会,挺着腰板,大声道:"怎么又不说了?有什么冤屈,只管说出来,这么多人给你做主呢,可千万不要藏着掖着。"

一片安静。

母子俩没讨到说法,直接臭着脸走了,这场对峙暂时告一段落。

离开办公室没多久,放学铃响了。

"来都来了,顺道带迦蓝一起回去。"叶晟兰拽着外孙的胳膊就往教学楼那边去。

林屿肆淡淡地说:"人不在,你去了也没用。"

叶晟兰脚步慢下来:"这丫头又跑哪儿去了?怎么成天旷课,还想不想毕业了?"

林屿肆没回答,转移话题:"你来的时候,小卖部的门锁上没?"

叶晟兰大脑卡壳,支支吾吾道:"这么久远的事情,我怎么知道?"

正说着,叶晟兰抬眸,在人群中捕捉到一道熟悉的身影,瘦小单薄,扎着高高的马尾辫,看上去有些眼熟。

"哎,肆儿,我刚才好像看到那个经常来店里买草莓味棒棒糖的小姑娘了。"

见她的视线还牢牢定在一处,林屿肆顺着看过去。这时,交通指示灯恰好变了颜色,叶晟兰口中的那道身影被一辆私家车拦截在另一头,影影绰绰,看不分明。

他抽回目光,漫不经心地"哦"了声。

3

第二天放学后,盛薇单独把乔司月叫到办公室,递给她一个袋子,蓝白校服整齐地叠放在里面。

乔司月脑回路一时间没跟上。

盛薇笑着解释："这是老师侄女穿过的，你可千万别嫌弃啊。"

片刻，她强调了句："S码的，你穿刚刚好。"

手提袋因盛薇这句话一下子变沉，乔司月下意识收紧手，抬头去寻她的脸。她还是那副笑盈盈的模样，没做过多的解释，可乔司月莫名觉得自己的心事早就被她看出来了，只是没说破而已。

"谢谢老师。"

"不客气。"说完，盛薇从隔壁推来一张转椅，"过来坐。"

这会儿乔司月的动作比脑子反应快很多，没有犹豫就坐下，两秒后才回过神。

她正要起身，盛薇把她摁了回去，然后把她的座椅转了一百八十度。

两肩触感分明，乔司月脊背瞬间绷直。

盛薇手指一紧，察觉到对方的焦灼和不自然，卸下几分力："绷这么紧做什么？我又不会把你骨头捏碎。"

乔司月脸一热，几秒的缓冲后，慢慢放松下来。

不知道过了多久，盛薇问："按得还舒服吗？"

乔司月低头看向脚尖："嗯，谢谢老师。"

"那现在放松多了吧？"盛薇说，"你们这年纪，正是记性最好的时候，我相信你一定能记住。"

语气轻柔，却夹杂着不容置喙的意味。

乔司月不明所以："记住什么？"

盛薇笑起来："记住刚才这种放松的感觉。"

黄昏的风残留着滚烫的热度，无声无息地渗进肌肤，乔司月感觉心脏都是暖的。

回教学楼的路上，她听见身后的两个女生提到"李杨"这个名字。

她条件反射般地停下脚步，等距离拉近后，才抬起脚。

那两道交谈声清晰地传入耳朵。

"李杨和路迦蓝到底有什么过节，非得把话说得那么难听？"

"这你都不知道啊？李杨之前纠缠过路迦蓝，但人家压根不理他，当众没给他好脸色，估计梁子就是那会儿结下的。"

这是乔司月第一次从别人口中听到路迦蓝的名字。

巧的是就在几分钟后，她路过学校公告栏，看见黑榜上挂着一张处分单，上面的名字恰好也是"路迦蓝"。

但她没在意。

一个完全陌生的人，牵动不起她的任何情绪。

乔司月的好心情维持了两天，直到乔崇文抱着一台不知道从哪儿淘来的二手笔记本电脑回家。

"我上网查了下，这电脑售价还不便宜，这次算被我们捡到大便宜了。"

"卖得这么爽快，估计人家也不缺钱。"苏蓉也高兴，语调没有前几日那般沉重。

乔崇文点头表示赞同，用开玩笑的语气说："开小卖部这么赚钱，要不我们也去开个？"

苏蓉睨他，嘲讽似的"咻"了声："省省吧，你就没那富贵命，还开小卖部，我们哪来的本钱？"

苏蓉正挖苦着，忽然插进来一道声音："是哪儿的小卖部？"

夫妻俩齐齐转头看去，乔司月正低头扒拉着米饭，大半张脸浸在刘海垂落的阴影里，情绪晦涩难辨。

察觉有目光停留在自己身上，她微抬下巴，发现爸妈眼睛里探究的含义不言而喻。她终于意识到自己刚才都说了些什么，神经一下子绷紧，指甲也不自觉嵌进皮肉。她勉强笑了下："我的意思是，我们以后可以多去光顾他的生意。"

苏蓉盯住她看了几秒，没有说什么。

乔崇文不疑有他："就开在坡上的那家，叫什么兰来着。"

半晌，他又补充道："你回家路上好像要经过这家小卖部，有没有点印象？"

灯光下，乔司月脸色发白，她攥紧筷子，几秒后摇头说："没注意。"

一顿饭吃得索然无味。

乔司月拿上书包准备回房，听见乔惟弋喊她："姐姐。"

她止步回头，恰好看见方惠珍将乔惟弋箍在怀里，扬着嗓门说："你姐姐要学习，你就在这里看动画片，别去打扰她。"

乔司月回房没多久，乔惟弋就蹑手蹑脚地进来，一个人安安静静坐在地上。

房间里一片沉寂，只有落笔时轻微的"沙沙"声，不知不觉间，他靠在床边睡过去了。

乔司月起身去上厕所，回头就看见蜷缩成一团的瘦小身影，光着脚，地板上还有串湿漉漉的小脚印。

乔司月心口微滞，俯身擦干他脚上的水渍，刚把他抱上床，门口传来乔崇文的声音："乔乔，你帮我看看，这电脑是不是出毛病了？我怎么连文档都打不开。"

"电脑"这两个字仿佛自带扩音功效，震得乔司月耳膜生疼，连手指都不受控地僵住，骨节处泛起明显的白印。

她偏头，看见乔崇文抱着一台银黑色笔记本，拖鞋踩得"啪嗒"响。他一张脸皱巴巴的，写满了千把块钱打水漂的忧虑："该不会是骗子吧？卖了台不能用的老古董给我们？亏我还以为捡了个大便宜……"

他话没说完，就被乔司月打断："他不会的。"

坚定、不容辩驳的语气。

乔崇文顿了下，还没说什么，就看见乔司月胡乱将作业本揽到一边，双手接过笔记本电脑，放在腾出的空间上，又将碎发往耳后捋，模样严肃认真。

学校电脑课上学的根本不足以支撑乔司月完成维修这项艰巨的工作，好在电脑也没出什么大问题，只是有段时间没有运行过，系统有些卡顿。

花了千把块钱买的宝贝，乔崇文自然是急切了些，听她这么说，不免松了口气："那行，你继续写作业啊。"

他抱起笔记本电脑，转身的时候，余光瞥见被子下缩成一团的小身板，笑道："你妈还以为这小子又跑邻居家野去了，没想到在你房间，还睡着了……乔乔，替爸爸把电脑拿下楼，我抱小弋回房间。"

乔司月"啊"了声，等乔崇文走后才反应过来，抱起电脑往楼下走，步子迈得很慢，眼睛一刻也没有离开过台阶。

临近晚上九点，乔崇文又抱着电脑上来，说是今天周五，让乔司月放松会儿，就当作上次周考取得好成绩后的奖励。

乔崇文走后，乔司月点开QQ，凭着记忆输入账号和密码。

登录没几分钟，她又想起苏悦柠留给自己的QQ号，照着字条上的数字，发去好友邀请，顺便备注上自己名字。

对面很快通过。

苏悦柠：你有手机啦？

乔司月：家里买了台电脑，不过是我爸在用，估计我以后也会很少上线。

发完这条消息，乔司月等了几分钟，也没见回复，便拿上睡衣去浴室洗澡。

洗完澡，她看到对面发来一条群聊邀请。

她心脏狠狠打了下鼓，摁下同意键时手指都在轻微颤抖着。

一进群，鼠标直接划到群成员那处，统一用的备注，那三个被她反反复复烙印在白纸上的字，就这样明晃晃地映入眼底。

果然有他——

一个简洁的羽毛头像，背景是全黑的，昵称也是再简单不过的"S"。

鼠标停在"加为好友"那栏许久，最终她还是没能点开。

打开空间，屏幕上出现一句冷冰冰的提示语：主人设置了权限。

下一秒群聊弹出新消息，她顾不上失落。

陆钊：你又去我家偷菜？大半夜的这么闲？@恬不知耻的偷菜贼

乔司月腰椎受过伤，没法弯下身在水槽洗头，每次洗澡的时候都会顺便把头发洗一遍。这会儿头发还是湿漉漉的，发梢上的水滴粘在脖颈处慢慢滑落，打湿大片领口，被电风扇吹着，激起密密麻麻的凉意。

她没理会，眼睛一动不动地盯住屏幕，生怕错过林屿肆的回复，哪怕只是一个标点符号。

过了差不多五分钟，才有新的回复，语气有些欠扁。

林屿肆：就你家那劣质土壤，成天种些牧草、胡萝卜，偷它还浪费我时间。

林屿肆：应该是兰儿用我的账号，从你那儿顺手牵羊了。

兰儿是谁？和他什么关系？这种亲昵的称呼……

乔司月的神经忽然绷紧。

陆钊的回答解答了她的困惑：哦，是你外婆啊，那没事了。

陆钊：等会儿，你骂谁劣质呢？

林屿肆：在夸你抠搜人设永不倒。

明明前一分钟还沉浸在酸涩中，此刻看到他这欠扁的发言，乔司月还是没忍住弯起嘴角。

陆钊：少在这儿阴阳怪气的。

陆钊：是爷们儿就赶紧出来，跟老子比一场。

也不知道是视而不见，还是忙别的事情去了，乔司月等了很久，都没看到羽毛头像出现在左下角。

倒是苏悦柠回了几句：成天老子长，老子短的，你家是缺老子，还是你想让陆叔在你屁股上再打出几道棍子印？

苏悦柠没给陆钊抨击自己的机会，转移话题：你俩都是瞎眼瞎吗？没看见我刚才新拉了一个人进来？平时水群能力这么突出，怎么这会儿手指跟断了一样？

陆钊把记录往回倒，新人还是在十几分钟前加进来的。

陆钊：欢迎。

可以说敷衍到了极致。

乔崇文没催，乔司月也就没把电脑还回去，QQ一直保持在线状态，直到临睡前，才在群里收到林屿肆的消息。

估计是复制粘贴的，格式都和陆钊的一模一样。

可不知怎的，就是这样轻描淡写的内容，让乔司月心跳失衡了一整晚。

酸涩和心动的程度勉强持平。

翌日早上，乔司月顶着一对黑眼圈进教室，苏悦柠咋咋呼呼的声音响起："你这黑眼圈，哈哈哈，老实说，昨晚想哪个男人去了？"

这话是对张楠说的，乔司月却一阵心虚，惊慌后被自己口水呛了几声。

听见动静，苏悦柠脸上的笑收住几分，把脑袋转过去："你感冒了？"

乔司月摇头说："没。"

"真没有？我看你脸色也不好。"

"昨晚没睡好。"她抿了抿唇，"为了复习。"

苏悦柠"哦"了一声，继续干自己的事。

乔司月暗自松了口气，收回目光的过程中，瞥见角落里的男生。

夏日的风燥热难耐，他一身蓝白校服，在灼人的日光里明朗又清爽。

六月中下旬，全校进入紧张的期末冲刺阶段，期间赵毅组织了一次竞赛选拔。

说是选拔，事实上只是初步筛选，占比30%，其余70%根据这学期的期末成绩和二轮选拔综合评定。

成绩出来后，赵毅单独把乔司月叫到办公室，问道："我听盛老师说，你有参加竞赛的意向？"

乔司月毫不犹豫地点头，半响加上一句："我喜欢数学。"

赵毅思忖一番后说道："从你这次的成绩看，入选应该没什么大问题……"突然，他话锋一转，"但我必须得告诉你，参加竞赛可能会耽误你的学习，而且这种级别的竞赛没有加分。你回去跟你父母好好商量一下，要是没有改变主意，我回头发你几套模拟卷，你拿去练练手，对二轮选拔有帮助。"

"好的，谢谢老师。"

乔司月满怀心事地离开办公室，一路上遇到不少返校的高三毕业生。

张楠擦着乔司月的肩膀先进了教室："我刚才路过大操场，草坪上有人正在表白哎。"

乔司月下意识一顿，然后听见沈一涵问："和谁告白？"

4

张楠摇头："是这届毕业生啦。说起来被表白那学长你也认识……"紧接着，她报了个名字，乔司月在学校光荣榜上见过不少次。

沈一涵舒了口气。

不到两秒，张楠又说："不过那女生我没见过，看上去普普通通的。"

这些话苏悦柠也听见了，她凑到乔司月耳边轻声说："我们也去凑个热闹吧。"

英语老师李茂平没给她这机会，拿着一沓卷子进了教室，拍拍桌子说道："下节体育课，我抽二十分钟讲一下上周周考的作文啊。"

一时间教室里怨声载道。

有人号了一嗓子："那剩下的时间呢？"

"背范文。"

"啊——"

李茂平斜眼睨他："都什么时候了还想着玩？我牺牲自己宝贵的时间给你们补课，你们还不乐意了？"

男生打哈哈："乐意乐意，李哥您辛苦了。"

李茂平不吃他那一套，上课铃响起后，环视一圈，指着角落问："那两个空座位是谁的？"

班长回答："林屿肆和陆钊的。"

"跑哪儿撒野去了？"

"应该是打篮球去了吧。"

李茂平骂了声："这两个小兔崽子……谁愿意去操场把他们给我带回来？"

他一说完，乔司月的左臂被人用力拽起，然后传来苏悦柠的声音："我们俩。"

他们回教室时，屏幕上正投影着林屿肆的答卷，乔司月这才知道林屿肆是这次英语考试班里唯一一个得满分的。

她低头看了眼自己的卷子，中规中矩的成绩，毫无亮点的答题模版。

"我强调过多少次，卷面分很重要很重要，你们为什么就不听？非得让我学你们语文老师那样，每周布置一张字帖练笔是吧？"

李茂平恨铁不成钢的责骂声把乔司月游离在外的意识拉了回来，下一秒，她就听见自己的名字从他嘴里蹦出。

"你们呢也别觉得我烦，我这不都是为了你们好？但凡你们能写出林屿肆和乔司月那种字，就不用我成天念叨了。"

乔司月呼吸一滞，手指无意识攥紧卷子边角，片刻后才松开。

她没有想到自己的名字会以这样一种方式同林屿肆一起出现，这让她的嘴角不受控制地往上翘了些弧度。

这时，后桌戳了戳她的肩膀："能不能借我看一下你的答题卷？"

乔司月点头，把试卷递过去，余光遥遥地与另一道视线撞上。女生神色略显晦暗，只有发尾的红色蝴蝶结依旧明丽张扬。

两秒后，她们不约而同地别开了眼。

乔司月重新把注意力挪回到大屏幕上，逐字逐句地默念着林屿肆的答案。

其实他在作文里用的句式并不复杂，很多都是李茂平考前强调过的，唯独有一段话她从来没见过：

> I am here for a purpose is to grow into a mountain, not to shrink to a grain of sand.

李茂平一走，乔司月问苏悦柠借来手机，一搜索，才知道这句话出自奥格·曼狄诺的《羊皮卷》。

大意是：我生来应为高山，而非草芥。

乔司月将原文工工整整地摘录到纸上，剪成条状，贴在课桌一角。

那时的她，纯粹想离林屿肆更近一些，却不料，这句话会阴错阳差地成为她此后每个辗转反侧、难以入梦的夜里，最柔软诚挚的慰藉。

那天过后，大家偶尔再想起这件事时，还会议论上几句。

其中最受关注的还是被告白对象的态度。

"学长点头了吗？"有人问。

这个学长长相好、家世好，成绩一直没掉出年级前五，还曾经在国内青少年钢琴比赛中多次拿过一等奖。

这种"生在罗马"的人，仿佛自带光环。

张楠："没同意也没拒绝，就说了句'谢谢'。"

课后，乔司月陪苏悦柠去小超市买冰棍，苏悦柠也说起这事："三年，才换来一句'谢谢'，太不值了吧。"

"我觉得挺值的。"乔司月咬了口冰棍，今天的奶油布丁好像格外甜，"虽然没有结果，但她得到了认同，这已经足够了。"

苏悦柠没想到她会这么说，忍不住偏头看她。

少女眉眼弯弯，在阳光下明艳动人。

两个人保持了一段时间的沉默，直到拐进一条鹅卵石小路。

乔司月接上之前的话题："好像所有人都觉得这就是在做一件偷偷摸摸的事情，但我并不这样认为。

"你无法回应我，没有关系，这是我一个人的事情，我也不会再纠缠下去，给你带来任何困扰。从今往后，祝你前程无忧，岁岁安好。

"但若是……"

"若是回应了呢？"苏悦柠问。

乔司月侧身迎上她的视线，不期然看见一道熟悉的身影，一如既往的秀颀挺拔，将蓝白校服穿得清朗又干净。

她顿了几秒，抬手握住掌心的斑驳光影，眉眼再次弯起来："真好。"

路上没什么人，她的声音夹在蝉鸣声里，格外清灵。

苏悦柠没听出她的潜台词，跟着笑起来："司月，你有没有发现，你最近变得更爱笑了。"

"是吗？"乔司月心不在焉地反问一声。

苏悦柠点头:"你笑起来真好看。"
"那我以后多笑笑吧。"
"比起多笑一笑,我倒希望你想哭的时候就哭,想笑的时候就笑,这样才好。"
闻言,乔司月愣了几秒,眼角眉梢的笑意加深几分,步伐也变得轻快许多。
盛夏的明港,空气里的潮湿咸腥味又重了不少,街道两旁的车辆依旧杂乱无章地停放着。
但乔司月发现自己好像有点喜欢上这里了。

第四章

无关痛痒

1

七月中上旬，高一、高二年级迎来期末考试，成绩三天后出来。

高一情况特殊，即将面临文理分科，所以这次学校没按总分排名次，特地将文理科成绩分开，好让学生能根据自身情况做出最恰当的选择。

乔司月的理科排名不高，但文科发挥正常，总分排在年级第八。

而林屿肆，双科第一。

各科成绩包括分科后的名次第一时间传到家长手机里，乔崇文乐不可支，瞒着苏蓉，奖励了乔司月一部诺基亚手机。

第二天就被苏蓉发现，乔崇文在交代时故意把价格说低一半，苏蓉唠叨两天，事情才算翻篇。

返校那天，各班组织了一次小型家长会。家长坐在教室看散学典礼，学生在操场接受烈日暴晒。

老生常谈了一些话题后，是每学期一度的颁奖典礼，理科前五十名、文科前十名的学生陆续上台。

等乔司月回来后，苏悦柠忍不住问："你转校后的那次期末模拟考，是不是故意考差的？"

一般人能在短短一个月就从班级中下游飞到年级前几名吗？

苏悦柠相信乔司月不会作弊，所以除了故意的，她想不到其他原因来解释这不合逻辑的现实。

乔司月没再隐瞒，直截了当地点头："不过语文是认真考的。"

"为什么呀？"虽然是意料之中的答案，但苏悦柠还是讶异，"我要是有你这样的脑子，巴不得把成绩贴在脑门上，天天在学校晃悠。"

乔司月敛了敛眼睫："我不知道，可能是想和我爸妈对着干。"

乔崇文是二十世纪八十年代初从农村里走出来的为数不多的大学生，有这层关系在，哪怕乔司月没日没夜地学习，大人们依旧会在褒奖后加上理所应当的一句——"她爸是大学生，有这种基因在，读书自然好"。

乔司月很反感这样的言论，就好像她付出努力后的所有收获，兜兜转转不过是乔崇文的基因馈赠。

乔司月低头看向脚尖，继续说："也可能是想用这种方式让我爸妈把注意力多放点在我身上……我说不准。"

乔司月没骗苏悦柠，苏蓉经常说她心思深，什么都爱闷在心里不说，但更多时候，她也不懂自己在想什么。

苏悦柠想说什么又忍住了，最后换个话题："这周六你来我家玩吧。"

"好。"这次乔司月没再推托。

家长会结束后，盛薇叫住乔崇文："司月爸爸。"

乔崇文正低头给乔司月发消息，让她在校门口等，听见这声音后扭头："是盛老师啊，有什么事吗？还是说司月她……"

盛薇笑了笑，打断他："没什么，司月她很好，就是太乖了。"

乔崇文还沉浸在乔司月名列年级前十的喜悦中，没听出盛薇的话外音，也笑了："乖点不是挺好的，多省心。"

盛薇脸上的笑容淡了几分："是挺好的。"

乔崇文却误会了她的意思，笑容一下子敛住，语气不由得加重几分："乔司月她是不会作弊的。"

"我想您可能误解了我的意思，"盛薇停顿几秒，"我想问的是，司月是不是有什么心事？"

"这年纪的小姑娘哪能有什么心事？"乔崇文用理所当然的语气说，"要真有什么心事，她也是跟她妈说。"

"那应该是我多想了。"转瞬即逝的沉默后，盛薇将话锋一转，"不过这年纪的小姑娘最敏感了，沟通和倾听很重要……"

这次轮到乔崇文打断她的话："让您费心了，我回家后会好好跟她妈妈说的。"

盛薇微笑着点头，等人走后，长长地叹了声气。

周六，乔司月起了个大早，正在卫生间洗漱，苏蓉拿着一沓洗晒好的衣服上来："待会儿给我把床收拾干净了，女孩子家怎么能这么邋遢。"

乔司月含着一嘴泡沫出来时，苏蓉指着床上的两个单肩包，说："以后别把包堆在床上。"

"没堆，我只是没想好一会儿要背哪个出门。"

苏蓉扫一眼就收回视线："都差不多，你自己随便挑一个。"

乔司月最终选了黑白格纹的小方包。

苏蓉今天要去南城，这会儿已经收拾好行李，见乔司月下楼，照例嘱咐几句，正准备走，瞥见她侧腰处的小方包，眉头皱起来："怎么背这个去？多难看啊。"

一直以来苏蓉都是这样，喜欢擅自做主，又或者先给她足够的选择余地，最后再来一击出其不意又直白明了的否定。

乔司月的好心情被这句话毁了大半。

"我先走了。"她攥紧包带，在苏蓉前离开。

见她背影消失得匆忙，苏蓉愣神后嘀咕了句："这孩子，好端端的又发什么脾气。"

苏悦柠的家离得不远，公交车五站就到，距离虽近，但和乔司月住的自建房有着天壤之别。

一整排独栋别墅，中西结合的建筑风格，花园很大，种着各色各样的花卉，夏日馥郁繁茂的气息扑面而来。

乔司月没见到苏悦柠的父母，问道："你家现在就你一个人吗？"

苏悦柠点头后又摇头："还有家政阿姨。"

看出乔司月的困惑，苏悦柠补充道："我爸这人满脑子都是钱，在外忙着工作很少回家。我妈受不了这种婚姻，在我很小的时候就跟我爸离婚了，估计是不想带着我这个拖油瓶，就没要我的抚养权，从我爸那儿分走了几套房子，没多久就找了新的男朋友。"

谈及这些事情时，她像在回忆，眼神有些失焦："后来还给我生了个妹妹，小我五岁来着。我们快十年没见，我差不多把我妈的长相给忘了……说实话，我挺羡慕你的，还有个弟弟，你家好热闹。"

苏悦柠去过乔家一次，房子不大，但烟火气十足，不像这里，冷冰冰的，没什么人情味。

乔司月顿了几秒，接过阿姨递来的椰子，道谢后咬着吸管，含混不清地说："我没什么好羡慕的。"

两个人在客厅看了会儿电视，苏悦柠领乔司月上了三楼卧室。

房间很大，纯白欧式家具，装潢风格偏少女，靠近储物柜的墙上挂着一幅油画。

苏悦柠上完洗手间回来，就看见乔司月一动不动地站在储物柜前，她走近问:"你在看什么?"

乔司月指着油画:"在看江菱的画。"

"你也知道江菱?"

乔司月"嗯"了一声:"之前有了解过。"

乔司月五岁开始学习油画,直到中考结束那年,乔崇文被公司辞退,捉襟见肘的境况已经不足以支撑乔司月继续学习。

苏蓉私自做主替乔司月退了油画班,但乔司月没有因此放弃,一次机缘巧合下,她在网上看到江菱这个名字。

年少成名的天才画家。

大多数人对天才都怀有误解,喜欢将他们辛苦获取的一切,视作唾手可得的馈赠。

仿佛只有那些完完全全依靠努力的人才配得上鲜花和掌声,最后再被冠上实至名归的赞赏。

在这种敌意支配下,天才是不容许犯错的,更何况是那些已经功成名就的天才。

江菱二十二岁结婚生子,婚后第三年,被记者拍到和她的恩师同进一家酒店,她与恩师的一段隐秘旧情随即被人扒出。

对此,江菱一句辩驳都没有,恩师势单力薄的澄清很快消失在声讨大军里。

明明是两人共同犯下的错误,网友却只将矛头对准江菱一个人,站在道德制高点上指责她私生活不检点。长达五年的无产出,又让她背负上江郎才尽的骂名。

各种舆论压力下,江菱选择在三十岁那年终结自己的生命。

事实上,江菱和她的恩师沈廷风确实有过一段旧情,但在江菱结婚前夕,这段扭曲的关系就已经被沈廷风单方面终结。

没有人知道江菱对沈廷风是否余情未了,但可以明确的是,沈廷风爱的人已经不是她,两个人之间也不存在任何有悖伦理的交往,至于会被记者拍到同进一家酒店,也是江菱的竞争对手掐准时机的恶意中伤。

那一周,乔司月在网上反复浏览着江菱的信息。

她的作品以暖色调为主,可等到乔司月开始临摹后,发现明朗不过是表象,她的画里仿佛藏着无声的海啸,来得凶猛又毫无防备。

压抑、疯狂才是她想传达的主基调。

乔司月开始意识到,江菱不是被那些铺天盖地的舆论压垮的,她只是被困在了画里,走不出、逃不开,又退无可退。

演员能入戏。

同样,画家也能入画。

"可能我天生没有艺术细胞,对这画除了觉得色彩搭配舒服,我真看不出别的名堂来。"苏悦柠问,"我记得你和我说过你学过几年油画,你能看出什么吗?"

乔司月抬起手,在距离油画两厘米的位置停下,手指顺着轮廓缓慢移动,就在苏悦柠以为等不来她的回答时,她轻声说:"漩涡。"

苏悦柠愣了愣,目光重新落回画上——

没有水,哪儿来的漩涡?

沉默的空当,乔司月忽然想起一件事,没止住好奇心:"你这里怎么会有江菱的画?"

江菱去世后,画室未经售卖的十几幅作品自然而然转到她家人手里,据说她丈夫只留下了她未完成的遗作,其余都送给了亲戚朋友。

眼前这幅《蜉蝣》就是那十几幅作品之一。

不是什么秘密,苏悦柠也不藏着掖着,坦言道:"阿肆的爸爸给我的。"

"阿肆?"乔司月太阳穴猛地一跳,"林屿肆?"

下一秒,预感成真,她听见苏悦柠说:"江菱就是阿肆的妈妈。"

乔司月怔住。

苏悦柠继续自言自语:"差点忘了给阿肆他们发消息,让他们早点来。"

"他……"乔司月稍顿,"他们也过来吗?"

"陆钊考前把游戏机忘在我这里了,这玩意是他的宝贝。至于林屿肆,他家就在我家隔壁,就隔着一堵墙,他敢不来试试?"

乔司月蒙了:"林屿肆也住这边?"

"是啊,就花园里种满桔梗的那栋。"

其实从班上同学的只言片语里,乔司月也能推测出林屿肆家境殷实的信息,可当苏悦柠如此直白又毫无征兆地将这两个事实传递到她面前时,她还是感到酸涩。

这一个月里,她都在试图拉近与林屿肆的距离,只是想能够坦荡又从容地站在他身边。

不会因为他突然的靠近,一下子变得手忙脚乱,而是能像苏悦柠那般自然熟稔。

学习上,她已经在尽力追赶了,可是物质基础呢?这是现阶段的她努力就能追赶上的吗?

初中那会儿班里就有不少富二代,他们明里暗里的攀比、偶尔泄露出来的富裕,都没能让乔司月产生格格不入的想法。唯独现在,她与他之间悬殊的差距,滋生出的挫败感压得她心口微胀。

一整个上午,乔司月都魂不守舍的,看杂志时,手肘带倒果汁,浇了自己一身。

"你先把衣服脱了吧,黏着多难受。"苏悦柠拉上窗帘,回头见她一脸犹豫,

"我去衣帽间给你拿衣服。"

离开得匆忙,苏悦柠没把门关实,风一吹,门缝变大了些。

林屿肆看到苏悦柠发来的消息,已经是两个小时后的事情。

他简单冲了遍澡,下楼不见叶晟兰,在茶几上看到她的留言:晚上六点,老地点接班。

他笑了笑,将便利贴扯下扔进垃圾桶,单手套上T恤就出了门。

苏悦柠家用的密码锁,他和陆钊都知道密码。敲了两声门没人应,他直接开锁进去,撞见家政阿姨端着半个西瓜,上头插着两把勺。

"给我吧,我正要上去。"

阿姨笑着说:"阿肆来了啊,那我再去拿把勺。"

"不用了,我不吃。"

过道上铺着一层厚实的羊毛地毯,脚步声几不可闻。

林屿肆在苏悦柠卧室门前停下,抬眼——

昏暗的房间里,女生穿着宽大的T恤和家居裤,不知道在想什么,安安静静地坐在羊绒地毯上。窗帘露出一道缝隙,流光斜斜打过去,她的侧脸被衬得更加莹白细腻,像夜里悬挂在枝头的明月,有种清冷的美感。

林屿肆垂下手,转身将门掩好,走到楼梯口恰好和陆钊打了个照面。

陆钊张了张嘴,正准备喊他。

林屿肆眼疾手快地舀了勺西瓜,连勺一起塞进他嘴里,又将人往楼下扯。全程不到五秒钟。

"有病吧你?"陆钊含混不清地骂了句。

"亲手喂你吃瓜,就成我有病了?"

"麻烦你下次喂瓜提前打个招呼。"

陆钊翻了个白眼,将西瓜嚼碎,咽下。

——还挺甜。

2

下午三点,苏悦柠在网上下单了一份比萨,又让阿姨去附近超市买来一罐啤酒。

苏悦柠端着一小盘醋泡凤爪回来,拿起杯子很浅地抿了口啤酒:"好难喝啊。"她巴掌大的小脸瞬间拧成一团,"我还以为多美味想尝尝看,爱喝这玩意的人舌头都有问题吧。"

乔司月被她逗笑,提了条建议:"你可以往里加点白砂糖。"

发现所有人的目光聚集过来,乔司月解释:"我爸以前和我说的。"

陆钊"咦"了声:"你爸妈允许吗?"

乔司月不想让林屿肆误会,慌忙解释:"那是过年时图热闹,我没喝的。"

"你爸妈也太开明了!"陆钊想起自己家里那两位,一脸艳羡。

乔司月滞了下,没有多说什么,她虽没尝过,此时却觉得苏悦柠形容的那种涩感在唇齿间逐渐蔓延开。

苏悦柠从冰箱里拿来几瓶橘子汽水,几人吃好喝好后又计划着看电影。

苏悦柠家里珍藏着不少碟片,下午茶结束后,她从里面挑了部九十年代的港片。

这部电影林屿肆陪叶晟兰看过几次,里面的经典台词已经倒背如流,不免有些意兴阑珊,换了个舒服的姿势,合眼假寐。

不知不觉间手臂失去支撑,自然垂落,意外撞上另一个人的大腿,柔软细腻的触感贴上掌心,他怔了下,眼皮一抬,女生错愕的模样映入眼底。

不多时,乔司月的目光迎了上来。

窗帘拉着,客厅一片晦暗,电视机屏幕投射出来的亮光在脸上浮动着。

橘子汽水的味道散在空气里,还有微弱的苦荞麦味。

"抱歉。"林屿肆坐直身子,避开与她的肢体接触,分寸把握得恰到好处。

乔司月摇头说:"没关系。"

林屿肆收回视线,不到半分钟耳边传来一阵哭声,他下意识抬眼看去。

苏悦柠像被打开释放眼泪的匣子,一眨眼的工夫,就哭到上气不接下气。

乔司月呆愣两秒,抽出纸巾替她揩了揩眼角的泪。

陆钊嫌弃地翻了个大白眼,对乔司月说:"别理她,她之前看到电视剧里追火车的场面,都能哭得一把眼泪一把鼻涕。"

见乔司月一脸不可置信,他抬起胳膊肘捅了捅林屿肆的腰:"你当时也在,赶紧替我证实。"

被这一撞,林屿肆回过神,不动声色地垂下眼,"嗯"了声。

苏悦柠收敛哭腔,把纸巾揉成团砸过去:"你这傻瓜懂什么?跟你的破游戏机过一辈子去吧!"

陆钊被吼蒙了:"我又哪儿惹到这祖宗了?"

林屿肆屈起手肘支开他的胳膊,目光凉凉地扫过去,扔出意味不明的四个字:"长点心吧。"

电影播放到最后一幕时,苏悦柠拿出照相机说要留个纪念。

乔司月对镜头天生有种恐惧感,加上并不上镜,所以特别抗拒拍照。除了小时候去影楼拍的写真集,家里找不出一张她的生活照。

见苏悦柠兴致如此高昂,她只好硬着头皮答应,脑袋稍稍偏了几度,对准镜头挤出一个笑容。

苏悦柠的脑袋从照相机后探了出来,热切地指挥着:"你们再靠近点……哎,司月,你别哭啊。"

乔司月收回嘴角强行扯开的弧度,没什么表情地盯住镜头。

苏悦柠慢半拍地意识到自己说错话了,连忙补救:"哦,是我眼花了,其实你刚才那表情特别好,特别生动。"

乔司月语塞。

拍完合照林屿肆就离开了,陆钊待到晚饭后才走。

乔司月给乔崇文发消息,说要在同学家住一晚。

在某些方面,她和乔崇文有着惊人的默契。她没把外宿这事告诉苏蓉,同样的,她知道乔崇文也不会说。

果然五分钟后,乔崇文发来一条消息:你妈下周才回来。

也就是她可以在朋友家多住几天的意思。

乔司月没回复。

苏悦柠房间里的床又大又软,比家里的舒服太多,但乔司月还是没法放松下来。

她不习惯和别人贴得太近,最开始苏悦柠抱住她胳膊的时候,她整个人都是僵的。

大概是察觉到她的不自在,苏悦柠松开手,手肘支起来,侧着脑袋看她:"司月,你是不是很讨厌别人碰你?"

"不是讨厌……"乔司月侧过身,对上苏悦柠在晦暗环境里异常清亮的眼睛,声音不自觉发紧,"是有点害怕。"

苏悦柠默默消化这个信息,没有追问到底,起身打开床头柜上的蓝牙音箱。"我们听会儿歌再睡吧。"

乔司月"嗯"了声,几秒后将话题拐了回去:"我不知道为什么会害怕……我也不想的。"

不知道过了多久,苏悦柠轻声说:"你别害怕,我就在这里。"

乔司月眼眶发潮,应了声"好"。

睡意很快涌来,入睡前一刻,乔司月听见一道醇厚浓郁的男声:

七岁的那一年

抓住那只蝉

以为能抓住夏天……

直到很多年后,乔司月才听全了这首歌。

它的后半句歌词是:

十七岁的那年，吻过他的脸，就以为和他能永远。

3

乔司月在苏悦柠家住了三个晚上，回来时苏蓉已经回明港。

三楼卧室里传出她和乔崇文的交谈声："家里空调只有两台能用了，这几天我和思思睡四楼。"

思思是舅舅的小女儿，比乔惟弋小半岁。

听到这话后，乔司月眼皮一跳。

乔崇文大学毕业后一个人到南城打拼，家里条件不好，一开始在公司的职位也不高，没有足够的存款支撑他在南城买房。和苏蓉结婚后，夫妻俩一直借住在苏家。

苏家的自建房共四层楼，一楼用作公共区域，二、三层分别住着乔司月的外公外婆和小舅一家。

苏家房产证上只写了小舅一个人的名字。对二姐暂住自己家这事，小舅没什么意见，但小舅妈对此颇有微词。

矛盾在乔惟弋和小舅的二女儿相继出生后彻底爆发。

舅妈嫉妒苏蓉生了儿子，在这样的情绪驱使下，她开始在各种场合不给苏蓉好眼色，私底下恶意诋毁苏蓉。

其实所有人都清楚这是她想把自己的不痛快转移到苏蓉身上，但苏家没有一个人出面制止。

苏蓉一再委屈求全，让她渐渐失去兴趣，转而将矛头对准乔司月。

那会儿乔司月还小，察觉不到大人间的暗潮涌动，只觉得小舅妈有些行为让自己很不舒服。

她记得很清楚，那个女人会从自己碗里夹走大块的蟹肉，她抗议，苏蓉就在桌子底下给她一脚。

乔司月便当着一家人的面，质问苏蓉为什么要踢她。

没有人说话，只有那女人在乐呵呵地笑。

后来有一次，大表妹送给乔司月一沓贴纸，贴纸藏在兜里露出一角，被舅妈发现，她当着邻居的面，大声责骂乔司月是小偷，跟苏蓉一样活得不体面。

知道这件事情后，苏蓉并没有说什么。

她的强势在与苏家成员的碰撞与摩擦中，只表现出多余的眼力见和疲软无力的妥协，主动打包行李在那时似乎成了最体面且众望所归的退场方式。

离开苏家那天，乔司月还不到十岁，不明白其中的是非曲直，后来又经历了几次搬家，她心里对"家"的概念逐渐模糊起来。

可对于苏蓉而言，在苏家最后一年的生活，是她心上的一道疤，每次提及时话里总掩不住哭腔。

彼时,乔司月只将此当成苏蓉用强硬包裹的皮囊之下泄底的懦弱,直到长大后,才明白苏蓉一次次妥协的根本原因。

原来,她的母亲和她是一样的。

在对待至亲时,那种小心翼翼、如履薄冰的状态。

从苏家搬出来后,苏蓉还会时不时带乔司月回去看望外公外婆,每次在苏家见到舅舅舅妈,乔司月都不主动和他们打招呼。

苏蓉教育她:"你不能因为我,就对他们这么没有礼貌。"

乔司月得承认,这其中有苏蓉的 部分原因,但更多的是 种本能的厌恶。

她向来如此,喜欢就是喜欢,不喜欢也学不会虚与委蛇。

回神后,乔司月听见乔崇文问:"那你让乔乔睡哪儿?"

"让她和小弋一间房。"

"乔乔都多大的姑娘了,还和弟弟睡一间房算怎么回事?"

"自家亲弟弟,凑合着睡几晚怎么了?"不知道是不是压着音量的缘故,苏蓉高亮的嗓门这会儿又沉又哑。

后面的话,乔司月没有再听下去。

苏蓉是这个家的掌权者,她一锤定音的事,其他人没得选,就算自己现在冲下去也无济于事。

四楼楼梯口堆着两双童鞋,乔司月没找着自己的拖鞋。

这时,乔惟弋的声音传入她耳膜,语调又急又快:"你不要随便动我姐姐的东西。"

乔惟弋发育比同龄人迟缓些,在比自己小半岁的表妹身前,矮了差不多半个头,细胳膊细腿的,看上去没什么战斗力。

他被思思用力搡了把,往后踉跄几步,一屁股跌坐在床上。

思思看都没看他一眼,把玩着水晶球,理所当然地说:"她又不在,只要你不说,就没人知道。"

乔惟弋站起来,伸手就要去夺。

思思被他不依不饶的行为烦到,抻长胳膊,用力往前一抛。水晶球重重砸到乔司月后背,"啪"的一声,落在地上碎了。

乔司月大脑一片空白,仿佛有一双手攥住她的咽喉,呼吸都变得困难。

乔惟弋拉住她的手,轻轻喊了声:"姐姐。"

她深深吸了口气,安抚性地朝他点了点头,转身的一刹那,面色冷下来。

小表妹被她难看的脸色吓到,抽噎几声后,号啕大哭。

卧室门开着,流通的环境下,哭闹声被放得无限大。

听见吵吵嚷嚷的动静后,苏蓉扬起嗓门喊了声:"怎么了?"

见没人回答,她忙不迭跋拉着拖鞋就往楼上跑。

她脸不红气不喘地跑到四楼,看到的就是这个混乱的场景:自己的大女儿将小儿子护在身后,正居高临下地睨着小侄女,逼仄的过道上散着一地的玻璃碎片。

这才几分钟,怎么又闹起来了?

乔司月没察觉到身后的动静,目光里凝着一层霜,冷声打断:"你哭什么?"

小表妹被她吓到一哽,嘴巴还歪着,眼泪悬在眼眶好一会儿才掉下来。

"你砸坏的东西是我的,被砸的那个人也是我,你有什么资格在我面前哭?"

乔司月给人的印象一直是沉闷内敛的,几乎不与人发生争执,像现在这副据理力争的样子极为少见,就连苏蓉也愣了下。

"碎了就碎了,到时候我再给你买一个。"

在苏家人面前,苏蓉总爱充当和事佬的角色,哪怕与他们发生争执的是从自己肚子里掉下的两块肉。

"你买不到的。"乔司月低垂着头,掩去透着嘲讽的眉眼。

苏蓉一顿,想起厨房里还在炖的啤酒鸭,随口回了句:"也不是什么稀罕玩意,街上随便找家店就有。"

随便?

乔司月太阳穴猛地一跳,怒意快要兜不住。

苏蓉浑然不觉,朝思思招招手:"思思先下楼,马上要吃饭了。"

苏蓉来得无声无息,走得更是突然,房间一下子安静下来。

有阴影罩在乔司月脸上,一寸寸地渗进心里。

她站在床边许久没动,突然,手指被人轻轻握住:"姐姐,你别怕,我有钱的,我给你买新的。"

绷到临界值的心弦似被轻轻拨弄了下,她敛了敛眼睫,说:"我没事,你先下楼吃饭。"

乔惟弋的手没松,意思很明确。

拗不过他,乔司月只好说:"我和你一起下去。"

乔惟弋这才笑起来。

乔司月回头看了眼,一地的碎片扎得她眼睛生疼。

突然,手指又被人握住,力道不算大,但足够温暖。

吃完饭后,乔司月找到在厨房洗碗的苏蓉,问道:"她要在这里住几天?"

"三四天,到时候你舅舅会把她接回去……"说着,苏蓉想起一件事,"公交车不是改道了嘛,你天天走路回家也不是办法,我让你舅来的时候,顺便把你小学骑过的自行车带上,先将就几天,等你爸发工资了,再给你换辆。"

乔司月"哦"了声,没怎么上心。

苏蓉转头,见她脸色不太对劲,意识到她还在为刚才的事生气。

"你是姐姐,弟弟妹妹们还小,就算做得不对,你也要大度点,别和他们计较。"

又是这样,乔司月没什么耐心听下去,敷衍地应了几声,转身上楼。

地上还是一片狼藉,她把碎片装进塑料袋,一个不注意,手指被划出一道口子。

收拾干净后,她才感知到痛觉,简单处理后,用创可贴贴上。

乔崇文多给乔司月放了五天假,这五天没有办公需要,电脑就一直放在乔司月房间。

乔司月登上QQ没多久,群聊消息接二连三地蹦出。

她点到第一条。

是苏悦柠精心处理过的合照,加了层复古港风滤镜。

照片是抓拍的,每个人的表情都不一样——乔司月是呆滞的,苏悦柠和陆钊在干瞪眼,而林屿肆,懒散地靠在沙发背上,修长劲瘦的手指捏住易拉罐,神色漫不经心的。

这是他们十六七岁时的模样。

青涩稚嫩,却又风华正茂。

陆钊:我上辈子欠你的吧,成天压榨我不说,现在又把我拍得这么丑?

陆钊:看看这朝天鼻,这香肠嘴……

苏悦柠:你和肆儿在同一张照片里,为什么就你被拍得这么丑,你自己心里没点数吗?

陆钊:说话就说话,你搞人身攻击算怎么回事?

苏悦柠回了个"微笑"的表情。

紧接着,林屿肆用极其欠扁的口吻回复一句:希望你有一天能分清人身攻击和实话实说的区别。

4

周五下午,乔司月从书店回来,看见院子里多了辆自行车,像刚洗过,没有明显的灰尘,模样看上去有八成新。

乔司月这才反应过来巷口停着的那辆奥迪车是谁的。

她没进门也没打招呼,将自行车推出小院,沿着海港一路骑行。

这两年,明港建设工程一直没停,老街建筑都被拆得差不多了,只留下几面刻着岁月纹理的水泥墙。

乔司月对这块区域还不太熟悉，一不留神就骑进死胡同。

路的尽头，男生个高腿长，黑色卫衣帽子兜在头顶，消瘦的背影看着有点眼熟。

乔司月将自行车停在一边，没走出几步，不小心踢到脚下的颜料罐。

听到动静后，他停下手上的动作，将口罩往上扯，只露出一双清隽的眉眼，跳下木梯后回头看了她一眼。

不知道是不是乔司月的错觉，对方在看见自己时，身形微顿。

男生离开得匆忙，什么也没带走，乔司月犹豫片刻，拿起扔在角落的画笔。

似乎只有在绘画的时候，世界才是她的，她可以自由搭配颜色，再往里填充各式各样的情感。

这些都是苏蓉和乔崇文掌控不了的。

乔司月不知道的是，在她离开后，这幅未完成的墙绘被路人拍下传到网上，一天不到，点赞无数。

回去的路上，乔司月接到苏悦柠的电话，问她要不要一起去文具店逛逛。

乔司月回了个"好"。

文具店门口的木桌上摆着一排少女期刊。

那时候，青春文学杂志风靡校园，几乎每个女生课桌里都有一本，乔司月也不例外。

初一下学期，班上有个关系相对较好的同学借给她几本，只不过没多久就被苏蓉发现。

乔崇文在学习方面管得很严，但他更看重结果，只要乔司月的成绩没有受一些乱七八糟的事情影响，生活上的琐碎他都会睁一只眼闭一只眼。

反观苏蓉，她大发雷霆，二话不说，当着乔司月的面将书刊撕个粉碎，还骂乔司月小小年纪不学好，净偷偷摸摸看些这个年纪不该看的东西。

苏蓉之所以这么生气，说到底是怕乔司月将小说里不切实际的幻想付诸行动。

乔司月也生气，为的是苏蓉不经过她同意，胡乱翻动她的东西。

"那什么才是我这个年纪该看的？"

那是她第一次朝苏蓉发泄心里的怒火。

苏蓉直接愣住，紧紧咬着唇，神色难看，随后用比她更暴躁的嗓门回道："我才说你一句，你就开始还嘴了！谁教你的？是不是那夏萱？这书是不是她给你的？我早和你说了离她远点，好的不学，净在外面沾些坏的！"

夏萱是乔司月初中时认识的朋友，大乔司月五岁，高一辍学后在姨母开的面店帮忙。苏蓉从来没见过夏萱，都是听乔司月提起，从那段时间乔司月的改变来看，她推断出对方不是什么好姑娘，于是不再允许乔司月和夏萱有任何往来。

乔司月没把苏蓉的命令当回事，有天还偷跑出来。

夏萱深深看了乔司月一眼："你以后别来找我了。"

"为什么？"她愣住。

"我这种人会带坏你的。"夏萱个子很高，和乔司月说话时，总是习惯性地弓起腰，拉平两人的视线，即便那会儿她们之间的气氛可以称得上恶劣。

"是不是我妈和你说什么了？"

夏萱笑起来，笑容有些冷，她戳了戳乔司月脸颊的软肉："大学霸，记得好好吃饭，好好睡觉，好好……算了，你当我在放屁吧。"

她又笑了，这次说的话有了温度："乔司月，我这人没什么文化，不会说什么大道理，我只想告诉你，不是所有人的人生必须按照固定模式走，天大地大，每个人都是自由的。"

乔司月没有说话，视线牢牢锁住对面的人。

离别前，夏萱撇嘴，扯了扯她的娃娃领："还有，我早就想说了，你妈给你买的这些裙子一点都不适合你。"

之后，乔司月再也没有见过夏萱。

只是偶然经过那家面店时，会往里面瞟一眼，差不多过了两个月，她才敢推开那扇玻璃门。

老板娘对乔司月还有印象，笑眯眯地迎上前问她要点什么。

她没什么胃口，点了碗青菜面。

很快，老板娘端着一碗盛得满满的牛肉面出现。

乔司月稍愣："是不是给错了？我点的不是这个。"

老板娘解释："萱萱临走前跟我说，你要是再来这儿吃面，就给你多加些料……"说着说着，哽咽声忽然变大了。

乔司月抬头看她，心里没来由地一慌。

老板娘飞快拭去眼角的泪，笑着说："瞧你这小身板，是该多吃点。"

那是个冷冬，外面飘着雪，玻璃门被来往的顾客开了又关，关了又开，寒风"呼呼"地灌进来，吹得乔司月头皮发麻。她双手搁在膝盖上搓了几下，却还是一片冰冷，冷到声音都在抖："她在江城还好吗？"

老板娘的哭声没收住。

这种讯号意味着什么，乔司月心里有了疑惑。

老板娘告诉她，夏萱在去江城后不久遭遇车祸，在重症监护室躺了两天，还是没救回来。

恍惚间，乔司月眼前又浮现苏蓉撕扯杂志时愤怒的眼神，转眼工夫，苏蓉的手好像伸了过来，这次拽住的是她的头发，狠命往外拉扯她。

凛冽的气息卡在喉咙里，乔司月发不出一个音节，只能拿起筷子，不停地往嘴里塞牛肉。

牛肉很嫩，可惜太苦了。

在那之后，乔司月的书柜夹层里再也没有出现过花花绿绿的小说封面。

不是因为害怕再次被苏蓉抓包，而是苏蓉每次在家庭矛盾出现后，选择的冷暴力手段都会让她疲惫不堪。

她也不敢再轻易地去结交新朋友。

哪怕她知道夏萱的离去和自己没有一点关系，可她还是会忍不住去想，如果苏蓉没有去找夏萱，没有对夏萱说那些刻薄伤人的话，夏萱会不会选择留在南城？会不会就不会出事？

见乔司月一直盯着那些花花绿绿的封面看，苏悦柠说："新一期的我已经买了，你要是想看，我明天带给你。"

乔司月手指一僵，慢半拍地从书册上挪开，轻轻扯了扯嘴角："我只是随便看看。"

苏悦柠没察觉到她的异常，自顾自地说："这期有几篇还挺好看的，我觉得你可以拿去看看，就当放松一下。"

"算了，被我妈发现就糟糕了。"

苏悦柠转过身，认真看着她："司月，你是不是有什么心事？"

乔司月"啊"了声，手指绞着衣摆，好半会儿才轻声说："你上次送我的水晶球碎了。"

"就这事啊？"苏悦柠舒了一口气，"东西碎了就碎了，我还在这里不是吗？"

乔司月露出了今天的第一个笑容，也是第一次不加收敛的笑："你说得对，你还在这儿。"

玩具城边上新开了家饰品店，苏悦柠买到心仪的文具后，就拉着乔司月直奔这家店。

她拿起一个方形发卡，对着镜子试戴了下："这个怎么样？"

乔司月点点头："挺好看的。"

"好看是好看，可惜这种钻根本不经戴，我之前买过一个，就两天工夫，水钻掉了大半，丑得就跟蜂窝煤一样。"苏悦柠取下发卡，放回老地方，"我们走吧。"

离开前，她又回头看了眼，面带不舍。

乔司月摸了摸口袋，出门匆忙，没带够钱。

见人没跟上来，苏悦柠转身，发现她还杵在原地发呆，问道："你有看到中意的吗？我送你呀。"

乔司月把手放回兜里，摇头："没，走吧。"

苏悦柠"哦"了声，拿出手机看了眼时间："你待会儿是坐公交车回去吗?"

"我今天骑自行车来的,车就停在前面。"

"那你路上小心点。"

"好。"

快到铃兰巷时,一旁的绿化带里忽然窜出一道花白影子,乔司月眼疾手快地摁住刹车,可车速丝毫未减,尤其到了下坡,拦也拦不住。

小花猫却停在原地不动,乔司月心脏都快跳出来,只能铆足了劲将身子往左侧一带,最后连人带车一起摔倒在路边。

中午刚下过一场雨,地面还是湿漉漉的,伤口混着泥水,惨不忍睹。

当她以这副面貌出现在苏蓉面前时,苏蓉怔了下:"怎么摔得这么严重?"

"刹车好像坏了。"乔司月把刚才的情况简单转述了遍。

苏蓉的眼睛里有责备,但没说什么。

等乔崇文回来,一家人坐在饭桌上时,她才说起这事:"不知道你闺女怎么想的,为了救只野猫,把自己摔成这德行。"

乔崇文明显一顿,放下筷子,目光在乔司月身上辗转一圈,没瞧见明显的伤口,问道:"伤到哪里了?"

乔司月刚想说什么,苏蓉将桌布掀开,膝盖处的伤口不遮不掩地暴露出来。

"看看,现在还肿得跟馒头一样。"

乔司月不自然地挪了下腿,不知在和谁较劲,语气硬邦邦的:"我要是不让开,它可能会……"

她话还没说完,就被苏蓉打断:"猫有你自己的身体重要吗?你应该庆幸你摔倒的地方没有砖块、碎玻璃这些,要不然就不止现在这种程度了。"

乔崇文拦下她的话头:"行了,事情都已经发生了,再叨叨也没用。"

"你不说我不说,她能长点心?"苏蓉将话题绕回去,"这镇上有多少流浪猫、流浪狗你知道吗?别人不要的东西,就你把它们当成宝……"

听上去条条在理,乔司月无话可说,更何况这会儿她全身上下像被海水冲刷过,四肢酸胀无力,也生不出力气去和苏蓉争论。

乔司月简单扒了几口饭,把碗筷放回厨房,苏蓉朝她离开的背影喊了声:"今天就别洗澡了,你这伤口不能碰水的,我待会儿去给你买点药,你自己记得涂。"

乔司月"哦"了声。

舅舅这次来没有把小表妹接走,听苏蓉的意思,她还得再住个三五天。

乔司月没听苏蓉的嘱咐,上楼冲了个澡。

上药时,乔惟弋小心翼翼地凑过来,盯住她的伤口:"姐姐,你疼吗?"

乔司月撒谎说:"不疼。"

小男生故作老成地叹了声气:"你又在骗人了。"

顿了顿，他贴过来："我给你呼呼。"

乔司月笑着揉揉他的脑袋。

这天晚上实在难挨，膝盖时不时传来刺痛，乔司月怕蹭到伤口，一直保持着平躺的姿势没动。

乔惟弋睡觉一直不安分，没一会儿就睡得七扭八歪。

他忽然一个蹬脚，不偏不倚地踢中乔司月的膝盖，疼得她倒吸一口凉气。

缓过后，乔司月下床走到窗边坐下，朦胧之中，耳边似乎响起了熟悉的声音，携月光而来。

顾不上疼，她迅速起身，眼睛往窗外看去。

林屿肆和陆钊并排走着，他的姿势照旧松垮，单侧肩膀吊住书包带，黑色T恤没入夜色，人看上去比纸片还要单薄。

似有所感，他抬起下巴，稍稍偏了些角度，细碎的流光坠落在他脸上。

乔司月倏地顿住，心脏"怦怦"直跳，抠住窗台的手指不受控地一紧。

她连忙蹲下身。

几乎在同时，陆钊的声音很大声地响起："你在看什么呢？"

他纳闷，跟着看过去。

林屿肆将他东张西望的脑袋扳过来，随口胡诌了句："看月亮。"

"哦。"陆钊应完又觉得不对劲，月亮不是在右边？

陆钊狐疑地眯起眼睛，拍开林屿肆作恶的手，抬起脑袋又往左上方看去。

除了被风吹得一颤一颤的白色纱幔，什么也没有。

他收回视线，嘀咕了句："莫名其妙的。"

两人继续朝前走。

时间在静默里显得格外拖沓冗长。

不知道过去多久，乔惟弋忽然翻了个身，脑袋磕到床头柜上，发出不轻不重的一声"砰"。

突然响起的声音，吓了乔司月一跳。她做贼心虚地拉上帘子，转身，借着薄光看见乔惟弋坐在床头揉脑袋，他明显没睡醒，眼皮还耷拉着。

"怎么了？"她轻声问。

乔惟弋撇着嘴，委屈巴巴的，没说话，眼泪悬在眼眶里，被微弱的光线一照，莫名惹人怜。

乔司月猜测："撞到额头了？"

他点头。

乔司月开了灯，仔细检查一番，还好他伤得不重，没有磕破皮，只隆起了一个小包。

她下楼找到红花油，抹在手心，轻轻揉搓着他额头。

没多久，乔惟弋又睡了过去。

乔司月熄了灯,替他掖好被子,轻手轻脚地下床。

小巷已经空无一人。

她抬起头,仰面的角度,能完整看到苍穹上的一轮明月。

又圆又亮。

今晚的月色实在好到不像话。

白日里的苦闷跟着烟消云散。

即便她知道,这或许只是林屿肆生命中无关痛痒的一晚。

第五章

银河的馈赠

1

这个暑假,乔司月过得特别充实。经邻居介绍,她找了份小学一对一家教的活,每周三次课,每次两个小时。

学生悟性高,上课不闹,教学相对轻松,家长给的薪酬也高。

没几天,乔司月在巷口的一家小超市门前看见招聘信息,老板见她人很伶俐,谈好薪资后,让她周末再来上班。

知道这两件事后,苏悦柠止不住好奇心问道:"你最近着急用钱吗?我有啊,可以先借你。"

乔司月拂了她的好意:"想多存点钱留着以后用。"

至于以后用来做什么,苏悦柠没有问。

八月初,高一、高二年级按照期末成绩高低,各取年级前五十名,又组织了一场竞赛选拔。第二天成绩公布,乔司月在竞赛名单中。

赵毅第一时间把竞赛培训通知发到家长手里。

乔崇文收到这条消息后,没有太大的反应,只交代了句:"课业不能被竞赛影响。"

竞赛培训地点就在霖安中学,赵毅提前跟年级主任打好招呼,学校也比较重视这些竞赛,特意腾出一间多媒体教室作为上课地点。

乔司月到的时候,教室里零散坐着几个人,她找了靠窗的角落坐下。

没多久，隔壁的空位被人占去。

林屿肆的动作如此自然，乔司月足足愣了五秒。

林屿肆误会她的反应："这里有人？"

乔司月垂眸："没有的。"

林屿肆"哦"了声，把书包放进抽屉。

这会儿赵毅还没来，教室里乱糟糟的，边上的男生低头看着手机，睫毛长而密，在脸上投下一片萌翳。

乔司月没想到他真的会来参加竞赛培训，稍后勾唇笑起来。

大概是乐极生悲，这种欢喜持续了两天，第三天早上，乔司月的胃病犯了。

来得早，距离上课还有一段时间，她合上眼皮，将脸贴在冰凉的桌板上，燥热得到缓解，但胃还是一阵阵绞痛。

昏蒙之际，一道熟悉的男声撞入耳膜，像夏日的沁柠水，清清爽爽的，很舒服。

她只听见了他一个人的声音。

突然，那声音被骤然响起的议论声湮没，让她觉得林屿肆离她好远，可下一秒又将距离缩得异常近。

她能清楚地感觉到身侧的课桌有人坐下。

霖安中学高一教学楼前种着一排柠檬树，盛夏时分，果香浓郁。

他坐下的动作轻缓又温柔，带起一阵风，夹杂着燥热的温度和柠檬清冽的味道。

隐约听见他又说："现在就坐在我旁边。"

乔司月艰难地睁开眼，果然看见林屿肆拿着手机坐在桌角，两只脚勾在一起，悬在半空微微晃动。

从这个角度，恰好能看见他肩头的一小片水渍，粘在肌肤上，肩胛骨凸起的弧度异常清晰。

"今天就算了，我看她不太舒服。"

"现在她趴在桌子上休息，没法听电话。"

"行，先挂了。"

挂断电话，林屿肆稍稍侧过脑袋，对上乔司月雾蒙蒙的眼睛，一脚蹬地，回到座位坐下。

"不舒服？"

"胃有些难受。"乔司月艰难地坐直身子。

"多久了？"

"早上开始的。"乔司月不确定他问的是今天从什么时候开始疼的，还是染上胃病多久了，停顿片刻，补充道，"老毛病了，我趴在桌子上歇会儿就好了。"

他看她一眼:"给你倒点热水?"

乔司月愣了下,这次没有推托:"好的,谢谢。"

差不多两分钟后,林屿肆拿着杯子回来。

乔司月双手捧着保温杯,抿了口。

水温恰到好处,不知道是不是心理作用,半杯下去,她感觉胃都变暖许多。

课前两分钟,赵毅端着"干部杯"进了教室,身后还跟着两名男生。

"每人一本专题解析和综合模拟卷,别多拿啊。"

前桌把一沓本子传到乔司月课桌上,乔司月从中抽出四本,把多余的本子传到后座后,手指放在封面上,缓慢推过去,故作轻松地挑起话题:"刚才是悦柠打来的电话吗?"

林屿肆"嗯"了一声,用大拇指打开笔盖,"唰唰"几笔在封面写下自己名字:"约你放学后去鬼屋。"

乔司月屈指捏捏喉咙,又清了下嗓子,然后轻声问:"那你也会去吗?"

他偏过头看她。

几秒的停顿,给了乔司月足够的时间构建出合理的解释。她抠了几下保温杯上将掉未掉的漆,强装镇定地回道:"你要是也去的话,我们可以顺路一起过去。"

"你不是胃疼。"林屿肆用的肯定语气。

乔司月撒谎说:"现在已经好了。"

"行。"林屿肆应得爽快。

乔司月的笑意渐渐兜不住了。

这天赵毅罕见地拖了会儿堂,乔司月和林屿肆一前一后快步走出教室前,沈一涵拦住他们:"今天课上有几道题我还不太懂,你待会儿有空吗?"

"恐怕不行。"书包有些沉,一个劲地往下滑,林屿肆抬手用力将肩带往前一勾,语气散漫的,"你不是有老赵的联系方式吗?他讲得会比我清楚。"

沈一涵滞了滞:"你们要去哪儿?下雨天不方便,我送你们去吧,我家司机现在就在校门口。"

"不用。"林屿肆说,"我没法送你出去,打个电话让你家司机把伞送过来。"

乔司月这才反应过来,他肩上的那摊水渍是怎么来的。

接连被拒绝两次,沈一涵嘴角的笑一点点地垮下去,但良好的家教护住了她最后的体面:"那明天见。"

乔司月的注意力终于从沈一涵马尾辫上的黑色蝴蝶结上挪开,落在林屿肆撑伞的手指上,瘦长,骨节分明。

鬼屋离学校不远,走了一段路后,乔司月问:"你打算学理科吗?"

她绞尽脑汁拼凑出的话题,只得到对方轻描淡写的一声:"应该吧。"

过了差不多五秒，大概是出于礼貌，他把问题甩了回去："你呢？"

"我去文科班。"

"哦。"

气氛又冷下来。

乔司月第一次觉得不善言辞是这么要命的一件事。

伞就这么大，两个人挨在一起，肩膀时不时蹭到，林屿肆不动声色地往外挪了些距离，伞却朝另一个方向推过去。

这种时候，好像多说一句话都是不合时宜的。

乔司月安安静静站在他身侧，她希望时间能过得再慢些，这条路能再长些。

极静的环境里，他突然出声："想听歌吗？"

不待她回答，林屿肆已经从兜里摸出耳机，又在书包夹层里找到MP4，对准接口插上。

乔司月看着他把一只耳机戴进自己右耳，手里捏着另一只耳机头，在距离她耳朵不到五厘米处停下。

他没说话，但乔司月读懂了他的意思，接过耳机戴在左耳。

淅淅沥沥的雨声里，混进来一道低磁缱绻的男声。

里面的人缓慢唱着，乔司月记住了其中几句歌词。

> 模糊地迷恋你一场
> 就当风雨下涨潮
> …………
> 谁又会似我演得更好
> 从眉梢中感受到
> 从眼角看不到
> 仿佛已是最直接的裸露……

这个点，鬼屋等位的人很多，幸好苏悦柠提前一个小时到，差不多半个小时就能排上。

乔司月远远看见苏悦柠和陆钊站在门口，还有个没见过的男生，头发天然卷，穿一身再简单不过的白T恤和卡其色五分裤，裸露在外的小腿略微紧绷，显出分明的肌肉线条。

陆钊一把钩住男生的肩膀，笑着介绍："这是九班的陈载，霖安之光，未来的世界冠军。要签名的现在赶紧上啊，以后能卖不少钱。"

陈载用手肘撞了撞他的腰，笑容明朗："你少在这儿打趣我。"

乔司月一时没反应过来，苏悦柠凑到她耳边解释："短跑运动员。"

也不知道是巧合还是刻意的安排，二十分钟后，张楠和沈一涵出现在鬼屋门口。

苏悦柠不待见地昂起下巴："你们怎么也在这里？"

张楠翻了个白眼："鬼屋是你家开的？就允许你们来？"

沈一涵拽拽她的衣摆，示意她别再说了。

张楠动了动嘴唇，最后只"哧"了声。

陆钊一根筋，非但没察觉到这会儿有些别扭的氛围，甚至还大方地邀请了句："反正都认识，要不就一起？"

沈一涵正要说什么，张楠插了嘴："我是没问题的啦，就是不知道某人介不介意。"

苏悦柠最烦这种阴阳怪气的腔调，冷笑后，给了张楠一记直球："我介意，所以你们自个儿慢慢排吧，今天关门前总能轮到的。"

张楠气到脸红脖子粗，最后憋出一句："谁稀罕了？"

说完，她拉着沈一涵到空位坐下。

沈一涵抿直唇线，意味不明地看了眼乔司月。

游戏途中，乔司月和大部队走散，拐进一个看上去像生物实验室的地方，瓶瓶罐罐里放着各种内脏。

她不自觉后退几步，后背意外撞入另一个人的胸膛，电流般的触感霎时在全身蔓延开。

昏暗的光线里，男生的脸看得不太明晰，她依稀辨认出是林屿肆："你怎么回来了？"

林屿肆："苏悦柠让我把你带回去。"

乔司月"哦"了声。

"怕就跟在我身后。"

他语气平淡，戳穿人时，就好像在阐述一个再寻常不过的事实，不会给对方过分的难堪。

乔司月不想让他觉得自己是个胆小鬼，绷直被汗液浸润的脊背，打肿脸充胖子："都是人扮的，没什么好害怕的。"

借着微弱的光线，林屿肆勉强看清她的脸，给人一种视死如归的悲壮。

他勾起嘴角笑了下，这笑容落在乔司月眼里更像是在反问——"你看我信吗？"

乔司月语塞。

NPC（游戏角色）忽然跳出来，乔司月条件反射般地往回跑，被一旁的横杆勾到，眼见就要栽倒，林屿肆及时又精准握住她的手，将人扯回来。

"扯住我的衣服。"

乔司月轻轻"嗯"了一声，揪住他的衣摆，然后用力收紧手指。
这个夏天骄阳似火，偶尔也会暴雨倾泻。
但不管如何，都是她最喜欢的季节。

离开鬼屋时，乔司月后背已经湿了一片。
她看向神色自若的苏悦柠："我先去上一下洗手间。"
苏悦柠点头："那我先帮你把包拿出来。哎，哪个柜子来着？"
乔司月把钥匙递过去："最左边第三个。"
苏悦柠比了个"OK"的手势，打开储物柜，书包袋口处的暗扣没摁好，笔和本子掉在地上。
她把笔放回去，拂开画册上的灰，意外看见封面右上角的一行小字：

我野蛮生长，没能成为自己的月亮，遇见他，是银河赠予我的糖。

苏悦柠一顿，没忍住往下翻。
满满一本的素描画，其中的人物画的是同一个男生，有他投篮时潇洒利落的姿势、跟人谈笑时恣意的神色、站在烈日下被风吹拂时懒散的眉眼……
几乎每幅素描画下都配有几行小字，像是日记。

2009年5月25日
时隔两年，我又遇到了他。

2009年6月15日
今天他第一次叫了我的名字。

2009年6月30日
他问，要不要送我回家。

苏悦柠不懂画，却能感受到画者在落笔时的情绪。
曾经在脑海中一闪而过的猜测，再度涌现出来。
她讷讷抬头，往乔司月离开的方向看去，手指无意识地捏住画册边角。
"我看排到估计也要八九点了，要不我们下次再来吧？"
张楠的声音冷不丁从背后响起，苏悦柠一个激灵，迅速将画册塞回包里，转过身，双臂交叠抱在胸前，直直地迎上张楠的目光："看什么看？"
张楠满脑子问号："谁看你了，莫名其妙。"
苏悦柠"哼"了声，拿后脑勺对人，直到乔司月的身影进入视线，一下子从高傲的孔雀变成落败的鹌鹑，整个人看上去恹恹的，不在状态。

乔司月看出苏悦柠的不自然，一边接过她递来的书包，一边问："你刚才和张楠吵架了吗？"

苏悦柠还没想好怎么应对这突然送上门的秘密，索性把嘴巴闭上，摇摇头。

这时，陆钊钩着林屿肆的肩膀从洗手间出来，满嘴跑火车说自己刚才有多英勇，一拳一个NPC。

林屿肆掰开他的手："自己赔钱去吧。"

陆钊脑袋上蹦出一个问号，而后顺着林屿肆指的方向看去，鬼屋门口的提示语上写着：

  殴打NPC者罚款（一个巴掌100元、一击扫堂腿150元，视伤情严重程度调节）。

就在林屿肆和陆钊嬉皮笑脸的时候，苏悦柠一直盯住乔司月看。

她注意到乔司月的视线总是会不经意地扫向林屿肆，不到两秒，又小心翼翼地避开。

少女间的心事，两个男生浑然不觉。

林屿肆背上包："先回去了。"

陆钊拦住他："这么早，待会儿不一起吃饭？"

"给兰儿看店去。"

"那我和你一起看店。"

"看店是假，吃我店里的辣条才是真的吧？"

两人勾肩搭背地离开。

乔司月缓慢收回目光，偏头撞见苏悦柠若有所思的神情："怎么了？"

苏悦柠僵硬地扯了扯嘴角，随口扯了个话题，语速飞快："陆钊这厮货，刚才被NPC吓到打嗝，还是韭菜味的，直接把NPC臭跑，还在这儿吹自己一拳一个。"

不待对方反应，她秒切话题，拉上乔司月的手往扶梯走去："前面美食街新开了家日料店，我们去尝尝吧。"

"今天我家有客人，我妈让我回家吃饭。"已经不是第一次拒绝苏悦柠这种提议，乔司月觉得有些抱歉，忙不迭补上，"等我做家教的钱到了，下次我请你。"

苏悦柠本来就是随口一提，听她这么说，也没觉得失望："那行，你自己路上小心。"

乔司月"嗯"了声，从包里拿出来一罐饼干："这是我自己做的，你尝尝。"

苏蓉前不久从二手市场淘了个微波炉回来，乔司月从网上找来做饼干的配方和教程。大概没遗传到苏蓉的厨艺天分，她尝试五遍后才勉强能下嘴。

"谢谢。"苏悦柠打开玻璃罐，拿出一片蔓越莓饼干，"好吃。"

乔司月松了口气，嘴角梨涡乍现，眼睛也弯成漂亮的月牙："那我下次做别的。"

苏悦柠陪乔司月走了段路，两人在岔路口分手。

"司月。"苏悦柠突然喊住她。

乔司月回头。

今晚看不见月亮，只有路灯孤零零地矗立在街角，那张素白小脸一半浸润在灯光里，另一半被阴影蚕食着。

人比路灯还要孤寂。

"怎么了？"

苏悦柠心口莫名一紧，摇摇头说："没什么，下周见。"

乔司月笑着应道："下周见。"

夜色弥漫，夏日的蝉鸣声不绝于耳。

苏悦柠盯住乔司月的背影许久未动。

不远处，女生的身形依旧单薄，但脊背看上去挺直了些。

微黄的灯光打在她身上，像被俗世蒙上了不见天日的昏暗。

前方道路宽敞，没有行人经过，车辆被拦截在红灯前，只有乔司月紧贴白线朝前走去，步子迈得笔直又坚定。

2

不知道是不是乔司月的错觉，鬼屋之行后，苏悦柠总是一副欲言又止的模样。

每个人都有秘密，乔司月没有多问。

开学前两周，乔惟弋上学的事才算安排妥当，夫妻俩商量一番，决定给乔惟弋报个书法班。

苏蓉和乔崇文都忙着工作，方惠珍腿脚不便，接送的活自然而然落到乔司月头上，好在打工、竞赛培训的时间和接送的时间并不冲突。

乔惟弋性格外向，当天就在班上交了不少朋友，看见乔司月时眼睛一亮，小手指过去："那是我姐姐，漂亮吧。"

他旁边的小男生连忙点头附和，然后问："唯一，我是你的好朋友吗？"

乔惟弋没有纠正男生错误的发音，拍拍胸脯保证道："当然啦。"

"那我以后能娶你姐姐吗？"

乔惟弋一下子变脸："我觉得我们之间的友谊得先暂停一会儿，等我姐姐找到帅老公后，我们再当回朋友。"

闻言，乔司月忍俊不禁。

路过一家小卖部，乔惟弋仰头看她："姐姐，我能吃冰激凌吗？"

乔司月点头："想吃什么自己挑吧。"

乔惟弋拿了两支奶油布丁，乔司月正要付钱，玻璃柜台上响起清脆的硬币碰撞声："姐姐，我请你吃。"

乔司月愣了愣。

乔惟弋把其中一支递过去，理所当然地说："你别不好意思啦，男生请女生吃东西是应该的。"他一双眼睛又亮又圆，闪烁着诚挚的光。

乔司月发现，自从搬来明港后，乔惟弋对她的态度不再像当初那般小心翼翼。在方惠珍训斥她时，他也能像个小大人一样挺身而出。

乔司月的心微微一动，伸手接过他递来的奶油布丁，另一只手摸了摸他后脑勺。

乔惟弋蹦蹦跳跳地在自家小院门口停下，一屁股坐在石阶上，拍了拍身侧的空位："姐姐你也坐。"

乔司月坐下，撕开包装，乔惟弋的手探过来，两支奶油布丁在半空轻轻一撞。

他笑弯了眼睛，手臂高高扬起："起司！"

乔司月没跟上他的脑回路，片刻后才明白他想表达的意思，纠正道："是Cheers（干杯）！"

乔惟弋一秒坐正身子，像模像样地跟着学，但吐出来的还是那声"起司"。

乔司月嘴角没绷住。

他又喊："起司！起司！起司！"

一道不确定的声音插进来："乔司月？"

乔司月下意识抬起头，对面的女生模样有些眼熟，但又叫不上名字。

过了一会儿，她才将这张脸和某位初中同学对上号。

女生先开口："还真的是你啊，这么久不见，你好像变了不少，我差点没认出来。"

乔司月起身："是挺久的。"

女生对她的冷淡反应已经见怪不怪，昂了昂下巴："你住这儿？"

"嗯。"乔司月客套地问了句，"你来明港旅游？"

"是呀，我们几个玩得比较好的初中同学都来了。"

乔司月手指一紧："还有别人？"

女生想起什么，目光变得意味深长："陈帆也来了。"

出于好意，她多提醒了句："最近几天，你还是别出门了，特别是淮阳路那带，我们订的酒店就在那儿。"

女生离开后没多久，邻居张婶的声音无缝衔接上："惠珍姐，你听说没，昨天晚上隔壁村一姑娘溺水了,就在咱这边的初阳湖。"

方惠珍对这话题没什么兴趣,没有细问,而是抱怨了句:"早就说得建个围栏,镇上就是不作为,这下好了,意外一个接着一个。"

"哪是什么意外?"张婶叹了声气,"现在的年轻人真是一点苦都吃不得,她这一跳一了百了,留下的人活受罪喽。"

"谁说不是呢,年纪轻轻有什么想不开的?"

方惠珍搭腔的声音不紧不慢的,乔司月不自觉扭头看了眼,她正坐在板凳上纳鞋底,穿针引线的动作很熟练。

乔司月以为这个话题只是老一辈茶余饭后的消遣,仅隔半个小时,她再次从苏蓉和乔崇文嘴里听到。

分不清是不是刻意的试探,但逃不开说教的本质。

这天晚上,乔司月梦见了一个诡异的场景。

是个大晴天,水面波光粼粼,一眨眼的工夫,湖面漾开大片涟漪,一只惨白的手伸出来,然后是乌黑的脑袋。

那人背对着自己,大声求救。

没多久,苏蓉和方惠珍也出现在画面里,她们的目光转过来,轻飘飘的,脚步不疾不徐地踏在柔软的草地上,从她身后路过。

乔司月猛地回头,求救的女生也转向她。

那张脸完好无损,和自己的别无二样。

乔司月被生生吓醒。

不祥的预感一天天加重,乔司月属于易瘦体质,加上胃口不好,体重掉得很快,脸颊好不容易养回来的肉跟着消失,下颌线条又明显不少。

赵毅关心地问了句:"是不是竞赛压力太大了?"

"可能是最近没睡好。"

"你没问题的,别给自己太大压力了。"他半开玩笑地说,"为了竞赛把自己折腾成这样,到时候我也不好意思跟你爸妈交代。"

乔司月干巴巴地笑了下:"我会尽快调整过来的。"

估计是赵毅和盛薇说了些什么,第二天上午盛薇给乔司月打电话,她摸着肚子说:"宝宝乖,先和你的司月姐姐打声招呼。"

乔司月眼角眉梢的笑意漫开。

之后,盛薇又和她聊了很多轻松的话题。

就在乔司月快把陈帆这个名字抛之脑后的时候,一道耳熟的声线毫无征兆地侵入耳膜。

"乔司月。"

乔司月全身上下的血液倏然凝固,低垂的视线里,看见自己搭在玻璃柜台边角的右手无意识地一紧。

她垂下手,左手用力捂住右手,试图把残留的余热引渡到冰冷的肌肤上,但也只是无济于事。

时间在沉默里显得格外漫长,不知道过了多久,乔司月感觉头顶飘来一阵凉飕飕的气息。

是得意,还是嘲讽,她一时间没分辨出。

总之是不怀好意的。

陈帆挑眉,说:"真巧。"

他旁边一个戴着银白色耳钉的男生出声问:"认识啊?"

陈帆漫不经心地应了声,吊儿郎当的笑挂在嘴边:"初中同学,哦,还是高一同桌。"

不知道想起什么,他嘴角咧得大了些,有意无意地加上一句:"说起来也好笑,有天早上我到学校,我的班主任告诉我同桌没了。我当时还以为这人英年早逝了,结果一打听,才知道人转学了。"

他目光火辣辣的,乔司月想忽视都难。

她抬起头,迎上陈帆的目光:"不买东西就别挡路。"

陈帆"哧"了声:"顾客是上帝,你们老板知道你这态度吗?"

乔司月指甲嵌进皮肉,但她完全感受不到痛意:"先管好你自己。"

这六个字几乎是从牙缝里挤出来的。

僵持的氛围很快被打破。

"麻烦让让。"男生嗓音里透出生人勿近的冷漠,声线很熟悉。

陈帆像是没听到似的,站在原地纹丝不动。

男生也不恼,脸上依旧没什么表情。

两个人僵持着,谁也没挪开脚。

他个子高了陈帆差不多半个头,从乔司月的角度,恰好能看清这人的长相。

脸很瘦,两颊微微凹陷,嘴唇也没多少血色,带了点病态的憔悴。

他今天罕见地没戴眼镜,眼形狭长,眼窝比常人要深些,渗出刻骨铭心的冷意。

是许岩。

"不结账吗?"许岩绕过陈帆,指间夹着一条口香糖,轻轻放在柜台上。

那双手很白,手指长而直,骨节凸起明显,像冬日光秃秃的枝干,细瘦嶙峋。

那手被白炽灯光一照,有种恐怖片的即视感,但在这一刻,成了乔司月的救命稻草。

"结的。"乔司月的手指终于恢复知觉,她拿起机器扫了下商品条形码,"一共……"

许岩冷不丁打断:"再来包纸巾。"

乔司月愣了一下才反应过来，拿出一包纸巾，扫码后报了个价格。

陈帆的视线在他俩身上打转，勾唇意味不明地笑了笑，然后和耳钉男一起离开。

乔司月心跳恢复到正常节奏，目光落回到许岩身上。

他出现的时间太过巧合，但乔司月还没有自恋到认定他是在帮自己，出于礼貌和感激，她道了声谢。

许岩没应，拿上东西就往外走。

乔司月目光跟着他，注意到他后背上的一道颜料印子，又愣了愣。

超市一下子安静下来，乔司月不可避免地想起了陈帆，过去的记忆像走马灯似的浮现出来。

最开始是陈帆揪乔司月的辫子、在她后背贴各种各样的字条，乔司月没将这种低俗趣味放在心上，直到某天偶然听见他们在背后议论："今天又换了个书包，紫色的，还带点亮片，亮给谁看呢。"

"我看她不是长得挺乖。"

这人的声音乔司月没听出来是谁的，正准备走，陈帆不怀好意的嗓音混在穿堂风里，撞得乔司月耳膜生疼。

"前几天我还看到她跟一男生去看电影，两个人说说笑笑的，就差没黏在一起。"

他嘲讽般地笑了声，又说："谁知道看完电影后他们又去哪儿了⋯⋯这种看上去越乖的人，没准骨子里越叛逆。"

乔司月终于意识到陈帆口中议论的人是自己。至于他说的男生，是大自己三岁的表哥。

班上有几个人特别热衷于给别人拉关系，乔司月和陈帆成了他们口中的一对。

乔司月只觉得反感，忍无可忍："能别恶心我吗？"

这话恰好被陈帆听到，他倚在门边，笑得一脸深意。

那时候乔崇文还没有被辞退，苏蓉也能察觉到乔司月的情绪起伏。

乔司月做足心理建设，准备将这些事原原本本地告诉芳蓉。不巧，那天晚上苏蓉要加班。

乔惟弋缠着乔司月陪他一起玩，乔司月耐心告罄，也不管他听不听得懂，沉着声音说："你不要随便耍脾气了，以后会被人欺负的。"

方惠珍走过来，狠狠地扯了她一把，把她从乔惟弋身边拉开："说什么鬼话！"

乔司月一个趔趄，心里产生了迷茫——

她就这么惹人讨厌吗？

第二天,乔司月把事情转述给苏蓉。

那会儿乔司月正坐在苏蓉的电瓶车后座,风把她的声音吹得支离破碎。

苏蓉目视前方,沉默几秒,用平稳的声线回应此刻脆弱的女儿:"你奶奶就这脾气,你别和她计较。"

晚上八点,头顶的天黑沉沉的,乔司月仰着脑袋,眼底融不进一丝光亮。

"我知道了。"

回程的路上,乔司月把事先准备好的台词咽回肚子里。

她怕的不是苏蓉知道在学校发生的那些事情后,依旧保持着漠不关心的态度,而是怕苏蓉再来一句"你们还小,有些事情闹着玩就过去了,没什么大不了的"。

中考结束,乔司月有了种即将解脱的轻松感。但她没有想到的是,高一她会和陈帆分在同一个班。

如果他只是普通的坏学生,乔司月的处境也不至于如此艰难,可偏偏他在老师面前是家境、学习都优越的天之骄子。

她抵抗过、求助过,也为自己据理力争过,但没有人相信她的说辞。

高一开学差不多两个月,家里就出事了。那会儿乔司月已经瘦到脱相,上秤一称,只有七十斤出头。

乔崇文和苏蓉为家里的事忙得焦头烂额,三天两头不着家,唯一察觉到她异样的是小九岁的弟弟乔惟弋。

"姐姐,你是不是生病了?"

童言无忌,但也最容易引起大人的关注,苏蓉和乔崇文立刻带乔司月去医院做检查,医生却建议他们去精神科看看。

苏蓉和乔崇文的脸色一下子变得很难看,到家后也没有缓过来。

"年纪轻轻的,什么苦都没吃过,比起我们那时候,她已经够幸福了,要什么就给她什么,怎么会染上什么抑郁?"说不担心是假的,苏蓉提议,"以防万一,还是去看看。"

乔崇文垂着头,两手搭在膝盖上,还没说什么,方惠珍就抢先开口:"看什么看,传出去多难听。"

那天之后,乔司月就算再没有胃口,也会强迫自己咽下几口饭菜。放学后她故意不回家,去书店看那些苏蓉瞧不上眼的言情小说。

但虚拟世界并不比现实来得轻松。

乔司月不明白为什么书中人物的青春总是那么伤痛又脆弱,还是说这是每个人成长的必经之路?

这些问题乔司月一直没得到答案,她只知道,陈帆做的这些事情让她很不舒服,甚至引起了心理和生理的双重厌恶,到最后全部成为羞于启齿、见不得光的秘密。

想起这些，乔司月走到屋外的水槽前，拧开水龙头，狠狠往脸上泼了把水。

隐约听到一声"喵呜"，她停下手上的动作，循声看去。

是之前差点被她撞伤的小花猫，这些天，乔司月见到它不少回，每次她都会拿小面包或者火腿肠放在花坛边，等它来吃。

乔司月关掉水龙头，回超市买了根火腿肠，撕开外包装，小心翼翼地递到它身前。

它没动，琥珀色的眼睛带着怯生生的乖巧，过了近半分钟，才敢往前挪一小步，伸出小舌头舔了舔。

小花猫突然的靠近，让乔司月呼吸一滞，条件反射般地想往后退，动作太急没站稳，跌坐在地，手里的火腿肠也掉了下来。

小花猫的胆子却变大了些，在她脚边停下，伸出爪子碰了碰火腿肠。

这时，身后响起脚步声。

乔司月没有回头，只觉得覆在后背的阴影在不断扩大。

显然他们之间的距离还在缩进。

全身上下的力气仿佛在一瞬间被抽走，挤不出半点用来挣扎，她就这样保持着同一姿势，不敢回头，不敢说话，甚至不敢呼吸。

直到林屿肆出声，声线低磁，像新鲜的切片柠檬被人投进透明玻璃杯里，"咚"的一声轻响后，酸涩又清冽的气泡不断冒出。

"我说它最近怎么圆润了这么多，原来是你在投喂。"他嗓音里含着笑意。

乔司月卡在喉咙里的气息终于舒出。

迎着光，眼睛有刹那的不适应，缓过后，少年清隽的脸庞变得清晰，纯白圆领T恤被平直的肩膀撑起，消瘦但不失力量感。

林屿肆瞥她一眼："不烫？"

三十多度的天气，皮肤贴着地面，像放在火炉上烤。

乔司月后知后觉感受到灼烧感，她起身，看见他手里的猫粮，问道："你也是来喂食的？"

林屿肆"嗯"了声，半蹲下，衣服压出一道明显的褶子。他抓了把猫粮放手心，解释道："家里有人对猫毛过敏，没法养，只能偶尔来喂喂。"

乔司月不知道该说些什么，温暾地"哦"了声。

"你喜欢猫？"林屿肆头也不回地说，"我带它去做过体检，除了营养不良，没有其他病，你要是喜欢，可以领养。"

前一个问题的答案乔司月自己也不清楚，她似是而非地答："不是喜欢就一定要拥有的。"

对方错愕的表情提醒她自己刚才都说了些什么，她回神后勉强挤出一个笑容："我养不了的。"

之前苏悦柠问她为什么会害怕别人的触碰，她也只是含糊其辞，其实她很清楚，陈帆对她造成的影响不是一时半会儿就能剔除的，心里那道挥之不去的阴影只会随着记忆加深不停地扩散。

从最开始的害怕同龄男生，逐渐演变成害怕一切生物。

即便是没什么攻击力的小猫、小狗。

可就算她克服了心理障碍，苏蓉也不会同意。

之前乔惟弋说想养宠物，苏蓉明确表示拒绝，说养猫猫狗狗太麻烦。

乔司月知道，这只是苏蓉找的借口——她藏在心里的爱不够多，根本腾不出多余的关怀和精力给一个半路捡来的"家人"。

林屿肆没再继续这个话题，把猫揽在怀里。小花猫忽然变得温顺许多，甚至拿脑袋蹭了蹭他的胸膛。

"先走了。"

闻言，乔司月稍顿："你要带它去哪儿？"

林屿肆晃晃它的小爪子："这里受伤了，带它去宠物医院看看。"

他转身离开，背影依旧像白杨一般，坚韧挺拔。

乔司月心里的重量减轻不少。

"林屿肆。"

乔司月叫住他，等人回头后，认真地说："谢谢你。"

乔司月经常会想，这个年纪的憧憬到底意味着什么。

最后她只得出一个结论：对一个人的专注和憧憬，能化为一种信仰。而这个人不需要有多优秀，在她眼里都能闪光。

对方任何一个似是而非的举动，都能让她心不在焉一整天。

光看到那个人，她所有的难过和苦闷转瞬就能一扫而空。

好比现在，他就算什么都不说什么都不做，他的出现对此刻的她来说，已经是一种莫大的宽慰。

林屿肆没听出她的话外音，稍顿后，用一贯云淡风轻的语调回了两个字："小事。"

3

乔司月在太阳底下站了会儿，回到阴凉处，大脑产生一阵晕眩。她靠在墙上缓了缓，QQ提示音响起，闷在抽屉里，听得不太清晰。

声音接连又响了几下，乔司月猜测可能是苏悦柠发来的，她拿起手机看。

苏悦柠：你几点结束啊？

乔司月算了下时间，回道：差不多还要一个半小时。

苏悦柠：OK。

苏悦柠：你待会儿没别的安排吧？

乔司月：没有。

苏悦柠：你能出来陪我散散心吗？我在淮阳路和盛安路的交岔口等你。

乔司月：好。

回完消息，乔司月从柜子里拿出首饰盒，里面装着一个方形发卡，上面的钻是她一颗颗粘上去的。

过去的路上，乔司月看见一个背影酷似陈帆的人，导致她一整个下午都不在状态，连要送给苏悦柠的礼物也忘记拿出来。

耳边苏悦柠的声音把她的意识拉回来："司月，你有在听我说话吗？"

乔司月"啊"了声，向她道歉："对不起，我刚才走神了，你再……"

苏悦柠没给对方足够的时间把话说完，深吸一口气，尽量计语气变得和缓，但控制不住的高分贝还是泄露了此刻的不平静："其实，你要是不愿意的话，可以不用陪我出来的。"她将对方的走神当成了不耐烦的情绪表露。

事实上，这话一说完，苏悦柠就后悔了，今天确实发生了很多不愉快的事情，但迁怒朋友是一种极其愚蠢的做法。

乔司月抿了抿干裂到脱皮的嘴唇："你误会了，我没有不乐意的。"

苏悦柠叹了声气，语调缓和下来，却给人一种努力后又无可奈何的压抑感："你什么事情都闷在心里不说，可你要是不说的话，我也不知道你是不是在难过，在迁就我……如果你真的拿我当朋友，我很乐意当你的树洞，对我有任何要求、不满你也可以说的，我都会努力改进。"

"我没有不拿你当朋友。"乔司月停顿好一会儿才接上，"我只是不知道该怎么说，也不想给你加重负担。"

"那林屿肆呢？"苏悦柠突然问。

乔司月不知道苏悦柠怎么发现的这个秘密，只知道她们之间的关系出现了裂痕，但苏蓉没有给她足够多时间去修复这段友情。

开学前一周，乔司月带着乔惟弋回南城看望外祖父母。

外公半年前中风，身子骨大不如前，走路需要用拐杖撑着。

"是乔乔来了。"

他步子迈得有些急迫，多亏旁边站着人，及时扶了他一把，才没有跌倒。

在苏家的那些年，外公是对乔司月最好的人，现在看到他这副苍老又憔悴的模样，乔司月鼻子忍不住发酸。

"你在明港是不是没好好吃饭，还是学习压力太大了，看看这都瘦成什么样了？"外公几乎不和家人一起吃饭，总是一个人坐在客厅的折叠木桌前，今天是例外。

他比画了下她细瘦的手腕："快成骨架子了。"

乔司月又一阵鼻酸，眼眶微热，几乎要哭出来。

她忙不迭垂下头:"我在明港有好好吃饭、好好睡觉的。"

她的声音闷闷的,混在电风扇的嗡鸣声中,也不显得突兀。

外婆的声音插进来:"听你爸妈说,这次期末考你考了年级前十?"

这声音把乔司月悬在眼眶的泪逼了回去,她暗暗吸了下鼻子,"嗯"了一声。

外婆开口:"看来新学校比原先那市重点还好哇,才半个学期就进步了这么多。"

舅妈笑着说:"乡下学校哪比得上南城的重点高中?估计这新学校里的学生都不怎么样,普普通通的成绩都能被衬成尖子生。"

乔司月无视她阴阳怪气的腔调,接下外婆的话茬:"新学校挺好的,老师也好。"

她停顿片刻,又说:"我在明港一切都挺好的。"

吃完饭,乔司月陪外公聊了会儿天后,一个人上了四楼。

四楼的窗帘在乔司月搬走后没多久就被卸下来,对面是一排小矮房,无遮无拦的环境,橙黄的光束投射在红棕色木质地板上,浮在空气里的细碎尘埃看得清清楚楚。

天花板上还悬挂着一串贝壳风铃,是她七岁那年去海边度假缠着乔崇文买的,已经不再完整,最底下的贝壳碎了一角。

乔司月平躺在地板上,房间里很安静,偶然听见楼下传来几道嬉闹声,不知不觉间,她睡了过去。

醒来时,乔惟弋坐在沙发上看着漫画书,两条腿在半空一晃一晃的。

离开明港前,苏蓉给乔惟弋布置了一项任务,要求他每天练十张字帖,让乔司月监督。

乔司月瞥了眼乔惟弋落在纸上的名字:"惟字又少了一横。"她眉毛皱起来,对上乔惟弋卖乖的表情后,又忍不住笑出声,拿他没办法,只好手把手再教他一遍。

乔惟弋昂着下巴看她:"姐姐,你也写。"

"写什么?"

"你的名字。"

"我的名字有什么好写的。"乔司月拿起笔,刚在纸上画出一道,就被一只小手轻轻握住,将她往另一边带。

"就写在我的名字上面。"

乔司月应了声:"好。"

她落笔重,笔锋遒劲有力,经常被人评论说不像女生写的,尤其是她这种看上去柔柔弱弱的女生。

写完后,乔司月没有停下笔,直到乔惟弋问:"这是什么字呀?"

乔司月回过神，视线垂落，瞥见宣纸上熟悉的三个字，突然一顿，将纸抽出来对折藏进口袋，用平稳的语调回道："随便写写的。你自己练会儿，我下楼拿两瓶水。"

一楼客厅传来交谈声，乔司月脚步顿了下。

外婆的声音率先撞入耳膜："我这外孙女，哪儿哪儿都好，就是性格太内向了，不爱说话。"

搭腔那人说："现在内向点没毛病，以后有出息就行……何况你外孙女这成绩能上人学，到时候毕业了拉到社会上锻炼几天，再内向的人都能磨成泼皮猴。"

外婆笑眯了眼："那敢情好喽。"

乔司月在南城待了三天，临走前外婆拉住她的手告诫她："乔乔，你要开朗点，多说话多笑笑，这样才会有更多人喜欢你。"

老生常谈的话题，乔司月从善如流，笑着"嗯"了声，却没怎么放在心上。

回明港后，乔司月辞去兼职，一心一意扑在数学竞赛上。

最后几天，她很少出门，但还是不可避免地撞见了陈帆，这次只有他一个人。

乔司月太阳穴猛地一跳，动作比脑袋反应快多，条件反射般地往回跑。

陈帆冷冷一笑，三两步追上去，扯住她的辫子用力往回拉："你跑什么？"

对，她为什么要跑？

乔司月怔了下，定在原地不动了，一切感官好像都被剥夺走，直到陈帆的手臂搭上她的肩膀。

陈帆眯了眯眼睛，想起一件事："上次那男生是谁？"

乔司月后退一大步，避开他搭在自己肩上的手臂，眼睛没有躲闪地同他较量着，但她心里清楚，自己现在有多害怕。

"陈帆，你想干吗？"

陈帆微顿，没说话，望向她的眼神阴凉。

她捏捏手心，等底气回来些，继续说："陈帆，你让我感到恶心。"

空气安静一刹。

陈帆被气笑，拽住她的衣服，眼见就要把她扯进巷子，忽然窜出一道瘦小的影子，乔惟弋狠狠咬上陈帆的手臂。

陈帆疼得倒吸一口凉气，用力将人甩在一边，抡起拳头就要往他身上砸去。

乔司月呼吸滞了滞，潜意识驱动下，她奋力一跃，扑到乔惟弋身上，拦下这重重的一击。

就在第二拳即将落下时，乔司月抬头看陈帆，用没什么起伏的音调说："我拍下了你虐猫的视频。"

陈帆手一顿，揪住她的衣领，猛地往前一扯。

呼吸一下子变得困难，乔司月的脸涨得通红，声音又哑又涩："你是没什么关系，但我听说你爸最近忙着竞选的事，要是在这节骨眼上传出这种消息，你觉得会有什么后果？"

冗长的僵持状态下，陈帆手上的力气不自觉松懈下来，眼睛仍一动不动地盯住她。

冷静后，他忽然笑起来："你要是有那东西，怎么不一早拿出来？"

莫名的，乔司月心里的恐惧消散大半，声线逐渐平稳下来："不信是吗？"

她慢吞吞地继续说："那你尽管试试。"

晚夏的风依旧燥热，吹得乔司月眼眶发疼，对着陈帆愤然离去的背影，她沉沉吐出一口气。

她一点都不乖。

她就是个满口谎话的骗子。

她的狠和离经叛道是刻在骨子里的。

乔司月擦干眼角的泪水，转过身晃了晃乔惟弋的身子："小弋。"

叫了好几声他都没反应，这会儿路上一个人都没有，出门匆忙，手机也落在家里，她只好背着他就近找了家医院。

"我弟弟晕倒了，麻烦你……"

赵逾明双手揣在白大褂里，冷漠地打断她的话："我这儿是宠物医院，我也只是个平平无奇的兽医。"

乔司月没心思跟他扯皮，语气很急，甚至带了点哭腔："我知道，我只是想问你借下手机。"

赵逾明微抬下巴，示意手机在玻璃柜上。

乔司月道了声谢，脚刚抬起来，就听见对方说："你急什么？你弟又不是昏迷不醒，他只是睡着了，手肘和膝盖也只是擦破皮，没伤到骨头。"

乔司月半信半疑地回头，情绪慢慢平复下来，原封不动地把话丢了回去："你这里是宠物医院，你也只是个平平无奇的兽医。"

看上去温暾的性子，没想到却是个伶牙俐齿的。

赵逾明"哧"了声，用手指捏住乔惟弋的鼻子，没几秒，小男孩眼睛"唰"地睁开，张嘴粗粗喘气。

乔司月愣了愣。

处理完伤口，乔司月付了笔包扎费，背起乔惟弋离开医院。

乔惟弋顺势环住她的脖颈，找了个相对舒服的位置："姐姐，你的后背好硬哦，以后你要多吃点饭。"

落日余晖将乔司月的脸映得通红，她轻声说："好。"

"那个人为什么要欺负你？"

她喉咙哽得难受："坏蛋欺负人是不需要理由的。"

乔惟弋"哦"了声，又问："最近都没看到柠檬姐姐，你和她吵架了吗？"

"吵架没什么大不了的，我和大壮就经常吵架，吵完架后，我们还是好朋友。"

他困急了，声音越来越低，但乔司月还是听清楚了。

她眼眶微热："你说得对，没什么大不了的。"

乔司月前脚刚刚离开宠物医院，林屿肆后脚进来。

赵逾明一边把猫从笼子里抱出来，递到他怀里，一边跟他聊起刚才发生的趣事。

"你来晚了一步，错过了一场好戏。"

林屿肆对赵逾明口中姐弟情深的戏码不感兴趣，淡淡道："谢了。"

赵逾明一脸真诚："都是小事，记得给钱就行。"

回程的路走到一半，林屿肆接到叶晟兰打来的电话，说看热闹时闪着腰了。

开门的动静响起，叶晟兰坐直身子，一拉一扯，痛到直呼"哎哟喂"。

林屿肆走过去，将沙发靠垫放在她身后，扶着她肩膀让她慢慢往下靠。

"看人吵架把腰看闪了的，不说全国，全明港也就您独一份了。"他嘴里说着调侃的话着，语气也算不上和缓，手上的动作却很轻柔。

叶晟兰抄起茶几上的捶背器，往他脑袋敲去："嘴里装了弹簧是吧，一天到晚叽叽的。"

林屿肆扯了扯嘴角，没再搭腔。

他陪叶晟兰看了会儿古偶剧，手机忽然响了几声，是放在二手交易平台上的滑板有了新消息。

他和买家还没聊几句，叶晟兰盯住外孙白皙清俊的侧脸，忽然问："肆儿，你今年几岁了来着？"

"十七了，女士。"林屿肆头也不抬，嘴角挂着漫不经心的笑。

"时间过得可真快，一眨眼你就长成了这副模样，也不枉我一把屎一把尿地把你喂大。"

叶晟兰还在感慨岁月悠悠，林屿肆已经听不下去，放下手机，去厨房拿来煎好的中药。

听到拖鞋趿拉的声音由远及近，叶晟兰眼皮懒懒一撩，"哧"了声："多大年纪，成天板着一张脸做什么？不知道的还以为要喂我喝毒药。"

"哪能啊，您要是不长命百岁，谁来圆我啃老的梦？"

叶晟兰笑骂了句小兔崽子，片刻转移话题："最近怎么一直没见到迦蓝？这疯丫头又上哪儿野去了？"

林屿肆手指一顿,眉宇间闪过一丝烦躁:"谁知道,没准搞她那小破乐队去了。"

说起这事,叶晟兰倒有了些印象:"她那乐队不是缺个打鼓的吗,你没事去给人敲敲。"

"你当是敲木鱼呢。"林屿肆捏捏眉心,"人家是打算正儿八经搞乐队的,我去做什么,没准你的宝贝外孙还会被嫌弃拖后腿。"

叶老太太一脸傲娇,哼哼唧唧地说:"什么宝贝,狗屁还差不多。"

林屿肆和买家约好在玩具城面对面交易,傍晚六点左右,他出门看见苏悦柠家门口站着一道熟悉的身影。

女生今天没绑马尾,松松垮垮地扎了两条鱼骨辫,垂在瘦削平直的肩膀上,穿一条学院风连衣裙,领口系着红色蝴蝶结飘带,脚上套一双纯白帆布鞋,模样乖巧安静。

不知道是她太瘦弱,还是裙子过于宽大,远远望去,显得空空荡荡的。

乔司月抻着脖子往里探,在原地停留不到半分钟,将什么东西放在信箱上就离开了。

林屿肆边走边拨出一串号码,电话接通后说:"乔司月刚才在你家门口。"

他两指夹着信封,粗略看了眼,发现上面画了只坐在月亮上的小猫咪。

"她没等到你,留下一盒饼干和一封信就走了。"

苏悦柠愣了几秒,连忙打开QQ,这才看到乔司月半个小时前发给自己的消息:你在家吗?

听筒里传来一声响亮的尖叫,林屿肆耳膜被震得生疼,把手机拿远些,几秒后是节奏感十足的嘟声。

苏悦柠一路跑回家,拆开信封,里面装着一个手工制作的小发卡。

其实她早就意识到口不择言会给对方带来多大的伤害,等她冷静下来后,第一时间去乔家找人,才知道乔司月带弟弟回南城了,归期未定。

苏悦柠攥紧发卡,眼泪"啪嗒啪嗒"地往下掉。那天晚上,她把乔司月约出来,一个劲地道歉。

"阿肆和我说,其实那天你的状态也不对,对不起,我没有注意到。"

乔司月顿了下,摇头说:"没事。"

两个人安静地坐在湖边的长椅上。

许久,空气里才响起乔司月淡到不行的嗓音,她平铺直叙地说着自己的过去。

很多年后,乔司月对那天的记忆只剩下头顶一轮皎洁的明月、夏日燥热的晚风、苏悦柠抱住她泣不成声的模样。

以及，盛薇口中如释重负的感觉。

开学前两天，盛薇将文理分科意向表通过短信的方式发给学生家长。

学文科这决定，乔司月早在转学前就和乔崇文商量过，乔崇文对比她的文理成绩后，持赞同意见。

这事尘埃落定后不久，苏悦柠在QQ上找到乔司月，询问她关于文理分科的事情。

乔司月：我报了文科班。

苏悦柠回了一长串问号。

苏悦柠：可林屿肆大概率会去理科班啊。

乔司月愣了下，又想起那天下午她和他撑着同一把伞，并肩走在细细密密的雨中。那时，她就知道了他的意向。

乔司月：我知道的。

苏悦柠一时不知道该说什么了，好半会儿才敲下字：我以为你会学理科。

这条消息发出去后，迎来漫长的沉默。

就在苏悦柠以为自己等不来对面的回应时，对话框倏然跳出一段话。

乔司月：我们都是独立的个体，我不能为了其他人放弃自己。

开学典礼那天，分班表被贴在公告栏里，盛薇早在电话里告诉了乔司月分班结果，怕泄露心底的秘密，她没敢询问另一个人的信息。

等人群散去，乔司月才凑上去找林屿肆的名字，没多久，肩上落下大片投影，熟悉的沁柠水味钻入鼻尖。

她愣了愣，转过头，毫无征兆地撞进一双熟悉的眼睛里。

心跳加速的后果是，她不经大脑就问出了一个答案显而易见的傻问题："你怎么在这里？"

林屿肆抬了抬下巴，没说话，但意思很明确。

乔司月欲盖弥彰地拨了拨散在额前的碎发，身子转回去，继续在纸上搜寻他的名字，循环几次，还是一无所获。

"是不是漏印了你的名字？"她偏头问。

林屿肆反问一声："嗯？"

离得近，他呼出的气息就喷在她颈侧，那声"嗯"莫名让人心痒。

"创新班里没有你的名字。"虽然知道这句话有些逾越，但乔司月还是忍不住说了出来。

高二年级一共有十二个班级，前九个班级都是理科班，创新班和实验班分别有两个，其余为普通班。

选文科的人数少，所以文科实验班就十班一个。

林屿肆拖腔拉调地"哦"了声:"你说这个啊。"

他抻长手臂,从她肩头穿过,修长的手指在公告左下方轻轻一点,一字一顿地说:"林屿肆,他在这里。"

乔司月眼皮一跳,顺着他指的位置看去,心脏剧烈跳动了下。

高二(10)班

林屿肆

第六章
毫无招架之力

1

那天的风燥热难挨，拂在脸上的触感却轻柔得过分。

"他为什么要选文科"这个问题在乔司月脑海里盘踞着，直到苏悦柠的声音在耳边炸开后才消散。

"你俩凑这么近，在看什么？"

突如其来的推力下，林屿肆的半边肩膀不受控制地前倾，胸膛几乎与乔司月的后背贴在一起。

气息像滚烫的热流，密不透风地传递过来，乔司月整个人僵住。

林屿肆右手撑了撑公告栏上的横杆，借力往后退几步，低声道歉。

苏悦柠看在眼里，乐不可支，在林屿肆的视觉盲区，朝乔司月一番挤眉弄眼，讨赏求夸奖的意思。

乔司月想起她刚才做作的语调、夸张的表情，莫名有些尴尬。

"肆儿，你来文科班做什么？"始作俑者的注意力一下子被分班表夺走，不可置信地瞪大眼睛，片刻后戳着他的脊梁骨发出谴责，"你一来，我的名次又得往后掉一位！"

林屿肆靠在栏杆上，懒懒地睨了一眼苏悦柠："我说抓阄的你信吗？"

"信。"

闻言，男生的刘海被风吹起，露出清朗的眉眼，笑容也明快，语气却很欠："给我闲的。"

然后他才实话实说："兰儿替我做的主,不知道她从哪儿听说上老杨的历史课能听到不少名人八卦,非要让我选文科,以后好说给她听。"

乔司月正认真听着他拖腔拉调的话,忽然拥上来一拨人,她被挤到最里面,也就是在这时,她注意到之前被自己忽略的一个细节。

高二（10）班
班主任：盛薇
代班主任：徐梅芝

身后有人替她问出心里的困惑："这代班主任是什么意思？"

"你没听说吗？盛老师休了产假,这学期估计没法带我们了。"搭话这人是之前的班长,这次也被分在了十班。

名字听着耳熟,苏悦柠睁大眼睛："这徐梅芝该不会是我想的那个徐梅芝吧？"

班长叹了声气,残忍地替她戳破现实："就是你想的那个徐梅芝。"

传说中的代班主任在早读铃响起的前一分钟进了教室。

"先把座位排了。"徐梅芝出现得悄无声息,班上没几个人注意到,她重重拍了几下桌子,教室才安静下来。

徐梅芝补充："就按上学期的期末成绩排。"

苏悦柠翻了个白眼："这都什么年代了,还按成绩分座位。"

半个小时前,她还在庆幸自己走了狗屎运,挤上实验班的末班车,想着到时候能和乔司月坐在一起,现在徐梅芝这决定算是拐了个弯告诉她,这辈子都不可能了。

有不少人不满："徐老师,咱年级的第一、第二名个子都超过一米八了,两座山杵在前面,让我们怎么听课？您可不能因为他们学习好就给优待啊。"

考虑到反对的声音太多,最终双方各退一步,先按成绩大致排一遍,再根据身高调整。

乔司月和沈一涵对视后,各自收回目光,保持心照不宣的沉默。

徐梅芝扫视一圈,视线忽然定住："第四组第四桌靠窗那女生,今天放学后把头发给我染回来。"

乔司月慢半拍地意识到她是在说自己："我的头发是天生的。"

这些年除了盛微,遇到的每个老师都会说起这话题,事实上她只是营养不良而已。

觉得女生说话时的神态不似有假,徐梅芝暂且相信。

暑假刚过去,很多人的心思都还没收回来,一想到高中再也不会有这般漫长的假期，班上怨声载道的氛围持续到开学典礼结束后才停止。

乔司月却感受到从未有过的轻松，尤其在她的余光捕捉到林屿肆的那一瞬间。

时间在忙碌的学习中飞快过去。

霖安中学今年的秋季运动会定在国庆节后，九月中旬，学校下了具体通知，与往年不同，这次每个项目每班至少派出一个人，十班的体育委员王宇柯第一时间将消息转达到班上。

十班的同学参赛积极性不高，女生三千米一直没人报名，王宇柯只好一一找过去，最后才找到乔司月，乔司月犹豫几秒后点头应下。

第二天，王宇柯又拿着报名表找到她。

那会儿正是跑操时间，乔司月因为痛经，趴在课桌上小憩。

听见桌角被敲击的动静后，她昏蒙的意识消散大半，艰难睁开眼。

"不好意思啊，我之前漏掉了一个名字，你不用跑三千米了。"

王宇柯的话只说了一半，但是乔司月已经听明白他的意思。她摇摇头说："没事。"

王宇柯的心虚和愧疚在对上她毫无波澜的眼睛后骤然消失，他咬开笔盖，低头在纸上将她的名字一画，又换上另一个人的。

教室里没几个人，而且几乎都在埋头做习题，王宇柯嗓门粗，在静默的氛围里格外突兀，被路过的徐梅芝一字不落全听去。

"你们已经高二了，正是学习最关键的时候，怎么还分不清轻重缓急？"徐梅芝抬抬镜架，厚重镜片下的眼睛装腔作势般地眯起，继续说教，"分班后的第一次月考就要来了，把注意力放在无关紧要的事情上做什么？"

被这般含沙射影地挤对后，王宇柯脸上一僵，但也不敢当面呛回去。

徐梅芝没有久待，在大部队返回教室前先离开。

吞了颗止痛药，乔司月生理痛缓解不少，拿起笔刚刷完两道竞赛题，身后传来一道略显陌生的男声。

话里的"盛老师"一下子把她注意力吸走。

"我听说盛老师好像不会回来了。"

"啊，怎么回事？"

乔司月落笔的速度不自觉放缓，等交谈声被过道嘻嘻哈哈的打闹覆盖后，手上的动作彻底停下。她身子稍稍后倾，蝴蝶骨"咚"的一声撞上椅背，没有给她感受疼痛的时间，男生的回答劈头盖脸地砸向她。

"还不是被人举报私底下给学生补课……不是我说，补个课怎么了，她又没收钱，这年头吃力还不讨好了。"

一个女生叹气："别吧，盛老师这么好的人，我很喜欢她。"

"盛老师本来还入围了市优秀教师，获选也已经是板上钉钉的事，偏偏出了这一茬，很难让人不怀疑这不是哪个落选的人举报的！"

男生音量渐渐低下来，乔司月拿起水杯，特地从他身边经过，这才听清他的话。

国庆假期前，学校组织了一次月考，按期末成绩排座位。

乔司月被分到第一考场，她坐的位置，恰好在林屿肆的斜对角。

两个半钟头里，乔司月失神好几回。

不知不觉间，草稿纸上已是满满的"未来"。

意图太明显，她吓到连忙用水笔画去，直到看不出原来的印记，才松了口气。

心虚的时候，感官容易被放大，乔司月敏锐地捕捉到不远处一道探究的目光。

她倏地抬起头。

这道目光来自徐梅芝。

没几秒，"噔噔噔"的脚步声响起，徐梅芝在她身侧停下："把手腕上的丝带解开。"

乔司月愣了下。

见她这副装傻充愣的态度，徐梅芝攥起拳头，不耐烦地在桌板上重重敲了几下："不要让我说第二遍，把丝带给我解开。"

她毫无顾忌的大嗓门在寂静的教室里炸开，几乎所有考生都停下笔抬头看过来。

刚才事发突然，乔司月脑袋确实蒙了一瞬，但她不至于傻到这会儿还听不出徐梅芝的意思。

乔司月低垂着脑袋，肩膀不可遏制地抖了下，迷茫不再，只剩下嘲讽。

教室里一片静默，没人出声。

在她整理好情绪的最后一刻，先是听见窗外一声惊雷，然后才是男生醇厚润泽的声线，撞进她耳膜，语速不紧不慢的。

"我们都还在考试，有什么事情不能等到这科结束后再处理吗？"

林屿肆将音量收放得恰到好处，听不出丝毫顶撞的意味，却能在引起所有人注意力的同时，说服徐梅芝妥协。

徐梅芝扫视一圈，发现不少人盯着这边看，态度软化了些。她正要开口，林屿肆忽然抬手，指向角落处的监控探头："监控开着，证据都在，人又跑不了。"

他的声音在这一刻被放得无限大，遮住了乔司月胸腔里打鼓般急促的心跳，徐梅芝的声音紧随其后："乔司月，不要影响到别人考试，赶紧把丝带给我。"

在徐梅芝压迫感十足的视线里,乔司月慢吞吞解开丝带,露出一道醒目的伤疤,但没引起徐梅芝的注意力。

徐梅芝接过丝带,仔仔细细地检查一遍后,没有归还,警告了句:"考试的时候别再做小动作。"

众目睽睽下,乔司月觉得有些难堪。

这种难堪在考试结束后又加重几分。

路过洗手间时,她听见有几个女生在议论她伤疤的来源。

十七八岁的少年,在养成基本的评判是非能力的同时,也能滋生出各种天马行空的想象。

乔司月知道,大多数人心里没什么恶意,只是将撰写命题作文时无处安放的想象力借机施展出来,但没有人会喜欢被人无端揣测又妄加评论,她也不例外。

空气闷热又潮湿,天色因即将到来的暴风雨变得暗沉。

乔司月站在楼道吹了会儿风,心里的烦闷有增无减。

距离下门考试还有五分钟时,她才回到教室,下巴支在课桌上,神色倦怠。

其实比起徐梅芝咄咄逼人的腔调和同学在背后的议论,她更在乎的是林屿肆的态度。

他会怎么想自己呢?

也会跟他们一样吗?

就在她思绪百转千回间,林屿肆拿着两瓶汽水走向她,将其中一瓶放在她桌角。

"给。"

男生腕骨突出,像被海浪反复冲刷后嶙峋的礁石。他左手戴着一块黑色手表,大表盘,设计简约,隔着一段距离,看不清上面的小字母。

和前几次戴的款式不同,但依旧看上去价格不菲。

乔司月愣了愣,耳垂不知所措地烧起来。

林屿肆丝毫没察觉到,极淡地补充一句:"苏悦柠请客的。"

她瓮声瓮气地应了声,为自己刚才的自作多情感到羞赧。

察觉有视线正停在自己身上,乔司月侧头看去,对上张楠和沈一涵意味不明的眸光,眼睫微微一颤。

两个人很快别开眼,交耳接耳不知道在说些什么。

乔司月也没再看她们,眼尾垂落。

汽水瓶上蒙着薄薄的一层雾,被热气氤氲,化成水滴沿瓶身缓慢滑落。

她搁下笔,把冰凉的汽水瓶紧贴掌心,手指不自觉一缩,五秒后握住瓶口,几乎没怎么用力就转开了。

——已经有人替她拧过瓶盖。

没走出几步,林屿肆脚步一顿,鬼使神差般地回头看了眼,灯光下女生发色浅淡,漫开一层朦胧的金色轮廓。

她好像很少把头发扎下来,总是用再简朴不过的纯黑发圈扎一个不紧不松的马尾,露出的颈侧肌肤白皙细腻。

这会儿她背对着自己,只能看见半截模糊的侧身线条。

但不知怎的,林屿肆脑袋里忽然蹦出她完完整整的容颜,还有她一动不动地站在洗手间外的过道上,听着里面窸窸窣窣的议论声,却素淡到看不出情绪的眉眼,像海浪冲上礁石那瞬间碰撞出的白色碎花。

看似弱不禁风的皮囊里,藏着一种置身事外的清高,可能还掺杂着无可奈何般的妥协。

他微微眯眼,不动声色地收回目光。

乔司月被徐梅芝怀疑作弊这事最终还是传到了苏悦柠的耳朵里。

苏悦柠气到不行:"她怎么能平白无故就怀疑你?"

两个人撑着同一把伞,乔司月抬手把伞往苏悦柠的方向轻轻一推:"那会儿我走神了。"

苏悦柠脑袋里蹦出一个问号。

乔司月从校服口袋里掏出草稿纸,摊开,见所有的"未来"都被墨水遮得严严实实,只好补充解释:"不知道为什么,考试的时候我一直在想我们毕业以后会是什么样的,还有没有机会见到你们和盛老师。"

苏悦柠知道"你们"都包含了谁,那句"我们现在才高二,说这个话题太早了"还没来得及说出口,就听见乔司月有些无奈,又像在嘲笑自己没出息的声音:"怕被徐老师发现,就没敢看她的眼睛,估计就是因为这个,被她误会了。"

"那这个疤?"话一问出口,苏悦柠就后悔了,她想知道答案,但又怕自己贸然询问会戳中对方不愿展露的伤口。

百般煎熬中,苏悦柠察觉到乔司月往外挪了挪——显然,她在抗拒这个问题。

苏悦柠一顿,撑伞靠回去,两个人的距离一下子被拉近,但这次留下了一拳头的空隙。

乔司月没再逃避,和苏悦柠并肩走出十余步,主动将身子贴向她,目光清寂:"不是他们说的那样,我是意外伤到的。"

伤疤出现的位置太容易引人遐想,苏悦柠也犯了先入为主的错误,听她这一说,直接愣住:"啊?"

乔司月只记得出事那天,自己正和夏萱待在一起,脚下踩着五米高的护栏。

一不留神,她被夏萱撞到。

夏萱眼疾手快拉住她，想将她拉回去。

护栏裂开一道口子，棱角锋利，乔司月的手腕很快被磨出一道血痕，伤口在剐蹭间不断扩大、加深。

愈合后，还是不可避免地留下了疤痕。

乔司月不敢告诉苏蓉真相，只说是场意外，但苏蓉不信，把责任全部归咎到夏萱身上。

这遭过后，苏蓉对夏萱的印象差到没有半点转圜余地。

而夏萱，那么骄傲的人，从不会轻易向别人低头，唯独为了这件事和她道过很多次歉。

乔司月哭笑不得，觉得她在小题大做，这道疤除了不美观，对自己的生活没有半点影响。

没多久，夏萱编了条手链送给乔司月，不巧的是乔司月伤的右手，手链戴着不方便，于是夏萱又买了一打不同颜色的丝带送给她。

它们陪伴了乔司月每一个夏天。

乔司月踩着脚下的白色油漆，忽然来了句："悦柠，我以前很努力地试过。"

苏悦柠小心翼翼地跟在她身后，雨滴砸在右侧的铁栏杆上，发出"嗒嗒"的声响。栏杆对面，雾蒙蒙的一片，云霭裹住街道两旁的榕树，浓郁的绿色没入黑夜，风里含着不知名的花香。

"试过什么？"

这声过去，迎来冗长的沉默。

雨势渐渐小下来，细细碎碎的，偶然几滴融进眼里，明港的灯火被模糊成一片。

前面已经没有路了，乔司月跳下台阶，回头看着苏悦柠，嘴角勾起一道很浅的笑意："对明天怀有期待。"

正说着，乔司月脑袋里忽然闪过一张脸，停顿几秒，补充道："不过现在又有了。"

回到家，乔司月的校服湿了大半，潦草冲洗后下楼吃饭，正好撞见下班回来的乔崇文。

乔崇文放下电脑包，照例询问了句："今天考得怎么样？"

见他神色平常，乔司月猜想徐梅芝没有把今天在考场上发生的插曲，通过电话的方式转述给他。

乔司月没说实话，含混道："还可以。"

乔崇文放心不少，又问："明天考哪几门？"

"数学和文综。"

提到数学，乔崇文想起一件事，一边摘保鲜膜，一边说："对了，你不是报名参加了数学竞赛，什么时候考试？"

这次竞赛对高考没有任何加分作用，乔崇文不是很上心，这会儿也就随口一提。

"延迟到十二月初了。"

"那你还得继续补课？"

"竞赛前的每周六下午都要去培训。"

乔崇文默了默，再次强调："别让竞赛影响到学习。"

今天没有布置作业，各科老师梳理考点后让学生根据自身情况合理分配复习时间，乔司月把重点放在数学上，背完文综知识点，拿出整理好的数学错题，重新演算一遍。十点刚过，手机响了一声。

系统发来一条好友验证请求。

她点开，熟悉的羽毛头像蹦出来，只不过昵称换成了"echo"。

"回声"的意思。

乔司月心脏飞速跳动一下，她擦去手机屏幕上的汗渍，摁下"同意"键。

对面很快传来一条消息：赵老师让我把竞赛试题压缩包转发给你。

乔司月在对话框删删改改好一会儿，最后只回了三个字：好，谢谢。

她下楼问乔崇文要来电脑，将文件解压后，想起自己刚才的反应，没忍住轻笑一声。

第二天的考试上午九点开始，早读照常进行，铃声一响，徐梅芝就出现在教室，大致交代几句，目光在扫向乔司月时没有片刻的停顿，就像昨天什么事情都没有发生过一样。

大雨接连下了两天，直到文综考试结束前五分钟才彻底停下，地面湿漉漉的，映出头顶飘浮的云。

乔司月避开脚下的水洼，不远处苏悦柠的声音响起。

她抬头，看见对方正朝她摆手示意，随后晃了晃手机。

苏悦柠：待会儿要一起去美食节看看吗？

乔司月回了个"OK"的手势，想到什么，又说：我把外套落在教室了，你等我几分钟。

教室门已经关上，里面的座椅布置还保留原样。乔司月刚握住门把手，四方玻璃的另一头，有道熟悉的身影进入她的视线。

短发，身材瘦小。

这人在最左边第一排的位置坐下，过了差不多两分钟才起身。

对方没察觉到她的存在，从前门离开后，笔直地朝走廊另一头而去，一个转身，彻底消失在视野里。

犹豫片刻，乔司月推开门，脚步不受控制地停在第一排，目光一个辗转，落到左上角已经残缺的准考证上,呼吸倏然一滞。

2

乔司月最后没能应苏悦柠的约。

乔崇文打来电话,说今天下午方惠珍在去老年活动中心的路上被一辆电瓶车撞倒,膝盖粉碎性骨折,恰好他临时被派到外地出差,一时半会儿回不来。

坏事总爱扎堆发生,就在昨天晚上,外公中风被送进抢救室,好在发现及时,没什么生命危险,苏蓉连夜乘大巴回到南城。

也就是说,现在家里唯一算得上清闲的人是乔司月,所以她得担起照顾方惠珍的责任。

乔司月用指甲有一下没一下地摩擦着手机电板盖上的凹槽,低声应下:"我知道了。"

雨又开始下起来,空气黏糊糊的,混着泥土味的风钻进鼻腔。

凉意严丝合缝地贴上皮肤,乔司月猛地一哆嗦,后知后觉意识到夏天好像真的要过去了。

她从抽屉里拿出外套穿上,又将拉链提到最高处,大半张脸藏进衣领,只露出一双琥珀色的眼睛,头也不回地跑进雨里。

刚骑上自行车,苏蓉打来电话,唠叨几句后,乔司月改道先回了趟家,找到她说的地方,抽出网张百元大钞,叠好后和银行卡一起放进口袋。

路过张婶家门口,她脚步顿住。

似有所感,正坐在小院石阶上玩着悠悠球的乔惟弋抬头看过来,眼睛倏地一亮,迈着小短腿奔向她。

"姐,婶婶说你晚上不回家住,那你能不能带我一起走?"

"听话,我要去医院陪奶奶,你今天晚上先住在张婶家。"

乔惟弋不肯,抱住她的腰死活不撒手:"我也要去。"

乔司月拿他没办法,只好许诺道:"我保证,明天早上你一睁开眼睛就能看见我。"

乔惟弋耷拉着嘴角,不情不愿地松开手。

乔司月的手在半空停了几秒,缓慢放下,掌心贴住他后脑勺,轻轻揉了几下。

乔司月到医院时,方惠珍正在跟隔壁床的病友聊天。

乔司月叫了声"奶奶",上前把快餐盒放到床头柜上。

方惠珍冷淡的眼神扫过去:"再晚几分钟,你能把我饿死。"

乔司月低头没说话,方惠珍又问:"小弋呢?"

"现在在张婶家。"

"你把他一个人丢在那里？"

乔司月稍顿，眼皮轻轻一掀，平静地迎上她气势汹汹的质问，若有似无地"嗯"了声："您要是想他，我现在就去把他接过来，让他代替我守在床边，陪您一晚上。"

方惠珍被她反常的态度噎了噎，没再说什么，脸色变得更加难看。

缠绕在乔司月心脏上的藤蔓，倏地松开不少。

她视线拐了个弯，缓慢探出窗外，远山轮廓被厚重的雾霭包裹着，影影绰绰，树叶褪成淡绿色，边缘镶着一层颓败的黄。风一吹，叶子扑簌簌地往下掉。

秋天到了。

等方惠珍吃完饭，乔司月把食物残渣收拾好，在附近找了家小吃店，故意吃得很慢，回医院时，方惠珍已经睡过去。

入秋的夜，气温断崖式下跌，吹得乔司月头皮发麻。

她关了小窗户，侧身缩在躺椅上，身上盖着件薄薄的校服外套。

打开QQ，她看见林屿肆两个小时前转发了一条音源链接。

陈奕迅的《明年今日》。

林屿肆好像特别喜欢陈奕迅和周杰伦，从发布的历史动态来看，几乎每周都会分享两到三次他们的歌。

乔司月将这些做成歌单，全部记在自己的备忘录里。

刚退出空间，乔司月脑袋里忽然浮现出下午在教室里看到的那一幕。

莫名的酸涩涌上心头，分不清是为那个女生，还是为她自己。

麻药几个小时后失效。

这天晚上，病房里时不时响起方惠珍的痛苦呻吟，乔司月整夜未眠，耳机里循环播放着《明年今日》。

可到最后，她也只记住两句歌词：

"在有生的瞬间能遇到你，竟花光所有力气……"

方惠珍在医院住了几天就嚷嚷着要回家，乔崇文拗不过她，当天就办理了出院手续，没多久苏蓉也回了明港。

这些天，乔崇文公司、医院两头跑，硬生生瘦了三斤，好不容易清闲下来，才想起询问乔司月上次的月考成绩。

"成绩要等国庆假期结束后才出来。"

乔崇文"哦"了声："这次有信心进前五名吗？"

理性分析毫无可能，毕竟当时被徐梅芝那么一闹，乔司月根本没法集中注意力，导致作文还有大段没写完，拿一半分数都是奢求。加上这次数学试题难度小，拉不开几分。

她对结果心知肚明，但一预想到乔崇文接下来的说教，只能说谎："应该可以的。"

乔崇文笑了笑:"那就好。"

临近饭点,乔崇文被叫到公司,乔司月陪乔惟弋在庭院玩悠悠球,一个抬眸,瞥见门口一道熟悉的身影,忽地愣住。

林屿肆出现得太过突然,没有给她足够的缓冲时间,乔司月连声线都变得磕磕巴巴的:"你怎么来了?"

林屿肆扬了扬手里的小蛋糕:"苏悦柠买的,让我顺路带给你。"

乔司月慢半拍地"哦"了声,盯住他的手看,他手背上凸起的青筋,像树叶的脉络,那么清晰又富有生命力。

乔司月伸手接过,饶是她再小心翼翼,还是不可避免地碰到了他的手。

秋日的午后不及夏日那般滚烫,他的指尖浸着凉意,过渡到自己肌肤上,像电流在体内乱窜。

听见动静,苏蓉在屋里喊:"谁来了?"

不到两秒,"啪嗒"的脚步声传来。

乔司月的心"怦怦"直跳,下意识想将林屿肆挡在身后,可她这副瘦弱的身板连男生的半截身子都没能藏住。

她捏了捏手心:"我同学给我送东西来了。"

苏蓉眼睛紧紧定在男生身上五秒才有了些许松懈,在瞥见她手里的蛋糕盒后,意味不明地来了句:"特地过来送蛋糕啊。"

林屿肆礼貌地打了声招呼后解释:"有人托我带给她的。"

"谁呀?"

看出乔司月被苏蓉查户口般的行为弄得有些难堪,林屿肆替她回答:"苏悦柠,您见过的。"

对这个名字苏蓉还有点印象,加上男生答话时神色坦然,便暂时收起胡思乱想,客套了句:"既然是同学,那中午留下来吃饭啊。"

林屿肆没推托,大大方方进门,留下乔司月一个人在原地手足无措。

等人进屋后,她才快步追上去:"上次你借给我的笔记我已经抄好了,我这就还你。"

林屿肆来不及回答,女生就已经踩着拖鞋上楼,脚步声杂乱无章。

乔惟弋自来熟,见到陌生人也不害怕,把悠悠球塞进口袋,小跑过来,拽住林屿肆的袖子问:"帅哥,你是谁?"

林屿肆蹲下身,从兜里摸出一颗陈皮糖:"你姐的同学。"

乔惟弋撕开包装,扔进垃圾桶后又跑回来,将糖塞进嘴里,小脸瞬间皱成包子,三两下嚼碎吞进肚子里。

等舌头上的酸味消散后,他对着林屿肆的脸打量一番,认真地说:"你长得这么帅,以后当我姐夫吧,我姐姐也漂亮,你们多般配呀。"

林屿肆"哧"了声:"你这小脑袋瓜想得还挺长远。"

乔惟弋曲解了他的意思:"啊,你不喜欢我姐姐?"

林屿肆轻轻弹了下他的脑门,笑到不行:"你才几岁,知道什么是喜欢?"

"我不就比你小了点,怎么不知道?"

乔惟弋踩上凳子,回给林屿肆一个脑瓜嘣,在林屿肆反应过来前,飞快躲到沙发后边,好一会儿才敢探出脑袋。

林屿肆嘴角挂着笑:"小屁包。"

正闹着,厨房传来一道年迈的女声:"唯唯,去小卖部买包冰糖。"

林屿肆以为是在叫乔惟弋,于是捏了捏小男生脸颊的软肉:"走,一起买冰糖去。"

"我不去,我要玩球。"乔惟弋眼珠子一转,"除非你请我吃冰激凌。"

"你倒是一点都不见外。"

"那当然,你以后是要当我姐夫的嘛,那我们不就是一家人?"

林屿肆当他童言无忌,没将这些话放在心上。

巷口就有一家小卖部,五分钟后,乔惟弋蹦蹦跳跳地回来。方惠珍连人带轮椅出现在主厅,他上前把整袋冰糖放进她怀里。

方惠珍问:"你买的?"

乔惟弋点点头,扭头看向姗姗来迟的林屿肆:"还有哥……"

方惠珍皱着眉头打断:"你姐呢?"

乔惟弋没察觉到奶奶的不高兴:"在自己房间啊。"

"你去把她叫下来。"

这时叶晟兰的电话打进来,林屿肆收回落在方惠珍身上的注意力,走到庭院接起。

隔着一段距离,方惠珍的责骂声断断续续地传来。

"你弟弟还这么小,怎么能让他去跑腿?外面电瓶车来来往往这么多,他磕碰到怎么办?"

乔司月蒙了一瞬,没听明白方惠珍在说什么。

但这种没来由的责骂也不是一次两次了,乔司月心里早就没什么感觉了,直到她抬起眼皮——

窗格玻璃上蒙着一层雾气,男生的身形被隔绝在另一头,影影绰绰。

所有的心理建设开始坍塌。

谁都可以观赏她的狼狈,但林屿肆不行。

乔司月双手冰冷,逐渐蔓延至四肢百骸,最后全身上下无一幸免。

明明脑袋里已经生成成百上千句可以用来辩驳的言辞,嘴唇却像被锋利的冰锥刺穿,张不开嘴,更发不出半个完整的字音。

在弄清方惠珍发火的原因后，林屿肆的视线就没离开过乔司月。

记忆里，她好像一直都是这样，总是一副无关紧要的姿态，让她干什么都只有干巴巴的一声"好"，像块吸铁石，温温暾暾，却又刀枪不入。

直到今天，他才意识到她不是没有脾气，不是只会妥协，而是那些事情，她根本没放在心上，也可能是已经麻木。

就像几天前在洗手间门口听到的那些恶意揣测。

就像刚才，因为他的行为导致她被长辈误会和责骂。

或许只需要解释一句，她就不必承受这些伤害，可她什么都没有说，只是安安静静地站在角落，神色漠然，像二两笔勾勒而成的素描画，寡淡又潦草。

林屿肆忽然顿住，想起方惠珍不分青红皂白时表现在脸上的愤怒。

解释一句，这事真的就能翻篇吗？

一顿饭大家吃得各怀心思。

明明是自己家，乔司月却如坐针毡，害怕苏蓉会看穿自己的秘密，更害怕林屿肆会将刚才发生的那一幕记在心里，又引申出千万种深意。

可从头至尾，他的状态没有发生任何变化，自然又熟稔。

饭后，乔司月把林屿肆送到巷口。

男生忽然问，"吃东西去吗？"

乔司月愣了愣："不是刚吃过饭吗？"

林屿肆卷着习题本，口吻淡淡的："你不是没怎么吃？"

乔司月心跳乱了些节奏，片刻才点头："好。"

两人随便在附近找了家面馆，林屿肆询问她意见后，点了两份馄饨。

这算是他们两个人第一次单独吃饭，乔司月感觉此刻的呼吸都是紧绷的。

没多久，老板端着餐盘上来，一声闷响后，林屿肆自然地挑起话题："我不知道你小名是唯唯。"见她目光微闪，他又说，"我以为你奶奶是在叫你弟弟。"

乔司月抿唇，接过他递来的勺子，挑开浮在汤面的葱花，神色平静又冷淡，"这个小名是我很早以前的，估计是我奶奶年纪大了叫顺口后不容易改，现在就找奶奶一个人在叫，我爸妈怕和我弟的名字搞混，所以改成叫我乔乔。"

升腾的雾气罩住她消瘦的脸，林屿肆视线下移，注意到她的小动作后，嗓音顿了下："不吃葱？"

她迟疑几秒，点头。

林屿肆默了默："抱歉，我点之前应该问清楚的。"

"不是你的问题，我习惯在汤面里加葱的，"她着急解释，嗓音跟着抬高不少，撞上对方略显错愕的目光，稍稍停顿后，她恢复平常的音量，"加了葱会香点。"

林屿肆"嗯"了一声表示理解。

乔司月一边拨葱，一边说："我是不是很奇怪，不吃葱却喜欢加到菜里？"

林屿肆漫不经心地耸肩说："没什么奇怪的，不就和番茄炒蛋只吃蛋一个道理。"

他拿出一个新勺子，替她将葱全都拨出来。

乔司月心被烫了一下，嘴角微微扬起，可她也不知道自己在笑什么。

林屿肆直接回小卖部，乔司月盯住他的背影看了一会儿，没忍住叫了声："林屿肆。"

他回头，少年清隽的脸庞浸润在阳光下，扬眉的动作格外清晰。

"后天的运动会加油。"

林屿肆笑起来。

只是简单又纯粹的一个笑，却让乔司月感觉心口炙热。

约莫两秒，她看见他动了动嘴唇，溢出轻飘飘的三个字："我收下。"

乔司月呆愣片刻，等她回过神，男生已经走远，挺拔的身影渐渐被日光氤氲成一道模糊不清的轮廓。

这天过后，乔司月再见林屿肆时，心跳依旧会不受控制地加快，但已经没有最开始相处时的慌乱与赧然，在他偶然看向她时，也能平和地迎上他的目光。

一切好像都在朝着好的方向发展，可她忘记了一个最基本的事实。

一厢情愿和得偿所愿并非她能主导。

对此，她毫无招架之力。

3

国庆假期结束后的第二天，第一次月考成绩出来，鉴于文科实验班只有一个，总分、各科平均分都没办法做横向比较，只能对比上学期的期末考试成绩，那些退步明显的成为徐梅芝的重点关注对象。

考虑到这些人里还有参加竞赛培训的，徐梅芝在说教的时候多加了一句："现在最重要的是主科的学习，那些无关紧要的爱好就先放在一边，当然，如果你们能像年级第一一样，做到学习、爱好两不误的话，我绝不会再多说一句。"

下节是赵毅的课，他端着干部杯提前几分钟到教学楼，刚走到十班门口，听见徐梅芝阴阳怪气的一席话，呸了呸嘴巴上沾着的茶叶，倚在门边平和地说道："徐老师，你这话我不同意，什么叫无关紧要的爱好？谁活着没点爱好？心里有爱才有学习的动力。"

徐梅芝的脸僵了僵，但赵毅特级教师的资历摆在那儿，她也不好当众跟人争，板着一张臭脸离开。

赵毅让课代表把答题卷发下去，径自走到乔司月的课桌前，压低音量说：

"下课到我办公室一趟。"

乔司月有预感赵毅要说的不是什么好话题，事实的确如此。

"我听你们班主任反映，你最近除了数学的各科成绩都有所下滑，特别是语文，如果是竞赛影响到了你的学习……"

乔司月听明白了他的意思，诚恳道："上次考试不在状态，不会再有下次了。"

赵毅沉默几秒："数学竞赛距离现在还有一个半月，如果你想现在退出，我能理解，但就个人私心而言，我还是希望你能留下。"他有些无奈地叹了声气，"这是你自己的事情，你考虑清楚后再告诉我。"

乔司月点头应了声"好"，心里却早有了答案。

回教室的路上，乔司月再次经过公告栏，发现上面的分班表已经换成红黑榜，红榜是按上学期的期末成绩排的理科年级前五十名和文科前二十名。

林屿肆的名字还是在第一个，照片却不是原来那张。

这张照片里，他的头发长了些，不确定是不是光线的缘故，发色略浅，介于黑色与棕色之间，眼窝深邃，嘴角弧度很浅，带了点玩世不恭的意味。

乔司月心脏"扑通扑通"跳着，生怕被路过的人察觉到，只能强迫自己挪开视线。

隔着几个位置，她看到了自己的照片。

是刚入学的前一周，被苏蓉拉去照相馆拍的，刘海很短，整整齐齐地落在眉毛上方。

眼睛和夏萱说的一样，眼形漂亮，但眼里没有光，看上去有些木讷，和书呆子的形象完美契合。

不像他，桀骜难驯，少年的意气风发快要溢出来。

有人围上来，乔司月脑袋偏了几度，装出一副若无其事的样子。

视线聚焦的地方，印着一个熟悉的名字。

又是路迦蓝的处分通告，凑巧这时耳边也响起了这个名字。

"哎，你听说了吗，原先八班的路迦蓝可能要留级了。"

"怎么回事？"

"好像是因为缺勤次数太多，学分不达标，上学期期末考又没有一门过五十的，听说数学还考了个位数。"

"她刚入学的成绩不是挺好的？"戴眼镜的女生仔细回忆了下，"我记得她中考少考了一门，但总分还没掉出年级前两百，现在怎么到了要留级的地步？"

"有传言说她和外校的混在一起，估计是被带坏了吧。"

今天的气温格外高，站在太阳底下不到十分钟，乔司月后背就渗出了一层细密的汗，脑袋也晕晕乎乎的。

她没再停留，快步往教学楼走去。

身后的谈论声渐渐淡下来。

"我听我在职高念书的堂哥说，路迦蓝最近和他们学校那……"说话的人话音一顿，"叫什么名字我给忘了，反正两人走得很近就是了。"

"是不是姓沈的，哎呀，叫什么我也忘了，总之长得痞帅痞帅的，家境很好的那个。"

"对对对，就是他。"

"说实话，我觉得沈那啥和林屿肆有几分相像哎，该不会是找了个替代品吧？"

"这可说不准。"

原定的运动会因为下雨延期一周。

这一周里，苏悦柠和陆钊大吵了一架。陆钊大大咧咧惯了，吵过骂过后并没放在心上，苏悦柠却独自生了好几天的闷气。

"我决定了，我再也不理他了。"一想起陆钊，苏悦柠浑身来气，恶狠狠地戳着碗里的米饭。

后半句话恰好被当事人听见，他挑了下眉，放下餐盘，坐到苏悦柠身边，凑过去问："不喜欢谁了？"

苏悦柠气到腮帮子鼓起，咬牙切齿地甩出去一个名字："莱昂纳多·迪卡普里奥。"

"啊，我男神怎么惹你了？"

"发福了，不爱了，行不行？"

乔司月差点被呛住，咳了两声。

陆钊不知道自己又怎么惹到这位了，一连说了三个"行"，端起餐盘就走。

苏悦柠更气了："司月，从这一刻开始，我们都别再理他们了，他们全都是睁眼瞎。"

她声音里泄露出一丝哭腔，眼眶也有些发潮，乔司月扯出一张纸巾递过去，没有搭腔。

下午两点，运动会正式开始。近一个半小时的开幕式后，广播里响起报幕员醇厚的嗓音："高一男子组五十米开始检录。"

陆钊报了一百米和两百米短跑项目，这会儿已经开始做起热身运动。

苏悦柠眼睛一刻都没离开过他，直到高二男子组五十米短跑比赛开始的枪声响起。

乔司月看了眼手表，距离跳高比赛开始还有差不多十五分钟，视线辗转一圈，终于在草坪上找到林屿肆。

男生穿着一套蓝白运动服，背心短裤的搭配，额头上束着一圈发带，裸露在外的肌肉劲瘦，纹理分明。

她扯扯苏悦柠衣袖："我去看跳高了。"

对方心领神会，笑盈盈地比了个"OK"的手势："赶紧去吧，要不然待会儿就挤不进去了。"

苏悦柠的顾虑不是没有理由，两分钟不到，跳高场地已经围了不少人，乔司月被挤到最里面。

也因此，林屿肆的每一个动作，她都看得无比清楚。

起跳干脆利落，紧接着在空中划过一道流畅漂亮的弧线，落地时衣摆扬起，露出清癯的腰线。

人群中爆发出一阵欢呼。

乔司月眼眶微热，抬手抚上胸口，心脏的跳动如此强烈，目光也舍不得收回。

也只有在这种时候，她才能如此大胆又坚定地看向他。

跳高比赛结束后，乔司月在检录处找到苏悦柠，她正和陆钊打闹着。清风吹拂着，女生的刘海被吹散，露出光洁的额头和兜不住笑意的眉眼。

乔司月又想起中午苏悦柠对她说的那句：从这一刻开始，我们都别再理他们了。

提议的人没法以身作则，同样的，乔司月也做不到——

她不确定自己会在意多久，只知道在这一刻，她没法不在意。

林屿肆最终拿了高二男子跳高组的第三名。

那天下午，乔司月没再见过林屿肆，听苏悦柠解释，才知道颁奖一结束，他就去找徐梅芝签了张请假条。

"他身体不舒服吗？"乔司月心一紧。

苏悦柠摇头："去帮忙打鼓了。"

"啊？"

"有乐队缺了鼓手，正好今天晚上有场演出，只能临时把他拉去凑数。"

乔司月心不在焉地"哦"了声，眼帘垂落，错过了苏悦柠在说完这句话后意味不明的神色。

运动会的缘故，放学时间提前了半个小时，苏悦柠提议去演出现场看看。

犹豫片刻，乔司月点头应下，骗苏蓉说今晚竞赛班要补课。

和学习相关的事情，苏蓉都不怎么多问，嘱咐两句没再多说。

不到傍晚六点，场子里已经有不少人，苏悦柠拉着乔司月的手绕场找了半天，也没找到林屿肆的影子。

安静片刻后，空气里忽然响起琴弦的震颤音。

乔司月循声看去。

舞台正中间站着一高个女生，身形单薄，宽窄不一的两根吊带穿过平直的锁骨，牛仔裤包裹下的两条腿又细又直。

全身都是再简单不过的黑色，却被她穿出不一样的味道。

乔司月走近些，女生的五官变得清晰。她生了双好看的杏眼，眼线勾得略重，眼形被拉长，不笑时，气质又冷又傲。

旋转灯每隔几秒变换一种颜色，这会儿是暗红。

薄薄的一层血色浮在她脸上，整个人透着一种生人勿近的冷漠。

"那女生……"乔司月改口，"台上的主唱也是学生吗？"

苏悦柠顺着她指着的方向看去，笑意收敛几分，别别扭扭地点头说："她呀，也是我们学校的。"

"她叫什么名字？"

苏悦柠平淡的声音瞬间淹没在嘈杂的背景音与主唱喊到嘶哑的嗓音里。

乔司月没听清楚，偏过头看她。

苏悦柠张了张嘴，每个字音都被压得瓷实。

恰好这时，台上唱到"不死心还在推翻命运安排，为了你活了下来，给世界一场意外"，乔司月将脑袋转回去，女生一脚踩上音箱，光在她身上辗转，像镀了层金色轮廓，朦朦胧胧的。

两个人站的地方离舞台有段距离，前排各色荧光棒舞动着，在半空形成一道道斑驳的光晕。

视线受阻，乔司月不受控制地挣脱开苏悦柠的手，在对方错愕的神情里，大力挤出人群。

角落堆着一个圆形木桶，盖子封住了，乔司月握拳敲击几下，听见几声闷响后，借力一跃。

她站的角度，台上的人正好侧对着她，盯得久了，那道高瘦身影逐渐和记忆中的另一个人重合。

留在原地的苏悦柠一脸蒙，好半会儿才反应过来，跟着挤出人群，满场喊乔司月的名字。

歌曲快到尾声，她才在圆柱旁找到人。

"司月，你怎么了？"

乔司月下意识想回"没什么"，对上苏悦柠关切的眼神，她抿了抿唇，坦言道："我又想起了夏萱。"

苏悦柠想说什么又止住了。

"你刚才说她叫什么？"乔司月扶住一旁的圆柱，跳了下去。

像被摁下暂停键，音乐骤然消失，取而代之的是苏悦柠的回答。

简单又熟悉的三个字。

乔司月呼吸滞了滞。

原来，活在别人口中的路迦蓝是这样一个人。

4

乐队演出结束，两个人才在后台找到林屿肆，恰好这时陆钊也找来了："刚才怎么不见你上台？"

林屿肆把手机放回兜里，循声抬头，目光有些错愕，半响才解释："人家请到了新鼓手，我这种半吊子水平还去凑什么热闹。"

说完，他想起一件被抛在脑后的事："不知道你们会来，就没和你们说。"

陆钊不放过可以嘲笑他的任何机会："我说怎么全程都看不见你呢，敢情我们人见人爱的'道明肆'被当成了'备胎'啊。"

林屿肆笑着推了陆钊一把。

陆钊止住笑，看向两个女生："你俩吃过饭没？没吃的话，待会儿一起去吃点烧烤。"

就这么决定下来。

苏悦柠要签名的时候，乔司月去洗了个手，从洗手间出来，她看见林屿肆一个人倚在窗台边，一双长腿无处安放似的，横在过道上。

她正犹豫要不要和他打招呼，就听见他不轻不重的声音响起，语气算不上好。

"没空，不等。

"沈峙给你灌了什么迷魂汤，非得成天跟在人家屁股后面跑？

"谁管你？到时候吃了亏别来找我给你收拾烂摊子。"

他转过身，手臂支在狭窄的窗台边缘，刘海被涌进来的夜风吹散，露出清隽的眉眼，这会儿却凝着浓重的躁郁。

乔司月把脚收了回去，等人走后，才小步跟上。

求合照的人不少，苏悦柠等了好一会儿，才拿到贝斯手的签名，林屿肆跟陆钊已经离开。

苏悦柠带着乔司月抄了条近路，半路想起乔司月对着舞台发愣的模样，于是问道："你喜欢路迦蓝是吗？"

乔司月眼尾翘了翘："你也喜欢她。"

苏悦柠直接炸毛，大概是因为心虚，嗓音磕磕巴巴的："谁喜欢她了？我和她一点都不熟。"

乔司月无视她此地无银三百两的语气，顺着话题问下去："你们是不是很早就认识了？"

"我和她是小学同学，初中同校不同班。"

"那你和她是朋友吧？"

苏悦柠眼睫微颤，带点自嘲的意思："那也是很久以前的事了。说起来，我们从小一起长大，但我发现我根本就不了解她。"

她低头看着自己脚尖："特别是两年前她妈妈去世后，她就跟变了个人一样，我看不懂她在想什么，还有她对林……"

苏悦柠及时止住话头，以至于乔司月无法探究对方想隐瞒的秘密，但她不是那种喜欢刨根问底的人，更何况，她并不在意路迦蓝的过去。

"其实每个人心里都住着一个叛逆的坏小孩，只不过有的人将它锁住一辈子，而有的人早早就打开了那把锁。悦柠，如果可以当个好孩子，没有人愿意变坏的。

"而且我看得出，路迦蓝人不坏的，她在做自己，也在做我们不敢做的事情。"

乔司月一脚踩上岸边的鹅卵石，转身后把手递出去，皓白细腕上绑着一根灰紫色的丝带，系成漂亮的蝴蝶结。

估计她又瘦了不少，丝带随着她抬手的动作往下滑落，露出一条清晰的伤疤。

苏悦柠稍顿，忍受着灼目的光线，抬眼看她，一副欲言又止的模样，好半会儿才握住她的手，蹬地往前一跃。

乔司月继续说："路迦蓝，她是先驱者。"

苏悦柠忽然理解了乔司月的喜欢因何而起，没再反驳，而是闷闷地应了声。

林屿肆跟陆钊先一步到了烧烤摊，点完餐后，陆钊看了眼时间："女生就是麻烦，磨磨蹭蹭的，这都几点了。"

林屿肆没搭腔，去冰柜拿了三罐可乐和一罐芬达。

"你改喝芬达了？"

林屿肆单手拉开易拉罐拉环，回道："给乔司月拿的。"

陆钊"哦"了一声："哎，你说乔司月是不是有点奇怪？特别是她看你的眼神，跟躲瘟神一样。"

林屿肆抬头递给他一个"我看是你有病"的眼神，用毫不在意的口吻回道："怎么，你见过瘟神？"

"行，算我读书少见识也短，不会形容。"陆钊大大方方地承认自己是个文盲，接上话茬继续说，"反正我就觉得她在你面前很不自在。"

林屿肆没再抬头，把皮球踢回去："她在你面前很自在？"

陆钊想起乔司月跟人对视时躲躲闪闪的眼神："好像也不太自在。"

"这种玩笑以后别随便开，你是觉得没什么，对她……"林屿肆倏地止住，"哧"了声，"有空多操心操心自己吧，睁眼瞎。"

陆钊听蒙了,怎么转头就变成批判他了?莫名其妙。

这时,一道不和谐的声音插进来:"哟,原来有钱人家的大少爷也会来这种地方啊。"

张巡至今没忘记当初林屿肆是怎么当着那么多人的面,拿自己最爱的游戏羞辱自己的,这些日子他一直想找机会扳回一局,好巧不巧,对方主动送上门来了。

林屿肆听出对方的声线,眼皮子一掀,"哦"了一声,语调拉得很长,随即慢悠悠地说道:"今晚没空陪你玩《QQ堂》,趁这机会自己去练练手,别到时候又输得一把鼻涕一把眼泪的。"

张巡气到说不出话来。

对峙的场面被姗姗来迟的两位女生看到。

"男生真的都好幼稚哦。"没骨头似的,苏悦柠将下巴搁在乔司月肩头,翻了个大白眼。

直到她看见张巡抄起一个酒瓶,走向陆钊他们,后背倏然绷紧:"玩真的啊。"

只听见"哐当"一声巨响,原先昂着脑袋一个劲叫嚣的张巡这会儿跟个蛤蟆一样趴在地上,两百斤的庞大身躯把塑料凳压垮。

身后有人来扶,估计动作太大,疼得张巡"嗷嗷"直叫,恶狠狠地瞪了对方一眼:"笨手笨脚的,能不能行了?"

他的小弟放缓动作,把人扶起后问:"巡哥,现在咋办?"

张巡一巴掌呼过去:"当然是先送我去医院了,手脚不利落就算了,怎么脑袋也这么蠢。"

临走前,张巡还不忘回头朝两个男生竖中指。

陆钊笑到前仰后合:"真邪乎了,自己都能把自己绊倒。"

苏悦柠"啧啧"两声,拉着乔司月坐下:"这么多年过去,张巡怎么还是这么蠢?"

乔司月唇线微微牵起来。

入座不久,一道熟悉的身影进入视线。

她心口微滞,注意到对方换了件黑T恤,胸口印着几个字母,扎进牛仔短裤里,皮带还是那条,方扣,略宽,挂着银白色链条,上面还有把钥匙形状的装饰品。

白炽灯下,对方的发色看得清楚了些,是挑染的蓝黑。似乎是重新上了遍妆,妆感变淡不少,一张瓜子脸清透无瑕。

乔司月低声说了句英文单词还是什么,苏悦柠没辨清,但逃不出一个意思——酷。

她讪讪扭头,瞥见乔司月嘴角浮出的笑意,叹了声气:"这缺心眼的傻姑娘。"

路迦蓝是直奔林屿肆去的,还真没注意到别人。等坐下后,她视线掠过苏悦柠,在乔司月身上停下,微滞后笑起来:"这姑娘没见过,挺漂亮啊,你俩什么关系?"

后半句话是对着林屿肆说的。

乔司月呼吸滞住,感觉自己的心跳加快。

林屿肆没回答,用胳膊抵开路迦蓝搭在自己肩上的小臂:"你来做什么?"

路迦蓝从烤盘上随手拿了串里脊肉:"当然是陪你们一起吃饭啊。"

苏悦柠小声说了句:"谁要和你吃饭。"

路迦蓝撩起眼皮看她。

苏悦柠挺直腰杆,音量也略高:"要吃你不会另外点啊?"

路迦蓝没跟她计较,把里脊肉放回去,抽出纸巾揩了下手上的油渍,而后掌心朝上,对林屿肆说:"借我点钱,急用。"

林屿肆眼皮都不抬,声线轻慢地反问了句:"我是你的提款机?"

乔司月终于反应过来,他在过道上接的那个电话是谁打来的,此刻夹杂不耐烦与妥协的语气与那时别无二样。

"你什么时候变得这么小气了?"路迦蓝没着急催,拿起一罐汽水往嘴里灌。

她侧着头,一绺发丝垂落,在空中飘飘荡荡,红唇是唯一清晰的色彩。

乔司月从来没见过这样的女生。

路迦蓝明艳、成熟,骨子里刻着不属于这个年纪的风情。

而自己呢,好像被什么束缚着,永远缩手缩脚的,没有张扬的个性,显得老气横秋。

察觉到对面的目光,路迦蓝眯了眯眼睛,视线停留片刻后,嘴角微勾,又将胳膊搭在林屿肆的肩头:"就当我跟你借的,过几天就还。"

林屿肆没再推开,口吻极淡:"书包夹层,自己拿。"

路迦蓝抻长胳膊去捞林屿肆放在右边座位上的书包。

林屿肆下意识后仰,挪开些距离。

从乔司月的角度看不清男生这小幅度的躲避姿势,只觉得他们之间的举止亲密到超越了普通朋友的范畴。

她的鼻尖忍不住发酸。

苏悦柠敏锐地看出端倪,从一旁的塑料凳上抓起斜挎包:"太晚了,我俩先回去了。"

陆钊:"这才几点就要回去?"

苏悦柠刚想说什么,乔司月拽了拽她的袖子,轻轻摇头,灌下一大口汽水,刺得喉咙生疼。

她猛地咳了几声，余光里忽然出现一只白皙的手，骨节凸起，缓慢将一杯水推过来。

乔司月手指缩了缩，几秒后将手覆盖上去，杯壁仿佛燃着一团火，手掌和指腹传来灼热的痛感。

这算是乔司月吃得最饱的一顿饭，她不敢抬头看他们，只是机械地重复着咀嚼的动作。

到最后胃胀得难受，心脏也是。

中途路咖橦被一通电话叫走。

吃完饭后，四个人在岔路口分道扬镳，陆钊盯着乔司月的背影两秒钟，忽然"哎"了声："你外婆那小卖部和她家在同一个方向，你怎么不去送送她？我看她刚才被张巡那眼神吓得够呛，整个人差点抖成了筛子。"

"吓得够呛？"林屿肆勾唇疏淡地笑了下，"我可没见过比她胆子还大的。"

当时场面混乱，几乎所有人都把注意力放在争执的双方上，但他看见了，那个让张巡摔得四仰八叉的酒瓶究竟是谁踢过去的。

第七章
不问缘由的信任

1

乔司月没有料到,之后短短一周的时间里,她会在学校见到路迦蓝三次。

第一次是在校门口,看见路迦蓝和一群高中生站在一起,不知道在聊些什么,笑容张扬恣意。

第二次她路过教导主任办公室,门开着,女生正在挨训,脚尖有一下没一下地磨着地面。

最后一次是在体育馆,路迦蓝单手拿着手机靠在盥洗台边,声线轻慢。

"还用问吗?当然成功了,那导演一看我这条件,恨不得立刻签下我。"

"知道了,今晚七点见。"

路迦蓝挂了电话,将手机反扣在盥洗台上,一个抬眸,对上镜子里另一双眼睛。

"我是不是在哪儿见过你?"她挑了下眉。

乔司月敛神,不再直视对方的眼睛,轻声说:"上次在烧烤摊,我们见过。"

路迦蓝粗略回忆了下,恍然大悟的神情里掺杂着一丝说不清道不明的意味。

"哦,我想起来了,你是'苏辣椒'的朋友。"

乔司月一阵无言。

路迦蓝哼笑一声,从包里掏出口红,涂上再抿匀。

乔司月不受控地朝她看去。

这一眼恰好被路迦蓝捕捉到，她晃晃手里的口红："你也想涂？"

对方游刃有余地掌控着话题的主导权，乔司月根本不是她的对手，抿直唇线，没说话。

沉默延续几秒，路迦蓝耐心告罄，一屁股坐到盥洗台上，单手托住乔司月的下巴，轻轻往上一抬，照着对方唇形细致描摹一番："大功告成。"

乔司月眼睫颤了颤，视线稍偏，发现镜子里的人陌生到不像自己。

这天晚上乔司月失眠了，眼前时不时浮现出在烧烤摊发生的种种细节画面。

林屿肆看路迦蓝的眼神，就像三月的风，轻柔到不像话。可这种温柔落在她眼里，像是一团厚重的蚕茧，密不透风地裹住她，像一把被反复打磨后锋利的冰刀，精准地往心窝子捅去。

乔司月最后也不知道自己是怎么睡过去的，半夜开始烧起来，浑身酸软提不起劲，手脚滚烫，脑袋像被人用钻头没完没了地凿着。

她没叫醒苏蓉，随便套了件外套，摸黑下楼，在药箱里找到感冒灵，吃了药后，回房昏昏沉沉地睡过去。

第二天烧退了些，但她整个人还是晕乎乎的，脚步也虚浮。

"你脸色好难看。"说着，苏悦柠手探向她的额头，"额头好烫，是不是发烧了？"

"昨晚着凉了。"乔司月身子往后一缩，从兜里摸出一次性口罩戴上，"你别离我太近，会被传染的。"

苏悦柠紧紧抱住她的胳膊，不给她任何机会躲闪："那最好，我还能有正当理由解释自己为什么没考好。"

这天，乔司月的状态差到极点，做英语阅读理解时，甚至没法集中注意力读完整句话。

直到第二天早上，人才缓过来。

结果不出所料，这次的语文、英语成绩又一次大幅下降，徐梅芝第一时间找到乔司月，老生常谈地教育一顿，最后将话锋一转："听说你最近和苏悦柠、林屿肆，还有普通班的陆钊走得很近？"

"我和苏悦柠是朋友。"感冒的后遗症还在，乔司月的嗓音像藏在口罩里，闷闷的。

徐梅芝没察觉到对方逐渐失控的心绪，但避重就轻的一句话，还是让她找到一些不同寻常的苗头。

可目前没有任何证据证明乔司月正陷入早恋深渊，徐梅芝进行一番含沙射影的说教后，才肯放人回去。

回教室的路上，乔司月遇到正准备去上课的赵毅。

赵毅关心地问了句："最近看你都不在状态，是不是学习压力太大了？"

乔司月实话实说："前几天生了场病，不过现在已经好了，我会慢慢调整过来的。"

"身体才是革命的本钱，别给自己太大的负担，这几天好好吃饭好好睡觉，老师相信你没问题的。"

"嗯，谢谢老师。"

乔司月这段时间的反常，苏悦柠看在眼里，周末找了个借口将人约在玩具城。

左边柜台上摆着一个变形金刚模型，乔司月看了眼价格：598元。

压岁钱一直存放在苏蓉那儿，暑假的两笔收入也都上缴了，乔司月手头上只剩下储蓄罐里零零碎碎的硬币，显然在这个价钱面前只是杯水车薪。

在被店员注意到之前，乔司月先挪开腿，走到苏悦柠身边停下。

"有看中的吗？我给你买呀。"苏悦柠说着，可不到片刻，她又干巴巴地改口，"我的意思是，我可以先借你钱。"

乔司月摇头："我就随便看看，有需要的话，我会问你借的。"

快分别时，苏悦柠拉住乔司月的手，终于没忍住问了句："你是不是之前就认识阿肆？"

她声线压得很低，更像在自言自语，但乔司月听清了。

说不上缘由，但凡牵涉到和林屿肆有关的话题，乔司月神经的敏感度总能在一瞬间飙升到顶峰。

太阳橙红的光束以雷霆之势蔓延开，仅隔两条绿化带的马路上，车流川流不息，鸣笛和哨声交织在一起，一时间兵荒马乱。

乔司月的声音夹在中间，几不可察："在搬来明港前，我就见过他了。"

乔司月是在两年前爷爷的葬礼上见到林屿肆的。

爷爷一直一个人生活在明港，直到三年前才被乔崇文接到南城。

那天乔司月放学回家，乔崇文把她喊到小房间，指着报告单，声音又沉又哑："看清楚上面写的字了吗？你爷爷得了癌症，喉癌，二期。"

空气霎时静了。

乔司月觉得这种时候应该说些什么，在转瞬即逝的空白后，她轻声问："要化疗吗？"

乔崇文没说话，只是摇头。

老人年岁已高，每次化疗都是一种折磨，再加上病人自己不愿意，深思熟虑后，乔家三兄弟决定尊重老父亲的意愿。

房间里没有开灯，晚冬的夜暗得很快，不到五点，已经褪成黯淡灰，乔崇文的脸没在阴影里，挺直的肩膀耷拉着，身心俱疲。

乔司月没生一张巧嘴，不擅长安慰人，她安静地站了会儿，离开时悄悄把门带上。

客厅里乔惟弋正坐在沙发上看动画片，他的笑声盖过电视机里的旁白。

上了年纪，抵抗力弱，癌细胞扩散得很快，没多久爷爷连基本的吞咽动作都变得艰难，吃饭时经常咳出一地饭粒。

那段时间，乔司月经常听见苏蓉和乔崇文在争执，准确来说是苏蓉单方面的牢骚——"你那两兄弟是摆设吗？凭什么就我们家出钱出力照顾你爸？"

说着，她又开始忧虑起自己的晚年，对乔司月的说教见缝插针："我把你养到这么大，给你吃好的穿好的，你以后可不能把我和你爸丢下，老了也不能嫌弃我们麻烦，知道吗？"

乔司月攥紧水笔，极低地"嗯"了一声。

第二年夏天，爷爷病重。乔崇文请了两周的假，没几天苏蓉也赶去明港。

那天下午第一节课是随堂测验，乔司月没考好，意外的是，数学老师这次一句责备都没有。

自习课前，乔司月被叫到办公室，班主任唱了近五分钟的独角戏，才放她回教室。

下午小舅来接她，同行的还有大姨和外公外婆。

乔司月走到半路，全身的力气仿佛一下子被人抽干，定在原地抬不起脚。

她感受不到自己的存在，忽然肩胛骨传来钝痛，然后是撕裂的声音，地上的影子变成翅膀的形状，却只有半边。

她被拉扯着向上，两秒后摇摇欲坠。

耳边插科打诨的笑声不停歇地响着，班主任的嗓音混进来，模模糊糊的。

她说什么了？

乔司月认真回忆了下，好像是说爷爷今天上午去世了，还有一些安慰的话，最后通通变成：不要让这件事影响到她的学习。

南城到明港差不多三个小时的路程，时间在弯弯绕绕的山路里显得格外漫长和枯燥，车上的谈话声一直没停下来过。

乔司月看着车窗外深蓝色的海，忽然听见大姨问："乔乔，你爷爷走了，你难受吗？"

乔司月脑袋空了一瞬。

小时候，身边的大人总爱问她"更喜欢爸爸还是妈妈"，后来乔惟弋出生，问题自然而然地演变成"你爸爸妈妈是不是偏心你弟弟"。

这一刻，乔司月觉得大姨这问题无语到和那两个有得一拼。

乔司月咳嗽几声，抬手把口罩拉实。

"感冒了？"大姨问。

她点头。

大姨让小舅把空调升上几度，注意力转移后，这个话题不了了之。

一下车，含着腥味的空气扑面而来，转瞬被吸进肺里，乔司月呛了几下，重新把口罩戴上。

小院烟雾缭绕，乔司月跪在地上，对着头顶的黑白相框，轻轻唤了声"爷爷"，脑袋里倏然跳出他们的最后一段对话。

"下学期就初三了？"

"嗯。"

"时间过得真快哟。"

"嗯。"

"乔乔，人的一辈子就这么长，去做自己喜欢的事，穿自己喜欢的衣服，不要留下任何遗憾。"爷爷喉咙里像含着一大口痰，说话含混不清，所以他将语速放得很慢。

乔司月微微愣住，觉得他话里有话，可不等她多想，他剧烈的咳嗽声将她的意识从中剥离开。

三天后，爷爷孤身回到明港，乔司月的这个疑惑随着他的去世最终成为一道无解题。

耳旁骤然响起请来的哭丧人歇斯底里的哭声，乔司月偏头看去，见那人脸上全是眼泪，不由得心口微滞。

不是亲人，那人怎么能哭得这么伤心？

就像在听到爸爸说爷爷罹患癌症，那会儿她觉得应该说些什么一样，现在的她觉得自己应该要哭。

可她哭不出来，胸口像压着一块巨石，堵得难受。

跪拜礼结束，苏蓉将乔司月拉到一边，塞给她一个馒头："先吃点垫垫肚子。"

乔司月轻轻捏了下，馒头被风吹得硬邦邦的。等苏蓉离开后，她把馒头放回袋子里。

很久以前乔司月就知道，明港的气味是单调的，街上到处都是海鲜散发出来的腥臭，这会儿倒变得丰富起来，掺进去呛鼻的焚香味，反复压迫着她的神经。

她深深吸了口气，穿堂风吹得她脑袋更疼了。

迎面一个陌生女人堵住乔司月的路，这人用方言说了句话，乔司月没听懂，只提取到"爷爷"这个在特定时候有着特殊意义的字眼。

乔司月也不管对方在说什么，轻轻点了点头，路过小屋，里面的争吵声快要压不住。

"今天正好三兄弟都在,把丧葬费和礼金算清楚了,省得到时候有人说我们贪小便宜。"是小婶婶的声音。

乔司月脑袋里的那根弦终于断掉,发出嗡嗡的余声。她抬起脚,几乎是跑着出去的。

一时的冲动,让后来的遇见顺理成章,一整排流动摊位里,林屿肆显得格格不入。

五官立体,眼窝深邃,眼尾上扬。

他穿一件黑色冲锋衣,拉链没拉,露出里头的同色系短T恤,烟灰色的工装裤扎进短靴里,显得腿又长又直。

他一只手臂搭在横杆上,另一只手划拉着手机屏幕,漫不经心的姿态。

不知道在看什么,他嘴角忽然挂上些许笑意,眼眸跟着一弯。

等乔司月再度看过去时,他已经将冲锋衣的拉链拉上,领口高高竖起,抵在瘦削的下巴处,黑白分明。

乔司月无意识朝他靠近。

男生听见动静后抬头看她,两秒后视线落到她的丧服上,却没问什么。

倒是她没忍住先开口:"今天是我爷爷的葬礼。"

不知道是不是因为面对陌生人时,那些深埋于心的阴暗能够轻易宣之于口,还是她潜意识里认为,今天过后他们不会再有任何交集,那些无人可诉的心里话一股脑地朝他宣泄出来。

"可我哭不出来。"

乔司月低垂着眼睛,黑色帆布鞋下是坑坑洼洼的水泥地,枯枝败叶被风吹得到外都是,这里的脏乱和远方澄澈的海水形成鲜明对比。

林屿肆后知后觉意识到她不是在自言自语,片刻后用理所当然的语调回道:"哪条法律规定葬礼就要哭的?想哭就哭,不想哭就不用哭,就这么简单。"

乔司月愣了下:"真的可以吗?"

"这还不是你说了算。"他眼屎一垂,指着糖画说,"想吃吗?"

乔司月忍不住去寻他的眼睛,他的瞳仁清澈地映出自己的模样。

似乎听见胸腔里有东西在狂跳,她压下心头的躁动,点头后又摇头:"我没带钱。"

"我请你。"他问,"想要什么?"

"月亮可以吗?"

他没应答,直接拿起糖浆勺。

他还没倒,突然插进来一道男声,是陆钊咬着冰棍走来:"又给我爸看摊子啊,这么热心,怪不得我那没眼光的爸会这么喜欢你。"

林屿肆带了点嘲讽性质的笑意兜不住了:"你搞错一件事,陆叔喜欢我,是因为脸蛋好,还有这里好使。"

见他点了下脑袋,陆钊气得直接给了他一脚:"还脸蛋好,把自己当小白脸呢?"

林屿肆勾唇笑。

男生低头专注制作糖画的时候,乔司月又盯住他看了好一会儿,还是没法将他和摆摊小贩对上号,一身朋克装的打扮倒像是地下乐队的成员——闷声敲着架子鼓的酷男孩,棱角分明的脸上刻着生人勿近的冷漠。

想到这儿,乔司月没忍住笑出声。

不合时宜的笑,招来两位男生齐齐抬头。

陆钊像刚注意到她似的,特别是在看到她身上的丧服后,夸张地瞪大眼睛。他是单眼皮,眼皮极薄,睨人时有种张扬的锋利感,现在的表情给他平添几分怪异的可爱。

"你是乔家的?"

想来也是,明港镇就这么大,今天也就一家在办丧事。

乔司月点点头。

陆钊若有似无地"哦"了声:"乔老爷子是你什么人?"

乔司月还没说什么,一道清朗的声线响起,语调却是不紧不慢:"问这么多,你查户口的?"

"关心一下不行?"

林屿肆没说话,嗤笑一声,对陆钊口中的"关心"表示怀疑。

陆钊无视他的阴阳怪气,跳过之前的话题,继续问:"以前怎么都没见过你?"

乔司月回答:"我家在南城,所以很少来这儿。"

"那岂不是葬礼结束后,你就要回去了?"

乔司月看了眼林屿肆,慢半拍地"嗯"了声。

陆钊是个自来熟,心又大,这会儿丝毫没察觉到她的心不在焉,话题信手拈来:"我没去过南城,那里好玩吗?"

"南城没有山也没有海。"乔司月似是而非地说了句。

陆钊"啊"了声,余光瞥见林屿肆正一个劲地往弯月里倒糖水,注意力瞬间被夺走:"合着这糖不是你家的就可以随便耍是吧?非得把这玩意填满?"

林屿肆掀了掀眼皮子,半响才搭理他:"怎么,你见到的月亮都是空心的?"

陆钊"咻"了声:"我有病才和你这种没逻辑还强凹逻辑的人讲逻辑。"

看着他们嬉戏打闹,乔司月停留片刻,往回走,前面不见海,只有山的轮廓在迷蒙白雾里看得不甚分明。

苏蓉在门口抻长脖子张望:"你这孩子跑哪儿去了?大伙都在等你一个。"

乔司月恍惚抬头,对上灵堂正上方的黑白照片,眼眶终于开始发潮。

之后的两年里,乔司月都没来过明港。

她对他而言或许只是萍水相逢的他乡过客,可在她心里,他是不一样的。

因为他是第一个告诉她"人生来就该是左右自己情绪的主角"。

苏悦柠露出诧异的表情,乔司月踩着脚底的石头,继续说:"我曾不止一次设想过,如果我能以最优秀的模样再次遇见他该有多好。"

不是两年前穿着丧服、只会向陌生人吐露苦水的厌世少女,也不是像现在这般,平凡渺小到转瞬就能被汹涌的人潮湮没。

可哪会有这么多的如果,现实世界里,她早就被一句句"为了你好"的说教和苏蓉强硬的掌控欲压得透不过气,胆战心惊地接受着别人对自己的善意,事后又恨不得十倍百倍地还回去。

不管在林屿肆还是苏悦柠面前,她也总是一副小心翼翼的姿态,生怕惹对方不开心。

其实她不是不敢走出自己的世界,她只是不敢相信自己值得被人认可和喜欢。

一个连背都挺不直的人,如何能坦然地去释放心里的爱,不把别人的爱和付出当成负担,再心安理得地接受一切的馈赠?

"我觉得你现在就很好啊。学习好,长得漂亮,字写得也好,哦,还会画画……"在苏悦柠看来,乔司月身上有数不完的优点,明明一个不应该自卑的人,却被世俗定义的"开朗活泼"限制住手脚。

说完,苏悦柠递过去小心翼翼的眼神,见对方神色黯然,又说:"要不,我找机会帮你试探一下?"她不忍心看着好朋友如此低落,但这种事情她不好插手,也只能帮到这份上。

乔司月摇头。

不是不敢问,而是没必要。

她早就知道自己不应该将过多的关注点放在林屿肆身上。

但她就是控制不住。

哪怕得不到期望中的结果。

距离考试越来越近,乔司月终于意识到自己不应该被这一系列的负面情绪继续牵着鼻子走,她努力将自己从中剥离出来,全身心投入到竞赛的冲刺阶段。

那半个月里,她每晚刷题到凌晨两点,人以肉眼可见的速度迅速消瘦下来。

苏蓉却责备她为了一个无足轻重的考试,把自己折腾得不成人样。

乔司月敷衍几句,不以为意。对她而言,只要是自己喜欢的东西,哪怕最后得不到一个好的结果,光是回想起自己曾为之流泪流汗的付出,就是值得的。

不过苏蓉说对了一点,那会儿她的身体状况确实受到不少影响,用中药调理一段时间才改善。

考前两天,赵毅单独找到乔司月,再次嘱咐她别给自己太大压力,顺其自然就行。

乔司月嘴上应了声"好",却没给自己充足的休息时间,吃完晚饭回房后,又拿出试题刷,忽然鼻子涌上一股热流,"啪嗒"一声,血珠砸到试卷上。

她连忙仰头,抽出纸巾揩了几下。

她刚止住鼻血,乔惟弋踩着拖鞋一蹦一跳地在她身侧站定,"哎呀"一声:"司月,你怎么流鼻血了?"

乔司月没纠正他错误的称呼:"应该是上火了,没事的。"

乔惟弋抽出两张纸巾,笨拙地在她脸上揩着,搓得她人中刺痛,但她什么也没说,保持着仰面的姿势。

"给。"乔惟弋安抚性地递过去一颗陈皮糖,自己也拆了一颗塞进嘴里。

乔司月愣了下,接过的同时问道:"哪儿来的?"

乔惟弋嘴里塞着糖,说话含混不清:"哥哥给我的。"

乔司月不敢妄加揣测,追问道:"哪个哥哥?"

他只吐出一个音,像"世"又像"肆"。

乔司月心口重重打了下鼓。

乔惟弋一屁股坐到床边,小短腿来回晃着,慢悠悠地补上:"刚才我在大壮家门口碰到他了,他还带我去买冰激凌,我给你拿了支火炬,放在冰柜里了。"

乔司月轻轻地应了声。

像电影里的慢动作镜头一般,足足两分钟,她才将糖纸剥开。

酸得她快要掉眼泪。

等到陈皮糖完全融化,乔司月在冰柜里找到乔惟弋说的火炬冰激凌,含在嘴里,甜到腻味。

短短五分钟,她经历了两种最为刺激的味蕾体验。

就像她不为人知的情感,无望中又掺进去零星的希望。

2

数学竞赛那天,明港下了场大雪。

进考场前,乔司月点开羽毛头像,发了条消息:考试加油。

对方没回,她盯住屏幕看了五分钟,直到监考老师催促才把手机放回包里,进场准备考试。

试题难度对她来说不算大，除了最后一题做得有些卡顿，其余题目都很顺畅。

最后提前二十分钟完成试题，她没着急交，仔细检查一遍后，扭头看向窗外，雪还在下，世界笼罩在无边的白色之中。

乔司月举手示意，等老师收走试卷，离开考场。

屋里屋外是两个季节，她裹紧羽绒服，边走边开机，点开QQ，依旧一条回复都没有。

陆续有学生从考场离开，快走到校门口时，她听见身后有人说："哎，你知道我前面是谁吗？霖安的第一名呢。"

乔司月脚步慢下来。

另外一个女生搭腔："你这运气可以啊，刚才没少偷窥人家答题卷吧？"

男生用惋惜的口吻说："我倒是想，可学霸压根没来考试。"

"他弃考了？"

"不止他，陈载也没来考试。"

要是记忆没有出现偏差，这个叫陈载的男生好像是林屿肆、陆钊共同的朋友。

他们怎么会都没来考试？

是出了什么事吗？

短短十秒，乔司月已经在心里替他们构建好一套说辞：一定发生了什么意外或有什么逼不得已的苦衷，他们才会错过考试。

焦虑在这一刻荡然无存，心脏笔直地往下坠，只剩下不安和慌张，呼吸都变得困难了些。

手指悬在羽毛头像上好一会儿都没落下，最后她只给苏悦柠发了条消息。

半夜才有回应。

乔司月掌心一烫，差点握不住手机。

苏悦柠：我问过陆钊了，细节他不清楚，好像是阿肆和陈载看到有人被欺负，路见不平拔刀相助，哪知道被打的学生反过来咬他们一口，说他们才是施暴者。

乔司月用手背抚去屏幕上氤氲的雾气，没来得及回，看见苏悦柠又发来一条消息：身正不怕影子斜，不会有什么事的，你早点睡。

乔司月回了个"弯月"表情，没多久苏悦柠就下线了。她把记录调回到最开始，躲在被子里，忍受着缺氧的痛苦，把苏悦柠发来的几句话从头到尾看了不下十遍，神经慢慢松弛下来，然后才有了些睡意。

一觉醒来，天光大亮。

周一，乔司月踩点进的班级，密密麻麻的人头里，她一眼看到右边角落的空座位，桌上零散地放着几本书，纯黑包袋瘪瘪的，挂在靠近过道的那一侧。

一整个早读课，林屿肆都没有出现，乔司月的心又提了上来。

早读结束，她隐隐约约听到林屿肆的名字，来不及细听，就被赵毅叫到办公室，同行的还有许岩和沈一涵。

"咱们班这次考得不错，一等奖两名，二等奖一名。"

赵毅把获奖证书递过去，乔司月打开看，明晃晃的"一等奖"。

这次全市的数学竞赛，共设置十二个一等奖，霖安中学占了五个，但距离预期还是差了点。

沈一涵合上证书，眉眼间凝着浓重的忧虑："赵老师，林屿肆真的没来考试吗？我听他们说，他是因为和外校的人……"

难以启齿似的，她只将话说到一半。

赵毅脸色瞬间变得凝重，边摇头边叹了声气："那小子可惜了。"

乔司月心脏倏然一沉，魂不守舍地回到教室，还没走到座位，忽然听见有人在议论——

"他不是被停课了？怎么还敢来学校？"

"这事不是还在调查中？这么早下定论不好吧？"

"人都那样了，难不成还有假？"

乔司月回神，抬头看见角落里一道熟悉的身影。

林屿肆安静地坐在座位上，头戴式纯白耳机挂在脖颈，笔搁在指间打转。一副无关紧要的姿态，仿佛被泼脏水的人不是他一样。

乔司月曾设想过很多次，像他这样意气风发的少年，如果有一天陷入"墙倒众人推"的境地，那些追捧他、夸赞他，甚至将他奉上神坛的人会如何对他？

是继续坚定不移地信任，还是在他最无助迷茫的时候抛下他？

这一刻，她有了答案。

陆钊挪了张椅子，在林屿肆身侧坐下："都这个节骨眼上了，你这屁股还坐得下去？"

"不然？"男生依旧是不紧不慢的语调，只不过嘴边的笑带了些目下无尘的傲然，"我应该站着哭？"

陆钊盯住他毫无波澜的神色，心里有了猜测："外婆没跟你说她今天要来学校？"

林屿肆倏地收住笑，随手把耳机甩到桌上："她现在在哪儿？"

"在年级主任那里，说要给你讨个公道。"陆钊迅速切换语气，像模像样地学道，"'上次污蔑我外孙不分青红皂白打人，现在又污蔑他欺负外校学生，你们真当我死了吗？'"

林屿肆敲门进去时，叶晟兰抢在年级主任前开口："肆儿，外婆就问你一句,你有没有欺负别人?"

"没有的事,我是去救人的。"

年级主任气到胡子一抖一抖的:"你昨天下午可不是这么说的。"

林屿肆双手背在身后,神色诚恳:"当时你拿着一根教棍,劝我好好说话,就那架势,我嘴皮子都在抖,还能把事情的来龙去脉交代清楚?"

他稍顿,继续说:"况且我说的是没什么好解释的——清者自清,当然没什么好解释的。"

叶晟兰瞪大眼,音量瞬间高了几度:"我把孩子送到你们这儿,是希望你们能把他培养成祖国的参天巨树,现在别说树了,都快被你们糟蹋成路边的野草了,我怎么对得起他早逝的娘啊!"

年级主任被她闹到彻底没了脾气,脑壳突突地疼,最后只好说:"这事呢我们还在调查,如果存在冤情,到时候一定会还你外孙清白。"

叶晟兰斜眼看他,"哼"了声:"最好是这样。"

一出办公室,叶晟兰便迫不及待地问:"肆儿,外婆刚才的表现怎么样?"

林屿肆伸出大拇指,不吝赞美:"张弛有度。"

叶晟兰摆摆手谦虚道:"也就发挥了四成功力。"

她又问:"这事你告诉你爸没?"

林屿肆嘲讽似的,勾了勾唇:"告诉林行知有用?"

叶晟兰眼睛瞪过去:"私底下直呼你爸名字我没意见,当他的面可别这么叫,要是把你爸弄不高兴了,以后家产一毛钱不给你,我看你上哪儿哭去?"

"行,到时候当着他的面我保证恭恭敬敬地叫他一声'林总'。"

叶晟兰拿林屿肆这倔驴脾气没办法:"算了,你爱咋样咋样,我懒得管你。"

这一天都过得提心吊胆的,好不容易挨到放学铃声响起,乔司月拽上书包带就往外跑。

"司月,你等等我呀。"苏悦柠喊她。

乔司月脚步顿住:"你知道他们在哪儿救的人吗?"

苏悦柠摇头,没多久打听到地址:"我陪你一起去。"

"你先回家吧,我就去那儿看一眼。"

小巷偏僻,很少有人经过,附近也没有监控探头。碎玻璃散了一地,依稀能看到几滴发黑的血迹。

乔司月站了会儿,转身离开,路过巷口一辆私家车时,瞥见了车内的行车记录仪。

小舅的车上也装了这东西,所以乔司月很清楚它的具体用途。

雪又开始下起来。

白茫茫的雪花在昏黄的灯光下飘落,没多久,风也大了些,刮在脸上,刺痛难忍。

乔司月坐在砖块上，大半张脸埋进毛衣领子，眼睛一眨不眨地望着街口。

一连两天，她都没等来车主。

那两天的气温创下了明港有史以来的最低值纪录，她坐在风雪交加的夜里，手脚都被冻到生疮。

直到第三天晚上，乔司月才见到车主。对方很好说话，听完她的意图后，将行车记录调给她。

回家后，乔司月问乔崇文要来笔记本电脑，将视频拷上去，像素不算清晰，但足够分辨出谁才是加害者。

可她用什么身份和立场替林屿肆澄清？

乔司月将电脑合上，扭头看向窗外，雪还在下，这时她脑袋里忽然弹出一个名字。

盛薇两个月前产下一子，这会儿她看上去丰满了些，眼里的慈爱快要溢出来。

"想抱抱吗？"

乔司月抬头看她："我可以吗？"

"当然了。"

看着乔司月手忙脚乱的样子，盛薇没忍住笑出声，弄得乔司月有些难为情，耳垂通红。

盛薇跟乔司月聊了些学习上的事情，乔司月一一应答，心里的焦急随着时间的流逝一点点加深。

十几分钟后，她没忍住问："盛老师，您能帮帮他吗？"

这近乎恳求的语气让盛薇一愣，她把宝宝放回摇篮，站直身子，问道："帮谁？"

乔司月自己都没察觉到，自己扣在摇篮上的右手在听到这两个字后猛地收紧。

她皮肤极白，绷起的青筋异常分明。

这种时候，乔司月已经顾不上会不会泄露心事，只能铤而走险给出一个确切的答案："林屿肆。"

盛薇倒没有显得很惊讶："出什么事了？"

乔司月快速组织好语言，将事情大致转述一遍。

盛薇安静地听了会儿："司月，这是你第一次向我表露你的心意。"

乔司月不知所措，脸烧了起来。她想要辩解，又找不到让自己心安理得的借口，只能遮遮掩掩地看向脚尖。

盛薇爽快应下："你放心，不会出事的。"

"谢谢盛老师。"

乔司月离开前，盛薇将一套全新的画笔递到她手里："司月，你要记住'青春须早为，岂能长少年'这句话不只是适用于学习，同样适用于你在这个年纪想拥有的一切，包括梦想，那些你喜欢的东西。"

乔司月似懂非懂地点了点头。

盛薇摸了摸她的脑袋："老师希望你能心想事成。"

苏悦柠也不知道从哪儿冒出的念头，非要去受害者那儿找突破口。

"阿肆和陈载肯定是清白的，被那人身上的伤也不假，这说明什么？他俩就是被陷害的，估计是真正的施暴者耍了一些手段，让受害者说假话。哎，你觉得我分析得有没有道理？"

乔司月点头："可那个人不一定会改口。"

苏悦柠胸有成竹地说："我带了一千块钱，还不信撬不开他的嘴了。"

乔司月正准备说自己已经找到证据，苏悦柠先一步将人拽进出租车。半个小时后，车在笼雀巷停下。

旁边还停着一辆黑色奔驰。

"豪车哎。"苏悦柠探出半截身子，右手拍拍乔司月的胳膊，示意她过来些，"我怎么记得这人家里没什么钱？"

一说完，乔司月看见一个女生从院子里出来，身形纤薄，长发垂在两肩，看不清五官，只知道她皮肤很白。

"是她呀。"

乔司月没见过那女生："你认识吗？"

"她和你差不多时间转来的，现在就住我家隔壁，好像是陈载的朋友，叫宋清酒。"说着，苏悦柠恍然大悟地"哦"了声，"那她应该是为陈载来的。"

乔司月没搭腔，看着女生钻进车里，黑色轿车从身侧驶过，带起一阵肃寒的风。

她身子一抖，刚把领了竖高，就被苏悦柠搀住手臂往反方向带。

"这么冷的天，找家奶茶店喝点热的。"

乔司月诧异："我们不进去了吗？"

"不用担心，宋清酒会处理好的。"

乔司月咬了下嘴唇，由她牵住自己的手往另一头走去。

等找到奶茶店坐下后，苏悦柠才看见乔司月一脸愁容，这才察觉到她的不对劲："你还在担心林屿肆啊？"

乔司月被珍珠呛到，猛咳几下，脸色通红，却因此藏住了真实的情绪反应。缓过后，她轻轻摇了摇头，想说什么又忍住了。

苏悦柠捧住她的脸，神情严肃："司月，不要藏着这么多心事，会很累的。"

乔司月应了声:"好。"

苏悦柠幽幽叹气,她知道刚才的话,乔司月一点没听进去。

事件很快反转,受害者改了口供,改为指控当日在场的第四人。

这人和陈载都是市田径队的头号种子,但这次全国高中生运动会市里分到的名额只有一个,教练综合考量后,决定让陈载上场。这人平时在学校就经常欺负学弟学妹,心怀不甘却也只能将气撒在比自己弱小的人身上,凑巧那天被路过的陈载和林屿肆看到,这人就顺其自然对受害者进行一番威逼利诱,才会有这一出"狗咬吕洞宾"的戏码。

真相水落石出,加上盛薇拿着铁证到学校替两人澄清,学校很快撤销了对他们的处分。

乔司月松了口气的同时,心里涌上一股难言的晦涩。

苏悦柠说得不错,有宋清酒出手,事情很快就能解决。

不像她,无权无势,只会像个傻子一样,在大雪天到处搜寻能够证明林屿肆清白的证据。

可比起失落,这会儿更多的是欣喜和激动,她想亲口将这消息告诉他。

等到乔司月站在别墅门口时,脚底却像被钉住一样,手也僵硬到摁不下门铃。

雪已经停歇,但傍晚的风还是大,气温比白天又跌了几度。

乔司月扯紧围巾,搓着双手,时不时哈口气。

车轮碾压积雪的动静由远及近,她眯着眼睛扭头看去。

男生今天戴了顶黑色毛线帽,侧边贴着牌子的小 Logo(标识),帽檐压得很低,刘海盖下来,遮住大半眉眼,天气冷,鼻子到下巴这段被冻得通红。

宽大的长款羽绒服罩在灰色卫衣外,脚踩一双黑白相间的运动鞋,偏休闲的打扮,但没有平时的随意,整个人好像被郁气缠绕着,微抿的嘴角流露出不容忽视的消沉。

乔司月眼睛一亮,板鞋踩在积雪上,发出"咔咔"的声响。

她在男生身前停下,眉眼弯弯:"你听说了吗?学校已经撤销了对你的处分。"

林屿肆盯了她几秒,见她衣衫单薄,扛不住风似的,身子微微发颤:"这么冷的天出门,就为了和我说这个?"

这不重要吗?

乔司月迟疑几秒,点头,忽然又改口:"我来找悦柠,路过你家,想起这事,就过来和你说一下。"

林屿肆眼眸深邃,脸上也看不出情绪。

"我知道了,多谢。"

随后他抬手往身后一指:"她现在不在家……进去坐坐?"

乔司月下意识地跺了下脚,怕再待下去,心事会被泄露得一干二净,只能摇头说:"既然她不在,那我就先回去了。"

她刚转身就被叫住:"等我几分钟。"

两分钟后,林屿肆拿着一件白色羽绒服出来:"给。"

乔司月愣了下·"谢谢。"

她个子不算矮,但外套宽大,又是中长款,穿在她身上,几乎要盖住脚踝,显得人格外瘦小。

"我先回去了。"

林屿肆"嗯"了一声,推着自行车往前走了几步,忽地回头。

清冷的灯光下,细碎的雪花落在女生肩头,很快连人一起淹没在夜色里。

林屿肆脑海中忽然闪出她的脸,气质清淡如水,只有眉眼浓烈如玫瑰。

一恍神,他转身将车推进庭院。

乔司月不敢穿这么一身回家,确定苏蓉出门后,才一溜烟跑进院子,直奔四楼,小心翼翼地拂开羽绒服上的冰碴子,将衣服挂好,被冻僵的手慢慢回暖。

晚上八点,苏悦柠到乔家找她:"我今天在学校看到盛老师了,她告诉我是你拜托她替阿肆说好话的。"

乔司月点了点头。

苏悦柠替她打抱不平:"凭什么你在背后累死累活的,他什么事情都不用干?那个成语怎么说的来着?哦对,坐享其成。"

乔司月默默捂住她的嘴,看了眼门口的方向,压低声音说:"其实也不能算是我的功劳,如果不是宋清酒和盛老师,事情没法这么顺利解决。"

苏悦柠扯开乔司月的手,不再就这个话题跟她据理力争:"所以你真不打算告诉他?"

乔司月抿唇不语。

她只想替林屿肆洗刷污名,但不想让自己的付出成为他的负担。

苏悦柠恨铁不成钢地弹了下她的脑门:"你说你这吃力不讨好的,到底值不值得?"

"我不知道值不值得。"乔司月说,"我只知道我不够坦荡不够磊落,但我希望他能清清白白的。"

苏悦柠默了默,叹气:"你说你傻不傻呀?"

乔司月眨了下眼睛。

彼时她没将这句话放在心上,更不曾料到,林屿肆会在多年以后,在层层叠叠的雾霭中,在一片哀恸声中,问她同样的问题——"乔司月,你傻不傻?"

3

两天后,乔司月收到赵毅发来的竞赛奖金,这笔钱乔崇文以红包的形式,转交到她手上。

乔司月看了下,里面有八百块钱。

一等奖奖金六百块,也就是说乔崇文多塞了两百块进去。

但这究竟是他的主意,还是苏蓉的授意,乔司月无从知晓。

圣诞节前一周,明港的节日气氛已经很浓郁,不少店铺门口摆着一棵人形般大小的圣诞树,上面挂满蝴蝶结、小彩球和许愿贺卡。

苏悦柠在网上定制了一棵两米多高的圣诞树,周末叫上乔司月一起去玩具城买些装饰。

主柜台上的变形金刚模型一直没撤下,乔司月瞄了眼价格,还是598元,只不过旁边挂了个"80%"的打折标签。

苏悦柠填好快递单,看见乔司月正盯着一处发呆,走过去指着模型问:"你喜欢这个?"

乔司月摇头:"小弋生日快到了,想送他个好点的礼物。"

苏悦柠好气又好笑,食指轻轻抵着她额头,恨铁不成钢道:"舍不得花钱在自己身上,给弟弟随便一花就是六百,你可真行。"

乔司月无所谓地笑笑:"小弋和他们不一样。"

"他们"是谁,苏悦柠一下子反应过来,话在嘴边滚了几遍,又尽数咽了回去。

回到家,乔司月从红包里拿出五张百元大钞塞进口袋,瞥见窗外白茫茫的夜色,又将钱放回去。她洗完澡出来,坐在书桌前,刚打开画册,楼道上有脚步声传来,不一会儿工夫,灯光铺满过道。

乔司月眼疾手快地将画册塞回抽屉锁上,苏蓉的声音从背后响起。

"给你买了条裙子,你试试,不合身我去退了。"

苏蓉没敲门,直接趿拉着拖鞋进来,手里拎着一个包装袋。

乔司月起身接过,飞快往里面扫了眼,一条无袖连衣裙,毛呢材质,颜色比窗外的雪还白。

苏蓉的偏好这些年一直没变过,她致力于将女儿打造成温柔娴静的淑女形象,以至于类似风格的衣服,乔司月的衣柜满到快要塞不下。

乔司月随便想了个理由:"我没有可以搭配的打底衫。"

苏蓉把袋子夺回来,掏出连衣裙,一边在她身前比画着,一边问:"你不是有件白色打底衫吗?"

"有点小了。"

"袖子短吗？"

乔司月摇头。

"那就还能穿。"苏蓉自顾自地说，"穿在里面没人看得出来，等忙完这一阵，我给你织件新毛衣。"

乔司月换衣服时，苏蓉没回避，还直勾勾地盯着她看。

乔司月早就麻木了，当着苏蓉的面脱到只剩下一件内衣，但她忘记自己今天穿的是苏悦柠送的运动内衣，偏离了苏蓉的审美标准，又少不了一顿数落。

苏蓉买的连衣裙是修身款式，乔司月骨架小，人也消瘦，罩在身上宽宽松松的，像落了层轻薄的雪，跟皮肤一样皎洁莹白。

乔司月正要说什么，苏蓉就已经摘下吊牌："蛮好的，以后出门就这么穿，别老是卫衣、牛仔裤的，你就不适合那种休闲的打扮。"

苏蓉让乔司月把衣服挂好，正准备走，看见她一副心事重重的模样，眉宇间是化不开的忧愁，说："成天耷拉着一张脸做什么？你要真有什么糟心事，就说出来，别老是闷在肚子里。"

"我知道了。"

苏蓉拿她软硬不吃的态度没办法，离开前最后说道："你这孩子也就答应起来爽快。"

房间安静下来，乔司月锁上门，把衣服塞回袋子，放进衣柜角落，回头看见玻璃窗上雾蒙蒙的，屋外的白色都变得模糊起来。

她跪坐在床头，在窗上画了个卡通图案——穿一身运动服的男生，背心上印着"15"。

半夜雪才停下来，第二天小院的廊檐、台阶上都积了层厚厚的雪。

吃完午饭，乔惟弋拉着乔司月玩雪。

方惠珍穿着一袭深红袄子，热水袋焐在怀里，坐在廊檐下看孙子打闹。

乔司月不敢把雪球砸到他身上，每回都落了空。

乔惟弋扮了个鬼脸取笑她："姐姐，你怎么老是打不到我呀？"

乔司月浅浅一笑，眼睛被飞絮浸得有些痒。

乔惟弋有午睡的习惯，闹腾过后，困到睁不开眼，打着哈欠回房间。

乔司月跟他一起上楼，回房刷题刷到四点，套上羽绒服，将五百块钱揣进兜里，路过庭院时，看了眼方惠珍，脚步不自觉快了些。

她到公交车站时，前一辆车刚走，等了差不多十五分钟，风雪不再寂静。

细碎的冰碴掉进乔司月眼睛里，她抬手揉了揉，眼尾在冷白灯光下有些发红。

林屿肆的身影在这时拐进她的视线，猝不及防的，她的心脏打了下鼓。

等红灯的间隙，男生拿出手机来刷，乔司月眼睛舍不得挪开，安安稳稳地落在他身上。

他的头发好像剃短了,露出清爽干净的眉眼。

乔司月反复斟酌着一会儿该如何跟他打招呼,他先看过来,脊背稍稍挺直。

绿灯。

林屿肆抬脚往踏板上用力一踩,停在乔司月身侧。

他两脚蹬着地,裤腿缩上小半截,露出的脚踝白皙清癯。

乔司月注意到他脚踝上面刻着一串字母,似乎是文身,但她没看清是哪几个字母。

"在等车?"

"嗯。"乔司月收回视线,飞快组织语言,"要去玩具城买个东西。"

林屿肆的指节缓慢扣着车把手,约莫五秒后,说:"上来吧,我送你。"

乔司月愣了下,连忙摆手拒绝:"玩具城离这儿挺远的。"

她还想说什么,对方直接拦下她的话头:"我知道,正好我也要去那附近,顺路载你一程。"

他从斜挎包里掏出一块手帕,递过去:"后座有些湿,拿去擦擦。"

话都说到这份上了,乔司月也不好拒绝,在指尖擦过他手掌时,心脏"怦怦"直跳。

凛冬已至,最高气温也不过五六度,这几天风一直没停下来过,刮在脸上自带降温效果,冰冷刺骨。

乔司月手指紧紧扣住座椅底部,竟也生出几分热意,掌心浮起一层薄薄的汗液。

一个急刹车,乔司月没做好准备,身子骤然前倾,避无可避地撞上他的后背。

她正要道歉,男生清淡的嗓音先响起:"抱紧了。"

三个字混在"呼呼"作响的风声里,乔司月没听清楚:"什么?"

林屿肆扭头:"抓紧我衣服。"

她温暾地应了声,在手指攥住他衣摆时,感觉呼吸都变轻了。

"哎,那是不是林屿肆?"街对面,张楠眯了眯眼睛,下一秒确定了自己的猜测。

沈一涵闻言转过头,倏地愣住。

后座女生背对自己,张楠嗓音有些迟疑:"那女生是谁?路迦蓝?"

不到两秒,她就改口:"不对,路迦蓝从来不扎马尾,还穿这种风格的衣服。"

沈一涵往前一站,阻隔张楠探究的视线:"我们回去吧。"

张楠顿了几秒后"哦"了声,没走出几步,回头看了眼,自行车转了个弯,女生的模样无遮无掩，她不由得愣了下。

车在玩具城门口停下，乔司月正准备跟林屿肆告别，男生先自己一步上了台阶。

微愣后，她跟上去，在模型前停住。

"你喜欢这种？"林屿肆有些诧异。

乔司月解释："送给我弟弟的。"

林屿肆双手插兜，漫不经心地"哦"了一声。

店员听到是给弟弟的生日礼物，很贴心地在盒子外包上一层彩纸，用丝带系成一个漂亮的蝴蝶结，最后装进礼品袋里。

林屿肆的手先伸过去："我来拿吧。"

接了个空，乔司月蒙了，转身见他一只手提着礼品袋，另一只手插在兜里，比声线更懒散的是他的走姿。

乔司月看过太多这样的背影，但那些男生多数是为了耍帅，潇洒是表面，刻意成分居多。

不像他，他的慵懒和恣意是浑然天成的。

林屿肆蹬开自行车的脚撑，几秒后将礼品袋挂在把手上，说："在这里等我会儿。"

乔司月应了声"好"，看着他走进隔壁的甜品店。隔着被擦到锃亮的玻璃窗，他的身形几乎没有停留，径直走到冷藏展示柜前，食指点了点第二排的巧克力慕斯。

他喜欢吃甜品，还是给别人带的？

乔司月想起他的外婆，一个打扮时髦、和蔼可亲的老太太，微微松了口气。

付完钱后，林屿肆拿着两块蛋糕离开，有短信进来。

他点开看了眼，眉心拧起。

林行知发来的。

林屿肆迅速摁灭屏幕，手机放回兜里。

见他脸色不太好看，乔司月没忍住问："出什么事了？"

林屿肆将其中一个蛋糕盒递给她，神情淡漠："没什么，收到一条垃圾短信而已。"

乔司月的注意力一下被转移："给我的？"

他"嗯"了声："送你回去？"

乔司月私心想跟他再待一会儿，但又不好意思一而再再而三地麻烦他，于是说："不用了，我坐公交车很方便的。"

林屿肆手指轻轻叩着把手，忽然问："乔司月，为什么要帮我？"

没头没尾的一句话，乔司月却很快反应过来，却想不到是谁告诉他的。

陷入难言的沉寂。

林屿肆难得耐心十足,也不催促,安静地看着她。

乔司月磨蹭一会儿,抬头看见他的目光还停留在自己身上,颇有一种不听到答案誓不罢休的架势。

"你没有做错任何事,不应该承受这些。"她磨着脚底的薄冰,轻声说,"而且我知道的,被人误解的滋味很不好受。"

一句话说得半真半假,掩去最真实的初衷。

"只是这样?"

林屿肆把车推到路边,而后侧身朝向她,两个人之间的距离随着他弓背的动作缓慢拉近,带点压迫感的视线与另一双写满慌乱的眼睛对上。

鼻尖扑来一阵清香,暂时失去辨认能力的乔司月没闻出来,只知道这会儿自己的心跳又快又乱,真心话差点脱口而出。

他却在这时收住咄咄逼人的气势,声线无意识地放柔:"你说的这个原因,建立在一个基础上。要是没有这个基础,你所做的一切都只能是无用功。"

话音中止,乔司月眼睫微垂,两秒后听见自己声音,在冷寂的环境里沉而坚定:"不会是无用功。"

她把围巾拢了好几圈,只露出了鼻子以上的部位。毛线帽压低了刘海,有一撮卷了起来,像是羊毛,软绵绵的。

哈出的热气下,眸子出奇的亮。

那样肯定的语气,林屿肆稍愣,连人带车停下:"嗯?"

深冬的天黯淡下来好像就在一瞬间,雪越来越大,在路灯投射的光束里洋洋洒洒地飞舞着。

乔司月在他半米外停下,抬头看到他认真寻求答案的眉眼。

她眼睫一颤,伸出手掌心朝上,雪花被温热的体温融化,心也跟着暖烘烘的。

"我相信你。"

你无惧风雨,坦荡清霁。
所以,我不是相信自己的判断。
我只是相信你而已。

乔司月扬起下巴,眉眼弯起来:"你是不会做出这种事情的。"

始料未及的答案,这会儿的林屿肆刚从盛薇口中听到真相时更加错愕,仅凭她是第一个如此直白地对自己说出"我相信你"这四个字的人。

从小到大,凡事他都习惯性地给自己留下一寸余地。

不去做到完美,并不是因为他不向往完美,而是想用这种方式告诉所有人,他没有什么不同，也应该拥有被允许犯错的权利。

即便如此，他还是获得不少艳羡和夸赞。可正因为这些长年累月积攒下来的褒奖，让他渐渐忽视了一个事实，那些恭维和崇拜说到底只是浮在海平面上的一层薄冰，深海之下是虚伪和见风使舵的本性。

有人能将你高高捧起，自然也能将你落脚的那块砖敲碎，让你从云端跌落，再摔个粉身碎骨。

而这些人，从来不会对他说这四个字。

记忆里，叶晟兰也从来没有对自己说过类似的话，她性格耿直，只会用行动证明她对自己的信任，更别提只会拿钱摆平一切的林行知。

这十七年里，他拥有了太多东西，唯独缺失了不问缘由的信任。

肆虐的风雪里，林屿肆止不住去寻女生的脸，也不知道这是第几次，又想起她跟她奶奶对峙的那一幕。

之前他觉得她的不抗争是麻木，后来又将此视为她的清高、不在意，现在看来，这更接近于她在用自己的柔软和坚强，维系自己最后的体面。

林屿肆敛神，笑起来。

他笑起来时，嘴角高高扬起，和他不笑时给人的感觉不太一样，更接近于校园文里浑不惮的校霸男主，线条张扬又锋利。

乔司月心跳漏了几拍，忽然听见他问："行，不送你回去，那要去看溜溜吗？"

林屿肆也不知道自己为什么会问这个，总之，今天发生的一切，好像都不太对劲。

乔司月眨了眨眼，无意识地"啊"了一声。

"一只小橘猫，你也认识，"他补充，"你还喂过它火腿肠，溜溜是我给它取的名字。"

听他这么一说，乔司月才有印象："那要去你家？"

她吞吞吐吐的，神色也有些为难。

林屿肆看穿她的心思，用开玩笑的口吻说："看出来了，我家有洪水猛兽。"

乔司月面上一阵羞赧："我不是这个意思。"

"我知道。"林屿肆跨上座椅，"溜溜在宠物医院，那地方离你家也近，到时候你自己回去。"

后路被安排得明明白白，乔司月只好点头坐上后座。

不多时，风里飘过来一道声音："抓紧了。"

乔司月在医院又见到了之前那位医生。

"我是不是在哪儿见过你？"赵逾明探究的视线投过去，眯了眯眼，终于捕捉到零散的记忆碎片,"上次是不是你带着你那萝卜头弟弟到我这儿一把鼻涕一把眼泪的?"

乔司月纠正他的话:"我弟弟不是萝卜头,上次我也没哭。"

赵逾明笑了笑,没拆穿她。

被看得浑身不自在,乔司月目光一偏,落在左上方的白色猫咪上,小小一只,眼睛像蓝宝石。

林屿肆从洗手间出来,赵逾明搭上他的肩,笑着问:"从哪里拐来的小姑娘?"

林屿肆拍开赵逾明的手:"同班同学。"

"原来只是同学啊。"

拖腔拉调的,很容易听出他的深层意思,林屿肆"哧"了声,懒得理他。

偏头见乔司月盯着某一处看,林屿肆上前打开笼子,将狮猫抱在怀里:"要抱抱吗?"

乔司月犹豫着没伸手。

"它乖得很,不会咬人的。"

乔司月这才轻轻摸了摸它的脑袋,见它温顺地缩成一团,胆子渐渐变大,将猫咪拥住。

过了一会儿,她想到什么,问道:"溜溜呢?"

赵逾明觉得这名字有些耳熟,花了三秒才反应过来,很有眼力见地将小橘猫从笼子里抱出来,不承想溜溜忽然变得暴躁,从他怀里挣脱,扑向乔司月。

乔司月僵在原地,这时眼前晃过来一道黑影。

她回神后,发现林屿肆的手臂正拦在自己身前。

乔司月心脏"咚咚"跳个没完,连忙问:"你有没有受伤?"

"没有。"林屿肆双臂垂落,神色看不出异常。

乔司月松了口气。

赵逾明将猫揪回笼子里,解释道:"猫都有很强的占有欲,这几天溜溜跟肆肆越来越亲近,明显把肆肆当成自己亲爹了,刚才看到肆肆抱别的猫,估计觉得自己要失宠了,暴脾气一下子上来,才会突然攻击人。"

后来那段时间,乔司月一直盯着林屿肆的手臂看,直到苏蓉的电话进来,催她赶紧回家吃饭。

林屿肆将她送到路口,折返回宠物医院时,目光穿过玻璃窗,不知道在看些什么。

赵逾明走过来,轻轻拍了下他的肩:"还看呢。"

林屿肆慢半拍地收回视线:"你刚才说什么?"

"没什么。"赵逾明似笑非笑的,"不过,那小姑娘到底是谁啊?"

林屿肆睨他一眼,眼睛直白地传递出"你什么记性"的质问,然后缓慢吐出四个字："壮年痴呆？"

赵逾明还是笑，反唇相讥道："不及你，傻小孩一个。"

说完，他从医药箱里拿出针筒。

"干什么？"林屿肆问。

"你说呢？"赵逾明撩起他的衣袖，露出手臂上几道明显的抓痕，"来来来，让赵医生给林屿肆宝宝打一针。"

林屿肆哼笑一声。

赵逾明继续唱独角戏："完了，看来咱林宝宝这是心病，没救了。"

这些似是而非的调侃，林屿肆并未放在心上。

直到多年后，他回想起在明港磕磕绊绊的十七岁，以及那些萦绕在心头，随着时间不断加深的懵懂情愫，原来都是从这一天开始了转折。

4

周一上午，沈一涵代徐梅芝传达了近期学校组织的活动：年级板报评选和元旦文艺汇演。

这两项活动，其他班级早一个星期就通知下去了，但徐梅芝考虑到临近期末，学习任务繁重，不想学生将过多的心思放在这种可有可无的活动上，拖到最后几天才下达通知。

鉴于文艺汇演节目不是一时半会儿就能敲定下来的，沈一涵决定先将相对较为轻松的板报任务安排好。

张楠提议道："我记得乔司月不是会画画吗？她这水平，我们班一等奖肯定跑不了。"

苏悦柠刚进教室，就被这番话气笑，一拍桌子："你不也挺能画的吗？怎么不见你去？"

"我什么时候说过我会画画了？"

"你这张嘴不是挺能画的？嘴巴一张，就能随便给别人画饼，那画个板报还不是小事吗？"

对方一针见血地揭开自己心里的阴暗面，张楠失去辩驳的底气，可也找不到合适的说辞，涨得脸红脖子粗。

一时间，教室里的氛围僵滞到极点，最后还是沈一涵出面调和。

"都别吵了。"她看向乔司月，"乔司月，你愿意吗？"

苏悦柠坐下，小声道："什么愿不愿意，整得跟婚礼现场一样。"

教室里很安静，乔司月也不知道这句挖苦有没有被沈一涵听到，扯扯苏悦柠的袖子，示意她别再说了，然后轻轻点了下头。

"辛苦你了，到时候有什么需要就来找我。"说完，沈一涵回到自己座位。

乔司月往她的方向看了眼。

不知道是不是光线问题，她看上去没什么精神，愁容满面的模样，和之前活泼开朗的气质截然相反。

斗嘴胜利的喜悦并没有维持多久，一想到张楠刚才那死德行，苏悦柠气就不打一处来："张楠凭什么这么对你，我看她也就只会窝里横了，在路迦蓝面前，还不是怂得什么都说不出来。"

听到这名字，乔司月微微恍神。

苏悦柠没察觉到，继续说："还有上次运动会，王宇柯不是最后才来问你报名意向吗，当时要是没人报三千米，你铁定被拉出来了。后来赵晓慧跟我说，这事就是张楠在背后搞鬼，是她让体育委员最后来找你的，就想把最苦最累的差事留给你。"

乔司月不甚在意地"嗯"了一声。

她这态度，让苏悦柠瞪大眼睛："你是不是早就知道了？"

乔司月点头："我听到了他们的谈话。"

"他们这么阴你，你不生气？"苏悦柠气到不行，一半为张楠的小人行径，另一半为的是乔司月与世无争到快要羽化登仙的态度。

"没什么好生气的。"乔司月接过奶茶，把其中一杯递到苏悦柠手里，"我和他们不熟，也不在乎他们，所以他们做什么，都伤害不了我的。"

这句话成功堵住苏悦柠的嘴，她一时竟也分不清乔司月这心态到底算大度还是消极。

苏悦柠吸完一口奶茶，想到一直被自己忽略的问题："张楠为什么老是针对你？"

乔司月随口胡诌道："可能是气场不和吧。"

苏悦柠眯起眼睛，对她的说辞持怀疑态度，但不想继续浪费时间在无关紧要的人身上，三言两语将话题带过。

乔司月昨晚有些着凉，上完两节课脑袋更沉了，鼻塞严重到只能借嘴巴呼吸。

她找徐梅芝签好跑操请假条，顺路去校医室开了盒药，回教室时看到沈一涵趴在座位上，压抑的啜泣声从臂弯溢出。

女生在伤心的时候格外敏感，听到脚步声，沈一涵倏地抬头，白净的脸上一片晶莹。

踟蹰几秒，乔司月递过去一条手帕。

沈一涵愣了愣，片刻才接下，手指用力收紧，帕子被压出明显的折痕："谢谢。"

"不客气。"

片刻的沉寂后，沈一涵叫住她。

"乔司月。"

她回头："嗯？"

"对不起。"

"你没做错什么，所以我不接受你的道歉。"乔司月看着对方，认真地说，"如果真要道歉的话，你让她自己来。"

沈一涵彻底呆住，在脸上的泪快要被风吹干前，终于反应过来——

原来乔司月什么都知道。

就在几分钟前，沈一涵和张楠在走廊上大吵一架。

"你为什么老是针对乔司月？"

沈一涵心里隐隐约约有一个猜测，但她还是想听张楠亲口说出来。

话说到这份上，张楠不再遮掩，直截了当地将自己心里的怨怼表露出来："现在只有我们两个人，你就别装了，其实你也是开心的吧，什么事情都不需要你亲自出面，坐享其成就行。"

沈一涵不敢相信张楠会说出这种话，本能地一愣："你怎么能这么说？"

张楠当她在装傻充愣，刻薄地"咻"了声："别告诉我，乔司月没有让你升起一点危机感。"

张楠打心眼里厌恶乔司月这种不争不抢、装作什么事情都不在意的冷淡态度。

明明她什么都知道，知道是自己在背后使绊子，也知道自己那些小心思，可她还是什么都不做。

这些落在张楠眼里，只有不屑一顾的清高和试图普度众生般的悲悯情怀。

乔司月就像一面有透视功能的镜子，清晰地映出每个人心中的丑恶。

广播声响起，将两人的对话盖住。

张楠顺了顺呼吸，抬高音量："班上这么多人，你知道为什么我只跟在你身后，只愿意帮你吗？"

见沈一涵哽咽着说不出话来，张楠替她回答："因为你太优秀了，家境、学习、长相，什么都好。"

张楠嗓音顿了下，继续说："如果是你的话，我会心甘情愿地接受。"

"你……"

"对，我也喜欢他。"

不是什么见不得人的秘密，但沈一涵还是想替曾经的朋友保留最后一层体面，所以没有跟乔司月提及这段插曲，而是没头没尾来了句："乔司月，你要加油。"

不像单纯的鼓励，还带点释怀意思。

可释怀什么？乔司月没听明白。

"他出事那天,我的第一反应是这件事会影响到他的未来吗?怎样做才能帮他把影响降低到最小值。"沈一涵眼眶通红,"你和我不一样,你不会去考虑这些方面,因为从始至终你都坚定不移地相信着他。这样看来,我好像也没有自己想象中努力。"

走廊传来窸窸窣窣的动静,沈一涵揩去眼泪,诚恳地说:"我祝你早日得偿所愿。"

女生间会有钩心斗角的你来我往,也会有惺惺相惜的理解与认同。

乔司月心微微一动,即便得偿所愿对她来说更像是遥不可及的梦想,但这会儿她还是应下了:"谢谢。"

板报两天后就要评选,时间紧迫,放学后乔司月多留了会儿。

林屿肆打完篮球回来,看见女生脚踩椅子,站在黑板前认真地上色。

"还不走?"

他态度熟稔,乔司月顿了几秒,摇头说:"上完颜料后,还得把字填上。"

林屿肆扫了眼留白面积:"他们把整张黑板都交给你一个人了?"

"本来有人帮忙上色的,"乔司月挠了挠有些发红的耳垂,"但我觉得他们搭配的颜色不合适,我就让他们回去了。"

沉默片刻,林屿肆手指轻轻敲了下黑板槽:"递一下。"

"什么?"

他偏了偏下巴:"粉笔盒。"

他要帮自己?乔司月觉得这猜测有些荒谬,但又忍不住期待起来。

林屿肆从里面拿出一支白粉笔,问:"要写什么?"

乔司月把提前准备好的稿子递过去,细白手指圈出几处。

林屿肆"嗯"了一声表示记下了:"我替你写,你去画画。"

霂安中学每天下午放学后都会有半个小时的歌曲播放时间,那会儿正好唱到周杰伦的《晴天》。

林屿肆的声音在"从前从前,有个人爱你很久,但偏偏风渐渐把距离吹得好远"后响起:"以后想做什么?"

乔司月反应过来后摇了摇头:"我不知道。"

她没说谎,现在的她,看不见自己的未来。好像也轮不到她期待明天,苏蓉和乔崇文早替她规划好了一切。

"画画吧。"林屿肆偏头看她,天气放晴,积雪上笼着一层薄薄的光晕。斜光照射进来,柔和了女生瘦削的面部轮廓。

乔司月没反应过来,一声"啊"脱口而出。

他收回目光,声音没有丝毫迟疑:"不喜欢?"

乔司月不自觉地屏住呼吸,许久才低声说了句:"喜欢的,很喜欢。"

她将白色颜料和黄色颜料混合均匀，把问题还回去："那你呢？"

她以为会得到确切的答案，不承想听见对方说："没想好。"

林屿肆单手插着兜，"唰唰"的落笔声响了一阵，偏头对上她的眼睛，清朗的眉眼间满是洒脱的少年意气："等到把想试的都试过一遍，总能找到答案。"

乔司月心脏剧烈地跳了几下。

这是她第一次为了别人的未来和理想胸口滚烫，却不知道他所谓的想要尝试各种各样的生活方式，不过是为了不让自己受困于同一个地方。

就像苏悦柠说的那样，他就像风，居无定所，可到最后，他却为了她停在原地整整九年。

高二整个年级一共上报十个节目，砍下四个，文科班只进了一个，恰好是十班苏悦柠改编的舞台剧《大话西游之月光宝盒》。

知道这消息后，陆钊死乞白赖地缠上苏悦柠："亲爱的苏导、柠宝，我能去你们班客串一下吗？不说男二，就冲着我这外形条件、演戏天分，怎么说也得是男三、男四吧。"

苏悦柠发出一道鄙夷的嗤笑："男三、男四可就太屈才了……"说着，她忽然笑起来，"想来客串是吧，那你去当盘丝洞里的蜘蛛丝吧。"

他们这几个人平时没少开玩笑，陆钊对她的话见怪不怪，没生气，但还是赏了她一个脑瓜嘣："我哪儿不行了，我改还不成？"

苏悦柠回敬一脚："你缺什么你自己心里没点数吗？"

她也说不出个所以然来，含混一句后，求助正在一旁走神的乔司月："司月，你和他说说，他到底缺什么了。"

乔司月无意识地接梗："自知之明。"

偏偏她说这四个字时，语气很认真，像真有这么一回事似的。

全场安静两秒，苏悦柠没忍住，捧着肚子笑到不行。

林屿肆握拳抵在唇边笑了几声，细长的眼尾上扬，眉宇间的郁结疏散不少。

乔司月这才反应过来，面上微窘，藏在碎发下的耳垂烧起来："我不是这个意思。"

陆钊已经被伤到了，摆摆手："别说了，懂的都懂，你就是在帮着他俩针对我。"

乔司月被堵得无话可说。

说来也巧，苏悦柠钦定的男主角在演出前两天伤到腿了。

十班有不少小团体，平时闹归闹，但真说起来集体荣誉感不比别班差，尤其到了这种能让势单力薄的文科生杀出重围的关键时刻，就算之前和另外两个文科班有过小摩擦，这会儿也都放下成见，握手言和。

参考众人意见后，陆钊成功捡漏上位。

考虑到徐梅芝对元旦汇演的敷衍态度，沈一涵去高一教学楼找到一间空教室，排练都在私底下进行。

演出那天，苏悦柠抽到第二个节目，除了女二号有几句台词卡壳、学女主角眨眼那段看上去像眼皮抽搐的毛病，表演还算顺利，最后收获了不少掌声。

作为总导演的苏悦柠松了口气，回到看台坐了五分钟，说："我饿了，我们去外面吃点东西吧，顺便叫上阿肆他们。"

四个人去的还是上次那家烧烤摊。

深冬气温跌到零下，这会儿烧烤摊已经换上了加厚的四角帐篷，凛冽的寒风被隔绝在外。

平时没少光顾生意，老板看见他们一行人，热络地打了声招呼。

几人吃完后，刚准备起身回去，陆钊的父亲陆啸突然出现。

他刚从城里进货回来，打算买点烤串带回去给儿子吃，没想到陆钊这会儿就在烧烤摊。

将剩下的烤串打包好后，陆啸领着他们找到停车位。

车在别墅区门口停下，苏悦柠和众人道别，陆啸也带着陆钊离去。

"那我先回去了。"乔司月看着苏悦柠进了别墅，偏头见林屿肆还停在原地没动，"你不回家吗？"

说完，有脚步声飘进她耳朵，两人的肩线几乎要持平。

林屿肆脊背稍稍弓起，视线倾轧而下，极具压迫感的姿势，却被他眼角眉梢的笑意柔和，声线也轻柔得过分。

"送你回去。"

乔司月的心怦然作响。

运气好，两个人赶上了最后一趟公交车。

乔司月这几天都没睡好，又陪苏悦柠疯闹一整晚，身子软绵绵的，没什么精神，困意袭来，昏昏沉沉地睡过去。

林屿肆刚合上眼皮，肩头忽然一沉，偏头看见，乔司月的脸浸在光影里，鼻梁挺直，微颤的睫毛纤长。

她皮肤很白，几乎看不见瑕疵，但和沈一涵那种养尊处优的干净，又或者路迦蓝后天养成的瓷白柔嫩不同，她的白更接近于病态的孱弱。

她的发色好像更淡了，可能是瘦的关系，显得轮廓深，带点混血的味道。

她睡觉时很安静，几乎听不见鼻息，车轮倾轧马路的声响在这时显得格外大。

没多久，公交车拐入一条明亮的主路，窗外灯影浮动，林屿肆看见乔司月的眉头皱了几下。

片刻，他抻长胳膊将窗帘掩实。

乔司月在摇摇晃晃中醒来，手摁住发酸的后颈转了几下，忽然想起一旁的男生，偏过脑袋。

他合着眼皮，似乎在睡。

到站提示音响起，乔司月犹豫着戳了戳他的肩膀，男生才睁开眼。

明港的建筑大多有种浓郁的年代感，仿古灯的灯光洒在青石板路上，影影绰绰。

乔司月在岔路口停下，从包里拿出用皮筋捆住的画纸，小心翼翼地摊开，平移到他跟前："这是我画的，送给溜溜。"

不知道是有心还是无意，林屿肆忽然蹦出一句："就一张？"

"最近没什么时间，所以只画了一张。等考完试，我再多画几张。"

沉默几秒，他无所谓地笑了笑："紧张什么，我也就开个玩笑。画得很好，溜溜会喜欢的。"

再转两个巷口就是乔家，林屿肆不打算送她到家门口，转过身，背对着她挥了挥手："走了。"

他的身形浸在灯光下，像镀了层金边，乔司月微微恍神。

耳边还回荡着他最后那句话，嗓音里含着与生俱来的笑意——"下次也给我画张吧，我想看看我在你眼里是什么样的。"

第八章
新年·烟花和冰激凌

1

第一节是徐梅芝的课,她早早来了教室监督早读,那会儿教室还是空空荡荡的,极静的氛围里,任何细微的声响都无所遁形。

她走到窗前,忽然来了句:"小小年纪就这样,长大还得了?"厚重的镜片也没能藏住她眼底毫不掩饰的刻薄。

乔司月就坐在靠窗位置,视野开阔。

她顺着徐梅芝的视线看去,空旷的操场,两侧花坛嵌着尚未融化的积雪,千篇一律的校服间两道身影格外引人注目,都是她认识的。

路迦蓝笑容明媚,柔软的发丝在风中摇曳着,她抬起手,往男生脸上探去。

乔司月怔了下,推开窗,寒风迎面扑来,吹得她脸颊刺痛。

紧接着,她看见林屿肆后仰的躲避动作。仿佛有所预感,他在这时抬起头,目光不偏不倚地迎了上来。

乔司月心脏猛跳。

向来如此。

他轻描淡写、不含杂念的一个眼神,就能让她心甘情愿地束手就擒。

前一秒钟的酸涩和苦闷在这一刻通通化为泡影。

瞥见乔司月心不在焉的神色,苏悦柠问:"你在看什么?"

乔司月转回脑袋,将窗户关紧:"路迦蓝。"

这个名字被乔司月一说出口,两个人齐齐一怔。

心思细腻在某种程度上是对自己的伤害和折磨，每次回忆起和林屿肆有关的事情，乔司月总能从琐碎中找出别人发现不了的细节，也能感受到他对路迦蓝明显不一样的态度。

　　至于究竟是什么样的感情，那双黑如曜石的眼眸完美地藏住这个答案。

　　伤怀后，乔司月又止不住开始想，林屿肆对自己到底是什么样的想法。

　　最近一段时间，他总会做出一些莫名其妙的举动，这些都超出了普通同学的界限，但又比不上他在面对路迦蓝时的自然。

　　当局者迷，旁观者清，她没理出个所以然来。

　　苏悦柠顿了好一会儿，才说："要是阿肆……"

　　她话还没说完，徐梅芝的目光循声扫过来，乔司月收敛翻涌的思绪，翻开英语课本，不动声色地将少女心事藏住。

　　一月中旬，高二年级迎来分班后的第一次大型考试，三天后出成绩。

　　徐梅芝把成绩单以照片的形式传到家长群里，乔司月一眼看到林屿肆的名字在自己上面，却只是第五名。

　　他的语文成绩较第一名差了一大截，起初乔司月以为他是发挥失常，后来听别人说才知道他这次的作文只字未动。

　　半斤八两，她的作文得分也创了历史新低，只因这次的命题为"父母是孩子最好的老师"。

　　答题期间，乔司月脑袋里时不时蹦出苏蓉和乔崇文的脸，记忆变得紊乱而模糊，像有一团解不开的乱麻将神经紧紧束缚住。

　　毋庸置疑，苏蓉是爱她的，只不过这份爱在乔惟弋和鸡零狗碎的现实面前多少显得苍白无力。

　　至于乔崇文，在家庭琐事上，他和苏蓉总爱一个唱黑脸一个唱红脸。他那看似温和的皮囊下，说出来的话伤人而不自知。

　　这些年，他们到底教会了自己什么，乔司月一直没想通，只知道她不能活成他们的样子。

　　林屿肆从年级第一掉到年级第五这结果出乎所有人的意料，打球时，陆钊想起这事，便提了句："你这次怎么回事？想要个性啊？"

　　林屿肆稍顿，勾起嘴角笑："最近反省了下自己，老占着年级第一也不好，总要给别人一点机会。"

　　男生抬高手腕轻轻一推，游刃有余地将球抛进篮筐。

　　陆钊发出一声冷嗤："你能不能要点脸？"

　　说着，他将篮球夹在腋下，从长椅上拿起一瓶水丢过去，问道："明天有空没？哥这次不是年级倒数，大发慈悲请你吃饭。"

　　"没空，得带溜溜去赵逾明那儿复查。"

"溜溜是啥玩意？"

林屿肆脸上浮了层笑意："我打算领养的猫。"

得知林屿肆这个决定后，赵逾明一脸迷惑："你真打算收养这小笨橘？我记得迦蓝对猫毛过敏，你不怕她知道了跟你闹？"

林屿肆一边抚摸着猫背，一边冷淡地说："她早就搬出去了，最近也很少见面。"

"你俩不是在一个学校？还能见不上面？"

林屿肆笑了声，没搭腔。

赵逾明没有打破砂锅问到底的习惯，拆了包猫粮倒进小铁盘，脑袋里忽然闪过一个看似荒唐但又在情理中的可能性："你是为了上次来我这儿那女生才决定领养小笨橘的？上次见你就觉得不对劲了，难不成……"

"难不成什么？"林屿肆眼皮轻轻一撩，把皮球踢回去。

"你少在这儿给我装，你什么德行，我还能不清楚？"

林屿肆还是笑，将红绳穿进食指，好整以暇地晃荡几圈，将话题带过："这个用来做什么的？给小宠物扎辫子？"

赵逾明瞬间被带跑，递过去一个"你是不是有病"的眼神："脚链你用来扎辫子？"

"那这个总是了吧？"林屿肆指着花花绿绿的编织绳。

赵逾明点头。

"你从什么时候开始囤的这些花里胡哨的东西？"

"没办法，现在很多人都喜欢把宠物打扮得跟人一样，我得紧跟潮流。"赵逾明指着另一边的三角巾说，"那玩意知道吗？系脖子上的，跟你小时候用的围兜一个道理。"

林屿肆慢悠悠地点了点头，目光扫至角落，眉梢微扬："你都一把年纪了，还用尿不湿？"

"那明明是宠物专用生理裤……我看你再养条狗算了，有事没事跟它比比，看谁才是真正的狗。"赵逾明凉飕飕地剜他一眼，逐客令下得坦荡直接，"行了，赶紧走吧，你一来，我这里的猫猫狗狗都快抑郁了。"

林屿肆懒散一笑，顺手拿了条黄白条纹的小围兜："记我账上。"

"你不是一向看不上这些花里胡哨的东西，拿去做什么？"

林屿肆修长有力的手指在猫背上来回抚摸，片刻后不紧不慢地说："别人有的，我家溜溜必须得有。"

林屿肆抱着溜溜打车回了别墅区。

车库里停着一辆黑色宾利，他眼皮倏然一跳，门一开，林行知的声音传到耳边。

"妈,出了这种事情您怎么不告诉我?"

"告诉你有什么用?等你从斯那什么破岛飞回来,黄花菜都凉了。"

林行知捏捏眉心,长途跋涉后的困倦藏也藏不住。

叶晟兰到底心软,觑见他一张劳累到快要升天的脸,态度不由得软下来:"事情都已经解决,就别再提了……你好不容易回来一趟,这次过年就留下好好陪陪你儿子。"

她还想说什么,林屿肆连人带猫无声无息地从面前经过。

林行知叫住他,语气沉而冷:"去哪儿?"

耳朵里灌进一句废话,林屿肆耐心全无:"不回房,留在这里继续看你表演?"

空气安静下来,也不知道僵持了多久,房门被推开。

"门口的快递我给你拿进来了。"路迦蓝蹬掉鞋,没注意到沙发上还坐了个人,视线落在快递盒上,"猫粮?你又养猫了?"

路迦蓝抬头去寻林屿肆的脸,却意外扫到一旁的林行知,她脸上的表情瞬间僵住,几乎是条件反射般地松开手,快递盒"啪"的一声掉在地上。

她把手背在身后,硬邦邦地叫了声:"林先生。"

林行知眼屎余光扫过去,重新落回到林屿肆身上。

从他脸上表现出来的厌恶和憎恨无孔不入地落进路迦蓝的眼底。

她强行挤出一个笑,调动全身上下仅存的力气朝他们摆摆手:"我先走啦,你们慢慢聊。"

几乎在同时,林屿肆的声音响起:"林迦蓝。"

路迦蓝猛地一怔,回头时脸上挂满不可置信。她背对着林行知,用口型无声地质问林屿肆:你疯了吧?

当着林行知的面这么叫她,这人没疯她还不信了。

林屿肆置若罔闻,一边抚着猫背,一边说:"林迦蓝,你跑什么?"

他太擅长在人的软肋上捅刀子,一刀不够,还非得给你转个三百六十度,怎么疼怎么来。

讳莫如深的话题猝不及防地被搬上台面,是不经意,还是做足准备的刻意?或许两者之间并没有明确界限,到最后只剩下能将人肺腑麻痹的窒息感。

林行知闭了闭眼,唇线绷得很直,胸腔里的躁动压迫着本就处于临界值的神经。

眼见事情朝着不可控制的方向发展,路迦蓝忍受着心口传来的钝痛,悄声离开。

林屿肆睨了眼神色阴冷的男人,拿起快递盒,回房前听见叶晟兰沉沉叹了声气:"这都是一些什么糟心事啊。"

林屿肆脚步顿住，身上的力气卸了大半，手搭在门把上，轻轻往里带。

　　他知道叶晟兰不比自己好受，但他心烦时，脾气又急又躁，要是和叶晟兰继续待在同一个空间里，没准还能在老太太旺盛的火气上再添一把柴。

　　林屿肆在床边坐下，长腿一伸，转椅被蹬开，砸到电脑桌，发出"哐"的巨响，墙壁上的油画都被震到歪斜几度。

　　油画上画着一家三口，可只有女人的脸是清晰的，另外两个人是模糊不清的轮廓。

　　江菱去世那年，林屿肆只有五岁，很多记忆已经模糊，唯一烙印在心里的画面，是江菱攥住自己肩膀，歇斯底里地哭喊着："我画不出来了，我怎么能画不出来？"

　　之后很长一段时间，江菱都无法朝前走，就这样陷在自己打造的乌托邦美梦和分崩离析的现实岔路口，最后只能亲手终结自己生命。

　　那段时间里，林行知又在哪儿？充当着什么样的角色？

　　林屿肆发现自己对此一点记忆都没有，仿佛童年里不曾出现过这样一个人。他至今不知道路迦蓝的存在是林行知出轨后的证据，还是真的如叶晟兰所说"事情不是表面看到的那般简单"和"林行知也是受害者"，更不知道林行知高价收购江菱成名作的用意。

　　是愧疚，还是怀念？或许只有林行知自己心知肚明，唯一能确定的是，江菱的离世或多或少与林行知有关。

　　林屿肆用力搓了把脸，将自己从负面情绪中拉扯出来，打开QQ，目光却停在最下方不动了。

　　昵称是简单的两个字：半月。

　　头像是个卡通人物，猫头人身，皮衣黑裤，银链垂在胸口，戴一副墨镜，脸圆乎乎的，两相结合反倒有种诡异的酷飒感。

　　像她自己画的。

　　林屿肆点开头像，发现他们的聊天记录只有两句话，还是在一个月前。

　　正准备退出，对话框弹出一条新消息。

　　是一幅油画，暖色调。

　　乔司月：我又给溜溜画了幅，你看看有哪些地方需要改的？

　　他一外行人哪懂这些？

　　林屿肆回道：挺好的，不用改。

　　乔司月回了个表情包，屏幕里的小姑娘脸圆圆的，扎一个马尾辫，不停点着头，模样乖巧可爱。

　　不得不说，和她本人还有点像。

　　太乖了。

　　怎么会有这么乖的人。

这种想法刚冒出不久，林屿肆眼前不自觉浮现出一幅画面：女生趁所有人都不注意时，将酒瓶踢到张巡脚下，害他摔了个四仰八叉。

要是他记忆没有出现偏差的话，那天她穿着一身白裙，裙摆下的两条腿瘦得跟麻秆一样，但那一脚确实威风凛凛，也确实聪明，不费吹灰之力就把一个快两百斤的胖子撂倒。

好像也不怎么乖。

或者说，她的乖是分场合的、分人的。

林屿肆忍不住想，要是自己能有她一半"因人而异、因地制宜"的温煦，他和林行知之间的关系也不至于像今天这般僵硬，几乎到了水火不容的地步。

他又想起赵逾明几个小时前提的问题。

在意吗？

好像有点。

最开始对乔司月的印象并不深刻，后来随着相处时间变长，他的心脏偶尔也会不安分地跳几下。

不过也只有短短几秒的工夫，像石头落入湖面，掀起一阵波澜后归于平静。

再后来，是她站在雪地里，坚定不移地说出那四个字——"我相信你"。

那会儿她眼里溢出来的光，快要吞没他。

直到今天，回想起这一幕，他心口还是热的。

两分钟后，消息提示音将他的思绪拉了回来。

乔司月：我以后能经常去看溜溜吗？

林屿肆微微抬了抬眉，敲下两个字：当然。

他手指在屏幕上敲击几下，备注那栏多出三个字：小月亮。

他刚退出，左上角弹出一条新消息。

路迦蓝：你下次再发疯，请别再拉我下水，我可受不起。

隔着屏幕，林屿肆都能感受到她的怒火，不过刚才确实是他理亏。

林屿肆：我的错，给你道歉。

路迦蓝不吃他这一套，发来一张照片，是对着她自己的身份证拍的。

路迦蓝：给我瞪大眼睛看清楚了，我姓路，和你们林家八竿子都打不到一起。

这次折腾出来的动静比以往都大，吃饭时，叶晟兰装作若无其事地抿了抿嘴："下次别再这么和你爸说话了，也别把迦蓝扯进来，她是最无辜的。"

林屿肆漫不经心地戳了几下米饭："又不是一次两次了，我以为你早习惯了。"

叶晟兰瞪他："你要是现在还只有十岁八岁，我保准不管你，但你自己掰掰手指头，你都快成年了，脑子发育早该健全了吧，怎么到现在跟人撒气还只会动动嘴皮子？"

被这番拐弯抹角地挤对后,林屿肆也不恼,嘴角扬了扬,但眼神还是冷:"行啊,那我下次直接动手?"

"我和你说正经的,你拿我寻什么开心?"叶晟兰气得给他一筷子,继续之前的话题,"对你爸态度好点,省得他到时候对你心灰意冷,再给你变个弟弟出来,和你争家产。"

见林屿肆一副心不在焉的模样,叶晟兰跟着放下筷子,双手交叠放在胸前,语气是前所未有的严肃:"外婆年纪大了,陪不了你多久,到那时候,你身边就只有你爸一个人了,咱听话别再折腾了,伤人伤己。"

"陪不了我多久?"林屿肆抬头看她,"怎么,你也想跟镇上的夕阳红乐队一起去国外演出?"

叶晟兰顿了两秒,哼唧一声,接过他话茬:"这得看你乖不乖,不乖我明天就打包行李。"

吃完饭,林屿肆又收到路迦蓝发来的消息,依旧充满火药味:你要是真把我当成林迦蓝,又为什么从来不愿意在别人面前提起我的存在?说到底,你的道德标准不比林行知高,相反,你比他更看不起我和我妈。

他没回。

2

小年那天,乔司月邀请苏悦柠来家里吃饭。

苏悦柠接梗很快,饭桌上的聊天声一直没停下来过,直到苏蓉一句:"大过年的,怎么你家就你一个人,你爸妈这么忙的吗?"

苏悦柠干巴巴地扯了一下唇:"他们是挺忙的。"

苏蓉还想说什么,一道声音插进来:"啤酒够吗?不够我去买些回来。"

乔崇文扫了眼脚下的空瓶:"再去买一打回来吧。"

乔司月点了点头:"好。"

苏悦柠简直不敢想象自己一个人被留在乔家,再被一番"狂轰滥炸"的画面,乔司月一起身,她跟着跳起来:"我和你一起。"

秉着地主之谊,苏蓉正想拦,还没来得及说话,视线里只剩下两道瘦小的背影。

巷口新开了家小超市,乔司月付完钱,问老板要了个袋子,和苏悦柠一人提一边。

回去的路上,乔司月忽然说:"刚才对不起。"

苏悦柠反应慢了几拍,无所谓地笑了笑:"那些话又不是你说的,你跟我道什么歉?不过,你妈说话这么……"她停顿片刻,"一针见血的吗?"

乔司月抿了抿唇:"其实……"这条路很安静,没什么人经过,她的声音却轻到几不可闻,"在家里,我最害怕的人是我爸。"

风穿过光秃秃的枝丫，扑到乔司月身上，脖颈处传来刺痛，她拉紧围巾，这才好受些。

"为什么呀？你爸看上去……"苏悦柠斟酌了下措辞，到最后也只蹦出一句，"是个好人。"

乔司月脊背不由得弯了些："你不是问过我，为什么总要去揣测别人的想法吗？"

习惯性地去观察别人的一言一行，从中抽离出他们最真实的情绪反馈，以便做出恰当、也是最不遭人厌烦嫌弃的回应，这是她为自己制定的一套自我防御机制。

"因为只有那样，才不至于让自己在遭受伤害的时候毫无防备。"乔司月低头看向脚尖，"但我爸不一样，他的话总是防不胜防的。"

"你以后会知道的。"她没把话说全。

苏悦柠没想到"以后"会来得这么快，准确来说是在话题转入"以后打算读什么专业"后。

苏悦柠实话实说："我还没想好呢，走一步算一步吧。司月，你呢？"

"心理学。"乔司月不带犹豫地回答。

乔崇文抬眼，不疾不徐地插话进来："你自己的心理问题都这么严重了，还想着去治人？"

气氛迅速陷入一种诡异的沉默。

乔司月是不在意，苏悦柠怔住，其他人是没什么话好说。

一顿饭吃得味同嚼蜡。

苏悦柠担心乔司月还想着刚才的不愉快，提议道："我听说市民广场今晚零点有场烟花秀，我们去市区住一晚吧，把陆钊和林屿肆也叫上。"

乔司月有些心动，但想到苏蓉的脾气，摇头说："我妈不会让我出去的。"

苏悦柠沉默了几秒："你在这里等我会儿。"

也不知道苏悦柠和苏蓉说了些什么，苏蓉最终点头答应。

苏悦柠兴冲冲地拦下一辆出租车，乔司月站着没动："我想回去……"

苏悦柠没给她把话说完的时间，担心她反悔，急忙制止，"你答应我了的，而且你妈也同意了。"

乔司月："我没反悔，只是想回去拿下换洗的衣服。"

她不反悔，但不能保证苏蓉不会反悔，苏悦柠没有让司机掉头："没事，我家有没穿过的。"

一来一去，耽误了差不多二十分钟，出租车在明港西站附近停下。

乔司月远远望见一道熟悉的身影。

燕麦色长款大衣搭配一件白色连帽衫，咖色格子围巾松散地绕了两圈，浅蓝水洗牛仔裤下是一双帆布鞋。

林屿肆很会穿衣服，这是乔司月认识他没多久就得出的结论。

他换了个姿势，反手撑在栏杆上，右脚尖点地，没睡饱似的，眼皮耷拉着，在她们走过来前，懒散地打了个哈欠。

乔司月脚步无意识地变快，距离拉近——迎着光，他的脸变得清晰了些，眼下有两道青黑色印记，疲惫的状态让他整个人看上去冷硬又疏离。

听见脚步声，林屿肆眼皮撑开些，哑声道："陆钊五分钟后到。"

路上拥堵，八十分钟的路程被拉长至两个小时。

苏悦柠指挥陆钊去买了一打仙女棒回来，抽出几根递给乔司月。

两根燃尽后，她回头看见乔司月在发呆："你不会没玩过仙女棒吧？"

她的语气更接近"你家人连这个都要限制你"的不可置信。

乔司月一动不动盯着跳跃在夜色里的火光，轻轻摇头："以前住我外婆家的时候，每到除夕夜都会玩的。"

但每回她都只是捏住细棒，安静看着它燃烧，不像表妹她们，喜欢挥开双臂，蹦蹦跳跳地抡出两个大圆圈。

"司月，有时候我觉得你成熟得过分，比如现在。"苏悦柠捏捏她的脸，发觉触感和刚认识她那会儿不太一样，脸上的肉似乎回来了些，下颌线也不是夸张的嶙峋。

这会儿她两颊被羊毛围巾焐到泛起红晕，眼睛在烟火辉映里亮晶晶的，小女生模样，但脸上没什么笑容，平白给人一种故作老成的感觉。

乔司月知道自己不在状态，但她没告诉苏悦柠，早上路过父母房间，听见里面说起关于转学的事情。

前面大半部分她都没听见，也不知道他们讨论的对象是不是自己。

苏悦柠问："你生日是在十月对吧？"

乔司月敛下焦虑："嗯。"

"我们年轻人生日按阳历算的，所以就算今天过去，我们也不到十七岁，没成年就还是小孩子，小孩子有放飞的权利，所以……"苏悦柠笑着去拉她的手腕，在半空画了个大大的圆圈。

闹完后，四个人在江边看了会儿烟火秀。

不知道从哪儿拥上来一群人，一个劲将他们往里挤。

乔司月下意识想去拉苏悦柠的手，可摸到的却是另一个人的。

触感不像女生的那般细腻柔滑，浮着层薄薄的茧，手掌宽大。

她试图让自己看上去毫无异常，但胸腔里的躁动和湿漉漉的掌心还是出卖了她最真实的情绪。

乔司月正要收回手,被他抢先一步握住。

"这里人多,容易走散。"林屿肆扭头看过来,半明半暗的光影下,轮廓深邃且锋利,漆黑的瞳仁难辨情绪,"抓紧了,我们先出去。"

没走出几步,她忽然停下。

林屿肆回头:"怎么了?"

"走不动了。"乔司月垂下眼帘,瓮声瓮气地说,"腿软。"

林屿肆瞥见她额角的细汗:"不舒服?"

她总不能说是因为他,这太没出息了。

于是她索性保持沉默,只管摇头。

早在不知不觉间,他们已经远离人流,行人稀稀拉拉的,林屿肆规划好离开路线后,背朝她蹲下:"上来,我背你。"

像老式电影的镜头,每一帧都被放得无限慢,所有细节暴露无遗。

乔司月的心脏在此刻快要跳出来,好半会儿才找回声音:"不用了。"

林屿肆保持蹲立的姿势,扭头撩起眼皮看她。

乔司月眨了眨眼睛,不太自然地避开他的视线:"又能走了。"

为增加可信度,她重重蹬了几下地。

林屿肆一阵无言。

苏悦柠的电话打破僵持的气氛。

"我们找到了一家甜品店,你俩快过来啊。"

乔司月应了声"好",脚尖转了一圈才找准方向。

"去哪儿?"林屿肆抬手钩住她的卫衣帽子。

乔司月停下:"去找他们。"

他双手插回兜里,点头表示理解,声线轻慢:"他们玩他们的,你去凑什么热闹?"

乔司月突然不知道该说些什么。

"走吧。"林屿肆迈开腿。

"去哪儿?"

"睡觉。"

还没等乔司月弄清楚状况,人已经傻愣愣地跟着男生走进一家宾馆。

前台的眼睛在他俩身上转了一圈。

林屿肆上前一步,和前台说明陆钊他爸已经打过招呼,并拿到提前开好的房间的房卡。

房间是相邻的,乔司月在自己房间待了会儿,忽然有些口渴,扫到矿泉水瓶上的标价后,犹豫片刻穿上外套,打算去楼下的便利店买水喝。路过林屿肆的房间时,她脚步稍顿。

估计是林屿肆粗心,门没关严实,她屈指敲了几下,隐约听到里面有人应了声。

乔司月慢吞吞地进门,男生的身体线条撞进眼底。

没有长期混迹于健身房的成年男性身上贲张的肌肉,他的肌肉线条紧实匀称,腰腹两侧没有一点赘肉,牛仔裤松松垮垮地套着,露出一小截藏青蓝内裤边。

乔司月整张脸以肉眼可见的速度攀红,猛地闭上眼睛,存留在脑海里的画面却格外清晰。

林屿肆从椅子上捞起卫衣,一转身,就看见了杵在门边的人。

"对不起。"被抓了个正着,乔司月舌头都捋不直了,忙不迭转过身去。

背后飘来一道若有似无的轻笑,她的脸臊得更厉害了,急忙说:"我要下楼买水,你要什么,我给你带一瓶。"

"一起吧。"

乔司月暗暗舒了口气,余光里男生已经套好卫衣,长臂越过她肩头,将房卡拔下。

干脆利落的动作,却让她心痒了几分。

快深夜十二点,苏悦柠才回来,房间亮着灯,乔司月正靠在床头不知道在画些什么。

"对不起啊,要是知道你在等我,我就早点回来了。"苏悦柠边卸围巾边说。

乔司月冲她一笑:"没关系,我也睡不着。"

洗完澡,苏悦柠钻进被窝,瞥见素描纸上的人像,中肯地点评了句:"我证明,阿肆的身材确实有你想象中的这么完美。"

"不是想象的,"乔司月轻声说,"我晚上亲眼看见的。"

空气安静几秒。

"什么?"苏悦柠的音量瞬间拔高几度。

乔司月做贼心虚,飞快捂住她的嘴,耳垂烧得有些红:"你轻点。"

苏悦柠吐了吐舌头。

乔司月解释:"是我不小心看到的。"

第二天,苏悦柠拉着乔司月在市区逛了一圈,两个男生对逛街购物不感兴趣,窝在宾馆玩了一整天的游戏,各自吃完晚饭后,在车站会合。

迟迟没等来人,乔司月和苏悦柠先上了大巴。

考虑到苏悦柠,乔司月识趣地坐到了后排。

陆续有人上车,乔司月打开车窗,单臂搭上窗沿,懒懒地支着下巴,风阴冷潮湿,却吹得她脸颊滚烫。

她从包里摸出手机,耳机插上没多久,旁边的座位一沉。

"你在听什么?"

"《枫》。"

这是林屿肆下午分享到空间里的歌。

乔司月迟疑几秒,又说:"我刷动态的时候,有看到你分享的那些歌,觉得好听,就收藏了。"

其实是她特意点开他空间才看到的,怕他发现,事后又把访客记录删了个干净。

林屿肆漫不经心地"哦"了声,将其中一个香草味的冰激凌递过去,然后低头,奶油味在舌尖漾开。

真甜。

几分钟后,大巴发动,绕着海岛转了一圈。

林屿肆放下手机,视线偏过去几度。

车窗外,深蓝色的海水泛着盈盈波光,女生的侧脸在薄光里干净漂亮,唇上沾了些奶渍。

想起刚才舌尖甜腻的味道,他目光顿了顿。

乔司月有所预感地转过头。

熟悉的沁柠水气味在鼻尖发酵。

目光精准地迎了上去,她心跳一滞,错开视线后,下意识抹了下嘴唇:"我嘴上有东西吗?"

安静片刻,林屿肆坐回去,好整以暇地支起腿,随口胡诌道:"冰激凌亲你嘴了。"

后来那一段路,乔司月的心跳在海风吹拂下缓慢平复,紧绷的神经也渐渐松弛下来。

昨晚和苏悦柠闹到很晚,今天又在外面逛了一天,精神松懈后,听着耳旁窸窸窣窣的风声,她很快进入睡眠状态。

盯住她头顶的发旋看了几秒,林屿肆眼皮稍抬。

车内灯光调得极暗,映出车窗上交叠的人影。

不多时,大巴转入高架,车流量减少,车速越来越快,灯影被拉成长线,模模糊糊地映进眼底。

林屿肆调整肩膀高度,闭眼假寐。

大巴在明港西站停下。

一下车,乔司月的手机响了声。

苏蓉:到哪儿了?

乔司月撒了个谎:还有差不多十分钟到站。

乔司月:你们不用过来了,我下车后直接去找你们。

苏蓉没再回。

她刚把手机放回口袋，苏悦柠的声音传过来："司月，我先回去了，年后见。"

乔司月笑着挥手："年后见。"

她敛了敛神，在茫茫夜色里去寻另一张脸，不料对方主动进入她的视线。

"你待会儿要坐公交车回去？"

"我妈和我弟在镇口等我。"

林屿肆双手插兜，懒懒散散地说："那送你到镇口。"

乔司月拢围巾的手一顿，几秒后快步跟上去。

今晚小镇看烟花的人特别多，本就不太宽敞的马路被堵了个水泄不通。

林屿肆在岔路口停下："先走了。"

乔司月食指挠了挠手心，轻轻"嗯"一声："路上小心。"

林屿肆看她一眼，想说什么又忍住了，抬脚往反方向走去。

街上车马喧嚣，人行横道上人潮涌动，乔司月看见他忽然停在拐角不动了，由着来往的路人不时擦过他的肩膀。

乔司月张了张嘴，正想叫他，几乎在同一时刻，余光里出现苏蓉和乔惟弋的脸。

她心跳"咚咚"作响，手心也渗出密密麻麻的汗，到嘴边的话卡在嗓子眼，不上不下的。

她看着他侧过身，漆黑的瞳仁被烟火映得透亮，目光有一刹那的飘忽，随后缓慢又平静地迎过来。

"乔司月，新年快乐。"他小声地说。

这一幕，被她永远地保存在十七岁的晴空里。

她用口型回了他一个"新年快乐。"

乔惟弋眼尖，在人海中一下子捕捉到乔司月的身影，蹦蹦跳跳地跑过来，一把环住她，小脸蹭蹭她的手臂："姐，你回来啦。"

苏蓉快步跟上，环视四周："你同学呢？"

"都回家了。"乔司月飞快扫了眼街角，男生的背影已经淹没在人潮中。

在烟花升空的那一刻，不设防的，她又想起在大巴上的画面。

男生清明的眼睛、融进空气里干净的沁柠水味，以及拖腔拉调的低磁声线。

3

年后，乔司月随父母回了趟南城。

外婆说："气色比上次来好多了，是不是胖了些？"

乔司月点点头："重了三四斤。"

外婆比比她的胳膊和大腿："还是太瘦了，回去让你妈好好给你补补。"

乔司月笑了笑，转头看见外公又白了不少的头发，心里像堵着一团棉花，又酸又胀。

她从兜里摸出攒下来的几百块钱塞到外婆手里，老夫妻俩说什么也不肯收，她只好把钱收回去。

下午苏蓉去批发市场买年货，乔司月跟去，用自己的零花钱给外公外婆买了几盒手剥核桃和小酥饼。

一家四口当天晚上回的明港，之后那几天，乔司月一直窝在家里刷习题。

开学前一天，苏悦柠带着一袋特产来找乔司月，说是去外省旅游带回来的。

乔惟弋从乔司月身后探出半个脑袋，大眼睛一个劲地往袋子里瞥。

乔司月唇线微微一牵，拍拍他圆乎乎的脑袋："拿去吃吧。"

乔惟弋眼睛倏地弯起来，挑了包猪肉脯，嚼得满嘴油。

乔司月邀请苏悦柠去自己房间坐坐。

苏悦柠看了眼正坐在沙发上看电视的方惠珍，把头摇成拨浪鼓，声音压得很低："我就不进去了，你奶奶太凶了。"

乔司月被她夸张的表情逗笑："哪有你说的那么吓人……对了，你这次是和你妈妈一起去旅游的吧？"

苏悦柠"嗯"了一声，想到什么，音调突然高了好几度："她那女儿今年也就十岁不到，你是没看到，那小嘴可厉害了，当面一套背后一套算是被她玩明白了……不过，我也能理解，家里忽然多出一个陌生人，这人还可能分走自己一半的宠爱，换谁谁都不会喜欢的。"

明知她没别的意思，乔司月还是不由得想起乔惟弋，心口微微一闷，不过也只有短短几秒钟。

"其实我妈这次主动联系我，我挺开心的，以为她是想和我培养感情，但事实证明我又想多了。"像感觉不到疼似的，苏悦柠指甲反复刮擦着指腹，神色淡了几分，"她的新公司好像出问题了，需要一大笔资金周转，就惦记上了我爸这些年存在我账户上的钱……哪有这么便宜的事，我又不是她的提款机，想扔就扔，想取就取。"

关于家庭琐碎的话题，她们向来点到为止，这次也是。

临走前，乔司月抱住苏悦柠。

苏悦柠被她突然的举动吓了一跳："这是你第一次主动抱我哎。"

乔司月弯起眉眼笑了笑。

正月十六，高一、高二正式开学。

徐梅芝拎着一篮鸡蛋出现在教室，严肃地说："以后这种东西别送来，我不会收的。"

她抬抬眼镜，银色镜框在灯光下折射出冰冷的弧度。

新学期座位还没调整,苏悦柠就坐在乔司月身边,她凑过去,低声解释道:"我早上去她办公室,碰上谭雁的爸爸了,这篮鸡蛋就是他送的,说是感谢她对谭雁的照顾。"

窸窸窣窣的交谈声响起,徐梅芝重重拍了几下桌子:"这件事到此为止,现在继续早读,别以为新学期刚开始就能松懈一会儿,你们在玩的时候,别人可都在努力。"

徐梅芝走后,苏悦柠"啧"了声:"装得倒比包青天还廉洁,背地里还不是干那么多事。"

乔司月看了眼坐在第一排靠墙位置的女生,瘦瘦小小的,脊背像被千斤重的秤砣压住,头几乎要垂到课桌底下。

她没忍住问苏悦柠:"什么事?"

苏悦柠不屑地撇撇嘴:"班上好几个同学、家长逢年过节都给她送过东西,还有李杨那浑球,就他那成绩,能进实验班有鬼了……她把话说得这么好听,还不是嫌弃人家送的东西太廉价,看不上眼呗。"

苏悦柠撑着下巴叹气:"说实话,我想盛老师了,她真的回不来了吗?"

几天前,乔司月去盛薇家也问过同样的问题。

盛薇没给出一个确切答案,但乔司月从她的反应推测出她大概率是没法回到霖安继续授课了。

开学第一周,徐梅芝又定下不少新规矩,比如饭卡每周一由生活委员统一去食堂充值、自习课上如果没有特殊情况,不准离开教室超过五分钟,违纪者扣思想品德分。

下午班会课上,徐梅芝人手一张《高考志愿表》,同时强调道:"高二是最关键的一年,特别是这学期,我希望你们能提前做好规划,对自己的未来负责。"

估计徐梅芝也在群里和家长说了这事,当天晚上在饭桌上,乔崇文将之前的话题拎出来,一开始是试探,见乔司月一副刀枪不入的模样,索性把话挑明白说:"你一文科生念什么心理学?"

乔司月嚼着丸子,头也不抬地说:"心理学文理都能念。"

乔崇文质疑:"这东西念出来能干吗?以后当心理医生去?你能治得好别人?"

一顿饭在鸡飞狗跳中草草结束,回房后乔司月拿出志愿表,笔帽打开又合上,反复几次,脑袋里时不时闪现林屿肆的脸。

他有足够的底气去尝试各种各样的东西,但她没有试错的权利,孤注一掷对她来说,所付出的成本和代价太过昂贵,可要是就这样妥协,似乎又有点不甘心。

要不试一下？
这种念头一升起，乔司月自己都怔住。
一整晚她精神都处于亢奋状态，仿佛未来离自己只有咫尺距离。
乔司月恍惚意识到，她好像真的开始对明天有了期待。

第九章
她一个人的兵荒马乱

1

放学前,林屿肆收到路迦蓝发来的消息。

"找我做什么?"他问。

路迦蓝靠在墙角,脑海里忽然浮现出一张白净的脸,下巴尖瘦,眼睛大大的,双眼皮褶子挺明显,整个人有些怄,美得没什么攻击性。

她抛出一个烟粉色丝绒小方盒,林屿肆条件反射地抬手接过,方盒落在手中,分量算不上轻。

他对盒子上的图案很熟悉,是林行知钟爱的品牌。

林行知出手一向大方,就算再不待见这突然冒出来的女儿,物质上也不曾亏待过她。

"把东西还回去,谁稀罕他的施舍。"

闻言,林屿肆把方盒搁在左手边的木桶上:"飞国外去了,我也见不到他。你嫌恶心,扔了或者卖了。"

懂了,这是不打算替她还的意思。

那点可怜的自尊心在金钱压力下,成了无足轻重的泡沫,路迦蓝把礼物收回去,又拿出一根棒棒糖含在嘴里。

林屿肆刚走出几步,远远捕捉到一个熟悉的身影。

他缓慢收住脚步,靠在墙边不动了,目光跟随着她。

路迦蓝顺着他的视线看过去,女生低着头,校服抱在胸前,马尾辫在半空一晃一晃的，脖颈很细，颈侧肌肤白到晃眼。

路迦蓝嘴角勾起了终于胸的笑意，低头跺了跺有些发麻的脚，意味不明地来句："说实话，我真挺羡慕她的。"

天色渐暗，她淡到缥缈的嗓音又响起："不，是忌妒。"

第二天，林屿肆将溜溜带到学校。

陆钊瞪大眼睛："你疯了？把宠物带到学校来，不怕被你班主任连人带猫给削了？"

林屿肆弓着背没看他，细长手指抚着小橘猫，漫不经心地说："不被发现就好了，溜溜会乖的。"

喂完餐，溜溜蜷身躺在太阳底下，舒服得眯起眼睛。

林屿肆"哧"了声，揪揪它的耳朵："吃饱就睡，把自己当猪养呢。"

溜溜眼皮抬了抬，换了个姿势，拿后背对向他。

放学路上，乔司月遇到林屿肆，看见他怀里的小橘猫，愣了愣。

"它好像……"乔司月稍顿，"圆润不少。"

林屿肆斜眼睨过去，拖腔拉调地说："前不久刚和一头猪结拜成兄弟，羡慕那一身膘，想给自己也整一套。"

乔司月伸手摸了摸溜溜圆乎乎的脑袋，溜溜发出一声舒适的"喵呜"。

这时有人喊了声："乔乔！"

被苏蓉意味不明的目光烫到，乔司月猛地收回手，背在身后，整个人僵硬得像块铁。

倒是林屿肆自然地挥手打了声招呼。

苏蓉若有似无地"嗯"了一声，然后看向乔司月："你跟我回去。"

乔司月往前走出几步，又回头看了眼林屿肆，什么也没说，转过身，小心翼翼地跟在苏蓉身后。

快到家门口时，苏蓉扭头盯住乔司月的眼睛看了会儿："以后我送你上下学。"

乔司月以为苏蓉只是说说而已，直到第二天下午放学，在校门口看见她坐在电瓶车上，抻长脖子往里探，才知道她是认真的。

那一刻，乔司月恨不得钻进地洞里。

这种种都让她感觉自己回到了三年前，夏萱还在那会儿。

苏蓉也是这样滴水不漏地提防着她身边的所有人。

苏蓉实施的禁令，在一定程度上对乔司月的学习产生积极作用。

这三个月里，乔司月被限制出行，只管闷头刷题，成绩有了显著的提升。

这次期中考试连一向不擅长的地理，也破天荒地考了满分，总分在年级第二。

乔崇文喜上眉梢，跑到苏蓉跟前替女儿说了几句好话。

苏蓉说："放她出去，继续被那些学生带坏吗？"

"你看看她最近又瘦成什么样了。"说着，乔崇文忽然压低音量，"更何况，成天把她关在家里，不怕她憋坏了？"

听他这么说，苏蓉也觉得自己这次做过头了，但一时又磨不开面子，"解禁"的决定还是乔崇文代行通知的。

后来那一周，乔司月都是自己骑车去的学校。苏蓉请长假回南城了，家里没人做饭，乔崇文便给了乔司月一笔零花钱，让她放学后在学校附近吃点。

乔司月随便找了家面馆，馄饨刚上桌，身后的斥责声传至耳膜。

"妈妈没有责怪你的意思，一次没考好没关系，下次别再犯这种错误就行了，知道吗？"

"你应该知道我在你身上倾注了多少心血，千万别再让我失望了……还有你爸爸，你要变得足够优秀，让他看看，他当初抛下我们的选择有多愚蠢！"

从头至尾，乔司月只能听见女人的声音，饱含怒气和失望。

相似的腔调与言辞，她在苏蓉和乔崇文那儿听到过几次。

她一直没有回头，以至于她不知道女人是在唱独角戏，还是通过电话的方式掌控着另一个人的思想。

直到另一道声音出现。

她脊背僵住。

许岩的嗓音特别容易辨认，和林屿肆清朗的少年意气不同，他的声线很沙哑，有种老旧机器齿轮相互摩擦时产生的撕扯感。

总之，是不属于他这个年纪该有的深沉和冷郁。

乔司月无意窥探许岩的秘密，但女人听不见她内心的抗拒，继续喋喋不休。

"这次的第一，又是你们班上那林屿肆。"

"嗯。"

"那第二名是谁？沈一涵？"

许岩迅速抬了抬眼皮，说出一个名字。

乔司月感觉背后刮来一阵凉飕飕的风。

女人回忆好一会儿也没能从脑袋里揪出关于这个名字的任何印象，估计是匹半路杀出来的黑马，她长长地叹气："你看人家都在进步，就你跟坐过山车一样……算了，我也不指望你的水平能把第一名挤下去，守住第二名就行。"

许岩："我知道了。"

女人这才满意地点了点头，对上许岩艰难的吞咽动作，拧着眉心教育道："别浪费，把自己点的东西全都吃完。"

身后的动静渐渐淡去。

乔司月心里数着时间,过了差不多两分钟,她才转过头。

自动门正好打开,进来一位穿着蓝白校服的男生,他一丝不苟地将拉链拉到锁骨处,脸很瘦,衬得脸上的口罩大得突兀。

两个人的视线在半空相交,空气有了一刹那的沉寂,仿佛在进行着一场拉锯战。

许岩也没说话,径直朝她走过来,眼神肃冷。

乔司月被他盯得头皮发麻,别开眼,无意识地往旁边挪了挪,余光看见一只瘦白的手从自己肩头缓慢越过,落在黑色折叠伞上。

他手指收紧,忽然说:"拿个伞。"

每次大型考试成绩一公布,徐梅芝就会组织全班换一次座位,这次又轮到乔司月和许岩同桌。

两个人都沉默寡言,平时各干各的,除了那次在便利店许岩帮她摆脱陈帆的骚扰,两人才算真正有了交集。

虽然不知道他当时出于什么心态,但说到底最后也帮到了自己,乔司月至今对他怀有一丝感激,所以并不反感和他同桌。

而这一切的前提是,她没有探听到他的秘密。

彼此相安无事地过了一周,第二周的周二早上乔司月到教室时,看见许岩坐在座位上,带着满脸的伤。

她愣住,犹豫很久从书包里摸出创可贴,推到他跟前。

许岩盯着创可贴看了会儿,哑着嗓子说:"我看不到伤口。"

"你可以去洗手间对着镜子贴。"

乔司月没再看他,低头刷起竞赛题目,忽然听见一声轻笑。

以为是错觉,她抬头看过去,撞上许岩嘴角来不及收回的笑,微微一滞。

第二节是赵毅的课,下课后他把乔司月、林屿肆、许岩和沈一涵叫到办公室。

"这次是省级比赛,难度系数和竞争强度与你们上次的市联赛不在一个级别,当然奖励也丰厚,全省前二十名还有高考加分。你们回去考虑一下,有意向的到时候来我这里报名。"

乔司月若有所思地垂下眼。

"你有什么问题现在就提出来。"赵毅这句话是对着林屿肆说的。

"我能有什么问题?"林屿肆耸耸肩,不甚在意地哼笑。

赵毅想起他的"丰功伟绩"就一阵心梗,气到直接把手边的纸团丢他身上:"你没问题,我看这里最有问题的人就是你……这次要是再给我弃考,我就把你头塞进课桌里。"

乔司月心事重重地离开办公室,步子迈得很快,林屿肆盯住她的后脑勺看了一路。

这个年纪的女生都爱漂亮,学校不允许烫发染发,她们就在发饰上下功夫。乔司月却永远一副素净到不行的打扮,扎的也是再简单不过的纯黑发圈。

但今天好像有点不同,蓝白条纹蝴蝶结,跟人挺衬,干净又清爽。

他忽然想起赵逾明那一整排的小饰品,脑袋里蹦出一个念头:溜溜有的,小月亮也应该有。

没几秒,陆钊的话又一次在耳边响起,林屿肆上扬的嘴角瞬间绷住,视线忍不住偏了几度,落在另一侧。

许岩冷冰冰的眼神在这时投射过来。

林屿肆眯了眯眼,片刻收回视线。

乔司月前脚刚回教室,李杨后脚进来,路过她座位时,刻意放缓脚步,用铆钉手套擦着她头皮而过。

乔司月疼得倒吸一口凉气。

始作俑者笑到前仰后合:"抱歉,手滑。"

嘚瑟不过五秒,人就摔了。

林屿肆收回脚:"抱歉,脚痒。"

这段插曲发生时,乔司月已经离开座位,只听到一声闷响,但她没放在心上,去洗手间洗了把脸,五分钟后才回教室坐下。

她长发散在肩上,吹得林屿肆心里有些痒。

"发绳呢?"他拿笔轻轻戳了下她的背。

乔司月指尖不自觉缩了缩,缓慢伸直后,微微侧头说:"断了。"

他没再多问,只轻飘飘地"嗯"了声,正要收回目光,不期然瞥见她微红的耳郭,心里那股痒意发酵似的蔓延开来。

下午第三节是体育课,十班的体能测试早在半个月前就已经完成,不想自由活动的同学可以在教室自主复习。

乔司月正在座位上刷题,身前大片的光忽然被挡住。她抬头,林屿肆正停在她座位旁,不紧不慢地吐出一个字:"给。"

转瞬,薄瘦的掌心多出一条发绳,挂着星星吊坠。

乔司月耳朵窜红,脸也不知所措地烧起来。

林屿肆稍顿,忍不住心想:她在别人面前也会这样吗?

好像不会。

似乎只在自己面前出现过。

这个结论一定型,林屿肆心跳的节奏乱了起来。

"乔司月，"先前离开的他半路折返回来，站在她身前，稍稍前倾，"你是不是……"

他话还没问完，插进来一道沉冷低哑的男声，猝不及防地将他心底迫切的求知欲击了个粉碎。

许岩站在教室门口，神色冷淡地说："乔司月，徐老师让你去趟办公室。"

2

徐梅芝不在办公室，乔司月问了九班班主任才知道她今天压根没来学校。

乔司月回到座位，第一次直截了当地拆穿别人的谎言："徐老师今天没来学校。"

这会儿教室里有不少人，说的话题涉及个人隐私，所以她把音量压得很低。林屿肆在后座戴着耳机，没听见。

许岩头也不抬，在纸上"唰唰"落下几笔，语气轻描淡写的："那是我搞错了。"

乔司月盯住他条理明晰的解题步骤，唇线慢慢绷直："如果你是因为那天早上的事，我想我没有必要和你道歉。你的秘密……"或许算不上秘密，于是她改口，"有关你的事情，我并不感兴趣。"

许岩这才抬头，没有被她反常的强硬态度惊愕，一双眼睛依旧没什么情绪。

他拿起水杯："你想太多了。"

外面下着雨，教室里门窗紧闭，乔司月胸口有些闷，想去走廊吹会儿风，起身的时候瞥见林屿肆正低头转着笔。

想起他刚才欲言又止的模样，她顿了两秒坐了回去，在QQ上问：你刚才想和我说什么？

耳机里的音乐有了片刻的卡顿，林屿肆点开消息，眉心略微蹙起，无意识地抬了下头，一句话删删减减，只剩下三个字：没什么。

就在乔司月准备收起手机的时候，对方又传来一条消息：下周我生日，一起？

乔司月还记得沈一涵之前说他从来不过生日，这会儿不免有些诧异，停顿片刻才回道：好。

林屿肆生日当天，恰好是江菱的忌日。

他起了个大早去花店，正好遇到一个十六七岁模样的男生也在买花，没多久听见男生问："老板，送女生什么花比较好？"

"是喜欢的女孩子吗？"

男生有些害羞，一下子手足无措起来，红着脸点了下头。

"那我给你包束雏菊吧。"

"雏菊?"男生微微诧异,"我看别人都送玫瑰,我送雏菊,她会明白我的意思吗?"

"她会知道的。"老板娘笑着说,"雏菊的花语是暗恋——我喜欢你,那你呢?我觉得比玫瑰适合。"

男生走后,老板娘笑盈盈地问林屿肆:"你好,请问需要什么?"

林屿肆收回目光,声线有轻微的犹豫:"包一束红色桔梗吧。"

林屿肆回到别墅时,叶晟兰刚起床。

觑见外孙满脸的郁气,她嫌弃地撇了撇嘴:"我们肆儿才十六岁,怎么长了张十八岁的脸?"

林屿肆展眉笑:"女士,你有没有想过一种可能性,你的肆儿今天刚好十八岁?"

叶晟兰卡顿几秒才接受自己的记忆出现偏差的现实,面上闪过一丝尴尬,随即被掩盖过去,清了清嗓子,指着茶几上的花束,转移话题:"又给你妈买桔梗呢?都过去十多年了,也不换个品种。"

林屿肆将衬衫纽扣工整扣好,西装外套搭在臂弯,拿上桔梗花,轻声说:"没办法,我妈这人长情。"

和往常一样,林屿肆在墓地站了一天,傍晚顺路到周炳开的台球室待了会儿。

周炳高中毕业后就出来工作,兜兜转转两年,攒下一些本钱,就和几个朋友合开了一家台球室。

他几天前刚满二十三周岁,可能出社会早,言行举止比同龄人老练得多。

第一次见到林屿肆还是在五年前,那会儿他已经结识不少社会上的混子,做事没个分寸,追路迦蓝追得特别凶,三天两头带小弟到学校门口堵人,以至于全明港镇无人不知他的"丰功伟绩"。

他乐在其中,直到被林屿肆找上门警告。

两人就此相识,后来一次机缘巧合下,他知道了林屿肆和路迦蓝的真实关系。

意外得知对方这个秘密后,周炳背地里没少乐呵。

他这人特别容易满足,也和大多数人一样,有慕强心理。虽然林屿肆小他几岁,但确实方方面面都比自己优秀得多,自那天起,周炳待林屿肆如朋友。

一来二去,两人交情慢慢加深,这些年一直没断过联系。

周炳:"我这儿目前的纪录是四分钟内一杆清台。你要是能破纪录,以后每次你来,我都给你算个友情价。"

林屿肆斜眼睨他,低声笑:"我差你那点钱?"

确实不差,周炳笑着拍拍对方的肩膀,改口道:"就当给自己挣个美名。"

林屿肆还是毫无战意，手掌支在球杆上，懒懒散散的姿态，直到瞥见小黑板上熟悉的名字，眉心一跳。

　　第一名许岩，3 分 36 秒。

　　"行，你给我计时。"
　　林屿肆忽然的改口，让周炳一愣，但他没有多想，拿起计时器正要摁下，看见林屿肆二话不说将球杆撂到桌上，大步朝一女生走去。
　　"你怎么来了？"
　　"悦柠让我来这儿等你。"
　　林屿肆在看乔司月的同时，乔司月的目光也停在他身上。
　　斯斯文文的白衬衫，只是被他穿得不太规整，最上面的几粒纽扣散着，袖口挽上两层，露出劲瘦的手臂，衣摆一半扎进西装裤里，腰部系着一条方扣皮带。
　　乔司月正出神，身上传来微弱的痛意，是他屈指在她额头上轻轻一敲。
　　"发什么呆？"
　　乔司月被他的举动吓了一跳，手里的蛋糕差点没抱住。
　　见戏看得差不多了，周炳乐呵呵地上前："这小姑娘是哪位啊？挺眼生。"
　　林屿肆嘴角噙着笑，眼神里却带了点若有似无的警告意味，他拦下周炳伸过去的手："老板不去招呼客人，在这里凑什么热闹？"
　　周炳收回停在半空的手，似笑非笑地盯了他几秒："行，你们聊着，有需要再使唤我。"
　　周炳走后，林屿肆视线辗转一圈："你先到那里坐会儿。"
　　他手指向二楼卡座，视线转回到台球桌，微微挑起一个笑："等我打完这一局，我们就走。"
　　乔司月迟疑几秒，抬脚往二楼走去。
　　这会儿卡座上零零散散坐着几个人，看起来年纪和她差不多，但衣着打扮成熟张扬。听到动静，几个女生飞快抬头扫了她一眼又收回视线。
　　乔司月垂下眼皮不再看她们，找了个偏僻的角落坐下。
　　从她的角度，只能看到半张台球桌。
　　紧接着，视线里出现一个白球，在台球桌上划开一道笔直的轨迹，猛地将红球撞进袋中。
　　乔司月小时候跟着乔崇文看过几次斯诺克大师赛，对规则一知半解，只知道林屿肆推杆的姿势特别好看。
　　动作干净利落，一气呵成。
　　她把蛋糕放在桌几上，走到栏杆那儿，视野变得开阔，男生颀长的身形完完整整地呈现在眼底。

他站直身子,单手插在衣兜里,另一只手搭在台球杆上,像在思考。

头顶上方有盏吊灯,挂得很低,冷白灯光摇摇晃晃的,在俊朗的脸上浮动。

"砰"的一声闷响,乔司月思绪回笼,看见他直起腰,走到台球桌另一侧,俯身,下巴几乎要贴在杆子上,神情是罕见的专注。

杆子被他用力往前一推,桌上最后一颗彩球也被撞入袋中。

一杆清台。

两人隔着稀薄的灯光,远远对视几秒钟。

乔司月抱着蛋糕下楼,正要开口,林屿肆率先拦下她的话头:"想玩吗?"

"我不会。"

"有力气推杆就行。"林屿肆给她示范了一个标准的推杆姿势,几秒后直起身把球杆递过去。

乔司月只好硬着头皮接过,别别扭扭地摆出姿势,头顶吹来温热濡湿的气息。

"戳到我了。"林屿肆在笑,眉眼染上几分罕见的吊儿郎当的痞气,"球杆不是这样拿的。"

闻言,乔司月脊背瞬间绷直。

注意力根本没法集中,周围一切嘈杂的声音仿佛都被清除,只剩下呼啸的浪潮声。

是属于她一个人的兵荒马乱。

她盯住他凸起的腕骨,眼神渐渐失焦,片刻后无意识地施力将杆往前一推。

打歪了。

歪到连白球都没碰到。

可以说对比惨烈。

乔司月觉得有些丢他的脸,不敢看他,特地避开他绕了一圈路,把台球杆放回去,抬眼不期然对上周炳憨笑的脸。

也就两秒的工夫,晃过来一道影子,周炳差点没接住飞来的球杆,骂了句脏话:"合着球杆不是你的,随便扔?砸坏了你赔?"

林屿肆不接他的话,下巴往球台昂了昂:"来一局。"

周炳属于空有一身热爱,实操能力为负数的台球菜鸟,磨磨蹭蹭五分钟,一球未进。

"不会打,开什么台球室。"林屿肆嗤笑一声,鄙夷的眼神不遮不掩地扫过去。

周炳被他的态度气笑,但当着这么多人的面,忍了忍没呛回去。

林屿肆手指懒懒一抬:"3 分 35 秒,你该刷新纪录了。"

乔司月顺着他指的方向看去，看到黑板上挂着的名字时，露出诧异的表情。

周炳递过去一个意味深长的眼神，把许岩的名字挪到第二位。

这时，门口传来动静，陆钊到了。

林屿肆扯了扯领子，转头问周炳："你这儿还有没有多余的衣服？穿着舒服点的。"

周炳："你这身多符合你斯文败类的气质。"

林屿肆没说话，眼神传达出的意思很明确：少啰唆。

"得，我这辈子注定被你占便宜到老。"周炳笑着引路，"休息室有，左拐第三间……算了，我直接带你去。"

周炳翻箱倒柜找到一件没穿过的T恤递过去，随口找了个话题："迦蓝最近怎么样？"

林屿肆瞥他一眼。

"收收你那眼神，我就关心一句，没别的意思。"周炳从手机里调出一张合照，"我女朋友，怎么样，漂亮吧？"

林屿肆扫了一眼就收回，漫不经心地"嗯"了一声，然后才回答周炳的上一个问题："不知道。"

周炳把手机放回兜里，没再继续这个话题，意味不明地笑了声："原来你喜欢这样的。"

哪样的？

这三个字林屿肆到底没有问出口。

周炳当他的沉默是在装傻充愣，沉吟片刻，默默整理出一箩筐证据，然后毫不留情地戳穿："别人看不出来，我还不了解你？明明三分钟就能清台的事，你怎么就恰好拖到3分35秒？"周炳笑了，"就这么想在她面前装帅？"

林屿肆最后两杆的思考时间不算久，但比起他之前那复杂的几杆多少显得优柔寡断，再加上每回击球前，他眼睛总会往秒表和二楼卡座上转，意图昭然若揭。

林屿肆哼笑一声，没解释，任由周炳思绪发散到外太空。

周炳兀自说："看那姑娘的反应，应该还不知道你这一肚子的花花肠子。"

林屿肆没承认也没否认，扣子全部解开，露出少年清瘦的身躯。

"这都不像你的作风了。"

"我什么作风？"他把问题丢回去。

周炳毫不犹豫地回答："一杆清台的作风。"

林屿肆不着痕迹地顿了下，单手套进T恤，好一会儿才说："你不知道……"他背对着周炳，声线沉稳克制，"她整个人都是碎的。"

3

走出休息室,林屿肆看见乔司月抱着蛋糕,孤零零坐在沙发上。

"他们去哪儿了?"

乔司月站起身:"说是去订包间了。"

林屿肆自然地接过她手里的蛋糕:"我们也走。"

今天实在不能算是一个好天气,天阴沉沉的,风里裹挟着细密的雨丝。

乔司月穿了条白色碎花裙,裙摆长,时不时有水渍溅上来。

她只好提起裙子,小心翼翼地避开脚下的水洼。

林屿肆轻轻握住她的手腕,两个人同时停下。

"上来,我背你。"

乔司月怔了下,没过脑就回道:"我脚不麻,能自己走。"

林屿肆好气又好笑,盯了她半晌,言简意赅地问:"不是穿了白裙子?不怕被溅到?"

"可我挺重的。"

他目光不着痕迹地扫过她的细胳膊细腿,轻笑一声,似在质疑她的话:"溜溜那四条短腿都快比你胳膊粗了。"

话都说到这份上,再拒绝就显得自己太过矫情,乔司月系紧腰间的细带,双手绕过他脖颈环在他胸前。

乔司月眼尾止不住上翘,忽然觉得今天的天气也没那么让人讨厌。

欣喜没有延续多久,包间气氛出奇地僵,苏悦柠和陆钊两个人离得很远,冷白灯光下,苏悦柠泛红的眼尾格外明显。

上洗手间时,乔司月问:"你和陆钊吵架了?"

苏悦柠藏不住心事,眼眶瞬间湿润:"我可能要……"

话戛然而止,她抹了把眼泪:"你是不是也藏着什么心事?"

乔司月关上水龙头,沉吟片刻后问:"他对所有人都这么好吗?"

"谁?"

"林屿肆。"乔司月轻声回道。

苏悦柠把脸转过去:"阿肆又不是中央空调,怎么可能对谁都好?对那些看不顺眼的人,他脾气可大了。"

说完,她才反应过来:"你是觉得……"

乔司月摇头:"我不确定。"

是她的错觉吗?

但又好像不是无迹可循。

苏悦柠也猜不透林屿肆的心思,这会儿只能劝导:"司月,你如果想知道答案,就亲自去问他。"

乔司月用冷水扑了把脸,心里的躁动渐渐平息:"我再想想。"

期末考成绩出来的第二天，赵毅把暑假竞赛培训的计划表传到班级群里。

乔司月仔细看了下赵毅发来的培训时间，从下周一开始，为期两周。

即将迎来高三的紧要关头，乔崇文不同意乔司月把时间浪费在无足轻重的竞赛上，当下持否定态度。

乔司月只好拿出乔崇文最关注的点："赵老师说过，这次竞赛获奖高考时能加分。"

乔崇文对着电脑一顿"噼里啪啦"，头也不抬地反问："加分又能加多少？你能保证自己一定能获奖？你把耗在竞赛上的时间用来复习，还抵不过获奖加的这点分数？"

三个问题直击要害，偏偏乔司月没有底气，也找不到任何可以反驳的理由，抿直唇线没说话。

最后两个人各退一步，乔司月答应去杭城参加夏令营培训班，作为交换，乔崇文同意她报名省级竞赛。

乔司月心里的石头终于落下，回房间后，拿出手机在群里回复赵毅，说要参加。

赵毅回了她一个"好"的手势表情。

乔司月退出QQ，将手机调至静音状态后放到桌角，从抽屉里拿出画册。

苏蓉的嗓门穿过层层楼梯，冷不丁传进她耳朵里。

乔司月手指一顿，起身关门，又加了道锁，刚坐下，手机屏幕亮了几下。

是苏悦柠打来的电话。

她在电话里一直哭，最后才止住哭腔，由衷道："司月，你是我最好的朋友，我不希望你留下遗憾。"

乔司月愣了下，一时不知道该怎么往下接。

可她在听到苏悦柠这句话后，脑海里全是那些记忆，仿佛刚刚发生，每个碎片都是新的。

许久，她应了声："好。"

乔司月一整晚没睡，四楼南边卧室的灯光跟着亮了一宿，少女柔软的心事在这个滚烫的夏夜里沸腾着，最后，她将它小心翼翼地装进自己亲手绘制的信封里。

第二天上午，乔司月早早去了学校，将信放进林屿肆的抽屉。

教室里人越来越多，吵得她心神不宁，她合上书本，去过道吹风。

她离开后不久，前排同学推搡间，林屿肆的课桌猛地倾斜，信掉了出来。

回到教室，看见林屿肆已经在座位上，乔司月心跳快要炸开，手指不受控地攥紧，期待的同时，升起一种未知的局促。

他偏头看过来,神色平常:"怎么了?"

乔司月手脚一下子僵住,好半会儿才摇头:"没事。"

她垂下眼,瞥见他空无一物的抽屉,拼命挤出的笑容一丝丝敛了。

最后一节课是自习,课上到一半,林屿肆收到消息,和赵毅打了声招呼后离开教室。

乔司月也不知道这一天是怎么过去的,整个人浑浑噩噩不在状态。打铃后,她磨蹭着整理好书包,一出门就看见林屿肆攥住路迦蓝的手腕,低声说着什么。

她没听清,却听见了路迦蓝的声音,这声音像一把利剑,笔直地朝她刺过来。

"你知道的吧,在不知道我和你的关系前,我的心意。"

乔司月定在原地,五脏六腑仿佛被狠狠拽了把,呼吸都是疼的。

紧接着,路迦蓝的目光穿过林屿肆挺阔的肩膀,与她相撞。

那两秒的对视,让乔司月迅速反应过来:

路迦蓝知道她的秘密。

知道她的心思。

或许从见到的第一眼起,就知道了。

那天的风实在太大,乔司月站在教学楼前的台阶上,眼睛不受控地发潮,然后眼泪一滴滴地砸到手机上。

她的脸映在屏幕里,眼尾泛红明显,松散的马尾被风吹得凌乱不堪,看上去憔悴又狼狈。

她很少哭,因为苏蓉和乔崇文只会觉得她又在乱发脾气。

可这会儿一个人都没有,她应该是能哭的。

"你哭什么?"

闻言,乔司月怔住,拿手背抹去眼泪,缓缓抬头。

许岩还是那副一丝不苟的打扮,风很大,从他衣摆穿过,衬得身形异常单薄。

乔司月吸吸鼻子,没有说话,绕过他走了。

许岩摘下眼镜,深邃的眼眸透出深沉的冷意。

乔司月将自己关进房间,拿出手机,点开羽毛头像,聊天记录停留在今天补课前。

他说:替我占个位置。

她记得自己当时的心跳有多快,几乎是颤着手指敲下"OK"的回复。

明明才过了不到一天,她却体会到从天堂坠落地狱般的感觉。

这天晚上,乔司月以为自己会失眠一整夜,可最后还是伴着动车倾轧铁轨的声响恍惚入梦。

她的梦境第一次有了颜色，像林屿肆推荐给自己的那首 *Blood Mary Girl* 一样，画面里充斥着冰凉的沁柠水、拂在脸庞的柔软夏风、穿透茂密枝叶的滚烫日光，以及少男少女穿一身干干净净的蓝白校服，奔跑在红白跑道上。

人群中，忽然有人牵住她的手，她怔然回头，撞进他深邃的眼里。

那天，他引着她不知道跑了多久，最后周围只剩下他们两个人。她坐在自行车后座，他们穿过沟渠、绕过海洋与礁石，在稻田前停下，身后自行车的轱辘印歪歪扭扭地横了一地。

夜幕降临，萤火虫在草丛穿梭飞舞。

梦醒时分，天光大亮。

脊背汗液涔涔，乔司月靠在床头缓了会儿，大脑慢慢清醒。

她意识到，这些不过是她编造出来的理想化桥段，曾经不求回报的心意已经在不知不觉中偏离了初衷。

至于会朝着什么样的剧情走向发展，直到寒露降临的前一天，她才得到答案。

七月末，乔司月去杭城参加夏令营培训。

那段时间，明港的雨一直没停，空气又腥又潮，叶晟兰膝盖痛的老毛病又犯了，腰椎也疼得难受，严重到无法弯腰。

林行知不知道从哪儿听说这么一件事，特地联系上省城一家三甲医院骨科方面的特级专家，面诊、体检一条龙服务。

林屿肆一只手回消息，另一只手推着轮椅，往前走了一段路后，光线变得明朗。

叶晟兰看清他的脸："肆儿，你这是什么表情？被谁勾走了魂？"

叶晟兰本来就是随口调侃，不承想，林屿肆还真应了："是啊，被迷得神魂颠倒的。"

他语气轻描淡写的，让人辨不清话里的真假。

叶晟兰递过去一个狐疑的眼神："少拿你外婆打趣。"

"哪敢啊？"

细细密密的雨丝飘进眼里，林屿肆收起手机，连人带轮椅往后退几步，从包里掏出一把折叠伞，撑开后递到叶晟兰手里，继续之前的话题："我有分寸，拿这事开玩笑……"

他的身子全然暴露在雨里，肩膀那块很快被洇湿，他没在意，斟酌措辞后说："对人不尊重。"

依旧是散漫的语调，但叶晟兰知道他是认真的，眯眼问："你外婆我见过没？"

"我要说见过，你就能从脑袋里揪出这号人来？"

"你看上的人,那还不得是最特别的?"叶晟兰信誓旦旦,"你说,我保证有印象。"

林屿肆拦下一辆出租车,把外婆抱进车里,慢悠悠地问:"找到她,然后用你的热情把人吓跑?"

被戳破心事,叶晟兰哼唧一声。

"别忙活了,人家不一定有那意思。"

"这话什么意思?"她皱了皱眉。

林屿肆表情一僵,不由得想起那画着猫咪与月亮的信封。

可那封信攥在另一个人手里。

不可否认,那一刻他是忌妒的,可他又不能表现出一丝异样,只能装出若无其事的模样问她"怎么了"。

林屿肆喉结剧烈滚动了下:"没准的事。"

这之后,林屿肆余光瞥见街对面一道高挑瘦削的身影,穿着黑T恤和短裤,脚上踩一双黑色短靴。窗玻璃上罩着一团雾气,那张脸看得不太分明,他把车窗降下,没多久,那道身影拐进医院大门。

叶晟兰没察觉到他的异样,沉默的氛围延续一路,进别墅后,她才说:"肆儿,外婆知道你不愿意承认和她的关系,是想保护她。"

林屿肆没承认也没否认。

叶晟兰声线里含着悲悯:"迦蓝那孩子也是个苦命的,从小因为她妈妈的事,没少被欺负。"

路迦蓝从来没见过亲生父亲,自她有记忆起,她的身边只有母亲路霜一个人。

明港镇就那么大,秘密无所遁形,一点捕风捉影的小事都能被传得神乎其神。

加上镇上的人骨子里都很保守,在牵涉伦理道德的事情上总能保持高度一致。

路迦蓝几乎是在被所有人戳着脊梁骨的恶意里长大的,偏偏遭人唾弃的人骨子里刻着傲气。

她瞧不起路霜的做派,懂事后,再也没有花过路霜一分钱。

她初二那年夏天,路霜因病去世。

路霜什么也没带走,却留下一个足够让人惊骇的秘密。

不管林行知承不承认路迦蓝的存在,身世曝光对她来说都是二次伤害。

知情者不约而同地选择沉默,其中包括林屿肆。

叶晟兰长长地叹气,被扶到沙发上坐下,顺了顺呼吸后,瞥见一侧的台历,对林屿肆说:"迦蓝妈妈的忌日好像也快到了,你今年陪她一起去看看吧,北城路途遥远,她一小姑娘路上不安全。"

"再说吧。"林屿肆将空调温度调好,拿了条薄毯放到叶晟兰旁边,"先回房了,有什么事再叫我。"

叶晟兰一脸不耐烦,挥挥手,示意他赶紧走人。

林屿肆笑着说:"我陪她去还不成吗,叶女士?"

叶晟兰这才满意地点点头。

回房后,林屿肆点开和路迦蓝的对话框,敲下几个字:去医院做什么?

快到黄昏,他才收到回复。

林屿肆绷直唇线,坐在床头好一会儿,摁下林行知的号码。

高三提前半个月开学。

看到黑板角落的高考倒计时,乔司月心里才有了一脚踏进冲刺阶段的真实感。

她忍不住回头看了眼靠窗位置,那里空空荡荡的,桌板也是。

一直以来,她都不相信这世界上有纯粹的感情。

可她,相信林屿肆。

没有缘由地相信他。

如果他看到那封信,那他会装作什么事情都没有发生,继续和自己保持熟稔的状态?

他根本不是这样的人。

想通这些,她恨不得立刻飞回明港,可现实是,一连二十几天她都没见到他。

回到明港后,乔司月问苏悦柠关于林屿肆的情况。

"我这几天没住在汀芷,也不知道他去哪里了。"苏悦柠没什么精神地说。

乔司月偏头看她,见她眼下的黑色明显,又捏她的胳膊:"你瘦了好多。"

苏悦柠故作老成地叹了声气,仰面说:"可能是成长的代价吧。"

两人往小超市走去,她顺手攥住乔司月的手腕,倏然一顿:"还说我,你也快瘦成排骨了。之前不是养回去不少肉,怎么才一个暑假不见,又瘦成这副样子了?"

乔司月无所谓地笑了笑:"可能是杭城的饭菜不合胃口。"

大课间小超市人正多,声音也嘈杂。

乔司月隐约听到路迦蓝的名字,条件反射地停下脚步。

"路迦蓝不知道跑哪儿去了,已经快三个礼拜没来学校了。"

"三个礼拜?"搭腔的女生"啊"了声,"这么巧?我听人说十班的林屿肆也三个礼拜没来了。"

　　这些话苏悦柠也听到了,转头对乔司月干巴巴地扯了下唇:"好像没什么要买的,我们走吧。"

　　沉默两秒,乔司月应声"好",脸色在太阳下微微发白。

第十章
那月亮还是离我好远

1

那天的空气好像格外安静,每个细微的动静都被放大到极致,像一把榔头,狠狠地往乔司月心上砸去。

苏悦柠露出担忧的神色:"司月,你没事吧?"

乔司月回过神,摇头说:"没事……你刚才问我什么?"

"夏令营怎么样?"

乔司月含住冰棍,舌头传来刺痛感,忍受几秒才咬碎:"和在学校里上课差不多。"

苏悦柠"哦"了声,想说什么又忍住了。

"你是不是要离开?"乔司月有种预感,苏悦柠在明港待不了太久,而她的预感一向容易成真。

"其实这事我早就想和你说了,只不过没想好怎么和你开口。"苏悦柠松开她的胳膊,眼神躲闪,"我爸让我出国,我答应了。"

乔司月心脏像被重击了下,扯住对方衣摆的手无意识一松,好半会儿才找回自己声音,哑得快要辨不出字音:"什么时候走?"

苏悦柠不敢和她对视,低垂脑袋,声线散在空气里,轻飘飘的:"国庆之后。"

"能不能……"

这话乔司月最后还是没有问出口,快到公交站台时,她望了眼天空,说:

"今年的夏天好像褪色得特别快。"

苏悦柠顺着她的视线看去，这会儿的天色更接近鸭蛋青，海水扑在嶙峋的礁石上，碎成细碎的白色浪花。

深蓝色的指示牌上冒出水珠，被重力拉扯而下，漫开细长水痕。整个小镇像被一层薄雾笼罩着，阴沉没有朝气。

苏悦柠心里闷得难受，在公交车到站前，忽然开口："你能陪我去个地方吗？"

乔司月顿了下，意识到她说话的语调和句式与最初见面那会儿有了翻天覆地的变化，以前是说一不二的雷厉风行，很少用征求意见的语气，现在只剩下小心翼翼和隐忍克制。

僵持一会儿，苏悦柠改口："算了，不去了。"

乔司月拉住她的手往回走："我陪你去，我们把话跟他说清楚。"

苏悦柠愣愣抬头。

"不是马上就要离开了吗？"乔司月手指牢牢抓着她，不让她有任何机会退缩，"那就把所有的话都说清楚，不要留下一点遗憾。"

苏悦柠最后还是没见到陆钊。

已经到饭点，可两个人都没什么胃口。

沿着美食街漫无目的地走了几圈，苏悦柠说："我一直以为我已经长大了，但现在看来好像不是这一回事，我还是任性妄为，不懂照顾别人的感受，也会对我妈怀有一丝她是爱我的幻想，现在又连问他的勇气都没有。"

其实她之前试探过一次，也得到了陆钊言简意赅的回答——"咱俩不是好朋友吗？"包括她后来告诉陆钊她可能要出国了，陆钊也没有挽留，甚至怪里怪气地祝她一路平安。

也就在那时，她确定了，在陆钊心里，她和别人没什么两样。

苏悦柠努力压着哭腔，可这样的声音听上去更加破碎："司月，原来长大这么难啊。"

傍晚的明港镇比白天热闹太多，多的是勾肩搭背的身影，小吃街灯火连成一排，肉汁的咸香味随风飘来，将海鲜的腥味与海产品被宰杀后一地的铁锈味冲淡。

乔司月脚步变得很沉，她低垂着脑袋，没有人察觉到她的眼睛已经一片湿润。

"悦柠，长大不难的。"她随即而来的声音像雾，朦胧地罩住苏悦柠的耳朵，"多经历几次失望就好了。"

"不是南城那边的待遇更好吗？还有，乔乔再这样下去算什么事？才高中就……"正说着，苏蓉余光看到柠在门口的身影，话音突然一顿，"回来了？"

乔司月"嗯"了一声，把书包放到沙发上："我出去一趟。"

苏蓉叫住她："不是刚回来，怎么又要出去？"

她随便扯了个理由:"有东西落在学校了。"

乔司月进了家小卖部,扫视一圈,轻声说:"一听冰可乐。"

拿到可乐,她想一个人待会儿,为避免遇上熟人,她绕了一段路,蹲在墙角。

脚步声由远及近,没多久身前一片光被挡住,她慢吞吞地抬起头,心口一滞。

男生黑衣黑裤,双手插兜,一双黑眸牢牢锁住她,光影在他脸上明暗错落,衬出分明的轮廓线条。

他好像也瘦了不少,整个人像被阴郁包裹着,有种说不出的颓然。

他出现得太过突然,乔司月愣住,保持着蹲坐的姿势,双手自然下垂,搭在裤腿两侧的手指像在海水里浸泡过很久一样。

两个人一高一低对视着,乔司月一时摸不透他的心思,思绪翻涌间,连心里最想知道的答案都忘了找他要。可乐罐被留在地上,她背影里带着几分落荒而逃的意思。

"乔司月。"

林屿肆的声音忽然从身后响起,乔司月脚步顿住。

"为什么不回我消息?"

乔司月反应迟钝了好几秒:"手机被我妈拿去了,我不知道你给我发消息了。"

估计苏蓉也不会把手机还给她,犹豫后她问:"你给我发什么了?"

林屿肆捏了捏手心,嘴角扯开一个笑:"没什么。"

等人走后,他靠在墙边,目光缓慢失焦。

乔司月的呼吸因林屿肆这番话乱了几秒,一路跑回家。

"妈,我能用下手机吗?电脑也行。"

苏蓉掀起眼皮看她:"查资料还是跟人聊天?"

"查资料。"

"查什么资料?"

乔司月有些反感她这种盘问到底的架势,撂下一句"算了,没什么"后,拽起沙发上的书包,扭头就走。

苏蓉对着她消瘦的背影,眯了眯眼睛。

回房后,乔司月打开左边第二个抽屉,发现画册上有明显的折痕。

她猛地一怔,后知后觉意识到她存放秘密的地方,今天忘了上锁。

全身的血液倏地往上涌,她趿拉着拖鞋冲到一楼:"妈,你下午打扫过我房间吗?"

苏蓉没反应过来,下意识地问:"怎么了?"

乔司月闭了闭眼,深吸一口气:"那你有没有动过我抽屉?"

苏蓉怔了下,扭头看她。

她就站在楼梯口,仿佛陷入作战状态,脊背绷得很直。

苏蓉本来有些心虚,现在被她这兴师问罪的架势一刺,找回不少底气,不答反问:"你跟我说话就这态度吗?"

乔司月不接茬:"你为什么要翻我抽屉?这是你第几次翻我抽屉了?"

"我给你整理房间,倒成我的错了?"

这种情况下和苏蓉吵架吃力不讨好,乔司月捏捏拳头,尽量让语气变得平和:"我不是这个意思,我只是想知道你有没有翻过我的……"

她倏然一顿,改口道:"画册。"

苏蓉不说话了。

乔司月已经得到答案。

包括下午苏蓉没说完的后半句话到底是什么,她也明白了。

苏蓉当她早恋,所以迫不及待地想让她离开明港。

苏蓉在这个家说一不二的权威遭到挑战,脸彻底绷不住了,正要发泄,乔司月头也不回地上了四楼。

乔司月回卧室不久,过道传来细微的声响,"咚咚"两下敲门声后,乔惟弋的脑袋探出来,小心翼翼地唤了声:"姐姐。"

乔司月平复好情绪:"怎么了?"

"妈妈刚才是不是骂你了?"他小步挪过来,在她一米外停下。

乔司月面朝他,轻轻摇头:"没有的事。"

乔惟弋不信,绞着小手自顾自地说:"大人都这样的,他们都不会听我们小孩子的话,还老是说我们太小了,什么都不懂。"

乔司月被他一副小大人的模样逗笑,心里的郁结消散不少,转而问:"想吃冰棍吗?"

乔惟弋点头又摇头:"现在能吃冰棍吗?"

"想吃我们就去吃。"

"可是快吃饭了,要是被奶奶知道,她会骂你的。"

乔司月稍滞,装作若无其事地摸摸他的脑袋:"我们偷偷去,她不会知道。"

下楼时,苏蓉已经不见人影。

乔司月暗暗舒了口气,牵着乔惟弋去了最近的小卖部,指着冰柜说:"想吃什么自己挑。"

乔惟弋犹豫半分钟,挑了个火炬冰激凌,见乔司月纹丝不动,问道:"你不吃吗?"

"我不吃。"

"是不是妈妈没给你零花钱?"乔惟弋从兜里摸出一张五块钱的纸币,摊在掌心,"你别担心,我有好多钱,你想吃什么随便挑,我请你。"

乔司月弯唇笑，拿出一支小布丁，剥开包装，吃了一口，奶香味在舌尖荡漾开，闷在心里的苦涩渐渐消减。

他们回来时，小院门口停着一辆电瓶车，是乔崇文的代步工具。

三楼卧室门紧紧关着，乔司月脚步无意识放缓。

"这孩子脾气越来越差了，我才说她两句，她还了十句嘴。"里面苏蓉气急败坏的声音传来，"我看啊就是被那几个坏孩子带的……就上次来咱家吃饭那小姑娘，爸妈都不在身边管着，心早就野了。还有那高高瘦瘦的男生，你还有印象没，之前也来过我们家的……小小年纪不学好，干脆气死我算了。"

听她这般诋毁，乔司月忍无可忍，用力把门推开，门砸到墙上，发出一声巨响。

苏蓉和乔崇文同时一惊，僵着表情偏头看去。

"如果你们接受不了我现在这样，也不要把过错都推到别人身上。"乔司月深吸一口气，"至于早恋，你们不用担心，没可能的。"

话说完，她越过身后的乔惟弋，径直回到卧室，留下夫妻俩在原地发愣。

乔司月把卧室门锁上，对着大花板上的星空贴纸，眼眶慢慢湿润。

第二天上午，苏悦柠和林屿肆都没来上课，直到下午第一节课课间，苏悦柠才出现在教室。

乔司月轻声问："你见到陆钊了吗？"

苏悦柠摇头，眉眼里是藏不住的疲惫："他家没人。"

陆钊 连几天没来学校，除了他家，苏悦柠不知道该去哪里找他。

乔司月轻轻叹了声气，过了差不多两分钟，转移话题："我手机被缴了，也不让我碰电脑，最近这段时间你就别发消息给我了。"

苏悦柠音量不受控地抬高："你爸妈又想关你禁闭？"

"我昨天和我妈吵了架。"乔司月停顿好久，"她翻了我的画册。"

第二节是自习课，班长代替老师坐在讲台上管纪律，教室很安静，只能听见"唰唰"的落笔声。

乔司月和苏悦柠的同桌换了座位，她刚坐下，苏悦柠就推过来一张小纸片。

她停下笔，侧头对上纸上工工整整的三个字：对不起。

她稍愣后回道：没事你道什么歉？

耳边传来压抑的哭腔，豆大的泪珠砸在泛黄的本子上，很快洇出大片痕迹。

苏悦柠的眼泪来得猝不及防，乔司月怔了好几秒才反应过来，抽出纸巾慌乱地在她脸上抹着，小声说："别哭了，我接受你的道歉。"

那天苏悦柠哭了很久，直到下课前五分钟，乔司月才听见她说："对不起，我把你一个人留在这边。"

乔司月喉咙哽得难受，声音也哑涩难辨："我没关系的，只有一年了，再熬一年我就自由了。"

苏悦柠张了张嘴,还没说什么就被打断。

"刚接到通知,今年运动会提前到国庆前,老规矩,要报名的都来我这儿。"王宇柯站在讲台前,挥挥手里的报名表,"名额有限,先到先得。"

零零散散上去几个人。

乔司月收回目光的前一刻,林屿肆单手提着书包进了教室,停留没几秒,又出去了。

她鬼使神差般地跟了上去,一出教室,就听见他的声音:"你是嫌活得太久了?"口吻可以称得上恶劣。

乔司月脚步一顿,视线拐了个弯,看见路迦蓝靠在墙角,细长的眼尾上扬,语调里含着破罐子破摔般的恶趣味:"就三千米而已,我还能把命跑没了吗?"

后面的话她没再听下去,转身回到教室,走到王宇柯座位前:"还能报名吗?"

"可以是可以,不过现在很多项目人都满了,估计……"

他话还没说完,就看见女生低着头,在"三千米长跑"那栏"唰唰"签下自己名字。

女子三千米长跑是这次运动会的倒数第二个项目。

乔司月完成检录那会儿,林屿肆刚结束跳高比赛,他朝她走过去:"伸手。"

她照做,玻璃糖纸刺得手心有些疼。

林屿肆又说:"等你跑完,我再送你一样东西。"

这两个月,她只见过他几次,可他的态度还是那般熟稔。

看吧,他又在给她希望,她多想拒绝,可每次都会很没出息地应下。

乔司月应了声"好",站上跑道前,从手腕上摘下他送给自己的星星发圈,绑了个高马尾。

枪声响起,她第一个冲了出去,忍受缺氧的痛苦和肌肉的酸胀感,不断加速。

还没跑完全程,她就已经甩下最后一名整整一圈。

也因此她看到了路迦蓝头上系着的发绳,黑色,挂着星星吊坠。

那一刻,她什么也听不见了。

包括苏悦柠担忧的声音,还有看台的呐喊助威声。

最后那五十米,她甚至不知道自己是如何跑完的,直到她越过终点线,和他的距离不断缩近……

然后看着他擦过自己的肩,目光没有一刻停留地越过她。

乔司月嘴角的笑容僵住,脚步忽地一顿,耳边传来一阵响亮的哄闹声。

她僵硬地偏过头,视线里是路迦蓝紧闭的双眼、白到瘆人的脸色,还有林屿肆额角因紧张渗出的汗液、抱起女生时绷起的肌肉线条。

王宇柯确认完成绩回来,听见一道称得上撕心裂肺的哭声,愣了几秒,拨开人群,对上女生满是泪痕的脸,直接傻眼。

他走到苏悦柠身边,压低声音问:"怎么哭成这副样子?"

苏悦柠放平肩膀,把乔司月揽在肩头,轻言细语地哄了几句,然后才回答王宇柯:"拿了第一,太激动了。"

王宇柯半信半疑,但也没说什么,指着领奖台:"过几分钟就要颁奖了,你帮她整理整理心情,咱十班的脸面可不能丢。"

苏悦柠敷衍地应了声:"行。"

乔司月坐在看台缓了会儿,找徐梅芝签了张请假条,提前半个小时离开学校。

一路上,遇到不少从小超市买完零食、汽水回来的学生。

"你刚才不在,不知道这次的三千米有多精彩。"

"我记得路迦蓝报了三千米吧,她又整出什么幺蛾子了?"

"岂止她。第一名追着倒数第一多跑了一圈,最后还哭得跟个傻子一样。"女生笑到不行,提及路迦蓝时,脸上的笑容敛下不少,语气也酸溜溜的,"至于路迦蓝,就是那个跑了倒数第一的人,最后被十班的林屿肆抱出操场。"

另一个女生"啊"了声,一字一顿地重复:"抱出操场?"

"是呀,还是当着全校师生的面被抱出操场的。"

乔司月戴上卫衣帽子,跑进雨中,溅起的雨水染脏白色裙摆。

2

苏悦柠的出国计划提前了几天。

苏父的公司开在北城,最近工作繁忙,没时间来明港接她,苏悦柠就自己买了张去北城的车票,想等国庆结束后,再和他一起飞到国外。

乔司月想去送苏悦柠一程,苏蓉说什么也不同意。

"她明天就要走了,以后也不会回来了,再也影响不到我了。"半口气卡在嗓子眼,乔司月艰难吞咽,"我只想去送送她,行吗?"

苏蓉目光没什么情绪地停留在她身上,还是不答应的意思。

乔司月闭了闭眼,目光越过苏蓉肩头,落在灰蒙蒙的窗格玻璃上,想起几个月前,林屿肆就站在藤蔓下,平静地目睹她的狼狈。

心里的酸涩将她理智吞没:"国庆后,我听你的,乖乖回南城。"

苏蓉没再反对。

乔司月买了同班次车票,和苏悦柠一起刷票进站。

"司月,你要好好睡觉,好好吃饭,好好照顾自己,还有……"苏悦柠撤出她的怀抱,捧住她的脸,认真地说,"别太懂事了,你要记住,撒娇的女人最好命。"

苏悦柠还说了很多,乔司月一一答应。

耗到最后一刻，苏悦柠才上车。

她买的是靠窗位置，乔司月就站在她几米外，隔着一扇玻璃，两人安静对视着。

车缓慢朝前开着，苏悦柠正要收回视线，看见窗外的人忽然抬脚。

乔司月越跑越快，可最后还是被不断加速的火车远远甩在身后，只剩下模糊不清的黑点。

前面已经没路了，乔司月停下，眼泪彻底绷不住了，哭得上气不接下气。

站台上有好心人问她怎么了，她摇头说没事，以后都会好的。

至少不会比现在更糟糕。

国庆假期最后一天，乔司月回到南城，有次去看望外公外婆，外公偷偷塞给她一千块钱。

乔司月花了七百块钱买了部新手机，把记忆里的号码一个个输进去，之后通讯录一直在扩充，但置顶那栏永远是同一个人。

新学校实行封闭式管理，一学期只放假一次，转学那天，乔惟弋抱住乔司月哭了很久，不愿让她走。

乔司月只好跟他保证，等她放假回来，带他出去玩。

但她失约了，直到高考结束，她都没有回过一次家。

她转入的是文科实验班，班上有几个小团体，寝室也是，她就像个格格不入的外乡人，每天看着她们嬉笑玩闹、偷听着她根本不感兴趣的秘密。

高考前一天晚上，乔司月没有去上晚自习，早早上了床，放在枕头下的手机振动几下。

苏悦柠：你最近过得好吗？

从她出国后，两个人一直保持着联系，最常问的就是"你还好吗"。

可每回她们都会互相欺骗对方。

彼此的屏幕里同时跳出两条消息。

乔司月：我很好。

苏悦柠：我很好。

乔司月眼前慢慢变得模糊，她捂着嘴不让自己发出一点声音，揩干净眼泪后，对面又传来几条消息。

苏悦柠：其实我过得一点都不好，我也不知道我这么差的口语水平，为什么要出国留学，现在连基本的交流都成问题，再这样下去，我都想雇几个贴身翻译了。

苏悦柠：你呢？

苏悦柠：别撒谎，我看得出来。

乔司月把对话框里的字一个个删除，敲下：不太好，但能过下去。

冗长的沉默后。

苏悦柠：我听说徐梅芝收礼被举报了。哦，还有盛老师也回霖安了。

苏悦柠：万幸，还是有好事发生的。

她们聊了很久，在手机电量即将跌破1%前，乔司月收到苏悦柠发来的最后一条消息：你会去参加谢师宴吗？

她没回复，而是敲下：等高考完，我去英国找你。

乔司月最终还是没能如愿去英国，她存放在苏蓉那里的压岁钱，早就被苏蓉用十补贴家用。

知道她有出国的念头后，苏蓉还偷偷藏了户口本和身份证，从源头断绝她的念想。

这一年里，乔司月对苏蓉、乔崇文的期待已经淡到所剩无几。没有期待，也就没有失望，以至于在得知这些事情后，她内心异常平静，却因此更加坚定了离家的念头。

高考成绩六月底出来，728分，全省前五十，乔司月有大把的选择，可她最后只填报了北方的几所高校。

填完志愿当天，她收到盛薇寄来的一封信。

信上寥寥数语：

天高任鸟飞，海阔凭鱼跃。天大地大，你是自由的。

一瞬间，乔司月泪流满面。

其实在回南城前，乔司月去找过盛薇。

盛薇安静地听她说着，然后才问："真的决定好了吗？"

乔司月没有犹豫地点了下头："我没有哪一刻比现在更清楚自己在做什么。"

她得承认，当初做这决定确确实实存在赌气成分，但静下心来一想，这或许是最好的处理方式。

暗恋没有回声，却是支撑自己走过暗淡黑夜的力量，可人心是难以满足的，假象越多，她想拥有的就会越多，她得试着成为自己的光。

"司月，你很好，但有一个最大的问题，你太冷静、太清醒了。"盛薇说，"你才十几岁，你的心还是滚烫的，未来有大把的可能性，不应该让它现在就冷却下来。"

乔司月的心微微一颤："盛老师，我尝试过很多次，可每次都得不到好的结果。比起别人，我好像没有太多试错的权利。"

盛薇没再继续这个话题，直到告别前才说："作为你曾经的班主任，我希望你能沿着脚下这条已经规划好的路,继续往前走,因为这对你来说是最稳妥的选择。"

"但作为年长的姐姐,作为朋友……"盛薇话音一顿,给乔司月足够的缓冲时间后,搭上她的双肩,轻声说,"我希望你能再大胆点,做自己想做的事情,热烈地追求自己喜欢的人,不要回头,不计后果。等到那个时候,你会发现,曾经绊住你的障碍其实也不过如此。"

乔司月听得很认真,但盛薇这番话深奥到已经超出她的理解能力,她问:"怎么才算到了那个时候?"

盛薇只说了四个字:"得偿所愿。"

乔司月敛神,拿起笔,给盛薇回了长长的一封信,信里的最后写道:

这一程,虽到此为止,但我将永远心怀感恩。

谢师宴那天,乔司月提前一天坐动车回的明港。
隔着三条铁轨,她捕捉到一个酷似林屿肆的身形。
仿佛被鬼迷了心窍,这一年里,只要在街上或者学校看到和他相似的背影,乔司月都会觉得那个人就是他。
可她从来不敢上前求证心里的猜测。
怕是他,更怕不是他。
乔司月收回目光,拉下遮阳帘,放低椅背合眼假寐。
轻柔的音乐飘进耳朵。

彼此之间即使各有车票,失散于凡嚣
灰风的初吻
至少感动一两秒……

乔司月在镇上一家民宿里住了一晚,第二天起了大早,问主人借来自行车,环海骑行一圈。
在明港的这一年半里,她过得太局促,甚至没来得及好好看过这片海,现在才发现它比想象中美太多,鼻尖的咸腥味似乎也不再那么难以忍受。
吹着海风,她的心情前所未有的平静。
谢师宴定在学校附近的一家酒店。
晚上七点,天色还处于半明半暗的交界线上,乔司月站在墙角,看着熟悉的面孔一张张消失。
她站到双脚僵硬时,接到苏悦柠打来的电话。

"见到了吗?"

乔司月"嗯"了声:"陆钊他很好。"

苏悦柠默了默,从牙缝里挤出四个字:"我没问他。"

乔司月蹍着脚底的碎石子:"他也很好。"

苏悦柠叹气:"那你呢?"

"以后都会变好的。"

"司月,你还是不打算告诉他是吗?"

乔司月摇头,忽然意识到苏悦柠在电话另一头,看不到自己,于是补充:"我只是来看一眼,看他过得好不好。"

苏悦柠攥紧手机,心口晦涩难辨,不知道是为谁。

"我喜欢他这件事,你知道,路迦蓝知道,沈一涵也知道,甚至连张楠都可能知道,唯独他不知道。"

"不过这样也挺好的,没有给他造成任何困扰,至少他不用费尽心思去思考拒绝我的话、百般照顾我的感受,还能让我有足够体面的退场方式。"

聒噪的蝉鸣声透过层层叠叠的枝丫,风一如既往的燥热咸腥。

夏天已经来了,也将很快过去。

年年岁岁总是如此。

忽然,乔司月听到熟悉的嗓音:"见到了吗?"

"没有,她不在那儿。"

乔司月脚步顿住,借着繁茂的枝叶挡住自己的身体,仰面是被切割得四分五裂的弯月,罩着一层朦朦胧胧的光晕。

记忆里的少年和这弯明月太像,都有着海市蜃楼般的虚无,看似离她很近,又充满希冀,事实上远远不是她能够触碰的。

他们的交谈声越来越淡,这片天重归宁静,少年清瘦的背影消失在夜色里。

乔司月沿着他走过的路,再走一遍。

这次什么都没有了。

她将彻底留在没有他的每一个夏夜。

往后余生,他们天南地北。

好在,她已经长大了,有足够的力量可以试着去依赖自己。

也可以,不用再喜欢他。

乔司月对着听筒轻轻唤了声:"悦柠。"

"嗯?"

"我又看到了月亮,可它还是离我好远。"

3

杭城三月，气温还是很低，刮在脸上的风潮湿又凛冽。

苏蓉打来电话那会儿，乔司月刚从咖啡厅出来。

苏蓉一向没什么耐心，铃声响了不到十秒，转入未接来电。

其实不用接也知道，谈的话题无非是那几个：让她放弃漫画回南城工作、找个男朋友趁早结婚生子。

次数一多，乔司月连敷衍都觉得多余。

她刚扣上安全带，屏幕又亮起来。

昨晚通宵画稿，早上潦草睡了四个小时，乔司月脑袋隐隐作痛，这一声声闹铃更是精准地踩在她神经的高压线上。

她沉沉地吐出一口气，将手机调成静音，扔进扶手箱，两秒后又捞回来，单手执机给苏悦柠发去一条消息：下飞机了吗？

等了几分钟，对面还是没回。

收回余光的下一秒，旁边忽然窜出来一辆车，乔司月混沌的意识瞬间清醒大半，惊慌失措地朝右打了半圈方向盘。

"砰"的一声巨响。

"怎么开……"对方降下车窗，探出半个脑袋，气急败坏的嗓门在看清乔司月的模样后戛然而止，"司月姐？"

模样有些眼熟。

是宋云祁的弟弟？

乔司月也明显愣了下，给他打了一个手势后，将车开到路边，打开双闪灯。

交警很快赶来，因为是熟人，事故责任也不存在任何异议，签下和解书后，乔司月看了眼手表："我还有急事，后续处理我们在手机上联系。"

她从扶手箱拿出便利贴和笔，写了串号码，递给宋霖："这是我的联系方式，你可以存一下。"

"行。"宋霖接过后揣进兜里，朝着驾驶室没心没肺地笑了笑，"司月姐慢点开啊，千万别再撞车了。"

乔司月无言以对。

宋霖慢悠悠地收回视线，上车后忽然意识到一个问题：这车好像……不是自己的。

完犊子了，这下他不被车主削死也得脱层皮。

乔司月到机场的时候，苏悦柠已经在门口等着了。

"等很久了吧，刚才路上出了点小事故。"

苏悦柠的注意力全停在乔司月身上，不由得忽略了她的后半句话。

这些年她模样没什么大变，瓜子脸，下巴尖瘦，皮肤一点没晒黑。

苏悦柠捏捏她的脸：“比在视频通话里看到的瘦不少，说实话，那会儿你开了增肥特效吧？”

乔司月听出苏悦柠在开玩笑，嘴角弯了弯：“你身上也没多少肉了。”

"这话我爱听。"

乔司月打开后备箱，苏悦柠将行李放进去，绕到副驾驶位置，余光瞥见车灯处的破损，想起她刚才说的小事故，心里有了猜测：“出车祸了？人没伤到吧？”

乔司月点头又摇头：“人没事，就是不小心和别的车剐蹭了。车主你也认识，就你之前推给我那心理医生的弟弟。”

"是那个富二代啊。"苏悦柠顿了下，"他今天开什么车了？"

乔司月分出半个眼神看她，似笑非笑吐出两个字：“大G。”

"谁的责任？"

"我全责。"

苏悦柠递过去一个同情的目光：“要不你打个电话给宋云祁，这么多年交情下来，不说免责，赔偿金打个折总行。”

宋云祁就是乔司月口中的心理医生。

乔司月笑道：“走保险，赔不了多少。而且我有一段时间没去他那里了，他这么多病人，不一定还记得我。”

沉默片刻，苏悦柠转移话题：“对了，他弟弟干什么的？纨绔啃老族？”

"好像是消防员，今天刚好休假。"

这答案出乎苏悦柠的意料，“哟”了一声：“想不到啊。”

乔司月笑笑，没搭腔：“这次回国打算住多久？”

苏悦柠靠在座椅上，眉眼间有掩盖不住的疲惫：“不回去了。”

回国前，苏悦柠已经托人提前订好酒店，靠近市中心那一带，离机场有些距离。

见她神色困顿，乔司月不再继续话题：“你先睡一觉，到了再叫你。”

"不睡了，和你聊聊天。"

苏悦柠揉着眉心，缓慢地说：“忘了告诉你，我爸给我找了个对象，不出意外，今年年底就订婚。”

乔司月无意识地踩了下刹车。

苏悦柠笑着睨她：“稳着点开啊，这车上可坐着未来的大导演和大漫画家。”

苏悦柠大学念电视编导专业，这几年出过不少综艺节目，在国外也算小有名气。

收到她即将回国的消息后，乔司月愣了下，现在才知道其中的真实缘由。

不是为了填补青春时代的遗憾，而是以另一种形式将逃避进行到底。

乔司月没心情和她说笑："你同意了？"

"听说我那对象长得人模狗样的，还是什么科研大佬。你也知道我们一家都没什么文化，当然得抓住一切机会改善基因了，这么好的机会，我有什么理由拒绝。"

"不喜欢这理由还不够吗？"车辆开入开阔地带，乔司月的心却高高吊起，平缓情绪后说，"我在这里见过陆钊。"

远远驶来一辆车，开着远光灯，刺得乔司月眼睛有些疼。

她眯了眯眼，转而听见一道清冷的女声，语气轻描淡写的。

"那你见过林屿肆吗？"苏悦柠面无表情地把问题甩回去。

车上安静了一会儿。

苏悦柠呼出一口气，偏头看向乔司月，那张脸素净淡雅，凝着复杂的神色。

乔司月打开车载音乐，在歌词响起前，用闲聊的口吻应道："我们俩这算互相伤害吗？"

苏悦柠稍滞后笑起来，对着嘴比了个拉拉链的手势："得，有关男人的话题到此为止。"

刚把行李放到酒店，苏悦柠就收到几条工作消息："我先给他们回个消息，你看看附近有什么吃的，到时候我们直接过去。"

"今晚不行，工作室有聚餐。"乔司月说，"想吃什么到时候发我，我给你带。"

苏悦柠眼睛从屏幕上移开："我到时候自己叫点……你别喝太多酒，上车后记得给我发消息。"

乔司月应了声："好。"

路上交通拥堵，乔司月迟到了差不多十分钟。

组长端起一杯酒："迟到的人自罚三杯。"

在众人惊讶的目光里，乔司月接过他递来的酒杯，停在半空不到两秒，就搁回桌上。一声轻响后，她笑着说："开车来的，喝不了酒。"

"这简单，回头让小赵将你送回去。"

乔司月扫了眼角落戴眼镜的男人，冷淡地收回目光："不用了，我跟他也不顺路。"

接二连三的拒绝，组长面子多少有些挂不住，很长一段时间都摆着臭脸没再搭理她。

中途乔司月拿上手机去了趟洗手间，"哗哗"的水声里掺进来高跟鞋落地的声响。

她抬头，镜子里映出林幼欢的脸。

工作室主推漫画、网文、有声书三大类，林幼欢负责漫画板块，算是乔司月的直系领导。

"你们组长应该和你说过了，那你的意见呢？"

林幼欢个子很高，脚下还踩着六厘米的细高跟，一米六三的乔司月站在她身边显得特别娇小。水流冲洗下的腕骨细瘦，透着弱不禁风的脆弱。

大片的阴影倾轧而下，哪怕这会儿林幼欢语调平和，也容易生出几分咄咄逼人的意味。

"司月，从你加入工作室到现在也差不多四年了，这四年我是怎么照顾你的，你应该很清楚。你也知道你非科班出身，没有接受过系统专业的学习，当初如果不是我力排众议，说服主编招你进来，给了你这个机会，估计你现在都已经放弃漫画，缩在办公室里当你的……"

说着，林幼欢顿了下，搜肠刮肚一番，还是没能回忆起面前这女人本科就读的专业，索性把嘴巴闭上，安静等着对方的回答。

乔司月听出林幼欢的潜台词，莫名想笑。

大学毕业那会儿，CRT 工作室刚起步，止是缺人的阶段，林幼欢抱着试试的心态投了份简历，经过两个月的层层考核，正式成为 CRT 的责任编辑。

不知道林幼欢从哪儿得知乔司月私底下给人画稿的消息，看过乔司月作品后，试图劝说乔司月以签约作者的身份加入工作室。

工作室给出的福利待遇确实好，经过一番权衡利弊，乔司月应下。

当年知遇之恩确实不能忘记，要是没有工作室所谓的推广"造势"，也就没有现在的画师"顾我"。

可乔司月也一直清楚，工作室的主推画师根本不是她，哪怕那人的实力不如自己，现在又让她给这人当枪手，她做不到。

乔司月低垂着脑袋，掩去带着嘲讽意味的眉眼："我知道了。"

不拒绝，却也不答应，留下充足的空白区间。

一拳打在棉花上，林幼欢无懈可击的笑容垮下儿分。她抖落手背上的水珠，声线是急转直下的冰冷："行，那你自己再好好想想，这几天给我回复。"

人走后，乔司月狠狠往脸上扑了抔冷水。

三月天寒气未退，冰凉的液体顺着下巴钻进衣领，即便这会儿小酒馆里开着暖气，还是激得她一哆嗦。

镜子里的自己，和平时清汤寡水的状态不一样，她来之前破天荒地打了粉底，又抹上些唇彩，遮去眼底的青黑，气色看上去好些。

乔司月绕到后门，站在树荫下吹了会儿风，心头的烦躁疏散不少。

她从兜里摸出玉溪，抽出一支，但她从来不抽，只是安静地看它燃烧。

烟雾缠绕指间，很快笼住眼睛，看什么都模糊不清。

一支烟快燃尽时，她才掐灭，正准备回去，手机进来一条消息：司月姐，我是宋霖。

乔司月把电话存到通讯录，手机又"叮"了声。

宋霖：是这样的，我今天开的车是问我一哥们儿借的，后续处理事项你直接和他沟通吧。放心，他人很好说话，特别是对女生。

消息刚发过去，宋霖想起这位"好人"前不久把站里刚调来的女文员批评到痛哭的场景，不由得一阵心虚。

他正犹豫着要不要反悔，对面回：好的，你把他联系方式推给我。

乔司月保存好，敲下"债主"的备注后，回到包间，当着众人的面，开了瓶鸡尾酒，一口见底。

众人不约而同地愣了下，还没反应过来，就听见她说："抱歉，我今天身体不太舒服，就先回去了，你们慢慢吃。"

笑容妥帖，叫人挑不出错。

组长脸色更难看了。

乔司月叫来的代驾司机是个中年男人，自来熟，话匣子打开后就没合上过。

乔司月意兴阑珊，给苏悦柠报了平安后，靠在椅背上偶尔搭腔几句。

大概察觉到她的心不在焉，司机及时止住话茬。

沉默的氛围持续没多久，司机又开口了："那不是商贸城吗？怎么着火了？看这架势还挺严重的啊。"

车窗开着，刺鼻的烟味透进来，隐约能听到哭喊声。

乔司月下意识看过去，火烧得正厉害，火舌从各个角落喷涌而出。

远处一道挺拔的身影从夜色里走来，他步子迈得很大，也就是她一恍神的工夫，人已经义无反顾地没入火光中。

傍晚下了场雨，夜色氤氲不清，燃烧的平房被烟火熏到失去锋利的轮廓，空气里裹挟着从水管中喷溅出的水汽。

乔司月眯了眯眼，竟从迷蒙的烟雾里看出几分熟悉感。

这种念头一产生，她的心脏好像也被夜色里滚动的大火狠狠烫了把，呼吸里满是灼热的焦烟味。

不过，只有短短的几秒钟，她将车窗升到顶。

耳边司机还在感慨，乔司月置若罔闻，解锁屏幕，点进评论区，看到有读者留言：老师的每部作品都把暗恋写得好真实，在这里多问一句：老师的学生时代有过喜欢的人吗？

她手指忽地顿住，眼前忽然浮现出一张模糊的脸。

所有人都说她冷静清醒，但他们不知道，她究竟做过多少蠢事——

冒着被方惠珍责骂的风险，刻意绕远路去林屿肆外婆开的小卖部；

将他贴在墙上的范文一字不落地背下，甚至记下他每次考试的分数和排名；

为了找到能替他洗脱污名的证据，在风雪天被冻到四肢僵硬；

满操场追赶着所谓的"情敌"，以为那样就能追赶上他……

分不清是迟来的酒精作祟，还是潜藏在心里的酸涩在这一刻不可控制地复苏，乔司月又想起很多事。

大二那年，她和室友一起租了辆私家车，一路交换开到川西。

那时高山雪水还未融化，远远看去，白茫茫的一片，悬浮在天际。

实在是累，她们将车停在路边，沉沉睡了过去。黄昏时分她先醒来，看见窗外一轮明月镶嵌在天穹之上，在暗沉暮色里闪烁着动人心魄的光芒。

那束光，分明离她很远，却照得她心口滚烫。

她毫不犹豫地启动引擎、踩油门、不断加速，在望不到尽头的高速公路上拼命追赶着月亮。

室友在颠簸中醒来，被她誓不罢休的架势吓了一跳，连忙攥紧扶手，声线都快变形："你疯了啊，突然开这么快做什么？"

"我在追月亮。"

她平淡的嗓音落下时，室友没忍住讥笑一声："我看你是没睡醒，月亮是你能追上的吗？再给你十辈子你都追不上。"

她猛然一怔，脚下的力气一点点地泄去，波澜起伏的心跳逐渐平稳下来，笑容苦涩："你说得对，我永远都不可能追上月亮。"

她献给了自己一场旷日持久的浪漫，可这浪漫说到底也不过是场镜花水月。

川西旅程结束后，她一遍遍告诉自己：只能到这儿了。

乔司月，不要再喜欢他了。

把所有的辛酸苦辣、求而不得的遗憾、满腔的孤勇都留在过去，人生漫漫，你得继续往前走。

后来，她让自己过得一天比一天忙碌，画稿、兼职、参加各类志愿活动，忙到根本腾不出心思去想他。

如她期待的那般，她对他的记忆真的在慢慢淡去，包括相处时的细节、让人脸红耳热的怦然心动，甚至是那张曾让她在无数个夜晚辗转难眠的脸。

只记得他是内双，眼窝深邃，鼻梁挺直，骨相比皮相更加优越。

恍惚间，她意识到原来这些年所有的煎熬，不过是在为"遗忘"做准备，彻底放下一个人似乎只是时间问题。

车四平八稳地开着，街灯悬落的光影被拉成一条细线。

乔司月揉了揉隐隐作痛的太阳穴，第一次在底下回复读者的评论，却只有短短四个字：不记得了。

第十一章
忘了是第几次想起

1

宋霖休假结束回到站里,一上午都想着怎么把车祸这事委婉地转告车主,直到午餐时间才逮到机会。

看见角落处的高大身影,他眼睛一亮,马屁张口就来:"哥,我听说你昨天勇闯火场连救十人!不是我说,上哪儿去找像我哥这样的人,出得了火场,爬得了下水道,还捅得了马蜂窝。"

林屿肆把葱挑开,头也不抬地打断:"又给我捅什么篓子了?"

宋霖把餐盘里的大鸡腿挪了个位,"嘿嘿"两声:"也不是什么重要的事,就哥你借我那车……"

迟迟等不来后续,林屿肆抬眼睨他:"舌头被火烫着了是吧?"

伸头一刀缩头也是一刀,宋霖给自己壮胆后,干脆一股脑全交代了:"就哥你借我那车被撞了个大窟窿,现在在4S店修着,我暂时还不了你了。哥,你这么聪明,应该懂我的意思吧?"

"懂,"林屿肆讥笑一声,"拿我的车当碰碰车开了。"

何睿在一旁忍不住插话:"你哥不是有好几辆跑车吗?你就非得问肆哥借?"

"我肆哥这么多辆车,借辆开开咋啦?更何况大G多帅啊!"宋霖庆幸道,"幸好昨天我开的是肆哥的车,要不然遇到我女神多没面子。"

林屿肆还没说什么,何睿先一针见血地揪出了关键字眼:"你女神?你哪儿来的女神？"

"其实是我哥的病人，我也就见过她几次，"宋霖摸摸后脑勺，露出傻里傻气的笑容，"长得漂亮，说话也温柔，跟我妈一样。"

何睿笑到不行，学着林屹肆的语气，像模像样地点评了句："懂，拿咱肆哥的车讨好未来干妈去了。"

宋霖在桌底下直接给他一脚："不会说话就给我闭嘴。"

从宋霖提供的零零碎碎的信息里，林屹肆大致能还原出事情的来龙去脉："拿我的车在人家姑娘面前炫，还开了条口子，你挺行啊。"

他拧紧瓶盖，修长手指提住瓶口，转了一百八十度，朝宋霖脑袋上不轻不重地砸了下。

宋霖抱住脑袋"嗷嗷"直叫："我女神突然撞上来的，这叫什么？爱情送上门，丘比特都拦不住。"

见林屹肆又抬了抬手，宋霖急忙跳到三米外："车已经撞了，你的联系方式我也给了，你现在打我骂我都没有用了。"

忽然响起一道震耳欲聋的警笛声，插科打诨的笑声瞬间止住，一眨眼的工夫，食堂空无一人。

路上，指导员贺敬诚把大致情况转述了一遍。

起火点在服装批发市场十五层最西边的一家商户里，店里堆放着大量棉纺织品，燃烧时极易倒塌形成堆垛，火势蔓延得很快，左右十余个商户都遭到牵连。

如果只在外部进行浇水，不能把火势完全熄灭。加上电梯无法使用，消防员只能背着几十斤的装备一层层往上爬。

救援持续了整整十个钟头，消防员个个累到连抬手的力气都没有，脸被火熏得灰扑扑的。一上车，大家就睡得七倒八歪。

林屹肆看了眼何睿的方向，眉头紧锁。

第二天下午，林屹肆一回宿舍，就听见宋霖跟人在那儿侃大山："我肆哥就是帅，昨天一个人扛着几十斤的装备，十五楼的高度来来回回跑了不下三十次，还是生龙活虎的，估计还能原地做两百个俯卧撑。"

背着光，林屹肆神色难辨，声音听上去不太和善："拍马屁还是搞个人崇拜？"

宋霖无辜地眨眨眼睛，装傻充愣卖萌一条龙服务。

林屹肆没理他，眼皮子一掀："何睿，给我出来。"

语气比训练时还要沉冷严肃。

另外几人面面相觑，不明所以。

宋霖这人平时看上去嬉皮笑脸没个正经，但关键时刻脑子转得比谁都快，也是在场唯一知道队长这火气从何而来的人。

几天前何睿跟自己提了几句女朋友的事,宋霖对这种撒狗粮的行为一向左耳朵进右耳朵出,最后只记得他这女朋友在服装批发市场十五楼盘了家店面,正好是昨晚被波及的几家商铺之一。

救援队有条不成文的规定,老弱病残幼必须放在第一位,其次才是青壮年。这点何睿自然知道,可他还是无视命令,第一个冲进火场救下自己女朋友,差点害得隔壁商铺一老人错过最佳施救时间,命丧火海。

其实宋霖挺能理解何睿的做法。

消防员也是人,是人就会有私心。

"肆哥……"何睿吸了口气,改口道,"林队,如果困在里头的是你的女朋友,你又会怎么做?"

林屿肆终于抬头,皮笑肉不笑地朝他腿上一蹬。

何睿毫无防备,只能硬生生接下这一脚,趔趄几步勉强站稳。

林屿肆连声质问:"你脚下踩的是实打实的地,你跟我在这儿扯什么假大空?怎么,连着立了几次功,人就飘了是吧?"

何睿急到舌头都捋不直,磕磕巴巴地蹦出几个字:"哥,我……我不是这意思,我……"

林屿肆没给他解释的机会,侧过身,双手撑在栏杆上,眉宇间是散不去的阴郁,声线也冰冷:"何睿,这次只是侥幸,那下次呢?你还指望阎王爷看到人可怜,瘫痪在床上遭了大半辈子的罪,想着这次先放过她,多施舍她几年寿命?你还年轻,犯了错可以重来,可别人的生命只有那么一次,容不得你开玩笑。灾难面前,从来没有这么多的运气可言。"

林屿肆说的这些道理何睿都懂,也牢记于心,可当紧急状况猝不及防地砸在自己头上,所有的教条规矩都屈从于本能反应。

"明明知道她有生命危险,我却什么都做不了,只能等别人来救她。这几年我也算救下过不少人,可要是救不了自己最在乎的人,我……"

何睿情绪一下子上来,眼眶明显泛红,好半会儿才哽着喉咙继续说:"林队,我承认你说的都对,我确实没有服从命令,我有错,但我不后悔。"

"不后悔?"林屿肆嘴角绷得厉害,阴冷的眼神在何睿身上停留五秒,"行,那滚吧。"

何睿咬了咬牙,最后什么也没说,朝林屿肆敬了一礼。

何睿离开后不久,贺敬诚不知道从哪个角落钻出来,抽出一支烟。

林屿肆接过,点上后,把烟衔在嘴里,也不着急抽,只是咬着,烟头火星忽明忽暗。

直到贺敬诚也点上烟,他才眯眼吸了口,棱角分明的脸笼在烟雾里,朦朦胧胧的,唯独一双眼睛黑而深。

"结果什么时候出来?"

"违纪问题,也不是我一个人说了算,得开会讨论,但处分是逃不了了。不过你也别太操心,咱们队里也不是不通人情,不至于二话不说就将人扫地出门。"

林屿肆若有似无地嗤笑一声,手指在烟蒂上轻轻一弹:"我操什么心……你们千万别心软,这都是他自找的,该罚就得罚,要不然以后都长不了记性。"

贺敬诚看破不说破,扯着嘴角意味深长地笑了几声。

说起来贺敬诚当政治指导员这么多年,什么难驯的刺头没见过,就是没见过比林屿肆还要疯的。

对于第一次出警就撞上大规模灾情的新手而言,英雄情怀、保家卫国的决心很难战胜对死亡本能的恐惧,但眼前这人不一样,就跟不要命似的往前冲。

后来有次营救工作遭遇塌方,钢筋刺穿他肩胛骨,这人硬是一声不吭地扛到救援结束,抢救了一天一夜才把他从阎王爷那儿夺回来。

贺敬诚还在感慨的时候,林屿肆想起自己的第一次火场救援行动。

那时队长还在规划施救路线、制定救援计划,人群中忽然有人喊了声,他想也没想就往里冲。

最后要不是队长把他从火海里带出来,别说救人,平白搭进去一条命,还差点耽误了整场救援行动,造成难以估计的伤亡损失。

而他罔顾队长命令的缘由,荒谬到不行:只因他听见那个人喊的是"Si Yue"。

他下意识将这个"Si Yue"当成了她。

她还在里面。

他得去救她。

事后少不了一通教育,也就是从那天起,他才真正理解这份职业所象征的含义,以及凌驾于个人之上的使命感。

一支烟很快抽完,林屿肆从兜里摸出烟盒。

这会儿风有些大,他低头用手围住火。

男人手指瘦直修长,骨节分明,不似少年时代的冷白,在日光下,更趋向于暖黄色,薄薄的一层皮肤下血管和青筋看得清清楚楚。

贺敬诚斜眼看去,四方小盒子上印着两字:玉溪。

算不上上瘾,但每回都是玉溪。

有次他实在止不住好奇,便问:"这烟魅力这么大?也不见你换一次。"

林屿肆笑着吐出烟圈,杭城春夜的风特别大,雾很快散开,他脸上的表情清晰明了,漆黑的瞳仁被火光映得透亮。

那时,他只回了五个字:"我这人长情。"

因刚才那一眼，贺敬诚注意到林屿肆眼底的两团青黑，关于何睿的话题戛然而止："这周末你就别来队里了，给我在家好好休息两天，瞧你这黑眼圈。"

整整五年，贺敬诚就没见林屿肆休息过，就算铁打的身子怕是也经不起这般折腾。

林屿肆掐灭烟，指指自己的黑眼圈："俊俏是天生的，我能有什么办法？"算是拒绝对方的提议。

"少给我在这儿磨磨叽叽的，要是我后天又在大队看到你这样的脸，你自己知道什么下场！"

能有什么下场？调文职这套林屿肆听得耳朵都快长茧了，他稍稍直起腰："才休两天，多少小气了，顺便把我婚假也批了吧。"

贺敬诚又气又笑，差点给他一脚，恶狠狠地瞪过去："先把人家姑娘带到我面前再说。"

提起休息，林屿肆倒想起一事，熬到解禁时间，他拿回手机看了眼，全是垃圾短信。

距离宋霖说的事故发生到现在也快两天了，对方司机一点消息都没有，也就宋霖那傻瓜，张口闭口把人家当女神捧。

林屿肆快步走回宿舍楼，找到宋霖的房间，屈指叩了叩他的桌板："把你那女神的联系方式给我。"

宋霖正忙着更新遗言，想也没想就回道："咋，你也想追我女神？省省吧，她细皮嫩肉的，可经不起你这糙老爷们儿摧残。"

不过脑的话一说完，宋霖后颈忽地一凉，整个人被提溜起来："哎哟，我给你还不成吗？"

林屿肆慢悠悠地松开手，居高临下的视线扫过去，像在看一头垂死挣扎的傻骡子。

宋霖捋平衣领，有苦难言，只能小声吐槽："空有一身蛮力，就我傻才把你当成男神。"

手机接连响了两声，不同的提示音，林屿肆无视宋霖发来的消息，先点开短信。

一串陌生号码发来的：您好，请问您这周有时间吗？我们把赔偿的事情处理一下。

能用嘴说清楚的，林屿肆一向不折腾自己的手指，不答反问：现在方不方便接电话？

对面言简意赅地回道：不太方便。

林屿肆轻哼一声。

陌生号码：要不我们微信上聊吧。请问您手机号就是微信号吗？

林屿肆靠在衣柜上，单手执着手机，缓慢敲下：抱歉，我不随便加陌生人微信。

林屿肆：我姓林，你怎么称呼？

手指悬在屏幕上两秒，林屿肆"唉"了声，跟着把"你"换成"您"。

将近两分钟，屏幕毫无动静。

林屿肆好整以暇地转着手机，眼睛往宋霖那儿瞟去，歪歪扭扭的一行字，看不出写的什么。

察觉到有目光落在自己纸上，宋霖一个激灵，忙不迭拿手臂挡住："多大的人了，还玩偷窥那一套，我看你就是为老不尊。"

林屿肆反唇相讥："就你那狗爬一样的字，看着我眼睛疼。"

宋霖打算跟他抬杠到底，忽然想起被扔在4S店的车，涌上一阵心虚，把纸匀出来一张，转移话题："肆哥，要不你也写点？"

林屿肆的思绪被这句话打乱，刹那间脑袋里闪过很多画面，最后定格在同一张脸上。

忘了是第几次想起她，可每次拎出来的记忆碎片都是崭新的。

就好像九年前的不辞而别只是他脑补出的假象，而这人从未离开过。

窗外响起一声惊雷，林屿肆回过神，用没什么起伏的语调说："家里都没人了，写给谁看？等我死了，总能见到。"

宋霖回头看他一眼，想说什么又忍住了。

林屿肆云淡风轻地收回目光，眼尾垂落，同时看见对面回了条消息：我姓乔。

他神经倏地断开，手指也不自觉一紧："宋霖。"

"哥，又怎么了？"

林屿肆安静几秒，说："算了，没什么。"

2

林屿肆：行，就这周六晚上八点。

乔司月回复：好的。

她盯着屏幕看了几分钟，见对面没再传消息来，正准备下床，身侧传来沙哑的女声："联系上了？"

乔司月点头："约在周六晚上八点。"

"约在哪儿见面？"苏悦柠撑起手肘看她。

"一家咖啡店。"

苏悦柠看了眼自己的工作安排，恰好那天下午五点后没什么行程："周六晚上我陪你去，万一对方是个不好说话的，多一个人在，多点底气。"

乔司月回忆了下对面发来的几条消息，看上去不像难说话的。

"你还怕他把我吃了啊？"她用开玩笑的语气问。

"那没准,美女谁不喜欢?"

很久以前,苏悦柠就觉得乔司月五官底子好,标准的桃花眼,笑起来明艳漂亮。

乔司月不在意地笑了笑,起身下床时,突然产生一阵晕眩。

苏悦柠及时扶住她:"怎么了?"

"有点晕。"乔司月双膝跪在床边缓了会儿,"可能是低血糖,老毛病了。"

"今天就别去工作室了。"

"今天有事,必须得去。"

"什么事这么重要?"苏悦柠偏头看她,"别想敷衍了事,你什么脾气我心知肚明。"

乔司月拿苏悦柠没办法,只好把聚餐那天林幼欢对她说的那些话大致转述了一遍。

只不过昨晚林幼欢在电话里多加了一个筹码:新作品的所有收益,包括后续版权费都归乔司月所有,工作室不收取一分红利。

近半分钟的沉默后,苏悦柠一针见血地点明:"你心动了。"

"一半吧。"

"你要这么多钱做什么?"

"不是我需要钱,"乔司月斟酌了下措辞,"有钱才有足够的底气,把我弟从那个家里带出来。"

苏悦柠没听明白。

乔司月仰头靠在墙上,眼底有化不开的愁绪:"小弋从初中开始有变化,我爸妈当他进入叛逆期,直到高中他的成绩直线下滑,我才察觉到不对劲。我清楚他的能力,他是故意考差的。"

乔司月停顿几秒,继续说:"不知道你还有没有印象,这种事情我以前也做过,但我是为了自己,而他是为了我。"

她一直以为,得到偏爱的人才是有资格恃宠而骄的那个,可从小到大,乔惟弋在自己面前总是一副谨小慎微的模样,这种小心翼翼和她当年在苏蓉面前别无二样。

仿佛陷入一个死循环,他在乔家得到的偏爱最终还是以另一种方式在偿还。

而这种方式,不外乎用平庸消磨乔家人落在自己身上的偏爱和期待,以此来换取他们一句"他不如姐姐懂事、比不上姐姐"的评价。

可她根本不需要他这么做。

苏悦柠对乔惟弋的印象还停留在他穿背带裤那会儿,胸前别着一只泰迪胸针,眼睛又亮又圆,拽住她衣摆清脆地喊一声"姐姐"。

喉间莫名酸涩,她屈指捏了捏,嗓音哑而淡:"你们一个两个的,全是疯子。"

乔司月进工作室的那一刻，所有人的目光都整整齐齐地落过来。

她没在意，前脚刚进洗手间，后脚陈曦跟来。

陈曦是工作室新招进来的责编，乔司月和她交集不多，这会儿也只是点头示意。

陈曦看她两眼，口吻熟稔："司月姐，我听说你要帮南渊画稿？"

乔司月没抬头，也没说话。

陈曦继续替她抱不平："凭什么呀，她的实力压根不如你，不就仗着自己和总监沾亲带故嘛。"

乔司月的视线顿了几秒，而后一寸寸地移到陈曦脸上，眼睛里没什么情绪，声音也冷淡："你为什么要和我说这些？"

陈曦喉咙一哽，不确定她是真不知道，还是在这儿装单纯的小白兔，见试探无果，轻轻扯了下唇："我也就随口一提。"

乔司月若有似无地"嗯"了一声。

见她这副刀枪不入的模样，陈曦自知无趣，擦开手上的水珠，说："那司月姐，我先回去了。"

乔司月刚回座位，就被林幼欢叫到办公室。

"昨天晚上我跟你提议那事，你考虑得怎么样了？"

乔司月依旧没有明确表示自己的态度："我还没想好下本的题材。"

这便是有商量的余地了，林幼欢脸色柔和了些："我看你画册里的内容就不错，正好也是你擅长的暗恋题材。"

"什么画册？"乔司月脑袋嗡了一瞬。

林幼欢当她在装傻，眯了眯眼睛。

乔司月在她出声前先反应过来，不留任何转圜余地地给出答案："不可能。"

林幼欢脸色很难看："你可以再好好想想。"

"不用想了，这个不行。"

乔司月在楼道站了几分钟，回去路过茶水间时听到有人提起自己的名字，她脚步微顿。

身后动静不轻不重，陈曦止住话茬，扭头看去，气息一下子卡在嗓子眼。

乔司月平静地对上她慌乱的眼睛："你翻过我东西？"

"司月姐你在说什么呀？"因为心虚，陈曦平时嗲里嗲气的声音这会儿听上去磕磕巴巴的。

乔司月把话摊开说："我的画册，你翻过了。"

陈曦眼尾一垂，避开她直白的审视："我就是不小心打开看了眼。"

乔司月笑了笑："有多不小心才会趁别人不在的时候，去翻她座位上的东西？"

陈曦装腔作势的劲涌上来："我都说了是不小心的，你还有完没完了？"

乔司月的眼神依旧无波无澜，陈曦以为这事会就此翻篇，随后看见她抬手将自己放在茶桌上的玻璃杯拂倒在地。

"砰"的一声，水杯四分五裂。

"你有病吧？"陈曦脸色难看至极，眼泪没绷住，一个劲地往下掉。

旁边的人也被这场面震住："司月姐，你怎么能……"

那人话还没说完，乔司月冷眼睨过去："为什么不能？我也只是手滑了。"

气氛一下子降到冰点。

乔司月没再看她们。

离开工作室那会儿天色晴朗，风很大，乔司月混沌的大脑被吹得清醒了些。

她向来这样，有时候冷静得可怕，有时候做事冲动、不计后果，就像刚才，静下心来其实有更好的解决方式，而不是让怒意随意支配自己的行为。

可她这般生气，究竟是因为陈曦随便动了她的东西，还是因为陈曦动的是她留了整整十年的画册？

又或者是被人揭开了那层自欺欺人的遮羞布？

心头忽然涌上一股莫名的无力感，她闭了闭眼睛，拐进一条小路，不知道走了多久，在垃圾桶前停下。

她把画册举在半空，察觉不到累似的，保持同一姿势许久未动，手指因用力泛起明显的白印。

天色渐沉，她才将这念头收了回去。

只不过动作比决定慢了几拍，沉寂已久的环境被一道不怀好意的口哨声打破，一辆摩托从她身侧开过去，又忽然停下。

乔司月循声抬头，还没来得及反应，后座那人飞快伸手，精准地攥住她手里的画册，同时摩托车启动。

巨大的拉力下，她身子前倾，膝盖骨重重往地上一磕，手却始终没松开。

像是故意的，对方给足了她缓冲时间，等她站稳，毫无征兆地加速。

乔司月被拖行了大约十米后，一道粗犷的男声骤然响起：

"喂！你俩干什么？"

阜杨派出所。

"警官，我只是和她开个玩笑，哪知道她这么疯。"觑着对面警察越来越难看的脸色，小混混底气不足，声音越来越轻，"不就一本破书，还死拽着不放手了，明明自己也打算扔的，我只是帮她……那句话怎么说来着？"

另一个混混提醒："断舍离。"

"对对对，就是断舍离。"

老赵被他这不知悔改的态度气笑，说教的语气加重了几分："开玩笑？什么玩笑把人折磨得血肉模糊？你说个给我听听，看我会不会给你捧场？"

小混混被堵得哑口无言，竖起衣领，半张脸缩进去，进入装死模式。

老赵还想说什么，桌板落下一片阴影，他抬头，对上一张熟悉的脸，稍愣："怎么想到上我这儿来了？"

林屿肆把餐盒放到他桌上："替你老婆送温暖。"

老赵的妻子在消防站做后勤工作，林屿肆今天下午开始调休，想到回家会路过派出所，就顺便帮人把便当带来。

老赵脸上的怒气还没收，林屿肆瞥了眼身旁哆哆嗦嗦的两人："这两个彩虹头犯什么事了，让赵队长发这么大的火？"

一提起这事老赵就来气："看看人家好好一姑娘，被折腾成什么样子了！"

说着，他手指过去。

林屿肆飞快往那边扫去，正好有人经过，视线受阻，只看到半截瘦瘦弱弱的身影。

鬼使神差般的，他没立刻收回目光，往前走了几步，那张脸隐在垂落的长发里依旧模糊，给他的感觉却很熟悉。

他心脏忽地一跳，明知道是她的可能性太小，心里的期待却像野草一样疯长。

"她叫什么名字？"

"谁？"

林屿肆昂了昂下巴。

"乔……"老赵低头看了眼记录，"哦，叫乔司月，怎么，你认识？"

乔司月身上没有一处是不疼的。

身侧立着面玻璃，清晰地映出她的模样——长发散着，湿漉漉的，粘着两侧脸颊，脸色白得像撒了层面粉。

实在是狼狈。

女警察递过来一杯水，冒着热气："喝点吧，暖暖身子。"

"谢谢。"

乔司月接过，浅浅抿了口。

女警察提议道："我先帮你处理一下伤口吧。"

"不用麻烦了。"乔司月抬头，"大概还要处理多久？"

"你先坐会儿,我去问问赵队。"

没多久,女警察又过来,说:"可能还要一会儿。"

乔司月点了点头,换了个相对舒服的姿势,衣服与伤口摩擦,又传来一阵刺痛。

她今天穿了条牛仔长裤,布料厚实,膝盖附近沾上不少泥垢,灰扑扑的一片,估计擦破了皮,渗出丝丝缕缕的血迹,看上去有些瘆人,但应该没伤到骨头。

高度紧张的神经一下子松懈下来,随即涌上的疲惫感让她的意识渐渐转为昏沉。

朦胧间,她察觉有人正向她靠近,起初只是一道模糊不清的轮廓,然后脚步声慢慢加重,带过来的风里含着某种清爽的气味。

像沁柠水,也像十七八岁的少年。

脚步落在大理石地面上,格外沉稳有力,距离还在持续拉近。

她缓慢抬起下巴,眼睛被灯光一刺,有些酸胀,看不清男人的脸。

下一秒,她听见这人说:"乔司月。"

咬牙切齿的三个音,不像久别重逢后的致意,更像仇敌见面。

熟悉又陌生的嗓音让乔司月一怔,她努力将思绪从回忆里带出,眼睛缓慢聚焦到一处。

极短的寸头,五官长开了些,不见少年气,线条多出几分张扬的乖戾感。

他脖颈下方,有段从暖黄色到冷白色的过渡,个高腿长,纯黑工装裤裤脚束进马丁靴,干净利落的打扮。

那双眼睛透着难驯的桀骜,在灯光浸润下柔和了些,仿佛藏匿进无数深情。

埋在记忆深处的轮廓逐渐清晰,与现实一一重合上,心头的不真实感却在不断加重。

像在做一个遥不可及的梦。

不到五秒,乔司月被惊醒。

其实这些年,她不是没有听说过林屿肆的事情,七零八碎的声音加起来,只能得到一个含糊的信息:高考那年,他发挥稳定,以文科状元的身份考进B大,却在大二因故辍学。

后来没多久,又传来他当兵的消息。

为什么要辍学?

又为什么去当兵?

这些细节,她一概不知。也可能是她本能地选择了逃避,硬生生掐断对他的好奇心。

即便如此,最开始的那两年,她还是会时不时在脑海里设想他们重逢的场景,那些场景各不相同,但从未料到会在派出所再见。

他英气逼人,而她潦草狼狈。

可是她已经不再是当初那个会因他的突然出现而手足无措、脸红耳热的少女。

时间会削弱她的爱意,同样也加固了她身上不近人情的保护壳。

她平静地与他对视了长达十余秒,那声"好久不见"在他半蹲下身子后,卡在咽喉。

"疼不疼?"

周遭环境很吵,他的声音落在耳侧,清晰又干净。

省去一切或繁赘或简略的寒暄,语气与唤她名字时大相径庭。

那一刻,乔司月听见自己剧烈的心跳。

3

林屿肆一动不动地看着乔司月。

恍惚间他又想起多年前的她,皮肤白净细腻,发色偏黄。

不知道是不是光影问题,她现在的发色好像黑了些,人依旧瘦,针织毛衣裹在身上,勾勒出纤细的线条,露出的腕骨嶙峋。从他的角度,恰好能看见她皓白脖颈下方两道平直细瘦的锁骨。

不待她回答,他起身往回走:"流程还没走完?"

老赵没看出他的不耐烦,随口敷衍了句:"快了……你走开些,别挡着光了。"

林屿肆往旁边挪了些距离,眼尾垂落,瞥见纸上处理结果那栏,眼神又凉了几分。

冷不丁听见一声嗤笑,老赵抬起头。

林屿肆下巴朝乔司月的方向一点,声音泛着冷意:"把人家姑娘伤成这副样子,警告一下就完事了?"

"你跟我说这些没用。"老赵又气又笑,"小姑娘要和解,我还能逼人家不成?"说着,他忽然意识到一件事,眼睛在两人间打转,"你俩真认识啊?"

林屿肆没回答,催促道:"快点,我得带她去医院。"

这句话恰好被乔司月听到,林屿肆似有所感地偏过头,直勾勾地盯住她眼睛看了半分钟。

白炽灯管发出微弱的"嗡"声,身前人影幢幢。

两人隔着一段距离对视着,最后还是乔司月先错开目光。

老赵眼观鼻鼻观心,察觉到空气里的汹涌暗潮,对林屿肆挥了挥手:"行了,这边没什么事了,你先带人去医院,这伤可耽误不得。"

林屿肆点头,大步流星地走回去,还是以半蹲的姿势:"我车停在门口,上来,我背你去那儿。"

乔司月听得有些蒙。

她刚才有答应要和他一起去医院？

见她不动，林屿肆换了个方向，一手环住她的肩膀，另一只手臂穿过腘窝，动作一气呵成，却避开了她的伤口。

众目睽睽下，他将人抱出派出所。

乔司月就这样稀里糊涂地上了他的车，等车启动了，她才回过神，试着动了动手腕："应该没伤到骨头，只是蹭破了几块皮，没必要去医院。"

林屿肆哼笑一声："应该？"

乔司月没搭腔。

"行，不去医院。"林屿肆停车，掏出手机，手指飞快地在屏幕上划动几下，"加个微信，把地址发给我，我送你回去。"

半分钟后手机才响了声，林屿肆退出二维码界面，新弹出的对话框上的昵称是几个字母："later"。

头像也简单，一只花白小猫，眼睛圆溜溜的。

"你养的猫？"

乔司月大脑卡壳几秒，反应过来后摇头："室友养的。"

林屿肆"哦"了一声，点开她发来的定位，意味不明地抛出两个字："酒店？"

一时拿捏不准他的态度，乔司月囫囵应了声。

林屿肆单手扶住方向盘，打了四分之一圈："来杭城出差？"

"不是，"看苏悦柠那态度，显然是不想再见到陆钊，乔司月只好含糊其辞，"有朋友住在那儿。"

"什么朋友？"

记忆里他很少有这种刨根问底的时候，乔司月忍不住朝他看去。

他的五官如初见时那般深邃，挺直的鼻梁落下半边阴影，半张脸被车顶灯洒落的橙黄色光束浸润，神色晦暗难辨。

空气长久沉寂下来，林屿肆的耐心罕见的充沛，目光平静地望着前方，等待对方的回答。

乔司月掩下心头翻涌的思绪，实话实说："女朋友。"

两秒后，她补充道："女性朋友。"

林屿肆笑意兜不住了，语气变得轻松起来："我就是随口一问，又没别的意思，你这么紧张做什么？"

乔司月抿唇不语。

往主路开了段距离，林屿肆找到人行道旁的空车位停下，说："在这里等我会儿。"

"你去哪儿？"

乔司月这一声听上去有些急迫，林屿肆脚步一顿，手掌撑在车顶，弓身看她。

有道阴影覆盖在他脸上，衬得人深沉又冷漠："放心，我不会随便抛下你的。"

不知道是不是自己的错觉，乔司月觉得这句话被他说得格外沉重。

直到关门声响起，乔司月才往左边看去，在他回来前，又匆忙收回视线。

塑料袋扒拉的声音响了一阵，她的胳膊被人轻轻拉了过去。

乔司月一怔，猛地收回手，偏头撞进林屿肆深沉的眸光里，心跳滞了滞："我自己来。"

"你看得见伤口？"

她抿了抿唇，放弃挣扎。

头顶传来一声轻笑，乔司月眼皮一跳。

她愣神的空当，手腕再次被桎梏。

林屿肆低垂着眉眼问："什么东西这么重要，连命都不要了？"

他的声音很淡，听不出情绪，动作细致又轻柔。

乔司月沉默几秒，避重就轻："画稿。"

林屿肆抬头飞快看她一眼，极低地"嗯"了声，不再追问，撕开创可贴，轻轻朝消毒后的伤口一粘。

他没有立刻收回手，指尖还搭在她手臂上，忽然叫了声她的名字："乔司月。"

乔司月凭着本能去寻他的脸，忽而又垂下眼皮。

手肘上的伤没让她觉得疼，倒是他贴在她皮肤上的修长手指传来的温度，让她心脏猛地颤了一下，跟着跳快几拍。

不想让这些细枝末节出卖自己心底的行踪，她将手腕一挣，摆脱他的束缚。

空气瞬间凝滞。

"乔司月，你知不知道……"林屿肆嘲讽般地勾起唇，"算了，现在说这些没意思。"

似陷入一种僵持，两个人谁也不开口说话，二十分钟后，车在酒店门前停下。

同一时刻，驾驶室的车窗降下，林屿肆关上车顶灯，单臂支在车门上，捏着眉心，身心俱疲。

后面有车驶来，灯光照亮车前玻璃，他隐在黑暗中的轮廓变得清晰了些。

乔司月收回视线，解开安全带："今晚麻烦你了。"

她正要下车，身后传来男人低沉的嗓音："乔司月，当初为什么没有填报京城的学校？"

他看过她填的高考志愿意向表，所有学校都在京城，可她最后却去了距离京城一千多公里外的杭城。

突如其来的话题让乔司月一愣，心脏像被束上一圈绳索，末端系着石头，笔直地往下拉扯，四肢百骸被牵连，每一处都疼得难以忍受。

她坐回去，靠在椅背上，好半会儿才说："我努力过的。"

见她含糊其辞，林屿肆也没追问到底，后面的车响了几声喇叭，他把车往前开了一段距离，又问："来杭城多久了？"

"从大学开始，就一直没回去过。"乔司月告诉自己只能到这儿了，但她最后还是没忍住，"你呢？"

"五年。"

闻言，她忽然不知道该说什么，到最后也只挤出没有营养的四个字："那挺久的。"

林屿肆"哧"了声："要真这么久，也不至于现在才遇到你。"

似是而非的一句话，乔司月微微恍神，但她没细想，打开车门终结慌乱的心跳。

林屿肆目光跟随她的背影走了会儿，直到人彻底消失在视野里，才启动车子。

他没开远，而是将车停在街边，倚在车门上。

远处灯火稀疏，模模糊糊地融进眼底。

他的记忆被带回九年前。

那天林屿肆陪路迦蓝去了趟北城祭拜路霜。

回程的路上，路迦蓝忽然来了句："你要是真有意，就别再畏畏缩缩的。"

她语气寻常，像在阐述一个无关紧要的话题，对比起来，林屿肆的反应比她大些。

他微微皱眉，却没说什么，觉得自己根本没必要接这种莫名其妙的话茬。

路迦蓝打开车窗，初秋的风燥热尚未退却，吹得她心脏有些麻。

"你随心所欲，只有在那个女生面前是不一样的，处处周全妥帖，甚至称得上小心翼翼。那个时候我就知道了。"

她闭了闭眼，把话挑明了说："但不是所有人都喜欢被人捧在手心宠着，至少她不是这样。"

林屿肆侧头，目光落在她脸上——妆感略浓，遮住苍白的脸色。

"别不信啊，我这双火眼金睛看得明明白白。"路迦蓝指着自己的眼睛，勾唇笑说，"她想要的是冒险，想要有一个人带她走出现在这种生活。"

林屿肆顿了下。

"哥,再告诉你一个秘密。"她勾勾手指,示意他凑近些。

冗长的沉默后,林屿肆缓慢俯身,耳畔传来温热的气息:"那个女生她——"

分明是轻缓的声线,却炸得他耳膜生疼。

他信了路迦蓝的话,也将那封出现在许岩手上的信抛之脑后。

可等他回到明港,得到的却是乔司月转学的消息。

乔家大门被锁上,铁栅栏里是空空荡荡的庭院,生活气息被抹去,好像这一家人从未出现过。

他没想明白到底哪个环节出了差错,如果她真对自己没那方面的意思,他能理解。但这么多天相处下来,他以为他们的关系不至于连声告别都不留下。

可现实偏偏如此。

几天后,叶晟兰从邮箱里翻出一封匿名信。确切来说,是一张纸。

上面只写了一句话:祝你前程无忧,岁岁安好。

乔司月的字迹特别好认,落笔重,笔锋苍劲,不像女生写的。

"这是什么意思?"林屿肆愣了下。

叶晟兰夺过纸片,"啧"了声:"肆儿,咱就说,你妈那么浪漫的人,怎么生出你这么一个愣头青?"

他彻底愣住。

谢师宴前一天,林屿肆从盛薇口中得知乔司月的去向,买了当天最早的车票去南城。

但她不在,开门的是她的母亲。

大二那年,他又一次去她的学校找她,却看见她和许岩并肩走在路上,怀里抱着一束花,嘴角勾起的弧度清晰。

她很少笑,可那会儿的笑容确确实实是发自内心的,看得他心口酸胀,第一次体会到落荒而逃的滋味。

后来,他再也没去找过她。

这么多年不见,他以为她会过得很好——不,应该是他的潜意识告诉他,她必须过得好,又或者觉得他们两个人,总有一个得过得好。

现在看来不过如此,用半斤八两形容他们再贴切不过。

以前的她还会脸红,会因他突然的靠近手足无措,也会为了保护朋友据理力争,看上去温温曛曛的,实际上比谁都大胆。确实如路迦蓝说的那样,她是个不安于现状的人,说白了就是她想叛逆,想有个人陪她一起冒险。

不像现在,活得像个没有情绪的机器人。

手机响了声。

宋霖发来一段语音:"哥,我反思了下,祸是我闯出来的,不能让你这无辜的车主担责。"

林屿肆拨去电话，语气不耐烦："说重点。"

宋霖幽幽叹气："你这听不懂人话的臭脾气什么时候能改改？我的意思是，我女神那边还是我去协商好了。"

林屿肆正要回，远远看见一道细瘦身影从酒店门口拐出，走路姿势有些跛。

他将车停在路边，朝她离开的方向追去。

等距离拉近，他终于看清她的侧脸，眉心拧起。

"忙着，先不说了。"林屿肆直接掐断电话。

宋霖哑口无言。

乔司月走得很慢，林屿肆跟着放慢脚步，看着她穿梭在茫茫夜色中，最后走进一家便利店。

他在街口停下，从口袋里摸出烟盒跟打火机，指腹意外地被锋利的边角划了一下，掏出看，是一颗陈皮糖。

他把烟放回去，撕开糖纸，把糖抛进嘴里，囫囵搅动一番。

真酸。

杭城三月的夜晚气温骤降，便利店开着空调，白雾覆在玻璃上，外面的一切都变得朦朦胧胧。

乔司月眼前浮现出林屿肆的脸，深邃的眼窝，瞳仁漆黑，专注地与自己对视着。

他的脸好像瘦了些，线条变得更加冷硬，不见恣意的少年意气，只有成熟稳重的男子气概。

她的心不受控地打了下鼓，开始回忆今晚发生的点点滴滴。

先是出其不意的重逢，然后莫名其妙地被要去微信。

还有什么？

她把进度条倒回一开始，仔细复盘着他的一言一行和自己的回答。

"什么东西这么重要？"
"画稿。"

"来杭城出差？"
"不是，有朋友住酒店。"

"来杭城多久了？"
"从大学开始，就一直没回去过。"

他是真厉害,三言两语就套出她现在的生活。

她也是真没出息,他问什么就答什么,简简单单几句话便把自己的底细全交代了。

对他,她还是一如既往的没什么防备心。

乔司月戳着丸子,沉沉地吐出一口气,这时,苏悦柠的电话进来。

"临时接到通知,要去出个外景,最近几天就不住酒店了。房间我没退,你继续住。"

乔司月回道:"好。"

顿了顿,她又说:"悦柠。"

电话那头有了几秒的停顿,苏悦柠问:"出什么事了?"

"没什么,你忙你的,路上注意安全,我会想你的。"

"知道了……"背景音嘈杂,苏悦柠笑声有些模糊,"什么时候变得这么腻歪了,都不像你了。"

乔司月笑了笑,将电话掐断。

实在没什么胃口,关东煮剩了大半,乔司月点开微信,发现多出几条点赞提示。

她很少发朋友圈,发的基本上都是美食或者风景照,自己从不入镜。

刚才微信加得匆忙,她都没怎么注意林屿肆的昵称和头像,现在一看,还是熟悉的羽毛头像和"echo"。

全都是他点的赞。

乔司月没明白他这番举动,点开他朋友圈,退出又进入,来来回回差不多有二十次,目光终于停下。

就在十秒前,他一片空白的朋友圈里,多出一条新动态:

  溜溜回来了。

第十二章
窥见了一丝光亮

1

林屿肆没回公寓,去了陆父开的小炒店。店里没什么客人,陆钊正坐在门口的台阶上玩手机。

听到动静,陆钊抬头,随即将手机放回口袋,朝里面的陆啸喊了声:"啸哥,你干儿子又来蹭吃蹭喝了。"

"哪能啊。"林屿肆扔过去一瓶白酒,给陆啸的。

陆钊差点没接住,骂了他一句。

一阵插科打诨,林屿肆忽然来了句:"苏悦柠回国了,估计现在人就在杭城。"

之前听贺敬诚说地方台想出档关于消防员的纪实综艺,大概率会选在他们站录制,林屿肆在名单上看到了两个熟悉的名字,沈一涵和苏悦柠。

不同的是,沈一涵是作为艺人参加录制,苏悦柠则是导演组一员,不入镜。

陆钊没说话,眼神里有说不出的颓然。

冲他这态度,林屿肆心里有了猜测:"你已经知道了?"

陆钊还是不吭声,单手拉开啤酒罐的拉环,递过去一罐。

林屿肆没接,驾轻就熟地从冰柜里拿了罐芬达:"我喝这个。"

考虑到他工作的特殊性,陆钊没再劝,自顾自地灌了口,手指一紧,易拉罐被捏得"咔咔"响:"知道又怎么样?回不回来都不关我的事。"

林屿肆看破不说破,勾唇笑了笑。

陆钊又开了罐啤酒，忽然福至心灵："看你这春风满面的样子，怎么着，遇见她了？"

林屿肆食指钩住拉环，用力往上一提，对嘴灌下一大口。

第一次觉得芬达这般甜，还不腻。

他应了声，似想到什么，笑意蔓延至眼角眉梢，忙不迭点开微信里的猫咪头像：这么久不见，周六晚上一起出来吃顿饭。

觉得不妥，他又加了两个字：行吗？

等了五分钟一直没收到回复，林屿肆退出微信界面，打开通讯录，找到"肇事司机"的联系方式，发消息：你好，我是车主。这周六晚上我有事，赔偿金这事得往后挪挪。

这段话发出去的前一秒，微信弹出一条消息，设置了隐私权限，所以看不到对方回了什么。

没多久，肇事司机也回复了：好的，您看什么时间方便，到时候告诉我一声就行了。

林屿肆还没来得及切换界面，就被陆钊看到，他的注意力一下子被拐走："什么赔偿金？"

林屿肆漫不经心地回道："前几天我把车借给队里一小孩开了，结果被剐出一条口子，和解了，不过后续赔偿还没解决。"

"哪辆车？"

"大G。"

陆钊"咦"了声。

听出他在阴阳怪气，林屿肆无所谓地笑了笑："钱没人重要。"

自己压根不差那点赔偿金，但差她。

把调休时间浪费在协商上，不如趁这机会约乔司月出来。

陆钊手臂撑在椅背上，老神在在地盯住林屿肆看了会儿，恶趣味忽然涌上心头："这都过去多少年了，你以为她还和你这老光棍一样？没准人家早就谈了男朋友。"

林屿肆神情僵滞片刻，把问题甩回去："这重要吗？"

陆钊似笑非笑地看着他。

林屿肆重新点开微信置顶栏，眼尾垂落，屏幕定格在她两分钟前的回复上：这周六晚上我有事情，下次再约吧。

他眼神一黯，随即释怀。

算了，九年都过去了，也不差这一时半会儿。

他咬牙摁下：行。

林屿肆提前结束休假，一回到站里，就被贺敬诚叫过去："地方台那档综艺临时决定提前一周录制,站里几个领导商量过,一致决定由你来担任这次的执行教官。"

贺敬诚这话一说完,果不其然,就看到林屿肆抗拒的神色。

之前站里跟某电视台出过一档纪录片,林屿肆全程没什么好脸色,私心觉得任何真情实感被镜头一渲染,都会多出作秀成分。

那时他没抵抗住贺敬诚的软磨硬泡,别别扭扭地录完整期。但这次他明确表示了拒绝:"换个教官带他们,我怕我没忍住把这群细皮嫩肉的大明星折腾成骡子。"

贺敬诚没答应,笑着打马虎眼:"那怎么能行,你可是咱消防站的吉祥物,不出镜怎么拉高站里这群小孩的平均颜值?"

这态度明摆着没转圜余地,林屿肆摆着张臭脸应下。

到训练场地不久,开始下小雨,一直到训练结束,雨都没停。

何睿今天格外卖力,结束后身上全是汗,顾不得擦,咧着一嘴白牙,朝林屿肆跑去:"肆哥。"

好半会儿等不来后续,林屿肆睨他,将手里的矿泉水瓶往横杆上重重一搁:"有事直说。"

何睿也不再拧巴:"贺指导说这次全靠你替我说好话,我才没有受到大处分。"

林屿肆"哧"了声,语调还是冷:"我说的话是圣旨?"

何睿一时没话接。

林屿肆又说:"有这时间道谢,怎么不见你多做几组体能?"

他手往跑道一指:"负重五千米。"

何睿转身还没跑出几步,听见身后传来一声:"给我回来。"

林屿肆:"加到明天的训练里。"

何睿正要开口,宋霖的声音先插进来:"肆哥!林队!你放在门卫室的伞借我一下。"

林屿肆抬眼看他。

宋霖多解释了句:"我刚看到我女神了,这么大的雨淋着,我看着都心酸。"

手背上溅了滴水珠,林屿肆没理,轻轻"嗯"了声。

"谢谢队长。"宋霖掉头就跑。

何睿跟了上去,想看看传说中的女神究竟长什么样。

没一会儿两个人勾肩搭背着回来。

宋霖:"怎么样,我女神长得好看吧?"

"瘦得跟个纸片人一样。"何睿嘀咕了句,接收到宋霖不太友善的眼神后,咳了两声,"好看归好看,可这性子是不是太冷了?"

"冷什么冷,人家那叫慢热。况且这是我女神第一次见你,你长得又砢碜,还指望她心花怒放地朝你招招手啊？我都替她觉得跌份。"

何睿被气笑，骂了句脏话。

两人一路打闹回到营地，远远看见一道颀长的身影。

男人姿势没变，慵懒地将单臂支在围栏上。

今晚无风无月，烟雾散不开，罩在林屿肆脸上，影影绰绰，不甚明朗。

宋霖忽然想起一件事，三两步跑到他身边："对了，肆哥，赔偿那事你们有没有谈好啊？"

"不急。"林屿肆神情懒散，手臂被压出紧实的肌肉线条，"晚几天再说。"

宋霖狐疑地眯起眸子："你该不会想吊着我女神吧？我告诉你啊，你要是欺负司月姐，小心我跟你急。"

那两个字打得林屿肆措手不及，他猛地一怔："你说她叫什么？"嗓音也有些哑。

宋霖一脸莫名其妙："不是吧，你俩还没交换联系方式？"

林屿肆不耐烦，用眼神催促他。

宋霖在心里怼了句"什么臭脾气"后，笑嘻嘻地回道："我女神叫司月，怎么样，好听吧。"

何睿翻了个大白眼："什么德行？"

宋霖"呸"了声，毫不留情地给他一脚，然后对着林屿肆意味不明的眼睛，补充道："不是你之前救下的那司乐，我女神的月是月亮的月。"

林屿肆忽然笑出声："乔司月。"

简简单单的三个字，在唇齿碾压一番后，多了些晦涩不明的意味。

刚才不是还不知道名字？怎么这会儿连姓都猜出来了？

宋霖愣了下，见对方眼神冰冷，到嘴边的话硬生生给憋了回去。

不到两秒，他脑袋里忽然蹦出一个荒唐的猜测："肆哥，你和我女神认识啊？我是说在车祸之前。"

"女神？"林屿肆避开他的问题，"明天两百个俯卧撑不用做了。"

宋霖喜上眉梢："谢谢肆……"

"哥"还卡在喉咙里，他就听见对面男人冷漠无情地蹦出一句："绕站跑二十圈。"

等人走后，宋霖用手肘撞撞何睿的侧腰："你说肆哥这又是在发哪门子神经？"

何睿甩开他的胳膊，板着脸教育："什么发神经？没大没小的，肆哥是你能随便埋汰的吗？"

宋霖恶狠狠地瞪何睿："你这又是什么德行？"

何睿没理他，回宿舍的途中，脑袋里飞快闪过一张脸，是之前不小心在队长皮夹里看到的女生，十七八岁的模样，人有些瘦，五官秀气。

和今天见到的"女神"有八九分相似。

等会儿……

难不成宋霖的女神是肆哥的前女友?

这个猜测一冒出来,何睿自己都愣住了,但一结合队长刚才的反应,这种猜测的可能性提升不少。

他好像发现了什么了不得的秘密。

拿到手机后,林屿肆点开置顶栏头像,聊天记录还停留在三天前。

echo:到家没?

later:到了,今晚谢谢你。

echo:小事。

later:月亮.jpg

echo:这么久不见,周六晚上一起出来吃顿饭。

echo:行吗?

later:这周六晚上我有事情,下次再约吧。

echo:行。

毫无营养的两段对话,处处透着刻意的疏离。

林屿肆又一次点进乔司月的朋友圈,发现对方不知道什么时候设置了仅三天可见。

唯一的动态是两小时前发布的。

一张美食照,无文字。

他按惯例点了个赞,重新点进她头像:伤好了没?

等了差不多二十分钟,还是没回复。

长达半个小时的文火煎熬后,他终于没忍住又发过去一条消息。

发出后他又立即后悔。

这语气是不是太凶了?

把人吓跑了怎么办?

收到消息那会儿,乔司月刚回酒店,手机被调成静音,她没看到。

她觉得身上黏糊糊的,简单冲了个澡,换上睡衣,回客厅看见茶几上的手机屏幕亮着。

是乔惟弋打来的电话,语调听上去有些急促:"姐,妈是不是又骂你了?"

乔司月手指无意识地一紧。

其实说不上骂,只是就老生常谈的话题起了些争执:苏蓉想让她回南城,找个正儿八经的工作,她当时一生气,揪住"正儿八经"这四个字连声质问,苏蓉被堵得哑口无言,当下掐断电话,过去三天,没再打一个电话过来,她也懒得主动递台阶。

估计这些天苏蓉在家里没少吐苦水，才会被乔惟弋知道这件事。

乔司月轻声说："没事，你别多想。"

乔惟弋默了默，语气平缓了些："姐，你不要被他们影响到，想做什么就去做……我在这里很好，你不用操心。"

乔司月心口酸胀，不知道为谁。

"好，我知道了。"

电话两边同时安静下来，但谁也不着急挂断。

许久，乔惟弋轻轻唤了声："姐。"

"嗯？"

"我是你的拖累吗？"

乔惟弋话里话外掩饰不住的自我厌弃像一把利刃，精准地朝乔司月心脏扎去。

她的心脏疼得厉害，嗓音哑到不行："不是，从来都不是，我很庆幸你是我的弟弟。"

"那就不要让我、让乔家困住你。"

闻言，她愣怔几秒。

恍惚之际，男生低哑的嗓音撞入耳膜："你是鹰，不应该像雀一样被囚在笼子里，是鹰就该飞啊。"

落地窗开了条缝隙，有风灌进来，吹得乔司月四肢生寒。

她裹住沙发上的毯子，脸埋进膝盖，缓了好一会儿，抬头看见手机又亮了几下。她以为是乔惟弋发来的，解锁后，目光忽地滞住，胸腔里心脏在狂跳。

屏幕里只有简单的两个字，"echo"发来的：在忙？

往上翻，她这才注意到半个小时前还有两条未读消息：

伤好了没？

乔司月，我是车主。

她愣住，五秒后聊天记录又多出一条：什么时候有空，我们把账算清楚了。

2

什么意思？

不像债主对债务人的追偿，也不像老朋友之间的叙旧，更像男人对女人的直白邀请。

乔司月心里忽然冒出一个足够让她慌乱无措的念头，可偏偏它又有迹可循。

曾经很多次她想以酒壮胆，用醉酒的借口耍一次酒疯，逼问林屿肆是不是有一点喜欢自己。

如果不喜欢，为什么偏要留下这么多可以证明的蛛丝马迹？

可她尝试过很多次，每回都输给从乔崇文那儿遗传来的千杯不倒的本领。

他喜不喜欢自己，最终成为十八岁那年的一道无解题。

如今过去这么多年，他还是这样。

乔司月心里像堵着一团棉花，敲出来的字句也都带着几分赌气的意思，疏离冷漠：

好。

你来定时间、地点吧。

空气安静了会儿，伴随一声轻响，苏悦柠揉着头发从主卧出来。她半夜回的杭城，补了几个钟头的觉，现在还是困，看什么都在晃。

乔司月摁灭屏幕："我打电话吵醒你了？"

苏悦柠边打哈欠边摇头，靠在她肩头缓了会儿，想起一件事："对了，你们工作室那群牛鬼蛇神最近有没有给你使绊子？"

乔司月："最近我没去工作室。"她现在的身份，不需要每天去工作室。

"说真的，你解约单干吧，不差它那点营销。"

苏悦柠停顿两秒，揣测道："还是说你怕你解约后，你的老东家会出来咬你一口？"

苏悦柠在娱乐圈待了几年，见过不少明星成名后和公司解约，前公司又出来拉踩一脚的戏码。

乔司月从来没产生过这种顾虑，摇头说："我已经打算解约了，等手上这部完结后再递交，也算有始有终。"

这种念头已经冒出来很久了，但乔惟弋刚才那通电话才让她真正下定决心。

她是想把他从那个家里带出来，可不一定要通过出卖自己作品的方式。

苏悦柠坐直身子看向乔司月。

乔司月迎上她的目光："其实我一直都知道的，他们都拿我当傻子，个个都说是为了我好，可我又不是真傻，我知道谁才是真正对我好的人。"

不管是对工作，还是对乔家人，很早以前她是不敢计较，后来是懒得计较，但不代表她会无底线地容忍他们变本加厉的行为。

语焉不详的一段话，但苏悦柠听明白了："司月，对自己好点。"

"好。"

应完，乔司月怔了下，突然想起苏蓉经常对自己说的话——"表面上应得爽快，实际上不会去做。"

可她这次没骗苏悦柠，她是真的想对自己好点了。

从什么时候开始有这种想法的？好像是与他重逢那天。

明明是暗无天日的夜，没来由地，她却窥见了一丝光亮。

哪怕这希望可能只是海市蜃楼般的假象。

何睿是个管不住嘴的，没多久，林队和宋霖的女神曾经"有过一腿"的秘密就在站里传得沸沸扬扬。

一开始，何睿没有点名道姓，宋霖只当在听别人的八卦。

直到何睿说了句："你的女神要跟你的爱情鸟一起飞走喽。"

宋霖没心没肺的笑脸顿时僵住，音量高了不止八度，桌子拍得"咣咣"响："你什么意思？什么前女友？我警告你，你可以随便造肆哥的谣，但别扯上我女神，小心我和你急！"

"你不信是吧？"何睿招招手，示意宋霖把耳朵凑过来，神秘兮兮地说，"我前几天看到了肆哥皮夹里的照片，也就是他和你女神的合照，看上去像十七八岁那会儿，反正就挺嫩。"

这算是"实锤"了，宋霖瞬间面如死灰："我不准！"

"都是过去式了，你不准有什么用？"

宋霖耷拉着脸，没看他："你懂什么，这种感觉就像我种了一盆稀世名花，晴天怕晒，雨天怕淋，夏畏酷暑冬畏严寒，操碎了心，盼酸了眼，好不容易等它一朝花开，惊艳四座，结果被一个叫林屿肆的坏蛋连盆端走了！换你你能乐意？"

何睿一直不能理解宋霖的痴狂，平心而论，那女人长得确实漂亮，但没到能让人魂牵梦萦的程度，性格看上去温暾内敛，不太好相处。

"就你这种　根筋的，怎么能体会到她身上独特的神秘感？"宋霖顿了下，"还有我哥说的破碎感。"

"这里怎么还有你哥的事？你哥也对她有意思？"一瞬间，何睿的目光从无法理解切换到一言难尽。

宋霖声音轻下来，似是而非地说："我哥说她心里装了一个人。"

说着说着，他忽然觉得不对劲："合着这人就是林坏蛋是吧？"

何睿这会儿已经憋得脸红，偏偏宋霖一直低着头，没察觉到他的幸灾乐祸。

何睿轻咳两声："其实我觉得你女神和肆哥挺配的。"

"你不懂，没有男人能配得上我女神。"

"懂了。"何睿看热闹不嫌事大，脑袋转向门口，"肆哥，他骂你不男不女。"

"一个两个嘴巴都挺闲。"林屿肆双手环胸懒懒散散地倚靠在墙上，一条大长腿无处安放似的，缓慢一抬，架在宋霖座椅下的横杠上，"站里要和市电视台合作出一档节目，下月初就要开始录制，正愁没人给那群大明星办欢迎仪式，你俩要真这么闲，给我吹气球去。"

宋霖闹小孩子脾气，直接踢开他的脚，气势不够音量来凑："你别和我说话，我现在不想理你。"

"行。"林屿肆答应得爽快。

宋霖一下子噎住，好半会儿才找回自己声音，还带了点无可奈何的妥协："这样，我给你个机会好好解释，再决定要不要原谅你。"

林屿肆挑眉笑："没空，你继续恨着吧。"

宋霖气到不行。

林屿肆离开前最后警告了句："这话题到此为止。"

最近队里的传言，林屿肆不是没听说，比起懒得解释，更像一种下意识的默许。

可冷静过后，他意识到这种流言蜚语对乔司月来说并不公平，但嘴巴长在别人身上，他也只能口头敲打一番。

见他要走，宋霖一个急迫，脑袋直接穿过床尾的栏杆缝隙："这就走了？你算什么男人！"

林屿肆没搭理他。

宋霖自讨没趣，刚要收回脑袋，发现自己被卡到根本没法动："来个人，我脑袋好像被卡住了。"

何睿上前查看，没忍住一阵爆笑。

林屿肆循声折返回去，轻轻转了转宋霖的脑袋，指挥何睿泡盆肥皂水来。

何睿动作快，没几分钟就回来了，顺便带来一群看戏的队友。

"笑什么笑？有什么好笑的？"宋霖又气又窘，"说你呢，王铁柱！你还拍照？赶紧给我放下手机。"

"啪"的一声，林屿肆给了宋霖一巴掌："当自己泥鳅呢，给我安分点。"

折腾了差不多五分钟，宋霖滑溜溜的脑袋才得以解放。

何睿"啧啧"称奇："你们宋家的基因可真奇特。"

何睿见过宋霖的亲哥宋云祁，话少，不喜形于色，总之挺深沉一人。

对比起来，宋霖就跟个"傻白甜"一样，这和涉世未深没什么关系，用本性纯良形容更贴切。

宋霖被卡住脑袋这事在这天之后成为消防站茶余饭后的消遣，刚开始那几天宋霖还觉得难为情，次数一多，也就由着他们去了，但"鲜花插在牛粪上"这茬在他心里一直没翻篇。

出任务或者训练的时候，他还会听林屿肆的安排，一到休息时间都是明里暗里地跟对方较着劲。

何睿从中"调和"："你要真看咱队长不爽，干脆和他打一场，大老爷们儿磨磨叽叽的干啥呢？"

宋霖眼里的光亮了又灭。

和"林金刚"打，不是上赶着去挨揍吗？

林屿肆脚步顿住，递过去一个警告性的眼神："打什么打，还有没有纪律？"

何睿对着嘴巴比了个拉拉链的手势。

林屿肆朝宋霖偏了偏脑袋："走，出去打一场。"

宋霖不情不愿地跟了上去，到目的地，才知道他说的是打篮球。

十分钟后，宋霖所在的红队一球没进，始终处于被对手单方面压制状态。

中场休息的哨声吹响的前一刻，宋霖右脚往后挪了一小步，两只脚忽然腾空跃起，手腕轻轻一推，标准的三分球投篮姿势，如果忽略掉他手上空无一物的现状，勉强能称得上帅。

林屿肆不屑地"哧"了声，一巴掌呼在他脑袋上："投篮动作刻进DNA了是吧？"

他刚说完，视线一偏，瞥见绿色围栏另一头一个瘦弱的身影，看着眼熟。

他眯了眯眼睛，那轮廓看得清晰了些，随即从何睿手里夺过篮球，三步上篮，一气呵成。

何睿吹了声口哨："肆哥，帅哦。"

宋霖也注意到围栏外的人，一下子反应过来，一阵无语。

宋霖的队友笑到快变形："帅是帅，但是吧，林队，那是我们该投的筐。"

林屿肆神情有一瞬的僵硬。

宋霖趁他们说笑的空当，跑到围栏前，笑着打了声招呼："司月姐。"

何睿跟着去凑热闹，距离拉近，看清女人模样。

乔司月长发松松垮垮地束成一个低马尾，鬓角一绺碎发别至耳后，鼻梁窄而直。

今天气温高，她只穿了件暗紫色衬衫，板型宽松，袖口挽上两层，腕骨瘦削，手背经络分明，皮肤白到惊人，衬衫下摆被束进高腰裤里，两条腿又细又直。

她站着的地方，头顶榕树茂盛的枝叶兜着水汽，风一掠，滴落的水珠打湿她的发梢。

她似乎完全没察觉到，安安静静地停在原地，整个人像一幅油画，被暖色调颜料浸染着。

这一刻，何睿忽然有些理解了宋霖口中的破碎感到底是什么意思。

宋霖正要开口，身后插进来一个男声："你怎么来了？"

宋霖翻了个白眼，下一秒，男人高大的身影拐入视线。

短短两分钟，捯饬得倒挺好的——

林屿肆换了件干净的队服，估计还用毛巾擦了擦，身上都没汗了，清清爽爽的模样。

自从知道林屿肆和宋霖的关系后，乔司月推测出他现在的身份职业，所以这会儿并不意外他的出现。

短暂的失神后,她抬起手上的雨伞:"我是来还伞的。"

身边人递来的威胁眼神让宋霖一阵无语,他手顿在半空又放下:"这把伞是我们队长的,你还给他就是了。"

他抛下一句话,垂着脑袋离开。

林屿肆在心里骂了声"小屁孩",目光转回去,隔着栏杆接过乔司月递来的伞:"在这里等我会儿。"

不给对方拒绝的机会,他三两步跑远了。

林屿肆跟贺敬诚打完报告,绕站一大圈,跑到她面前。

两个人不约而同地沉默了会儿,林屿肆忽然挑起话题:"乔司月,为什么不回我消息?"

那天之后,他又给她发去几条消息,全都石沉大海。

乔司月的记忆一下子被拉远,几年前他问过自己同样的问题。

她忍不住去寻他的脸,男人挺阔的肩膀落着铜钱黄路灯的投影,半张脸浸润在夜色里,比平常多了几分沉冷。

"我没看到。"她多解释了句,"最近忙着交稿,工作消息多,就没切号。"

林屿肆眼疾手快地拽住她的手腕,将她往身侧一带,避开树梢滴落的水珠,而后轻笑着问:"你的工作号和私人号是分开的?"

乔司月点了点头,随即意识到两人之间的距离已经在不知不觉间拉近不少,近到能感受到彼此的心跳声,她不自在地退开几步。

林屿肆却自然地往前迈出一大步,明知故问道:"所以,你给我的是私人号码?"

这是重点?

昨晚通宵达旦才把终稿赶出来,这会儿乔司月已经困到不行,眼皮直打架。对方毫无征兆的一句话,直接把她的睡意驱赶大半,她诚实地应了声。

林屿肆嘴角的笑容变大了些:"家在哪儿?送你回去。"

他这态度太奇怪了,乔司月没忍住问:"你为什么突然这样?"

林屿肆哼笑一声,更像自嘲:"都八九年了,算什么突然。"

乔司月大脑一空:"什么意思?"

"看不出来吗?"他直白的目光投射过去,说出的话也是赤裸裸的,"我想对你好。"

荒谬的回答,乔司月莫名觉得难堪:"你别拿我开玩笑。"

话都说到这份上了,林屿肆索性把话摊开说:"乔司月,我这人有些时候确实挺浑,但这事我没跟你开玩笑。"

乔司月怔了怔,不知所措地垂下眼帘。

他投落的剪影映在一旁的花坛中,在密密麻麻的枝丫里留下清冷的黑,还有一半落在坑坑洼洼的水泥地里。

乔司月的脚尖抵着他平直的肩头，她盯着看了很久，目光一寸一寸地抬起，又偏过去些许角度。

直到跌进林屿肆那双盛满深情的眼里。

约莫五秒，她听见他醇厚润泽的声音。

"我想追你，早就想了。"

3

林屿肆觑着乔司月的反应，她好像被吓到了，脸有些白，眼睛瞪得大大的，嘴唇微张，唇上有一抹亮色。

想亲。

算了，这事急不得，得给她足够的时间考虑。

他把话题转回去："你家在附近？"

问完，他忽然想起微信聊天记录里她发过来的酒店地址，"还是说你这几天还住在酒店？"

乔司月实话实说："还住酒店。"

"那走吧，送你回去。"

她没动："就在前面，不用送了。"

"你总要给别人一个献殷勤的机会。"林屿肆双手插进兜里，下巴一昂，指了指正在听墙脚的何睿，"况且要是被拒绝了，我这队长的脸面也不好搁。"

带着调侃性质的语气，给彼此留下三分余地。

两个人一高一低对视着，乔司月不自觉抿了下嘴唇，心悬在半空好一会儿，才轻轻点头。

一路上两人都没怎么说话，林屿肆将人送到酒店门口，仔细观察着她的表情。

看上去是放松的，没有最开始的不自然。

他暗自松了口气，压低声音说："我今天说的那些话没有任何开玩笑的成分，你认真考虑一下。"

他的眼眸深邃，却含着几分笑意。

乔司月感觉自己再往前一步，就会掉进他的温柔陷阱里，索性将目光偏了几度，落在绿色盆景上，后知后觉意识到一个问题："你不先问问我有没有男朋友吗？"

林屿肆皱了下眉，很轻的一下，转瞬找不到痕迹，声线依旧自然："哦，忘了。"

乔司月语塞。

"有男朋友吗？"他象征性地一问，没真想听她的回答，所以没什么停顿地往下说，"不早了，回去休息吧，记得切号看消息。"

乔司月想说什么又忍住了。

林屿肆一回消防站,何睿就嬉皮笑脸地凑上来:"肆哥,你俩成没成?"
"我刚才是相亲去了?"林屿肆脱下短袖,捞起放在水槽上,等水浸没,打着赤膊简单搓洗一番,关上水龙头的同时提醒道,"先管好你自己,少操心我的事。还有,这事别给我在站里瞎传。"
"得令!"
两个人的音量都没有收,宋霖在一旁听得更加自闭了,抱着双膝,一脸幽怨地睨着林屿肆,嘴里嘀咕个不停,隐约能听到几个词,类似于"坏蛋""牛粪""鲜花"。
林屿肆拧干衣服,故意朝宋霖的方向甩了甩:"大老爷们儿的,给我在这儿装什么怨妇?"
宋霖抹了把溅到脸上的水渍,转身拿背对向他:"不好意思,我还没原谅你,请你暂时不要和我说话。"
林屿肆刚想说什么,警笛声骤然响起。
几人迅速冲到车库,换上消防服。
发生爆炸后的厂房面目全非,救援人员只能踩着横梁,小心翼翼地往前走。
宋霖怀里抱着昏迷不醒的女童,路又窄,难以维持平衡,不知道踩到什么,一个打滑,重心不稳倒向一边。
他本来有机会抓住横梁,但他没法松开手臂,底下全是钢筋,孩子还这么小,掉下去铁定没命,他身子骨硬朗,没准到时候还能充当肉盾替她扛下一击。
宋霖抱着必死的心,放弃了自救,昏蒙间听见一声怒喝。
林屿肆以迅雷不及掩耳之势扑了过去,脚钩住钢筋,整个人几乎悬在半空。
他下巴紧紧绷住,脖颈、手背上全是暴起的青筋,力气快耗尽时,后头跟上来的何睿飞速上前拉住他的手臂,大声疾呼,叫来几名队友,合力把两人拉上来,成功将女童转交到她母亲手上。
劫后余生,宋霖腿都软了,靠在墙上粗粗喘了会儿气。
这些年他也算出过不少大大小小的救援行动,见过太多生离死别,但离死亡如此近还是第一次。
回去的路上,他还是双眼呆滞。
林屿肆瞥他一眼,开了车窗。
四月天,晚春的风清爽舒适,宋霖的视线在行进途中缓慢恢复清明。忽然,他当着所有人的面大力抱住身侧男人的腰,哭得眼泪鼻涕直飙。
撕心裂肺的哭声在逼仄的空间回荡着,林屿肆耳膜被震得生疼,右手绕到他后颈,拽起衣领用力往上一提:"都几点了,不知道的人以为我们这车闹鬼。还有,哭可以,鼻涕别蹭到我身上。"

宋霖用袖子胡乱抹了把脸,哽咽漫到嗓子眼,好一会儿才发出声:"队长,要不是你,我刚才就去见我太爷爷了。"

他叹了声气,决定向现实妥协:"你是个好人,我祝福你和司月姐。"

猝不及防被发了张"好人卡"的林屿肆,嗤笑一声后没再搭理他。

宋霖情绪来得快去得也快,认错态度良好:"我承认这些天是我小肚鸡肠了,我跟你道歉。"

他捶了捶胸口,信誓旦旦地保证:"从今天起,你就是我心里的英雄、我永远的神。"

"英雄可以,神就不必了。"林屿肆后脑勺抵住椅背,双手环在胸前,用没什么起伏的音调说,"我没你想象的这么厉害,也会有判断失误的时候,也有救不下的人。"

什么意思?

宋霖觉得他话里有话,但没问出口,靠在座椅上,神经渐渐松弛下来,没多久就睡得天昏地暗。

那晚乔司月是难眠的。

林屿肆种种意味不明的举动,都留下太多能让她遐想的空间。

熬到深夜十二点,她还是睡意全无,对着电脑屏幕坐了会儿,迟迟下不去笔,最后只能点开读者留言区。

多数是在夸她,也有一部分不和谐的声音。

"顾我"这名字刚崭露头角那会儿,就有人出来唱衰,乔司月至今记得那条点评:灵气总有消弭殆尽的时候,一味地啃老本终究会被市场淘汰。

后来又多出不少质疑,有抨击她画技不成熟的,也有批判她对白矫情的。

对她而言,十条好评敌不过一条恶语,更何况是层出不穷的负面反馈,那段时间她每天都陷在自我怀疑和厌弃里,一度想要放弃漫画。

直到有天收到一条读者发来的长私信,感谢她的漫画陪伴自己度过了最难挨的时光。

她第一次意识到自己的作品是有存在意义的,不仅是她排解情绪的一种方式,同时也是很多人的精神慰藉。

自那以后,她就下定决心,只要还有一个人在看,她就会一直画下去。

乔司月一条条浏览下来,其中有个眼生的名字评论了条:老师为什么要起这个笔名?有什么特殊含义吗?

她有些不知所措,盯住屏幕上那两个字,眼睛逐渐起了雾气。

顾我。

看我。

请你回头看看我。

夜晚里的辗转反侧,却又只能称之为一厢情愿的执着。

今晚乔司月却意外发现,他的目光几乎没离开过自己。

不需要往前看,也不需要回头,他们的肩线始终保持在同一水平线上,所有的细枝末节如抽丝剥茧般一一向她展开。

她即便通通装作不知情,尽量用平和的语气回应他的每一个问题,可剧烈的心跳还是出卖了她最真实的情绪。

尤其是那句——"我想追你。"

记忆里,林屿肆从来没有这么卑微过,以至于让乔司月产生一种荒唐的错觉:时隔九年,他们之间的主导关系已经在不知不觉间发生了翻天覆地的变化。

而这变化,是她从未幻想过的。可不得不承认,这足够掀起她内心的滔天巨浪。

直到现在,她的心跳还在"怦怦"作响。

就像那颗藏在抽屉里十年,一直舍不得吃的陈皮糖。

就像每当别人问起高中时光,她下意识逃避的眼神。

就像被人拖行十几米,她遍体鳞伤还不肯松手的画册。

这些都在昭告着一个事实:

所谓的忘记和释怀,不过是她在自欺欺人。

她没有一刻,真正放下过他。

嘴巴会说谎,但心跳从来不会。

苏悦柠的出现打断了乔司月的胡思乱想。

"看你亮着灯,就知道你又在熬夜画稿了。给你带了夜宵,出来吃。"

乔司月把眼镜摘下,闻到她身上浓重的酒味:"你又喝酒了?"

苏悦柠捏捏眉心:"应酬,不得不喝。"

乔司月胃口小,没吃多少就饱了,把餐桌收拾了下,走到厨房,看见苏悦柠消瘦不少的背影,鼻尖涌上一阵酸涩,上前环住她的腰。

苏悦柠一顿,诧异地问:"你现在这么缠人了?"

"有吗?"乔司月松开手。

苏悦柠转过身,双臂撑在料理台边缘,从头到尾打量她一番后,笑着列举她的"罪证":"你忘了我第一次挽你手臂,你整个人就跟炸毛的猫一样,蹦出三米外,我这条胳膊差点被你甩飞。"

这事乔司月一点印象都没有:"抱歉啊,我那会儿只是不太习惯别人碰我。"

苏悦柠耸耸肩,表示自己不在意:"说吧,是你弟还是工作,又或者……"

对面的人眼里的愁绪太重，她想忽视都难，停顿几秒，给足对方缓冲时间后，将曾经一度讳莫如深的禁忌再次搬到台面上来："林屿肆？"

"他今天问我……"乔司月闭了闭眼睛，鼓起勇气说，"能不能追我？"

苏悦柠愣了一会儿："你们见过面了？什么时候？"

"就在半个多月前，派出所里碰到的。"

乔司月之所以没有把这件事告诉苏悦柠，一方面不想让对方为自己担心，还有一方面是她觉得她和林屿肆之间不会再有任何交集。

苏悦柠的重点一下子找偏："你去派出所做什么？"

乔司月只好老实交代。

"发生这种事情你都不告诉我？你真当自己是超人，什么都能扛？等会儿，你为什么觉得你俩不会再有任何交集？"苏悦柠屈指，不轻不重地敲了敲她的额头，"他要是没那意思，会主动加你微信？还用这么蹩脚的理由？你当他是想拉客户呢。"

乔司月大脑一片空白，听苏悦柠这么一分析，心里的不真实感又加重几分。

苏悦柠决定暂时放过她，继续之前的话题："所以，你的回答呢？"

"我没答应。"

"拒绝了？"

乔司月摇头："我只是不知道。"

除了欣喜，更多的是害怕和前所未有的迷茫。

林屿肆说他不是一时兴起，她自然相信，可她不知道这"蓄谋已久"里到底掺进去多少爱意。

这么多年不见，她要的好像变得更多了，不仅想要他的注视，更想要他纯粹的、只属于她的真心。

苏悦柠认真看了她几秒，忽然笑起来："难得见你有这么犹豫不定的时候，总之你别太清醒，也别太懂事，还有记住，撒娇的女人最好命。"

"都记在脑子里了。"

等苏悦柠进浴室后，乔司月在评论区敲下四个字：随便起的。

她的手指却悬在屏幕上迟迟没有摁下，删除后回了句：一种执念。

十几分钟后，这人追评：怪不得老师的漫画都是以暗恋为主题的。

乔司月没再回复，点开微信，在朋友圈刷到了一条新动态。

S：看月亮。

底下配上一张照片，是今晚的夜色。

乔司月没给林屿肆备注，加上他又换了头像，看到这昵称时不免愣了下。

礼尚往来，她学着他点了个赞。

之后那一个半月里，乔司月没再见过林屿肆，但他每天都会给自己发微信，简简单单的日常，却让她升起一种他已经进入自己生活的错觉。

苏悦柠在杭城买了套精装两居室,让乔司月搬去和她一起住,乔司月犹豫后应下。

乔司月行李少,把该扔的都扔了,剩下的东西打包后来回两趟就能搬完。

"乔小姐,好久不见。"保安室的窗户被人推开,从里面探出一个脑袋,看见她手里的行李后,"你这是要出去旅游啊?"

乔司月摇头:"租赁合同到期了,不住这里了。"

"搬走好,最近咱小区也不安生。"

乔司月顺着话题问了句:"发生什么事了?"

"就这几天的事,咱这小区出了个变态,专门挑你这种年轻漂亮的小姑娘尾随。"

他没把细节补全,乔司月也没多问。

她推着行李箱刚走出几步,保安又说:"已经报了案,不过三四天了,人还是没抓到。"

乔司月停下脚步:"不是有监控吗?"

保安指着角落的监控探头,意味深长地摇了摇头。

乔司月前脚把行李放到苏悦柠家,后脚就收到原公寓住户群的消息。

301:听说昨晚又发生了一起,真是世风日下。

603:我有一同事前几天就被尾随了,害得她现在都不敢回来住了。

404:咱们这栋的女生自己小心点,晚上就别出门了……

她没在意,这时,屏幕左上角跳出一个数字。

S:17号晚上有空吗?

寻常的一句话,却让她读出小心翼翼的感觉,她咬了咬嘴唇,正准备回,屏幕又多出一条消息:想约你。

第十三章
两败俱伤的戏

1

收到乔司月回复那会儿，林屿肆刚结束完体能训练，全身都是汗，他简单冲了澡，单手套上T恤。

手臂还没穿进衣袖，他余光瞥见盥洗台镜子里那张熟悉又陌生的脸，忽然顿住。

肌肉看上去比少年时代要紧实，但不至于到了夸张的程度，皮肤也晒黑了些。

脑袋里忽然浮现出乔司月瓷白细腻的脸，胳膊、锁骨没有一处不白到发光。对比起来，他好像有些潦草？

宋霖进洗手间时看到的就是这样一幅画面：男人裸着上身，食指搭在下巴上，小幅度地转动着。

两个人大眼瞪小眼好一会儿，宋霖清了清嗓子："哥，需要帮助吗？"

林屿肆用余光看他："上你的厕所去。"

宋霖"哦"了一声，刚抬起脚，衣领却被人扯住。

"给我回来。"林屿肆松开手，"你来站里快三年了，这三年里，我身上有没有什么明显的变化？"

宋霖放下脚，敬了一礼："报告队长！这三年里你一天比一天英勇，忍受着烟熏火燎、风吹日晒，也还是一点都没变老。"

林屿肆重点抓偏，神经被最后两个字高高挑起："变老？我老了很多？"

又不是妖怪，能不老吗？

这种大实话宋霖自然不敢说："不老不老，堪比那些三十岁的小鲜肉。"

空气安静几秒，林屿肆脑袋偏过去，似笑非笑地说："是吗？可我今年二十七岁。"

宋霖腰杆一挺："肆哥，你不说，我还以为你才十七岁呢。"

林屿肆懒得跟他鬼扯下去，开门见山地问："你洗脸盆里装的是什么？"

"洗脸盆里不装毛巾装什么？"

林屿肆没说话，但眼睛直白地传递出"我瞎吗"的质问。

宋霖慢半拍地反应过来："你说的是洗面奶？"

"这玩意好使？"

宋霖感觉自己的耳朵刚才聋了一下，偏偏对方一脸严肃诚恳："好使啊，我妈给我买的洗面奶泡沫很细腻，洗得也干净，还不紧绷。"

他"吧啦吧啦"说了一大堆，瞥见林屿肆算不上好看的脸色，试探性地问道："哥，需要我把链接发给你吗？"

林屿肆没搭理他。

"还是说，水乳的链接你也想要？"

"滚吧。"

宋霖的八卦能力跟何睿不相上下，也是潮河消防支队出了名的小喇叭，飘进他耳朵的事，没多久就会传得尽人皆知。

三人成虎，从一开始的"肆哥人老珠黄"到最后演变成"林队准备美白淡斑削骨一条龙"。

林屿肆最近心情好，就没跟这群小屁孩计较，等着17号的轮休。

当天傍晚，乔司月回了趟出租屋，把最后两袋行李整理好，拿到最近的快递站点。

约好的见面地点就在附近，乔司月到的时候，不到七点，林屿肆刚好开车从她身前经过。

车窗开着，男人利落的线条映入眼帘。

精心打扮过，衬衫西裤，凌厉的眼神收敛了些，金丝眼镜架在挺直的鼻梁上，多出几分斯文儒雅的气质。

乔司月心脏不太安分地跳快了两下，忍受心间传来的悸动，上了车。

手还没握住安全带，肩上落下大片阴影，他的气息也被风带过来。

她整个人僵住。

林屿肆展眉笑，解释了句："安全带插销不太灵了，我帮你。"

"哦。"

乔司月不太自在地动了动身子，又装模作样地想拿出手机刷会儿微博。

包里没有。

林屿肆:"怎么了?"

"手机好像落在快递站点了。"

林屿肆在路口掉头,开了十几分钟,把车停在小区门口。

"我去附近找车位停车,你先进去。"

乔司月想说什么,又忍住了,最后点了点头。

这会儿天色已经暗下来,路上没什么人。

乔司月今天穿了双五厘米的细高跟,落在水泥地面上的声响清脆又突兀。

一个不经意间的抬眼,看见一道模糊不清的轮廓始终和她保持着一段距离。

她想起前几天保安说的那些,凉意顺着脊背一寸寸蔓延至头顶,她猛地回头,只瞥到一角黑影。

这时前面响起脚步声,她想也没想就往前跑去,被一个男人截住去路,猥琐的长相,裹着一件厚重长袍。

她下意识后退几步,身后也有动静传来,很急促的一阵脚步声,她来不及回头,眼睛被罩住。

隐约听见了类似衣服掉落的声音。

她才意识到自己遇到变态了。

视觉暂时被剥夺,听觉格外灵敏,猜出男人已经掉头逃离,乔司月轻轻扯了下林屿肆的手腕:"你别管我,先去抓他。"

林屿肆的目光从她发白的脸上挪开:"在这儿等我。"

也不知道这变态怎么想的,一直沿着大路跑,林屿肆没费多少周折就逮到了人。林屿肆一个干净利落的蹬腿,将他踹倒在地,右膝盖摁住他后腰,不让他有任何机会逃脱。

保安循声而来,林屿肆冷着声音示意:"报警。"

他手上的力气一点没松,暗地里又给了这变态一拳:"动什么动,给我老实点。"

这人被随后赶来的民警抓住。

都是熟面孔,林屿肆跟对方打了声招呼后,一路往回跑,看见花坛边的石阶上坐着一个人。

今晚的风有些大,乔司月的脸被吹得通红,衬得脖子下方的皮肤格外白皙。

这种病态的孱弱,看得林屿肆的心一紧。

他三两步走到她身边,还没来得及说话,对方先起身。

乔司月蹲坐的时间有些久,两腿发麻,起来时不受控制地往前一倒。

林屿肆眼疾手快地捞住她。

男人的胸膛很硬,撞得乔司月鼻梁生疼,鼻子都止不住开始发酸。

她后退几步,拉开与他的距离,含水的双瞳望向他,许久才说:"人抓到没?"

她声线都在颤抖,看出来是真害怕了。

林屿肆想上前抱住她,可不知道为什么,脚像被钉住一般,只能杵在原地感受她的不安。

他点了点头,又清清嗓子,语气罕见的温柔:"没事了,别怕。"

乔司月呼出一口气,看见他袖口的灰尘:"你有没有受伤?"

林屿肆摇头:"就那种废骨头,伤不了我。"

他笑起来,有种少年时的爽朗气质,乔司月看愣了下,慢半拍地别开眼,声若蚊蝇:"那就好。"

两个人去派出所录口供,老赵把林屿肆拉到一边:"你怎么回事?"

林屿肆装傻充愣:"什么怎么回事。"

"你这下手挺狠的,疑犯胳膊都脱臼了,手肘、膝盖都蹭破皮了。"

林屿肆耸耸肩,一脸无辜:"这可怪不得我,我让他停下,他非要跑,再不用点力把他控制住,到时候真跑了,又出来祸害人怎么办?"

好好的约会被这种人毁了,不再给他几脚都算仁慈。

老赵拿他这态度没办法:"就你有道理……我看这姑娘吓得不轻,你待会儿好好哄几句。"

林屿肆顺着老赵指的方向看去,随即低头看了眼时间,快晚上九点了。

餐厅的预订时间只能保留两个小时,赶去已经来不及。

乔司月的脸色还是惨白的,估计现在也没什么胃口,林屿肆就近找了一家面店,要了两碗排骨面,熟稔地替她拨开浮在汤水中的葱,然后才把碗推回去。

乔司月低头接过。

彼此静默了会儿,林屿肆问:"我之前说的那些,你有答案了吗?"

话一说出口他就后悔了。

现在的当务之急不应该是哄人?

他到底在急什么?

一瞬间,他感觉自己回到了九年前,在她面前,仿佛做什么都是不合时宜的。

又是一阵沉默。

乔司月有一下没一下地挑着碗里的面条,心里有些抗拒这问题。

她很清楚,自己是个软弱自卑的人,那封信已经花光了年少时积攒下来的所有勇气,时至今日,只剩下摇摆不定的彷徨与无措。

所以在给出答案前,她想确认一件事,踟蹰过后,轻声问:"你为什么想对我好、想追我？"

林屿肆手一顿，将筷子搁在碗上，用理所当然的腔调问她："你说还能是因为什么？"

乔司月心跳滞了滞："你喜欢我？"

"是，"他应得很爽快，几乎没有犹豫，一字一顿地补充道，"我喜欢你。"

其实早就有了迹象，但听他如此直白又坦诚地亲口将答案说出，乔司月还是大脑瞬间空白。

"什么时候的事？"

问完，她又想起他那句"我想追你，早就想了"。

林屿肆言简意赅："九年前。"

乔司月神经绷开。

这些年，她对他的感情就像哽在咽喉里的鱼刺。

拿出来，又舍不得。

卡在那儿，又疼得难受。

现在她却得知，不仅她一个人在承受着这种刺痛，他同样也是。

见她长时间不说话，林屿肆重新拿起筷子："是我着急了，先吃饭。"

乔司月攥紧筷子，好半会儿才松开："你再给我点时间。"

她语速很慢，声线又轻柔，像夏日的风一样一阵阵地飘过来，吹得林屿肆心里的池水泛起片片涟漪。

他笑起来，眉宇间的郁结刹那间散尽。

吃完饭，林屿肆将乔司月送到苏悦柠新居所在的小区门口。

走出一段距离，乔司月止步回头，他还没离开，身影浸在夜色里，高大的轮廓变得模糊不清，指间火星微闪，成为昏暗里唯一一点亮色。

察觉到她的目光，林屿肆忽地一顿，忙不迭把烟掐灭。

"怎么了？"他大步流星地走到她身边。

乔司月摇头："没什么。"

林屿肆"嗯"了一声："走吧，送你进去。"

乔司月本能地想拒绝，对方先她一步踏上台阶，直接把退路封死。

出于礼貌，在电梯里，她多问了句："你待会儿要进来坐会儿吗？"

"行。"

他应得过于爽快，乔司月喉咙一哽："不过家里没茶叶。"

"我不喝茶。"

"也没啤酒。"

"我不喝酒。"

乔司月正要说什么，林屿肆突然又问："有白开水吗？"

他慢悠悠地补充道："没有也行，壶应该有的，接点水煮会儿。"

乔司月觉得自己要是再不答应，对方的下一句话就是：没有壶也行，我这人糙，自来水也能喝。

可房子不是自己的，她得先征求苏悦柠的同意，问林屿肆借来手机，对方很快回复：

我今晚不回去。

他想住在家里都没关系。

我看你不如直接让他住下。

家里只有两双女士拖鞋，乔司月把自己那双给林屿肆，见他半只脚挂在外面，唇线弯起来。

她还在笑，突然一阵天旋地转，人被抱起来放在鞋柜上。

她愣愣低头，看见他弓着腰拂开她脚底的灰，紧接着双臂撑在她两侧："把你的拖鞋给我了？"

乔司月点头，解释道："家里就两双。"

总不能让客人光脚，不过看他滑稽的样子，好像还不如不穿。

林屿肆没有犹豫地脱了拖鞋，套回她脚上，才把人放下。

分明是自己住的地方，却让乔司月产生一种干什么都不自在的感觉，对比起来，他就像把这儿当成了自己家一样。

白开水喝空了两杯，林屿肆都还没有半点离开的意思，乔司月多次想开口，又找不到合适的措辞。

林屿肆打断她翻涌的思绪："遇到今晚这种事，一时半会儿缓不过来的。别怕，我就在外面。"

说完，他自己都想笑。

他今晚的种种行为多少带了点死缠烂打的意思。

算了，追自己喜欢的人，脸皮不重要。

乔司月慢半拍地反应过来："你要留在这里？"

林屿肆曲解了她的意思："你要是不放心的话把门锁好，房间里有什么可以移的东西都拿来抵上，我不进去，等你睡着再走。"

乔司月以为他只是说说，回房趴在门边听了会儿外面的动静，静默无声，没多久灯也关了。

她打开房门。

落地窗外朦胧的月色勉强照亮客厅，男人个高腿长，大半截身体挂在沙发外面，看上去不太舒服的姿势。

乔司月绕过茶几，想替他拢被子，见他眼皮合着，动作不由得又轻缓几分。

她正要起身，一片昏暗里，他精准地扣住她的手腕，轻轻往前一带，卷起一阵沁柠水味道的风，和记忆里的清爽气息慢慢重叠。

他毫无征兆的举动，让乔司月大脑停止转动，傻傻维持着同一姿势没动。两人的心跳声此起彼伏地响着，分不清谁的更剧烈。

他的头发短而硬，埋在她脖颈，又扎又痒，像初春解冻后，从土里冒出来的新草。

他呼出的气息灼人，反复拨弄着她已经烧成一片的耳垂，痒到难受。

她忽然听见他唤了声："唯唯。"

2

第二天醒来的时候，林屿肆已经离开，只留下满满一袋早餐和一部手机。

昨晚事发突然，乔司月完全把手机的事忘了，没想到他记得，还特意去快递站帮她取回来。

乔司月大脑放空好一会儿，才拿起手机点开林屿肆的头像，删删改改到最后只发过去：昨晚谢谢了。

半分钟后，她又补充一条：谢谢你的早餐。

林屿肆估计在忙，她等了很久手机都没动静。

她回房将脸埋进被子，多半是心理作用，竟从被子上嗅到一丝像他的气息，清清爽爽的柠檬味。

说起来，她早已经过了会因他亲昵的话或似是而非的举动脸红的年纪了，可一想起昨晚他附在自己耳边的那声呢喃，她的心就没出息地怦然作响，隐在披肩头发里的耳朵再度烫起来。

乔司月拍拍自己的脸，努力让自己的情绪平复下来，还是无济于事，只能点开微博转移注意力。她看了会儿私信，而后鬼使神差地将微博置顶改成了：

> 暗恋是一个人的声势浩大，一群人的心知肚明，却是她／他的茫然不知。

没几分钟，评论成倍增长，她没点开，戴上眼罩补觉。

第二觉醒来，已经是下午三点，床头柜上的手机振动几下，她点开看，是李静书发来的消息。

李静书是乔司月的大学同学，杭城本地人，乔司月之前租的那套房子就在她名下。

杭城物价水平高，直到大学毕业前两天，乔司月都没找到合适且性价比高的房子。

看出她的窘迫，李静书主动伸出援手，腾出一间房租给她，又将房租减半，但提了一个要求：不能把男朋友带回家。

先越过这条线的是李静书自己，最开始李静书会提前在微信上通知乔司月一声，让她有个准备。那会儿李静书的男朋友也没有做出任何出格的举动，无非是在公共区域抱着李静书腻歪。

这些乔司月都可以睁一只眼闭一只眼,直到有一天,这人喝醉酒,误把她当成自己女朋友,身子压下来。

力量对比悬殊,乔司月只能大声呼救,不管手边有什么,都往他身上砸去。

李静书惊醒,从房间里出来,愣了几秒,上前想把人推开,没推动,只能去咬他的胳膊。

他这才松开。

他起身那一刻,乔司月注意到他清明的眼神,才意识到喝醉酒只是一个借口,蓄谋已久才是真的。

李静书不傻,也看出了男朋友的不良居心,但没点明,只是哭着向乔司月道歉,央求她别报警。

乔司月没料到李静书会是这样的反应,心里气到不行,更多的是失望:"他犯的错,你替他道什么歉?"

李静书误会了她的意思,以为她想力争到底,眼泪瞬间止住,平静地说:"这事传出去对你影响也大。"

乔司月没报警,当还李静书这些年的人情,但这件事也让她彻底看清了李静书的本性。

当初的真情不疑有假,现在的不合也是真的,分道扬镳是必然结果。

那天之后,乔司月就没回去住过,聊天记录一直停在两个月前。

李静书:听说你昨晚遇到变态了?人没伤着吧。

乔司月:嗯。

李静书:真要搬走啊?合同上还有大半年呢。

乔司月依旧不冷不热地回了个:嗯。

李静书:我和他分手了。

和她有什么关系?

乔司月莫名想笑,摁灭屏幕。

就在乔司月以为自己再也收不到李静书的消息后,对方又发来:你把芝士带走吧,我不养了。

芝士是李静书养的猫,两年的情分,说断就断,论狠心,她也不输给自己。

乔司月:好。

乔司月:晚点我去接它。

午休结束,贺敬诚把林屿肆叫到办公室,千叮咛万嘱咐:"节目组的人下午就要来了,你记得收收自己这张臭脸,少在镜头前摆谱。"

"不是你说要把这群人当成新兵训?"林屿肆跟他打马虎眼,"那臭脸是没法收了，我训练新兵时就这德行。"

话虽这么说，但真正到录制的时候，林屿肆还是稍稍收敛了身上那股凌厉的气势。

等人群散开，沈一涵在角落找到他："没想到能在这儿遇见你。"

林屿肆接过她的话茬："我也没想到。"

换作以前，沈一涵会为他这敷衍的腔调失神，但这会儿心里是前所未有的平静，她由衷地祝福道："恭喜你，心想事成了。"

林屿肆蹙眉，没听明白。

沈一涵解释："前几天，在路上看见你跟乔司月了，你们俩应该在一起了吧？"

话都说到这份上了，林屿肆还是一知半解。

沈一涵大大方方地笑了笑，话锋一转："我喜欢你这事，你是不是从一开始就知道？"

她没别的意思，就想得到一个困惑自己多年的答案。错过现在这千载难逢的时机，也不知道什么时候她才能重新鼓起勇气。

林屿肆也坦诚："算不上一开始，我和她也没在一起。"

片刻后，他又问："怎么看出来的？"

沈一涵听懂了他想表达的意思："可能是因为我喜欢你，所以比别人更容易读懂你的心思，我早就知道你喜欢上她了。"

林屿肆没否认，拨弄着手里的打火机，安静地听她说。"你知道你为什么能看透我的心，却看不透乔司月的心吗？"

"什么意思？"林屿肆终于抬头看沈一涵，挺直的鼻梁投下半边侧影，神色不明。

沈一涵却在此时偏过头，目光清寂，没有正面回答他的问题："喜欢一个人是藏不住的，更何况她比我更喜欢你。只是你们都太胆小谨慎了，又患得患失，不敢直白地表露爱意，只能在相互试探里把对方推得越来越远。"

林屿肆走后，空气有了片刻的安静，小助理上前问："一涵姐，你和教官认识啊？"

沈一涵说："老同学。"

年少时的单向暗恋在她看来不是什么见不得光的往事，她弯唇笑了下，不遮不掩地加上一句："以前喜欢过，不过后来放弃了。"

为什么放弃，小助理大致能猜到，不外乎这段感情不被认可或者屈服于其他现实的压力，还有就是她的喜欢得不到当事人的回应。

冲着男人刚才平淡的反应，显然后者的可能性更大。

小助理刚出社会不久，没什么心眼，想到什么就说："一涵姐，你这么好，他为什么不喜欢你啊？他长得是帅，但圈子里的流量明星也不比他差啊。"

"你说得对，他是好，但没好到那份上，"沈一涵停顿几秒，笑容里带了点释怀，"可能是因为以前喜欢他，所以才会觉得他是这个世界上最好的。"

感情里不分对错，只有输赢，他不喜欢你的那一刻，你就处在了下风。

比较谁更好，没有半点意义。

今天太阳很大，气温也高，晒得林屿肆心里更烦躁了。

热得快受不住时，他在转角看到了一身休闲装的苏悦柠。

一整个下午，林屿肆都忙着训练新兵，没空跟她叙旧，加上她那冷淡的态度，估计也不想和自己有任何交集，所以两个人至今没有说过一句话。

他脚步一顿，随后笔直地朝她走过去，对方脸上的揶揄展露得清晰。

显然刚才的话，全被她听去了。

沈一涵喜欢林屿肆这事，压根算不上秘密，苏悦柠没太大反应，真正让她起波澜的是沈一涵话里透露出来的另一个信息。

林屿肆早就喜欢上乔司月了？

她还真没看出来。

现实要真如此，那可真算得上是一场两败俱伤的戏码。

在林屿肆开口前，苏悦柠先朝他招了招手，挺熟稔的动作，细看却透着一股刻意的疏离。

"好久不见，你都变老了。"

她慢悠悠地补充："都不像小白脸了。"

林屿肆没跟她计较："以后打算定居杭城？"

两个人朝录制地走去，周围人多起来，压下他们的交谈声。

苏悦柠言辞含糊："以后的事谁说得准。"

林屿肆默了默，忽然丢出一句话："陆钊也在杭城。"

说得好像她不知道一样。

"他在外太空也不关我的事，我看你还是先操心操心你自己。"

"我有什么可操心的？"林屿肆声线轻慢，嘴角也噙着若有似无的笑。

这么多年不见，苏悦柠还是看不透他，永远一副无关紧要的姿态，好像什么都看不上眼、什么都不放在心上。

"你要是真想追她，就先把自己身边的花花草草清理干净。"

她语焉不详，林屿肆一时没听出其中的深意。

忽然，有人喊了声："林队，贺指导让你去他那儿一趟。"

林屿肆朝对方比了个手势，转头对苏悦柠说："先走了。"

苏悦柠"嗯"了声。

宋霖耳尖，他们刚才的对话全听在耳里，诧异地问道："你和我队长什么关系？"

"高中同学。"

也算是青梅竹马。

不过,这话苏悦柠没说。

一个两个的,怎么都和他有关系?

宋霖问:"那你岂不是认识司月姐?"

苏悦柠笑着将问题甩回去:"她是我闺蜜,你说我认不认识?"

宋霖感慨:"这世界可真小。"

八卦之心熊熊燃烧,他又问:"司月姐跟我队长在一起过吗?"

苏悦柠撩起眼皮,不答。

宋霖猜出答案:"他俩为什么没在一起?"

苏悦柠意味深长地笑了声:"怪你队长这拈花惹草的功力太深厚。"

听她这么埋汰,宋霖不乐意了,忙不迭跳出来替人澄清:"我肆哥心里可只有我女……司月姐一个人,这是全站上下都知道的事情。"

林屿肆的人品苏悦柠自然信得过,可一旦涉及过去的人或事,嘴上保持着拿乔的姿态:"人都找上门了,还说没关系呢。"

见她昂了昂下巴,顺着她的视线,宋霖一眼看到门卫边上站着的瘦小身影,正抻长脖子往里探,望的是林屿肆的方向。

宋霖了然。

"那姑娘单相思呢,我肆哥也明确拒绝她好多回了,她一直不死心,还说只要肆哥一天没谈女朋友,她就一天不放弃。"说着,宋霖手掌抵在嘴边,凑过去,神秘兮兮的,"哦,忘了和你说,这姑娘叫司乐。"

苏悦柠怔了怔。

见悬念差不多给足后,宋霖才将迷雾拨散:"那会儿我还没来站里,所以这事也是听别人说的,我记得没错的话,那是我们队长第一次出警,好像听到有人喊了声'Si Yue',他以为那是司月姐,当下就拔腿往里冲,差点把自己命都搭进去了。

"哦,还有,我肆哥的皮夹里一直藏着一张照片,是十七八岁的司月姐。"

苏悦柠默不作声地定在原地,心里五味杂陈,远远看见林屿肆去而复返的身影,挣扎一番。

她叫住他。

回宿舍前,林屿肆拿水冲了把脸,没擦干,领口被滴落的水珠打湿大片。

室内阴凉,窗户大开着,风一吹,凉意渗进皮肤,寒进心里。

周围没什么声响,但他还是觉得吵。

苏悦柠刚才拦下他后说的那些话,就跟魔音一样,在脑海里反复出现。

"沈一涵说得没错,司月喜欢你,比你早,也比你深。

"你被人诬陷的时候,她一个人到处为你寻找可以证明你清白的证据,那会儿明港只有零下几度,她手脚都被冻伤,天气回暖才好转。我问她值得吗?你猜这傻子怎么回我的?

"她说:值不值得不重要,重要的是你能清清白白的。

"她是不够勇敢也不够坦诚,但她这人一根筋,轴得要死,一旦认准了一件事或者一个人,这辈子都不可能回头。

"她还很敏感,也不相信自己值得被人喜欢,所以小心翼翼地保护根本不是她想要的,她需要的是一份大胆炽热的感情。你要是想追她,就别再束手束脚的,放开了手,用豁出一切的劲头去追,别担心会把人吓跑。

"她比我们想象中的还要能扛。"

前几天的好心情荡然无存,林屿肆从来没有一刻像现在这般心疼又心烦。

为乔司月的傻,也为自己的无知。

所有人都看得出来的事,就他这个当事人跟傻子一样浑然不知,甚至还怀疑她喜欢的人是许岩。

可现在追悔又有什么用,他还能把时间往回倒吗?有这时间矫情,不如把多出来的精力用在她身上。

这种念头在心里疯长着,他想去见她,现在就想。

更想告诉她,他一直都喜欢她。

虽然这话已经说过,但如果她想听,如果这能让她多点自信,他不介意多说几遍。

林屿肆收拾好心情,回到营地,警笛忽然响起。

那会儿苏悦柠刚从休息室出来,没多久便看见一辆辆消防车从车库驶出。

助手小艾正站在树荫底下跟场务聊天,苏悦柠走近,隐约听见几个熟悉的字眼,呼吸一滞,双手用力攥住小艾胳膊,咬牙问:"你刚才说什么?哪里着火了?"

小艾被她的反应吓到,声线磕磕巴巴的:"好像是什么棠公寓。"

苏悦柠脸色刷白,力气一下子没了大半:"哪栋楼?"

节目导演路过,恰好听见她们的对话:"你们在说盛棠公寓着火那事?"

他把屏幕调过去:"网上已经有视频了,我看烧得还挺严重。"

苏悦柠扫了眼,心脏突突地跳,手忙脚乱地掏出手机,指腹渗出的汗滴落在屏幕上,她用手背擦去,电话总算拨出。

没有人接。

她骂了句脏话,攥紧手机,踩着十厘米的高跟鞋跑远了。

前后不过半分钟,小艾看傻了眼,回神后忙不迭冲着她风风火火的背影喊了声:"悦柠姐,你要去哪儿啊,马上又要开始录制了。"

无人回应。

盛棠公寓属于老旧住宅区，天然气管道尚未建好，每家每户用的都是煤气罐。

煤气罐相当于火场的定时炸弹，受到长时间烈火炙烤，极易爆炸，产生的威力足以把墙体和楼板炸个粉碎。

爆炸后，部分墙体剥落坍塌，楼道被堵住，消防员只能顺着排水管道一层层往上爬，其中体能最好的几个被分到高层。

火灾发生那会儿，楼栋长正在街对面的便利商店买东西，成功躲开这一劫，等消防员赶到后，协助指挥员登记搜救信息。

"201两大一小，202就两位老人……302……"他顿了下，"有人刚搬走，现在就住着一个女人……"

救援已经进行了二十分钟，苏悦柠才赶到，找了一圈都没看见乔司月，拽住指导员问："302的人都救下没？"

对方还没回答，苏悦柠眼尾一垂，那栏还是空白的。

就在这时，她余光里出现林屿肆的身影。

苏悦柠喊道："快去救司月，她在302。"

林屿肆怔住："何睿。"

何睿负责三楼救援。

林屿肆只喊了两个字，但何睿已经听出千言万语，重重点头，像在给他一个承诺。

两人一前一后爬上水管。

302的门板已经被烧穿，听见动静，女人虚弱地摆手呼救。

她整张脸被熏黑，烟雾又大，身形和记忆里的相近，何睿没有多想就背起她，再用腰带紧紧束住，沿着水管往下爬。

"302住户救下了。"

听见这声，苏悦柠长舒一口气，拨开人群，却见到另一张脸。

苏悦柠之前在和乔司月的通话视频里见过李静书几次，所以这会儿很快认出她。

苏悦柠上前搂住她的肩膀，问："司月今天不是来找你吗？"

李静书坐在路边，两手捧着一个水杯，整个人在发抖，俯声愣愣抬头，眼神缓慢聚焦到一处，瞳仁里映着滚烫的火光："我不知道。"

这反应让苏悦柠心里有了答案："她还在上面对吗？"

李静书还是没说话，目光也没收，看到火舌从各个角落喷涌而出，她的心高高悬在半空。

都烧成这样了，怎么还能活？

要是被人知道，乔司月是因为自己没说实话而被困在火海，最后没被救出的话，那她就是凶手……

李静书咬牙："我说了我不知道。"

苏悦柠被她这副死鸭子嘴硬的德行气笑，重重甩了她一巴掌，声音一沉："她要是有一点事，你也别想好过。"

陆续有居民被救下，来来往往的橙色身影里，苏悦柠看见一张熟悉的脸，几乎是用吼的："林屿肆！"

林屿肆没听见，解开腰带，配合队友将昏迷不醒的人送上担架，折返回去，拿矿泉水浇了把脸，靠在车边喘了会儿气。

苏悦柠冲上前，想要越过警戒线，被一旁维持秩序的人拦下，只能远远朝他喊："司月还在上面，你快去救她。"

林屿肆目光瞬间锁住她，一字一顿地问："你说什么？"

他那双眼睛在黑夜里像沉没水底的黑曜石，冷冰冰的，没有温度，现在被火光映得滚烫，剩下满满的惊恐。

苏悦柠言简意赅："她还在302！"

来回攀爬十余次，他的体能早就消耗大半，脱水也严重，现在全靠意念支撑着。

林屿肆戴上帽子，被何睿拦住："哥，让我去吧，你都脱水脱成这样了。"

林屿肆眼睛扫过去，见他嘴唇干裂得厉害，两腿因体力不支还在轻微打着战，说是去送死也不过分。

他哑着声音说："老实给我在这儿待着。"

燃烧会产生一氧化碳等有毒气体，密闭空间下，三分钟内就可能致人死亡。

多一秒的休息时间，对乔司月来说，就是增加一分的危险。

他耽搁不起。

林屿肆抓住排水管道，徒手往上爬，借力踩上挡雨板，翻身跃进三楼。

随后一声巨响，是煤气罐爆炸的声音，火焰迅速升腾到近二十米的高空中。

视线聚焦的地方，已经不见男人的身影，只有破碎的窗玻璃，还有不断喷涌而出的火舌。

苏悦柠提起的心倏然跌落。

第十四章
最大的遗憾

1

乔司月睡了很长的一觉，做了很多梦，最后看见林屿肆从火光里走来，黑色的消防服上冒着烟。

她发不出声音，连动弹的力气都没有，由着他将自己背到身上。

她意识昏昏沉沉的，隐约听见他说："别怕，我带你出去。"

她真的不怕了，直到他将自己放下，然后消失在熊熊燃烧的火焰中，她才从梦中惊醒，光刺得眼角泛起眼泪。

"醒了？"

乔司月侧头看过去，眼前的人和梦境里的脸重合上，哑着嗓子问："你怎么在这儿？"

林屿肆没回答："想喝水吗？"

嗓子确实干，乔司月点了点头。

林屿肆扶住她的后背，垫了个枕头，往一次性纸杯里倒了水，自己先试了遍温度，刚刚好。

"谢谢。"乔司月接过，抿了口，忽然问，"你今天调休？"

她猜出这次救援行动是潮河消防支队组织的，但还不知道救自己的人就是他，以为那只是自己臆想中的情节。

林屿肆"嗯"了声，双手搭在膝盖上，手背青筋分明。漫长的沉默后，他用克制的声线问："受困那会儿你在想什么？"

他心里更想问的是：为什么要把自己关在逼仄密闭的空间里？

他找遍每个角落都没找到她，最后在一个小型储物间里才看见她倒地的身影。

再晚一步，后果不堪设想。

他的声音沉而涩，听得乔司月胸口闷闷的。

她一时没反应过来他话里的意思。

林屿肆抬起头，想从她那里求个确切的答案。

两个人的目光交缠在一起，乔司月能轻易捕捉到他眼底翻腾的怒火。

微妙的氛围延续一阵，门口传来窸窸窣窣的动静，声线很耳熟，是苏蓉和乔惟弋的。

估计是苏悦柠通知的，乔司月事先不知情，这会儿不免一愣。

没给她太多的缓冲时间，门直接被推开，乔司月呼吸急促几秒，抬高音量："给你添麻烦了，林队长。"

林屿肆瞥了眼她揪住自己衣摆的手，又白又瘦，话里却是满满的疏离。

她在试图拉开与自己的距离，这成功地让他无措。

苏蓉从不会刻意去记一个无关紧要的人，加上这么多年没见，苏蓉早就忘了林屿肆的脸："这位是？"

乔司月避开重点："这次救援行动的队长。"

苏蓉眼睛狐疑地眯起来，不像只有这层关系。

林屿肆敛起自嘲的眉眼："不打扰了，你好好休息。"

他还以疏离，乔司月心口一痛，下意识想解释，接收到苏蓉探究的眼神，只好把嘴闭上。

关门声响起，苏蓉目光收回去，挪开椅子："我早让你回家你不听，杭城就这么好？再待下去，我看你非得把命折在这儿。"

乔司月闭了闭眼，头疼心烦，不想听，也不想辩驳。

"别说了，姐不舒服。"

苏蓉闻言停下，觑见乔司月发白的脸色，还想说什么，再次被乔惟弋阻止："我来照顾她，你先去吃饭。"

少了苏蓉的大嗓门，病房很快安静下来。乔惟弋用脚尖钩开椅子坐下，把书包转到身前，低头掏摸一番："这里是两万块钱，应该够你六个月的房租了。别找人合租了，自己找个安全性高的小区。"

怕他担心，乔司月一直没敢告诉他自己已经搬出来的事，拖着拖着，也就忘了。

她正想解释，眼尾一垂，看到装得厚厚的一个信封："你哪儿来这么多钱？"

什么事情都瞒不过她的眼睛，乔惟弋干脆交代了："做家教还有打工赚的。"

乔司月的心被蜇了下，算下时间，她已经有大半年没见过乔惟弋。

这个年纪的男生，个头蹿得很快，不长肉似的，脸很瘦，四肢也像竹竿，骨节凸起。

"你马上就高三了，现在在给别人当家教？"脑袋被他刺激得又开始疼了，她揉了揉太阳穴，"做了多久了？"

乔惟弋半真半假地回道："高中开始的。"

乔司月呼吸一滞。

"我有钱，不需要你给。而且我现在跟你悦柠姐住在一起，也不需要这笔钱。"

"你这是双标。"

乔司月又气又笑："你说什么呢？"

"你能给我钱花，我为什么不能？"

"你是我唯一的弟弟。"

一听就知道是借口，乔惟弋不看她，低头削了个苹果，递过去。

乔司月还在气头上，不接。

乔惟弋没强求，将苹果咬得"嘎嘣"响，挺无所谓的姿态："就当姐姐给弟弟钱花是天经地义的事，那男人给女人钱花就不是了吗？"

乔司月被堵到没声了，论胡搅蛮缠，她真不是他的对手。

敲门声响了几下，紧接着露出一张熟悉的脸，两个人齐齐看去。

乔惟弋朝对方点头示意，然后对乔司月说："我去给你买饭。"

乔司月把到嘴边的话憋了回去，硬邦邦地说："你自己别忘了吃饭。"

乔惟弋笑了笑，刚才的不愉快烟消云散："好。"

发了一通火后，林屿肆的情绪慢慢平复下来，意识到自己目前根本没有立场去指责乔司月的处世观，没准还会因此将好不容易拉近的距离再次推远，心里的挫败感一股脑地涌了上来。

他远远看见一道瘦长身影，距离拉近，轮廓也变得清晰。

少年拎着餐盒，目不斜视地越过他。林屿肆挺直脊背，跟了上去。

乔惟弋步子迈得快，很快就甩开一段距离。半路他忽然停下，刻意放缓速度，等两人的肩线持平后才问："林队长，你们消防员没有视力要求的？"

阴阳怪气的。

林屿肆直截了当："想说什么直说。"

男生身形消瘦，冷白皮，个子也高，声线里仿佛结着薄薄的一层冰，因拖腔显出几分怠慢："要是有，那你怎么跟个睁眼瞎一样？"

一个小屁孩，还是未来的小舅子，不管哪层身份，都意味着自己不能同他计较。

林屿肆笑笑，不答腔。

快到病房门口，乔惟弋抬起长腿，横在林屿肆身前，拦住他的路："我姐现在不想见你。"

"她亲口说的？"

乔惟弋冷着脸，语气也有点僵硬："她心里这么说的。"

林屿肆"哧"了声，他还不至于傻到没察觉到对方就是在找碴，又或者是在替自己姐姐打抱不平。

"我亲自去问她。"

乔惟弋收回脚，身子往前一横，语气变得真诚了些："我姐现在真不方便见你。"

林屿肆扭头，眼神里传递出的意思也很明确，要他给出个合理的原因。

"病房里现在还有别人，我姐没空应付你，去了你也是坐冷板凳。"

林屿肆双手插兜，笑得一脸无畏："我知道你妈也来了，这有什么，又不是没见过，何况以后都要经常见面。"

"我妈去吃饭了。"乔惟弋眼睛没什么情绪地停留在他身上，想到什么，嘴角微勾，似是而非地说，"我姐又不是只有你一个追求者，我劝你还是别去打扰他们的二人世界。"

林屿肆差点被气笑。

这小屁孩，真是越长大越不可爱。

等推开门，林屿肆才知道乔惟弋口中的追求者是谁，宋霖的亲哥，好像还是她的心理医生。

有点意外。

宋云祁露出诧异的神色，不过很快被他掩饰下去，目光不着痕迹地掠过病床上的人，了然。

"你怎么在这儿？"宋云祁这话有点明知故问了。

"跟你一样。"

林屿肆勾起嘴角笑了笑，没骨头似的，手臂支在床尾的横杆上，屁股撅起。总之挺显眼一"电灯泡"。

乔司月抿了抿唇，忍住没说话。

乔惟弋替她开口："你俩认识？"

林屿肆懒洋洋地回答："你姐的朋友，也是我的朋友。"

一语双关。

宋云祁意味深长地笑了笑："这么久不见，一起去叙个旧？"

林屿肆有太多话想问，自然不会拒绝。

两人一前一后地离开，快到不给其他人插话的机会。

乔惟弋缓慢收回视线，边掀餐盒盖子边说："这就走了……果然从男人嘴里蹦出来的喜欢没一句可靠的。"

乔司月撩起眼皮看他。

他扯扯嘴角，把剩下的话憋了回去。

宋云祁找了附近一家音乐餐厅。

潦草寒暄几句，林屿肆装作不经意地问："她是从什么时候开始接受心理咨询的？"

他话里透露出来的试探意思，宋云祁哪会听不出？

"大学那会儿。"

灯光刺得林屿肆眼睛一疼，他侧过身，避开。

"我想看她的病历报告。"

宋云祁沉默片刻，找到托辞："我是医生，她是我的病人，算起来也是朋友，就算只是出于职业道德，我都不可能把她的病历给你。"

"行，那我就问你一个问题，她的病因是什么？"

宋云祁指头轻叩杯壁，抓住音乐切换的空当，不疾不徐地说："她对这世界有太多的期待，期待去爱，更期待被爱，渴望被尊重，又想得到理解和认同，可惜这些对她而言……"他顿住，"只有四个字……"

林屿肆沉默地看他，眼底情绪翻涌。

宋云祁抿了口酒，涩到喉咙发疼："求而不得。"

这顿饭两个人都吃得心不在焉，宋云祁在手机上叫了代驾，林屿肆陪他在路边站了会儿。

代驾司机很快赶来，宋云祁上车，隔着车窗说："有空再约。"

林屿肆应下，往街口走去，路灯洒在他肩上，像浮着一层雪。

宋云祁盯住他颀长挺拔的身影看了会儿，心里忽然有了答案："阿肆。"

林屿肆止步回头，宋云祁下车朝他走去，搭在臂弯的西服迎风晃动。

"一周前，她来找过我，问了我一个问题。"宋云祁微顿，"她问我，她还能重新去爱同一个人吗？"

林屿肆心一动，酸涩感渐渐漫到嗓子眼。

宋云祁偏了些角度，盯住高架上喧嚣的车流，嗓音很淡："我告诉她，其实她从来没有放弃爱那个人。"

林屿肆眼皮一跳。

宋云祁清冷又有些无可奈何的嗓音，穿过微闪的火光撞进他耳膜："要是我猜得没错的话，那个人是你吧？"

林屿肆不答反问："你又是从什么时候开始的？"

"说起来你可能不信，我对她一见钟情。"

第一次见乔司月时，宋云祁脑子里一下子蹦出一个词：破碎。

这女生整个人是碎的。

莫名地惹人怜爱。
只是没想到她念念不忘多年的人是自己的好朋友。
宋云祁苦笑:"明明我比你更早遇见她,怎么就被你捷足先登了?"
林屿肆语气轻松:"抱歉,我俩是高中同学,晚到的那个人是你。"
宋云祁停顿片刻,笑容里多出释怀意味,拍拍他的肩膀:"到时候别忘了请我喝喜酒。"
"八字还没一撇的事。"
"我有预感,你俩快了。"
林屿肆声线坚定清晰:"借你吉言。"

凌晨两点,万籁俱寂。
乔司月翻来覆去睡不着,脑海里反复出现林屿肆质问自己时的画面。
其实在他愤然离开的那一刻,她心里就有了猜测。
直到把他说的那些话来回复盘几遍,才豁然开朗。
他当自己想寻死。
要是换作别人,她会抱着破罐子破摔的心态,放弃争辩,可他是例外。
她如本能一样,就是不想他误会自己,哪怕在夜深人静的时候,这种念头出现过很多次。
乔司月握着手机迟迟没按下通话键,她想跟他解释,可不知为何,又觉得不甘心。
心里憋着一股气,好像谁先开口谁就输了一样。
明明以前不会这样,明明他俩现在什么关系都算不上。
算了,还是顺其自然吧。
她想。
乔司月默默垂下手臂,就在她准备放弃的前一秒,手机忽然振了几下,振得她掌心发麻。
屏幕上出现明晃晃的两个字"债主"——是一开始给他的备注,她忘了换。
"乔司月。"
"嗯。"
听筒里的嗓音哑到像细沙在漏斗里倾倒发出的"簌簌"声。
"你喝酒了?"
"没喝。"
只是喉咙哽得难受。
语言变得贫瘠,乔司月有一下没一下地抠着膝盖上的痂,好半会儿才屏着呼吸说:"那时候,我没打算放弃自己的,芝士在里面,我想带它走。"
李静书说芝士在储物间,她找遍了都没找到,还差点把自己的命赔进去。

林屿肆没怎么思考就明白了她想表达的意思,"嗯"了一声:"我知道,你很勇敢,也很坚强。"

乔司月眉眼弯起来,莫名的开心。

片刻后,她问:"悦柠说是你救的我,那你受伤了吗?"

林屿肆无意识地挠了几下腰腹。

爆炸威力大,炸飞的塑料碎片有不少扎进他皮肤,他身体素质好,没什么大碍,伤口也愈合得快,就是有些痒。

这段时间宋霖一个劲地给他出馊主意,一会儿让他死缠烂打,一会儿又让他拿身上的伤大做文章,趁这难得的机会卖惨。

还说什么女人最容易心软,尤其是对心上人和救命恩人。

对此,他嗤之以鼻。

这算哪门子卖惨,分明是道德绑架。

他不能这么做,因为她会自责。

"我能受什么伤?"林屿肆把情绪压下去,岔开话题,"看月亮。"

乔司月下意识往窗外看去,雾蒙蒙的一片,哪儿有月亮?

她趿拉着拖鞋,走到阳台上,除了乌云密布的夜空,什么也没看见。

"往下看。"

闻言,她垂下眼帘。

距离有些远,看不清楚男人的模样,和白天见到的打扮一模一样,黑T恤、黑裤、脚踩一双板鞋,一只手插进兜里,姿态懒散又游刃有余。

他就站在路灯洒落的光圈里,下巴扬起,斑驳的光碎在他脸上,和记忆里的画面一一重合上。

"看到了吗?"

她的心软得一塌糊涂:"看到了。"

2

乔惟弋第三天就回了南城,苏蓉则一直待到乔司月出院那天。

"房子都烧没了,我看你干脆跟我回南城算了。"

乔司月不听:"我早就搬出来了,现在住在悦柠那儿。"

她拉上拉链,用余光仔细观察苏蓉的反应,显然苏蓉还记得苏悦柠这个名字,但似乎完全忘记了自己曾经对人家散发的恶意。

苏蓉默了默:"住在别人家里,家务活干得勤快点,别老是麻烦人家。"

乔司月敷衍地"嗯"了几声,将苏蓉送到车站,回程的路上,感觉世界都清静了。

傍晚,李静书的电话打来,说找到芝士了。

乔司月把地址发给她,两个人约在小区门口见面。

几天不见,李静书瘦了大半,脸色也憔悴。

"在哪儿找到的?"乔司月问。

李静书松开芝士,芝士自己跳进了乔司月怀里。

李静书自嘲一笑:"小区对面那家咖啡店,这几天都是老板在照看。"

前段日子,她跟男朋友闹情感危机,自己过得不痛快,就把气撒在芝士身上,然而关它的时间越长,它的心就越野,特别是在乔司月搬出去后,稍有松懈,就跑了个没影,每回她都是在乔司月经常待的咖啡店门口找到它。

说起来挺讽刺的,猫都比她重情。

乔司月不咸不淡地"哦"了声。

安静片刻,李静书说:"对不起。"

她没骗乔司月,火灾发生那会儿,她真的以为芝士在小房间里,但在危急关头因为一时的怯懦而选择装傻,差点害死一个人也是真的,现在除了道歉,说再多都是狡辩。

乔司月抚着猫背,没应。

李静书走后,乔司月删光了她的联系方式,又将芝士换了个名字:达达。

溜溜达达。

真可爱。

乔司月给自己放了一周的假,这一周里,她每天都会带着达达去宠物乐园,偶尔上网。一个人的时候,她会忍不住想起林屿肆,想起那天晚上路灯下他高挺瘦长的身影。

算下时间,他们已经有半个月没见了。

傍晚去消防站看一眼吧,就一眼。

她在心里这么对自己说。

乔司月抱着手机,眼睛渐渐弯成月牙状,瞄了眼屏幕,还有时间,不着急。

她听着胸腔里心跳的声音,点开微博转移注意力,刷到两天前的一条热搜。

一女生跳楼,现场救援人员崩溃大喊。

评论区的留言数还在增长:

△有什么大不了的事情,非要寻死觅活的。

△要是砸着无辜路人了咋整?

…………

乔司月愣了下,心好像被什么东西扯了把,她点进视频,视频未经剪辑,背景音嘈杂,但能清楚地是听见有道声音在喊:"磨磨叽叽的,演戏的吧。"

不少人附和:"我看装的吧,就想搏眼球。"

"别浪费我们的时间啊。"

已经是五月天，她却浑身发冷，闭上眼睛不敢看接下来的画面，没几秒，听见了一声撕裂的喊叫。

她很清楚，那是林屿肆的声音。

何睿先注意到门卫处的动静："那不是你女神吗？"

他手一指，宋霖顺着看去："还真是，她来找我的吗？"

何睿翻了个白眼："你少自作多情，估计看到了网上的新闻，来找肆哥的。"

宋霖小跑过去，何睿紧随其后，两人整齐划一地喊了声："嫂子好！"

乔司月被吓了一跳，无暇纠正这错误的称呼，视线越过他们肩头往里探："你们林队不在吗？"

宋霖摇头："我们指导员给他放了几天假。"

乔司月心脏笔直地往下坠，慌到不行："他还好吗？"

提及这个话题，宋霖的眼神暗淡不少："肆哥什么都没说，就跟个没事人一样，可就是他这副样子，才更让我们担心。"

他们这种身份，相当于把自己半条命扔进阎王殿，生离死别对他们来说已经是家常便饭，今天离开的可能是素未谋面的陌生人，明天可能就是一起出生入死的好兄弟、好战友。

每见证一次死亡，就像在心口刮上一刀，所以这事一发生，支队很快安排了一次心理辅导，林屿肆表面配合，实际上全程都在打马虎眼。

只有宋霖、何睿这几个跟他关系最亲近的知道，他是不想让别人为他担心。

——他习惯了一个人，更习惯了硬生生地扛下所有。

听宋霖这么说，乔司月心里更加难受了，双手紧紧攥住衣摆，攥到指节胀痛。

她见过林屿肆训练时严肃沉稳的模样，也见过他出警时一丝不苟的态度。

不管是过去还是现在，他身上的傲气从未消泯，他顶天立地，也意气风发，好像没有什么能将他推垮。

可说到底他再厉害，也终究是人，是人就会有弱点，是人就会被七情六欲摆布。

他的善良和仁慈就是他身上最大的软肋。

乔司月不敢想象，这些天他到底经历了多少自我谴责与厌弃。

曾经无数个夜晚，她被这两种不见天日的情绪反复折磨。

她承受过，所以更能体会此刻压在他心头的重量。

宋霖又叹气："司月姐，你去看看肆哥吧。最近几天我们没法去看他，也不知道他把自己折腾成什么样了。"

何睿搭腔："是啊，肆哥这人看上去又冷又硬，实际上心肠软得一塌糊涂。"

沉默几秒，乔司月说："把他住址给我吧。"

到林屿肆公寓门口的时候，乔司月还在想一会儿该说些什么。

她这人不善言辞，更不会说那些安慰人的好听话，要是火上浇油了怎么办？不然，抱抱他算了？他们现在应该是朋友了吧，朋友间抱一下应该很正常吧？

她敛了敛神，敲门，没反应。

点开微信，她的目光在屏幕上停留一会儿，不知道是不是被楼道溢进来的风吹的，又痒又涩。

这几天他们一直保持着联系，每回都是他主动，聊天内容也和平时没什么两样，类似于"别忘记吃饭""早点睡"。

他装得太像一回事，以至于她完全没察觉到异样。

乔司月倚在门边站了几分钟，门里还是一点动静都没有，发过去的消息全都石沉大海，电话也没人接。

她回到车上，摁下苏悦柠的电话，半个小时后，车才启动。

逝去的女生老家在杭城最西边的一个村庄，整整三个多小时的路程。

环境很差，满地的砂石，寸草不生，可供通行的路很窄，汽车开不进去，只能停在路边。

中午下过一场暴雨，往深处走，路还湿着，积了差不多五厘米的水洼，泥水渗进板鞋，黏稠难忍，乔司月提起脚在半空用力一抖，飞溅出的水珠滴落下来，漾开一圈涟漪。

她心里急，走得也急，没顾上脚边的石块，整个人栽倒在地，小臂下意识撑了下地面，被石头割伤，裤脚全湿了，T恤也溅上密密麻麻的泥点。

一路上有不少讶异的目光投向她，她通通没理会，询问几个村民，才找到女生的家。

已经换上灵堂的布置，遗像悬在头顶。

没多久，从主屋里走出来一个女人，眼睛哭肿，皮肤枯黄，像干枯的稻草，没什么生气。

丧服罩在她身上，被风吹得晃晃荡荡，腰身细到可怕，只剩下一把骨架。

对着眼前完全陌生的一张脸，女人止了眼泪，问："你是雅雅的朋友？"

从女人的反应里，乔司月推断她口中的雅雅就是遗像里的女孩。

空气里弥漫着细碎的颗粒，穿堂风一吹，刺得皮肤生疼。

乔司月眯了眯眼睛，从喉咙里挤出一声"嗯"，然后补充："我来送送她。"

"真好。"

乔司月愣了下，随即听见女人轻如呢喃的声音："原来我的雅雅是有朋友的。"

那一瞬间，乔司月的眼泪几乎要憋不住，喉咙钝痛难忍。

她很少哭，更别说为了一个素不相识的陌生人。

女人及时止住话茬，小心翼翼地握住她的细腕，抬起看了看："怎么伤成这样了？先进去处理一下吧。"

乔司月能想象出自己此刻的狼狈，轻轻点头："好。"

这里没有独立的淋浴间，乔司月用干净的毛巾擦去身上的泥泞，又处理好伤口。

接着她拿起手机，想给林屿肆发消息。

山里信号很差，走了一大段路才成功发送。

收到信息那会儿，林屿肆正在医院当陪护。

叶晟兰去世后，林行知成了他在这世上唯一的亲人，两人的关系在不知不觉中有了缓和，不至于一言不合就甩脸走人，但也算不上父慈子孝，更多时候，是待在同一空间里各干各的。

年初，林行知做了次大手术，身体一直没养回来，三天两头进医院。

"为了赚钱把自己折腾成这副德行，怎么，你现在赚的钱以后能带进棺材？"林屿肆把苹果切了一半，递过去，露出虎口处一道硬币大小的伤疤，夹枪带棍地说，"行，我到时候一定给你定做一副金棺材。"

林行知对他这伤有点印象，是一次救援时意外被火烧的："先管好你自己，别到时候走在我前头。"

下午两点，林行知拍完 CT，林屿肆还没有要离开的迹象，两个人干坐着，谁也不说话。

林行知受不了他这副颓丧嘴脸，一针见血地挑明："我这里成了你的避难所还是象牙塔？你以为你当个缩头乌龟，这事就能过去？还是说你没救下的人能复活？"

字字诛心，林屿肆在大脑里搜刮能够用来辩驳的说辞，可是没找到。

这一回合，他认输。

林行知指着墙角的衣架："去把我的西装外套拿来。"

生着病还挺能指手画脚的，林屿肆瞥他一眼，照做。

林行知从西装左侧口袋里摸出一个平安符，甩到床边。

林屿肆垂眼，愣了有两分钟，语气还是很欠扁："从鬼门关里走了一趟后，都开始信起命来了？"

林行知绷着嘴角没搭腔，他说不出那种腻歪矫情的话。

林屿肆也说不出，拿起平安符看了眼，想起什么，手指一寸寸收紧，平安符被挤压到快要变形："不管你信不信命，反正我信了……"

他力气大，怕这会儿会把林行知难得发散的父爱捏破，干脆利落地松开手。

空气安静下来，他忽然有点想抽烟，病房里不让抽，林行知这肺也经不起折腾，他将打火机放回去，掏出口袋里的话梅糖含了会儿，酸到心里。

"我妈去世那会儿，我连命都不知道是什么，林迦蓝重病那会儿，我要是信命，就不会来求你。直到兰儿这一遭，我不得不信了。"

他这二十几年，说不上活得有多轰轰烈烈，但也算经历过不少人生大事。

习惯了告别，习惯了失去，习惯了睁眼到天明的滋味，也习惯了把自己锁在过去的黑匣子里。

以前救不下自己最亲的人，现在又眼睁睁地看着别人死去。

贺敬诚说他比刚来站里那会儿成熟很多，但只有他自己明白，这些年他一直处于原地踏步的状态，就和当初的江菱一样。

林屿肆把平安符揣进兜里："行，不留下来碍你眼了。"

他把推门拉到一半时，被林行知叫住，不带任何感情色彩地说了句："尽人事再听天命。"

他眉心一跳。

回到公寓，林屿肆才发现手机因电量不足早就关机了，接上充电线不久，手机自动开机，信息一条接一条地蹦出来。

全部来自同一个头像：

乔司月：我在你家门口。

乔司月：你在哪儿？

乔司月：我想见你。

乔司月：我在这里等你。

林屿肆抹了把脸，点开乔司月发来的地址，很眼熟。

事情发生的第二天，他打听到女生老家，一个人开车去了这地方。

听着屋里传来的哀恸声，无力感在心头滋长，那一刻，他感觉自己就是个见不得光的罪人，站在院门外整整一下午都没敢进去。

她去那里做什么？

顾不上细想，他抓起鞋柜上的车钥匙，一路开到青岚村。

远远看见乔司月，瘦瘦小小的一只，小臂擦着大片红药水，很刺眼。

这几天，他很想见她。但他状态实在是差，怕吓到她，现在又不敢抱她，怕碰到伤口，只能蹦出一句："怎么受伤了？"

乔司月立刻把手臂背在身后，见林屿肆目光锁着不放，索性放弃遮掩："路上摔了一跤。"

"除了手臂，别的地方伤着没？"

听到他温柔得不像话的语气，乔司月滞了几秒，摇头。

"自己上来。"他还是怕会碰到她伤口。

她有些莫名其妙，刚刚不是才告诉他其他地方没受伤？

他偏了偏下巴，指向坑坑洼洼的路面，多脏。

乔司月没再矫情，趴上他宽厚的背，没点明要去哪儿，但她知道他心里有数。

不久后，林屿肆将人放下，站在院子里没动，下意识去摸口袋，出门前匆忙换了身衣服，落下了烟。

院子里到处燃着烛火，比香烟更呛鼻。

乔司月半路折返，见他在原地发呆，欲言又止，陪他站了会儿，然后不带铺垫地说："把你所有的愧疚、遗憾都说给她听。"

说给谁听？

林屿肆愣了愣，消瘦颓唐的脸旁笼在白茫茫的烟雾里，眉宇间有散不尽的消沉。

耳边的哭丧像一支飞箭，精准地刺中他的心脏，那种窒息感在她清晰坚定的嗓音响起时，减少几分。

"她听得到，只要你说，她都听得到。"

乔司月握住他的右手，试图将力量传递给对方。

林屿肆听明白了，右手无意识地攥紧，忽地一滞，怎么这么瘦？

他屏着呼吸，抬头，盯着遗像看了近半分钟，又去寻乔司月的脸。

周围人声鼎沸，底色是清淡的黑白灰，他们的视线在半空对上，风把烟雾吹散，白皙的脸清清楚楚地映入眼帘。

和记忆里的模样完美对应上，看似柔弱，实际上比谁都隐忍坚强，她把执拗刻进了骨子里。

林屿肆忽然意识到，每回遇到难以逾越的坎坷，他都会条件反射地缩进自己的保护壳里，但乔司月不一样。

她活得比谁都清醒、勇敢。

节目录制第一天，苏悦柠还告诉林屿肆一件事，乔司月十二岁那年，遭遇了一场车祸。

当时苏蓉和乔惟弋也在，司机酒驾，加上出事地段路灯坏了几盏，光线暗，车几乎是笔直地撞过来，毫无防备的突发状况下，苏蓉凭借本能将乔惟弋推开。

好在最后一刻，司机踩了刹车，削弱大部分冲力，乔司月才捡回一条命。

苏悦柠说："司月妈妈在那时选择了乔惟弋，但她并没有因此放弃去爱她弟弟。

"她这个人就是这样,你要说她傻,她是真傻;你要说她聪明,她确实拎得比谁都清,没有将对父母长辈的怨怼转移到乔惟弋身上。

"说实话,我完全不能理解她的做法。

"后来她跟我说,小弋是她在那个家里唯一能感受到的温暖,这样的温暖,在她的生活里出现得太少了,她必须要抓住。

"还有一个更重要的原因,她不想让乔惟弋活得跟她一样,所以这些年才会千方百计地想将她弟弟从那个家里带出来。"

苏悦柠很烦乔司月这种脾性,但更多的是心疼。难得在经历了这么多事情后,她还能保留一颗纯善的本心。

因为淋过雨,所以才会想着替别人撑伞。

苏悦柠平静地切换话题:"你有没有从她嘴里听过夏萱这个名字?"

空气沉默几秒,苏悦柠心里有了答案:"夏萱是她初中时偶然认识的朋友,从司月的描述里,那女生离经叛道、张扬肆意。那个时候的乔司月胆小怯懦、孤立无援,所以她将夏萱当成了自己的摆渡人,可是……"

林屿肆嗓子莫名一痒,忽然有些抗拒苏悦柠接下来要说的话。

"出国前,我按照司月说的地址,去南城找到了夏萱姨母开的那家面馆。面馆开了十几年,老板也一直没换过,其他细节都和司月说的一模一样,唯独夏萱这个人,从头到尾都不存在。"

苏悦柠深吸一口气,问:"我这么说你能听懂吗?"

林屿肆神经终于绷开,朦胧中应了声。

"夏萱只是她臆想出来的一个人物,"苏悦柠喉咙发紧,"那时候我不懂她为什么会这样做,可这么多年过去,经历了这么多事情后,我明白了,她只是在给自己找坚持下去的理由。阿肆,我们都应该感谢夏萱,要不是她,就没有现在的乔司月。"

恍惚间,林屿肆又想起那年冬天,他背负污名,而她忍受着风雪的压迫,到处替他找寻证据。

她说,她要让他清清白白地做人。

此去经年,什么都没有改变。

她依旧坚强、勇敢,也依旧……爱他。

林屿肆的喉结剧烈滚动了下,问:"疼不疼?"

这一路走来,受了这么多伤,疼不疼?

喉咙像卡着刀片,发出的声音低哑晦涩。

乔司月强装的镇定,因他这近乎破碎的三个字最终露出破绽。

她避开他的眼睛,极低地应了句:"不疼。"

"傻不傻?"

乔司月没说话。

林屿肆松开她的手,掌心罩在她后脑勺上,轻声说:"等我。"

3

乔司月慢慢收回目光,看见院子角落的小马扎上坐着一个七八岁模样的小男孩,也穿着丧服,模样和遗像里的人有几分像。

她转身问主人家要来白纸和铅笔,一阵"簌簌"的落笔声后,她走向小男孩,把纸递过去。

是一张素描,照着遗像画的,笑容明快。

"送给你的。"

小男孩疑惑地接过,两眼放光:"这是我姐姐!"

他的眼神忽然又暗淡下来,歪着脑袋问:"你有神笔吗?"

乔司月愣了下,没听明白。

"用神笔把我姐姐画出来好不好?"他哽咽着说,小手揪住她衣摆不松开,"妈妈说姐姐再也不会回来了,你帮我把她画出来好不好?"

乔司月摸摸他的脑袋,好一会儿才说:"只要你不忘记她,她就永远不会离开。"

落在地面的脚步声沉而稳,乔司月扭头,林屿肆西装革履地朝自己走来,整个人看上去轻松很多。

女人追出来,哭得撕心裂肺,嘴里反反复复念着三个字:"谢谢你。"

林屿肆将女人拉起,女人抹了把眼泪,含混不清地说:"谢谢你,到最后都没有放弃她。"

原来她已经认出来了。

她没完没了地说着"谢谢",他却只能跟她说一声"对不起"。

回去的路上,天色已经浓黑如墨,两个人谁也没开口。

车在小区门口停下,乔司月正要去解安全带,被林屿肆一把摁住。他单手握住方向盘,往后视镜瞥一眼,利落地打了个圈,掉头停进露天停车场。

乔司月读懂了他的意思——下车,站在边上,等他一起走。

林屿肆刻意放缓脚步,将两人的肩膀拉至同一水平线上,快到楼下时,问:"听歌吗?"

简简单单的三个字落下时,乔司月感觉自己被带回到过去。

夏日的午后,酸涩的柠檬味,粘在皮肤上的细密雨丝,还有他撑在头顶的黑色长柄伞。

那时他也问:"要听歌吗?"

十年前的她没有拒绝,更别提在爱意翻涌的十年后。

见她没有反对，林屿肆摸出蓝牙耳机，绕过她后颈戴进她的左耳。

"你让我把遗憾都说给她听，我说了，但没说全……"

乔司月安静地等着他的后续，但他没再说下去，午夜时分万籁俱寂，只有舒缓的伴奏萦绕在耳畔。

陈奕迅的《我们》。

林屿肆不动声色地牵起乔司月的手，指腹有些粗糙，从她细腻柔软的手背划过，紧紧贴在一起。

乔司月手指猛地一缩，过电般的酥麻感后，他沉哑的声音再度响起，和歌里那句"我最大的遗憾，是你的遗憾，与我有关"完美重合。

她倏然愣住，条件反射般地想要挣脱他的手，却被他用更大的力气包裹。

"唯唯，你累不累？"

还是那种简单的句式，但这次换了个称呼。

乔司月眼眶瞬间发潮，眼泪不受控制地往下掉。

林屿肆松开她的手，揩去她眼角的泪，动作轻柔得过分。

她松散扎起的长发这会儿已经凌乱得不成样子，眼睛红肿，眼下有明显的青黑，衬得巴掌大小的脸白到吓人。

林屿肆心里像堵着一团棉花，透不过气。他伸手替乔司月拨了拨碎发，脑海里忽然闪过很多个画面。

"我都知道了。"

五个字，包罗万象。

当时在救援的时候他并没有想这么多，直到这些天网上将女生的遭遇一一展开。

他想起了乔司月。

她的家境算不上好，但物质生活从来没有匮乏过，唯独精神世界，贫瘠如荒漠。

而在苏悦柠阐述的故事里，充斥着许多痛苦和无助。

那些年，她到底是怎么撑下来的？

林屿肆想不到，也不敢去想。

因他这五个字，乔司月的内心迎来前所未有的平静，弯唇笑起来："都过去了。"

是好是坏都已经过去了，把自己封在原地，没有任何意义。

"路迦蓝是我妹妹。"

苏悦柠说，路迦蓝是乔司月心上的刺，乔司月是因为路迦蓝才离开的。

虽然迟了很多年，但林屿肆还是想找机会向乔司月解释清楚。

乔司月摘下耳机，递还给他，轻描淡写的四个字："我知道了。"

路迦蓝是一部分原因，但不是她逃避的根本原因。她身上堆着太多的负担、不愿提起的记忆，种种都像一颗定时炸弹，无法预料到究竟哪天会突然引爆。

她不能把责任都归咎到路迦蓝身上。

林屿肆轻轻"嗯"了声，似在回应，然后跟着摘下耳机，胡乱丢进兜里，又问："知道那会儿我为什么不对你坦诚吗？"

所有人都说，他在她面前小心到不像他自己，确实如此，但有一点他们都说错了，他之所以如此小心谨慎，并不是害怕会得到一个她不喜欢自己的结果。

他天不怕地不怕，不怕生也不怕死，唯独那会儿，他怕自己在她面前，做什么事情都是不合时宜的。

他也一直知道，她缺的从来不是漂亮的衣服或者包包、鞋子。

可他还是想给她，用最轻柔舒缓的动作递到她怀里。

他想把她宠到什么地步？

宠到她可以心安理得地接受他给她的一切，可能是一颗话梅糖，也可能是一句褒奖。

总之，他不想让她在被爱的时候手忙脚乱。

他要赋予她大胆表达爱意的权利，也想让她意识到自己值得被爱，值得被人放在心尖上珍视。

但他没想到，他的小心翼翼反而加重了她的自我怀疑，以及得不到一个确切结果后的心灰意冷。

如果当时他能再坦诚一点，或许就不会给她留下这么多遗憾，她这几年，也不会过得如此孤单辛苦。

他抛下这么一个问题也不亲口向她解答，而是叫她的名字："乔司月。"

"嗯。"

"你信命吗？"林屿肆没有给她回答的时间，自顾自地往下说，"我以前不信，但后来信了。"

短短一天时间，关于这个话题，他说了两次。

路迦蓝重病那会儿，林屿肆和林行知找了很多名医，可再好的医术也消灭不了不断病变的细胞。

骨髓配对一次次失败，路迦蓝自己都放弃了，被折腾得不成样子，人瘦成皮包骨，眼里看不见一点光，每天只重复着同一句话："哥，算了吧。"

那时候的死亡离每个人都很近，他不信佛、更不信命，可那会儿除了寄希望于此，没有其他办法。

第一次去寺庙，他求了支中签，找住持解惑。

对方的回答很简单："因果循环。"

他脑袋里忽然蹦出电视剧里的经典台词："善恶到头终有报"。

他觉得滑稽可笑的同时又止不住开始回想自己这十八年的经历。

住持看穿他的所思所想,笑着说:"这四个字还有另外一种解释:你失去的一切都将会以另一种方式回归。"

林屿肆转过去,面朝乔司月,柔软的指腹搭上她的嘴角,见她没有表现出半分的抗拒,轻轻摩挲着。

他记得她笑起来有梨涡,漂亮又可爱。

"十八岁那会儿,我就觉得你以后一定是我的,现在一看,果然是这样。"

虽然他们之间最后一层薄膜至今未捅破,但没差了,结局已经明朗。

他低眸笑起来:"这就是命。"

十八岁那年的记忆对于乔司月而言是破碎不堪的,她被滞留在了没有林屿肆的夏天里,每时每分每秒都守着那点微不足道的温情,以至于这么多年过去,她忘记了曾发生在自己身上的所有事情。

她只知道,那时候的她,只是个想爱又不敢放肆去爱的胆小鬼。

而林屿肆在自己的记忆里,永远风华正茂,永远是那个穿着蓝白校服站在洒满阳光的走廊上的清爽少年。

他每个轻描淡写的眼神、每个潇洒的姿势、嘴角弯起的弧度、看人时眼里折射出来的光,都刻在了他们重逢那年、她最美好的年华里。

复杂的情绪在心头搅动着,乔司月抬起头,看见他的眼睛里除了她,再也没有别人。

今晚无风无云,星辰零散地分布在天际,她又一次窥见了天光。

紧接着,天光成了他的眼睛,黑亮黑亮的。

气氛好像到了。

林屿肆缓缓贴近,捧住乔司月的脸,鼻尖蹭过鼻尖,带乱心跳。

乔司月无意识屏住了呼吸,紧张还是期待,她一时没分辨出。

两个人的呼吸交缠着,节奏不一,但都局促慌张。

林屿肆忽然回神。

都没在一起,亲什么?

这是耍流氓。

他忍住了,挺直腰,退而求其次地要了个拥抱:"早点休息。"今天发生了太多事情,她需要时间好好消化。

因他的举动、也因自己脑补出来的画面臊得慌,乔司月没看他,低头瓮声瓮气地说:"你也是。"

撂下这句话,人很快消失在茫茫夜色里。

林屿肆僵了一瞬。

她好像挺失望的,早知道就亲上去了。

回公寓的路上，林屿肆给林行知打去电话，语气罕见的郑重。

其实他也没说什么，就是请求林行知能够资助女生的弟弟上大学。

斯人已逝，活着的人还得继续朝前走，他只能帮到这份上。

翌日清晨，林屿肆回了支队。

何睿跟宋霖两兄弟胳膊搭着胳膊，不约而同地说道："看这红光满面的样子，估计是成了。"

两人音量没收，这句话一字不落地飘进林屿肆耳朵里，他懒得搭理。

宋霖凑上前："肆哥，你今天心情不错啊。"

林屿肆换上训练服，眼尾扫过去，看穿他俩的花花肠子，嗤笑："我心情好和你有关系？"

宋霖面无表情地"呵"了声。

熬到休息时间，林屿肆照常给乔司月发消息。

S：现在方不方便视频？

S：想看看你。

过了好一会儿，他才收到回复。

later：山里信号不好，视频会卡顿。

山里？

S：怎么跑山里去了？

又隔了几分钟。

later：在薇南，支教。

乔司月言简意赅，林屿肆没话说了。

离得近，宋霖瞟到屏幕，"啧啧"两声："司月姐这是巾帼不让须眉啊！这种漂亮善良的鲜花居然被肆哥你这头蛮牛……"

林屿肆一个眼神凉凉扫过来，宋霖见好就收，赶紧把嘴巴闭上，几秒后"咦"了声："肆哥，你和司月姐不是刚在一起吗？怎么人家转头就跑了？你又干了什么愚蠢的事？"

林屿肆还没说什么，何睿暗戳戳地给了宋霖一拳："你别说了，没看见咱肆哥脸色已经难看得像牛粪了吗？"

林屿肆露出似笑非笑的表情。

"我关心一下怎么了？"宋霖余光觑到男人深黑的眼眸，拳头在下颌轻轻敲两下，揣测道，"还是说你俩还没在一起，是因为肆哥你的追求太勇猛，把人吓跑了？"

林屿肆指着跑道，嘴角微微牵起："明大多负重二十圈。"

宋霖叫苦不迭："情场不顺，就把气撒到我身上？你是魔鬼吗？"

他牢骚发得太快，何睿想堵住他嘴巴都来不及，然后听见男人不痛不痒地来了句："跑完再做两百个俯卧撑。"

林屿肆走到墙角,蹲下,清了清嗓子,才把电话拨过去。

响了几声,电话自动断了。

他不着急,安静地在原地等着,拿起枯枝在地上写写画画,写了差不多十个"唯唯"后,手机振动。

他迅速接起,一秒钟都没浪费,有太多话想说,一时间又找不到好的切入点,两个人同时沉默了会儿。

亏他接得这么快,到头来还是浪费了时间。

半分钟后,他终于开口:"怎么突然想起去支教?"

"不是突然,大一就开始了,加了个志愿者的群,有什么支教或者救援活动,他们都会在群里通知一声。"具体的细节和过程,乔司月只字未提。

她向来如此,总爱一个人扛下所有包袱,坚强得让人心疼。

林屿肆问:"累不累?"

乔司月笑着回答:"不累,他们都很听话。"

"累了可以给我打电话。"

她眨眨眼睛,想问:你的声音还能缓解疲劳吗?

没问出口,下一秒就有了答案。

"你那边的天气怎么样?"

他刻意压低音量,语调也平和。

乔司月感觉自己耳朵被烫了下,她摸摸耳垂,轻声说:"最近几天都在下暴雨,不过气象预报说下午会放晴。"

林屿肆拖着腔"哦"了声,在找另一个话题的间隙,余光瞥见墙角一朵叫不上名字的花,孤孤单单的,但不妨碍它开得灿烂。

"你离开明港的前一天,我去花店买了束雏菊,没没得及送给你,时间一久,它就枯了。"

那天他从花店出来,眼睁睁看着她上了辆公交车,想也没想就追上去。

陆钊拦下他:"就这玩意你跑什么呀,明天再给她不行吗?又不是见不到了。"

林屿肆脚步慢下来,目光还是跟着车尾:"枯了怎么办?"

"敢情这花明天就会绝种是吧?枯了你不会再买一束?"

"说的也是。"

是什么是。

再也不信陆钊的鬼话。

林屿肆在心里狠狠骂了顿陆钊,对上听筒后骤然切换语气:"我想再去买一束,明天送给你。"

乔司月捂着心口,拼命按捺住波澜起伏的情绪:"我不在杭城。"

"我知道。"林屿肆蹍着脚底的碎石子,眼角眉梢都含着笑意,"所以这次我去找你。"

听筒内一片沉寂，林屿肆止不住问："行吗？"

他第一次紧张到手心都渗出薄汗。

这片天太安静了，安静到都能听见对方的呼吸声，时间在无言的环境里格外冗长。

乔司月眼睛弯起来，因他的话欢喜到一时忘记了回答。

笑声如此开怀明朗，他也忍不住笑起来。

风很轻，传来她柔和的嗓音。

"你等我回来吧，我给你一个完完整整的答案。"

第十五章
只喜欢你

1

何睿在一旁偷听得"啧啧"称奇："咱肆哥这叫什么，铁汉柔情啊。"

林屿肆将手机放回兜里，对着后排听墙脚的兔崽子们冷冷一笑："一个两个的，都闲得慌是吧？要真没事做，就给我去操场跑个五十圈，跑到说不出话为止。"

何睿跟宋霖见好就收，背过身去装死。

林屿肆"哧"了声，插兜懒洋洋地离开营地。

第二天上午，他被贺敬诚叫到办公室："邻市淮西区要举办'走学比看'经验交流会，咱站里也要派人去参加，领导很重视，论资历跟战功，你都是最合适的人选。至于节目组那边，我已经跟他们打好招呼，到时候让小王带几天。"

林屿肆抓偏重点："淮西区？我记得薇南山区属于那块？"

贺敬诚不明白他为什么突然提起这地方，实话实说道："好像是。"

"什么时候？"

"大后天上午。"

"行。"

他应得爽快，贺敬诚狐疑地眯起眼睛："你小子什么时候这么好说话了？是不是又在憋着一肚子坏水？"

林屿肆展眉笑："您的命令我什么时候违抗过？"

贺敬诚还是怀疑，但没多问。

拿到手机，林屿肆立即点开百度，搜来搜去都是那几条关键词"送女朋友什么花好""花语大全""第一次约会应该送什么花"……

　　白玫瑰：我足以与你相配。

这个不行，太自恋了。

　　蓝色妖姬：你是我最深的爱恋。

腻歪。

　　风铃草：温柔的爱。

挺好，跟她一样温柔。

　　"司月姐，刚才是你男朋友打来的电话吗？"沈嘉上完课回来，看见乔司月抱着手机在笑。
　　沈嘉是薇南本地人，高中毕业后没念大学，留在母校薇南小学当教师。这一批一共来了五个志愿者，乔司月是其中最寡言的。山区条件艰苦，她从来没喊过一声苦，对这群学生也是真心照顾，所以一行人中沈嘉最喜欢她。
　　平时两个人除了上课，吃饭都在一起，寝室也被分到同一间。这么多天相处下来，她这般小女生的模样，沈嘉是第一次见。
　　乔司月挂在嘴角的笑有了片刻的僵滞，她轻轻摇头，将散落的鬓发拨至耳后："不是，是高中同学。"
　　沈嘉将她欲盖弥彰的反应尽收眼底，却没戳穿，正想将这话题带过，忽然听见她又说："也是喜欢的人。"
　　"你是对他一见钟情吗？"
　　乔司月点头又摇头："不算。"
　　"那你是从什么时候喜欢上他的？"
　　"有那么一个晚上，他站在月光下。"
　　他从来都不需要做什么，她心里的满足和欢喜都快溢出来了。
　　也就在那时，乔司月真正意识到，她喜欢上他了，彻彻底底的。
　　好长一段时间都没等来下文，沈嘉忍不住出声问："然后呢？"
　　乔司月笑着说："然后我就喜欢了他整整十年。"
　　"司月姐，你真勇敢。"沈嘉迎着阳光的笑脸格外清透。

乔司月愣了下，没想到自己在她眼里会是这样一个人，小声说："可我后来逃走了。"

沈嘉摇头："我觉得喜欢一个人已经是一件很有勇气的事情了，更何况这件事情你坚持了快十年，我都不敢想象，这十年里，你得克服多少困难。"

乔司月眼眶微酸。这一路走来，身边所有知情人都不认可这段无望的感情，甚至都在劝她放弃，别再给自己期待了，后来就连她自己也是这么想的。

可她还是没能做到。

好在她熬过了漫长的凛冬，前方柳暗花明又一村，还有她永远热爱的夏天。

"比起你，我真的很差劲，明明阿池才离开三年，可我觉得我好像在慢慢忘记他。我已经记不清楚他的脸了，这样继续下去，我应该会把他完全忘记吧，我想他肯定会怪我的吧。"

沈嘉之前几乎没有提起她男朋友的事，乔司月也是偶然听学校的老师说起，才知道她有个青梅竹马叫阿池，十八岁去当兵后再也没有回来，如今过去三年，杳无音讯。

村民都在说阿池是被外面的花花世界迷乱了眼睛，不愿再回到这犄角旮旯，也有人说他早就死了，不然也不至于这么多年连封信都没寄来。

可不管哪种猜测，两人的故事已经停在了他离开大山的那天。

乔司月一时不知道该说些什么。

沈嘉无所谓地笑了笑，转了话题："司月姐，如果你喜欢的那个人也喜欢你的话，你们就赶紧在一起吧。人的一生这么短，谁都没法预料到明天会发生什么事，别给自己留下遗憾。"

沉默半晌，乔司月笑着应下："你说得对，我们快在一起了。"

之后几天，乔司月按部就班地进行着教学计划。

薇南小学师资力量单薄，几乎一名教师撑起了一整个年级。在这批志愿者来之前，这群学生没有上过一节文娱课。

乔司月被分到美术课，她说话温柔有耐心，学生都喜欢她，上课积极性很高，课堂氛围活跃。

"小乔老师，你有男朋友吗？没有的话看我怎么样？"

"张狗蛋，你是不是傻？小乔老师早就有老公了，你凑什么热闹？"

"啊，我姐姐还在念书，小乔老师看上去比我姐姐还小，怎么就有老公了？"

"这你就不知道了吧，小乔老师的老公就是周瑜啊。"小姑娘扎着双马尾，一晃一晃的，"我看阿姐的课本上写了'遥想公瑾当年，小乔初嫁了，雄姿英发'，阿姐告诉我这公瑾就是周瑜，也就是小乔的老公。"

乔司月忍俊不禁，教室乱哄哄的，她插不进一句话。

课后，乔司月回到办公室，收到林屿肆发来的消息。

只有一张图片，好像是风铃草。

什么意思？乔司月没看明白。

薇南小学的网络时好时差，她不知道对方的消息是多久前发来的，想回复，信号中断，迟迟发不出去。

毫无征兆的，地板开始剧烈晃动起来，办公桌上的课本和笔盒相撞，全都被甩到地上，木椅也被震倒在地。接二连三的响声后，乔司月终于意识到发生了什么。

办公室在四楼，来不及逃到空旷地带避险，乔司月只能跑到墙角抱头蹲下，寻求一线生机。

忽然，她想起办公室里的另一个人，马上抬头去寻对方的身影。

就在三米外，沈嘉侧身倒在地上，小腿被倒下的书柜压住，头顶的日光灯摇摇欲坠。

人在紧急状态下的反应是最真实的。

就像当初车祸发生的那一瞬间，苏蓉下意识护住乔惟弋的举动。

说不上对错，两个都是她的孩子，可人就是会有偏爱，苏蓉也不过是在情急之下做出了一个遵从内心的选择。

而在这一刻，说乔司月圣母也好，罔顾自己性命也罢，她只知道她没法抛下沈嘉不管。

乔司月猛地扑上前，拽住沈嘉的脚踝，铆足了劲往自己的方向一扯。日光灯掉落，碎玻璃溅了满地，有几片扎进她们的皮肤。

地面开始陷落，铺天盖地的灰尘涌上来，没几秒，两个人被裂缝完完全全地包裹住，窒息感一下子涌了上来。

"轰隆"一声巨响，是楼房倒坍的声音，盖过此起彼伏的哭喊声。

逼仄环境带来的恐惧感将人的嗓子堵住，震后的空气陷入短暂而诡异的安静状态。

不知道过了多久，隐约听见有人唤了声："司月姐。"

声音离得很近，乔司月能感觉到沈嘉就在自己身边，只不过她的手脚都被坍塌的水泥板牢牢压住，无法动弹，只能用声音传递力量："我就在这里，你别怕。"

"司月姐，我好疼。"

不见天日的环境里，一切感官都被剥夺，胸口的石块压得呼吸都变得困难，空气里混进血腥味，分不清是谁的。

乔司月忽然理解了林屿肆形容的那种只能眼睁睁看着生命流逝的无力感。

就像现在的她和沈嘉，以及所有被困在地下的人，尽不了人事，只能听从天命。

在死亡面前，人的意志很快被消耗，再胆大的人也会害怕，沈嘉泣不成声："司月姐，我们会死吗？"

这问题乔司月没法给出答案，可她知道这种时候赋予自己希望有多重要，她忍受着肩胛骨传来的钝痛，艰难地开口安慰："别怕，救援队马上就会来的，我们都会没事的。"

"这样的话，我是不是能再见到阿池了？"

乔司月因她的话怔住，眼尾迅速泛起红意。

"其实我早就知道阿池已经不在了，"沈嘉喉咙艰难吞咽，"我等不来他了，我只是，不愿意承认而已。"

两年前，阿池为救人溺水而亡，走得无声无息，回来时连场风风光光的葬礼也没办。只有几个亲戚朋友知道这个噩耗，阿池的父母让她别等了，人已经没了，等不回来的。

她不信，阿池说过会回来接她，就一定会来。她谁都不信，只信他。

乔司月闭了闭眼睛，脸上一片温热，无法区别是血还是泪。

时间从来没有如此漫长过，一分一秒都是煎熬。

"司月姐，被救出去后，你想做的第一件事是什么？"

几声哽咽后，沈嘉极缓地说："如果我没死，我想去他离开的城市看看，可能的话，我会一直待在那里。"

好像下雨了，能听见雨滴砸在水泥板上的声音，沈嘉的嗓音越来越轻，是生命不断消耗的信号。

雨却越下越大，一下又一下地砸在心上。

意识飘散之际，乔司月忽然想起了林屿肆，种种过往像走马灯似的在眼前闪过。

额角滴落的血混着雨水盖住她的眼睛，脑海里的画面也变得模糊。

就在沈嘉以为等不来对方回答时，耳边飘过来一个朦胧不清的嗓音："我想告诉那个人。"

乔司月顺了顺呼吸，全身没有一处地方不疼，眼皮越来越沉重，发声也困难："这么多年过去，我还是……"

她没力气往下说，只能在心里默默补充。

只喜欢你。

不管是过去，还是重逢后，她从来都没有直白地对他表露过爱意，哪怕她已经在心里排练过千万次，成了刻骨铭心的一道疤，但这一刻，她还是想亲口告诉他：我喜欢你。

这么多年过去，我还是只喜欢你。

一生很长，或许以后她会遇到很多比他还要优秀、对她还要好的人，可这世界上只有一个林屿肆——她撒下满腔孤勇、不计代价不顾后果、用一整段青春喜欢过的人。

现在她想为了他，努力活下去。

2

薇南发生地震时，林屿肆刚结束了当天的交流活动，去附近花店买了束风铃草。

他迫不及待想见到乔司月，去山区的路上，实在没忍住给她发了条消息。

又怕破坏神秘感和惊喜效果，他只能装模作样地拍了张照片过去，没有配上任何文字。

估计乔司月那边信号不好，他一直没收到回复。

他收起手机。

两个小时后，车停在中转站，开往薇南的班车最早要四十分钟后才能发动。林屿肆又掏出手机看，还是没有消息。

就在这时，整个路面忽然开始震动，乒乒乓乓的一阵响动，手上的风铃草没拿稳，掉在地上，被掉落的日光灯轧成碎渣，汁液流了一地。

他凭借本能跑到空旷地带，看见远处大大小小的石块从山顶滚落，视线里是灰蒙蒙的一片。

地震了。

一夕之间，世界变了样。

他双脚定在原地，心里的恐慌成倍增长。

网络彻底瘫痪，电话、信息通通拨不出。

他无从知晓乔司月那边的情况，也不知道跑了多久，越靠近薇南山区，震后的场景越是触目惊心，整个村庄几乎被夷为平地。

路被封锁，不让进。

"我是杭城古安区潮河消防支队特勤中队中队长，林屿肆——"

地震发生后的第一时间，林屿肆就跟贺敬诚打了报告，估计是贺敬诚已经跟这边的救援队打好招呼，等他拿出证件，武警轻轻点头，没再阻拦。

石块把路堵得严严实实，车开不进去，他跟随大部队抵达薇南小学。

救援行动刚部署完毕，人群中忽然有人喊了声："你们快去救我的孩子！"

女人哭得上气不接下气，男人在一旁骂咧咧，好几次要往警戒线内冲，被现场维持秩序的武警拦下。

"我儿子还在里面！你们快去救他！我们家就这一根独苗，没了可咋办！"

"搜救工作已经在进行了，请配合我们的工作，耐心等待。"

"都到什么节骨眼上了，还让我们等？敢情埋的不是你们家孩子，你们就不用着急了！"

有人起了头，一时间，四面八方都是家长的哭喊和抗议声。

气压急速下降，秩序瞬间乱套。

林屿肆太阳穴突突地跳着，忍耐力早已绷到临界值，朝为首的男人吼了句："不帮忙就闭嘴，少在这儿添乱。"

男人被这猝不及防的一嗓子震慑到，闭上嘴，不一会儿又开始小声抱怨。

从废墟里抬出来的十个有八个都没了生命体征，剩下的两个也都受了不同程度的伤。

没多久又开始下起暴雨来，增加不少搜救难度，每位幸存者脸上盛满劫后余生的惊恐。

阴沉沉的天色，生离死别的哀恸弥漫在空气中，林屿肆的心被牢牢揪着，每抬出一个人，他都会循声看过去。

希望看见她，但更害怕是没了呼吸的她。

他胆战心惊地进行了长达六个小时不间断的搜寻与施救，体力渐渐不支。

他满头大汗，衣服上沾满了灰尘、泥土，手心手背全是被石板、钢筋割破的口子，一处刚结痂另一处又开始冒血。

"快来人！这里救出一个！"有人喊了声。

林屿肆下意识往那儿看去——

是了！那就是她！

他不可置信地红了眼，一路跌跌撞撞冲过去，被石板绊倒，膝盖狠狠磕了下，他却像感觉不到疼似的，手脚并用，几乎是爬过去的。

后来回想起这一幕，他自己也止不住发笑，当真又傻又狼狈。

重见天日，乔司月眼角被光刺出眼泪，看什么都是模糊一片，直到她听见一道熟悉的男声："唯唯。"

刹那间，眼泪喷涌而出。

一切好像尘埃落定了，那颗摇摇欲坠的心终于落到实地。

她还活着，也等到了他，不是做梦，真好。

眼前还是模糊，她只能凭借气息辨别林屿肆的方位，从唇齿间溢出来的两个字，轻淡得像抓不住的风："阿肆。"

很早以前就想学别人这般唤他，可没想到第一次会是在这种场合下。

"我在。"

林屿肆的视线从她满是血泪的脸上挪开，落在自己被鲜血浸染的白T恤上，呼吸滞了滞。

仿佛那双伤痕累累的手攥住的不是他的衣领，而是胸腔里惴惴不安的心脏，他都不知道自己是对谁说的："别怕，我就在这儿，我陪着你。"

他想抱住她又怕压到她伤口，只能在原地手足无措。

两名医生扛着担架跑来，林屿肆想跟上救护车，被医生拦下："非家属不能上车。"

"我是……"他目光扫过那张惨白的脸,心脏一紧,"她未婚夫。"

乔司月已经疼到快没有知觉,周遭的声音仿佛被过滤掉一般,只能听到他的,尤其是最后四个字,让她找回些力气,手指在他手背上点了点。

林屿肆稍愣,收紧手,放在嘴边轻轻吻了下:"是不是疼?"

"不疼,我想告诉你……"她咳了几声,脸更白了。

医生拉来氧气罩想给她戴上,她睁着水汪汪的眼睛看过去,医生一时心软,垂下手提醒了句:"就两分钟。"

足够了。

乔司月眨了眨眼,以示感激,目光辗转重新落回林屿肆身上:"这些天我一直在想,我要是答应和你在一起,这到底是出于单纯的喜欢,还是受到过去耿耿于怀的执念支配。"

她语速极慢,声音也轻,捶打在人心上却格外有力。

别说了,我们先闭上眼睛休息一下好不好?

林屿肆心揪成一团,她执拗的样子截断他的心里话,最后他只能顺着话题问下去:"那现在找到答案了吗?"

乔司月嘴角很浅地弯了下:"我喜欢的是过去的清爽少年,也是现在义无反顾出入生死场的英雄。"

灯光照在她脸上,白到瘆人的脸色有了几分生气:"这么多年过去,我还是只喜欢你。"

林屿肆的心重重跳了几下。

乔司月的眼皮像压着一床棉被,重到快要撑不开,意识也所剩无几,但这一刻她还是想把话说完,想把最直白的情绪袒露于他。

"感情这种东西是算不清的,我不知道我有多爱你,只知道,在我以为自己快要死了的时候,我是不甘心的。

"我的人生有太多的遗憾,但那些事情在你面前好像都是微不足道的。

"你听明白了吗?我们已经错过了九年,我不想再留下一辈子的遗憾。"

"听明白了。"一旁,医生拿起呼吸罩不由分说地盖在她脸上,"小姑娘,你还有一辈子的话能说,咱不急在这一时,闭上眼睛休息会儿,一觉睡醒后保证让你第一眼就能见到自己的心上人。"

林屿肆跟着哄:"我就在这儿陪着你,哪里也不去。"

好。她在心里应道。

乔司月醒来时,已经是第三天上午。

那医生没有骗她,第一眼,她见到的人就是林屿肆。

估计他很久没有休息了,眼下青黑异常明显,下巴冒出胡楂。

看见他这副憔悴的模样，她眼睛泛酸。

"是不是伤口开始疼了？"

算下时间，麻药药效差不多已经过去。

林屿肆不受控地想起她身上密密麻麻的伤口，不深，但也快心疼死他了。

乔司月摇头，没觉得疼，就是困，也没什么力气。

"饿不饿？"

乔司月点头又摇头，饿，但没什么胃口。

林屿肆摸摸她的脸："我去给你买粥，乖乖等我回来。"

乔司月很轻地扯了扯他的衣袖，不肯的意思。

"想睡。"你别走。

"那再睡一觉。"

她真的没力气说话，闭上眼睛很快睡过去，这一觉又睡了将近半天。

醒来时，林屿肆不在，她盯着天花板发了会儿呆，才把心里的恐慌压下。

有护士来换药水："醒了？觉得身体怎么样？"

"脑袋还有些疼。"乔司月抬手碰了碰被纱布缠绕的额头，松开后问，"沈嘉呢？"

见护士一脸茫然，于是她改口："跟我一起送来的女孩呢？"

护士瞬间红了眼，工作两年，她也算见过不少生离死别，但像这种大规模的天灾，她还是第一次遇到，送来的人多数都受了重伤，其中能抢救回来的少之又少。

一想起那些鲜血淋漓的画面，她喉咙一哽："送来的路上人就没了。"

钢筋插入腹部，不算致命伤，可惜耽误的时间太久，失血过多，甚至没能熬到医院，在半路就彻底没了呼吸。

乔司月猛地一怔，全身的力气都被抽走，瘫坐在床上，好长一段时间都陷入一种意识昏蒙的状态。直到落日余晖的残光扑照在脸上，她手脚才渐渐恢复知觉，一瞬的工夫，眼泪成串一个劲地往下砸。

林屿肆回来看到这情景，心口一紧，冲到她床头："怎么哭了？"

乔司月摇摇头，眼泪还是止不住。

"不哭好不好？"他用哄小孩的语气，单手托住她的脸，另一只手轻轻拭去她的泪。

"沈嘉没了。"乔司月努力按捺住汹涌的情绪，但声线还是泄露了一丝哭腔，"她不应该死的。"

要说应该，又有谁是应该死的？

灾难发生的那一刻，所有人都想活下。

"在灾难面前，很多事情是无能为力的。"林屿肆视线在她通红的眼睛上停留片刻，坐在床头，搭上她的右肩，一下又一下地拍着，哄着，用林行知的话说就是，"我们能做的是尽人事，再听天命。"

乔司月又开始哭，过去二十几年流的眼泪加起来估计都没今天多。

林屿肆没再阻止，让她一次性哭个痛快也好。

乔司月不知道自己哭了多久，最后哭到没有力气，趴在林屿肆肩头吸了吸鼻子："你刚才干什么去了？我醒来第一眼没看到你。"

像质问，更像撒娇，把依赖藏进每个字音里。

要怪就怪她现在太难过了，才会做出如此反常的举动。

"打电话汇报工作去了,怕吵着你。"林屿肆笑了笑,觉得她这样子真叫可爱。

乔司月"哦"了声；"外面情况怎么样？"

"不太乐观。"

地震发生时，只有两个班级在空旷地带活动，其余班级都在教室上课，一楼情况还好，那些高楼层的孩子，伤亡严重。

窗外一阵阵风吹进来，堵住嗓子眼，两个人都没再说话。

晚饭时间，林屿肆去领了一份盒饭和一碗白米粥。

鼻尖浓郁的消毒水味，甚至还残留着石灰和血混合在一起的味道，乔司月没什么胃口，只能小口抿粥。

见她停下，林屿肆问："不吃了？"还剩下半碗。

"吃不下了。"非常时期，各方面的物资稀缺，她是不是太浪费了？

乔司月盖上盖子，补上一句："我明天早上再吃。"

林屿肆又把盖子打开，三两口喝完："明早吃别的。"

空气一下子安静下来，乔司月靠在枕头上："你待会儿要出去吗？"

林屿肆一边收拾，一边回答："不出去，留下来陪你。"

"你还是出去吧，现在有更需要你的人。"

闻言，林屿肆好气又好笑，捏捏她的脸："第一次见到像你这种这么着急把自己男朋友往外推的人。"

怎么这么傻，能不能活得自私点？

乔司月愣了下，因他这句话，想起自己在救护车上那段"告白"，后知后觉的羞赧浮上双颊，所以他们这就算在一起了？

可为什么觉得这么不真实？

看穿她的心思，林屿肆只好抱住她："别想东想西的，我就在这儿。"

后来那几天，林屿肆都去帮忙了。这天，他刚将一名伤者抬到救护车上，远远看到一道熟悉的身影，走得很慢，东张西望的。

这些日子他医院、灾区两头跑，几乎没怎么休息过，人糙到不行，每次结束完搜救回医院前，都会先简单冲洗一遍，但这会儿她出现得太过突然，他只能用衣袖抹一把脸上的灰："怎么过来了？"

乔司月伸手替他抹干净："想来帮忙。"

林屿肆认真看了她几秒，不拦："累了就休息，要是伤口疼了第一时间停下告诉我，知道吗？"

乔司月点头，等人走后，摸了摸被他轻轻拍过的后脑勺，弯起嘴角笑了笑，真把她当小孩子了吗？

一周后，搜救工作结束，参与搜救的几千名军人、消防员、志愿者，以及幸存的村民在开阔地带举行了一场悼念。

这天的风刮得又大又急，裹着细密的灰尘与沙粒，接连几场暴雨还是没能冲刷掉空气里浓重的血腥味。

阴霾密布，笼罩在废墟之上。

薇南小学的所有幸存学生都来了，个个穿着素白小衫，一遍遍哭喊着沈嘉的名字。

乔司月喉咙一下子哽住，攥紧手中的红绳，还是没忍住眼泪，山风吹得脸颊刺痛。

悼念会结束，班上一个小姑娘拽住乔司月的手问："我妈妈还有我姑姑她们都说，嘉嘉老师没了。小乔老师，没了是什么意思？是和我爸爸一样再也回不来了吗？"

乔司月喉咙哽得难受，蹲下身轻柔地抚去小姑娘脸上的泪："别哭，嘉嘉老师是去找她生命中最重要的人了，她会在另一个地方生活得很好。"

话音落下，她想起沈嘉在失去意识前，拜托她的事情——

"司月姐，如果我没能撑下去，你能代替我去看看他最后生活的城市，还有告别的地方吗？"

"小乔老师，你是不是也要离开了？"

手指被人扯了几下，乔司月敛神，没正面回答，摸摸她的脑袋："我会经常回来看你的。"

"那拉钩。"小姑娘这才笑起来。

乔司月伸出小拇指，眼前忽然浮现出沈嘉的笑脸，笑着笑着，眼眶又开始发潮。

3

当天下午，志愿者分批坐大巴回县城。林屿肆跟当地的消防支队指导员聊了会儿，乔司月先一步上车，坐到最后排靠窗位置上，拿出素描本，想将在薇南见到的所有人，包括这几天发生的一切都记录下来。

没多久，林屿肆上车挨着她坐下，眼尾下垂，指着素描本上的人像问："这就是你说的沈嘉？"

"嗯。"乔司月轻声说,"她比我画的要漂亮很多。"

两人沉默了会儿。

"大一那会儿为什么想到去参加这种志愿活动?"林屿肆先开口。

之前他就想问了,一直没找到机会。

乔司月眼神闪了下,压抑的情绪涌上心头:"你不是问我为什么没有填报京城的大学吗?我报了的,我所有的志愿都在北方,因为你说你会去那里,还有一个最重要的原因,我想离家远点。"

她把素描本合上,指甲抠着页脚:"可是,他们偷偷改了我的志愿。"

这么多年过去,她以为自己早就放下了,可每次回想起来,肺腑就像被一双手紧紧攥住,窒息感密不透风地包裹住她。

林屿肆猛然怔住,他设想过很多种可能性,但所有原因的本质都脱离不了她的主观意识,偏偏现实比他想象的还要残酷。

她曾经这么努力地生活,可还是逃不了被一点点夺走希望的结果。

"我做过很多努力,可到最后,除了接受,没有任何办法。上大学后,我就再也没回去过。我以为用这种方式可以摆脱,但实际上并没有起太大的作用,那种精神压制,早已经不是我单方面努力就能摆脱的。

"那段时间,我一直在原地踏步,不敢回忆过去,也看不见未来,那种感觉就好像自己的生命可以随时终止一样。后来,悦柠给我介绍了宋云祁,他建议我多出去走走,旅游或者参加各种活动,总之不要把自己困在同一个地方。我听了他的建议,所以报名了各种各样的志愿活动。

"我第一次参加支教,去的是一个比薇南还要贫穷落后的小山村,那里的小学整整六个年级加起来还不到五十人,他们连蜡笔都没见过。"她笑起来,"幸好我在出发前,给他们每个人准备了一套水彩笔和蜡笔。"

这对于那时刚替人画稿赚钱的乔司月来说,算得上一笔巨款了,但在见到孩子们脸上露出的笑容后,她觉得一切都是值得的。

"离开前他们对我说,谢谢你乔老师,教会了我们从来没有学过的东西。

"那个时候我才意识到,原来我还能这样活着,原来我活着还是有意义的,我这双手还能创造出有价值的东西。"

闻言,林屿肆笑了。

她现在这副模样,包括她阐述的这些过往,都让他觉得陌生,但转念一想,又觉得这就是她。

她就是这样一个外冷内热的人,他在火场逆行救人时,她同样在用画笔、用一颗滚烫的心温暖别人。

如此纯善如此勇敢的人,是他的女朋友,以后还会是与他共度余生的妻子。

人生尔尔,也算值了。

被他盯得有些难为情,乔司月挠了挠鼻子:"我知道我胆小懦弱,从前是,现在也是，如果我想退缩了，到那时候……"

林屿肆眼神突然变得不一样了，冷不丁打断："乔司月，你挺行啊，我们才刚在一起多久，你连后路都想好了。"

他抬手捏住她的嘴唇，不让她发出半点声音。

实际上他没用多少力，乔司月轻而易举就能扯下他的手，眉眼不自觉染上几分笑意："你先听我把话说完。"

空气安静几秒，她看着他的眼睛，认真地说："到那时候，你就抓住我。"每个字音都沉稳又坚定，"牢牢抓住我就好了。"

林屿肆左手扣住她的右手，然后一寸寸地收紧，感受着彼此手心传递出的热流，眉宇间的疲惫渐渐退却，全身好像有用不完的力气。

他想说很多话，但这些话在这一刻又显得累赘，索性闭上嘴，安静地感受着和她共同呼吸着的同一片空气。

青草气，还有花香，不同于灾区，是生机勃勃的味道。

乔司月低头看着他们紧紧相握的手，心在剧烈跳动。她咬了下唇，又说："还有，我可能没办法一下子做到百分之百的坦诚，但我会慢慢改的。"

"没骗我？"

"不骗你。"她郑重其事地保证。

"从现在开始？"

"从现在开始。"

林屿肆挑了下眉，轻笑一声："那想不想接吻？"

突然说这个做什么？还是在这种场合。

乔司月看着前排密密麻麻的人头，脸颊迅速攀上红晕。

他还是笑，脸凑近了些，粗糙的指腹摩挲着她的嘴角："你答应过的，坦诚点。"

第十六章
他和她

1

到县城时,已经是晚上十点,周围酒店已经被订满,林屿肆与乔司月找了一圈,只找到一间招待所。

设施简陋,环境也算不上好,前台在的那面墙重新刷了遍油漆,客房面积很小,朝阳,但空气里有股濡湿的黏稠感。

乔司月把窗打开,等风将酸腐味吹散些后才关上。她摁下空调开关,转身看见林屿肆提着一袋零食饮料进来,单手执着手机在通电话。

她走过去,接过他手里的塑料袋,往桌上一搁。

林屿肆把手机拿远了些,先解释了句:"陆钊打来的,我刚跟他说我追到小月亮了,他还在和尚庙进修,真惨。"

没别的意思,他就是想嘲笑一番。

在电话那头听得清清楚楚的陆钊无言以对。

前脚林屿肆刚挂断陆钊的电话,后脚苏悦柠的来电就出现在乔司月的手机屏幕上。

对方开门见山地问:"你和林屿肆在一起了?"

乔司月慢半拍地应了声。

一直想找到合适的机会和她说,可最近实在忙,腾不出精力把事情的经过告诉她。

这边苏悦柠没再多说,点开林屿肆的微信头像。

SYN：你现在跟她在一起呢？

林屿肆扫了眼角落，不紧不慢地敲下：嗯。

SYN：对她好点，别欺负她。

还用得着她说？

林屿肆没回，把手机甩到一边："你已经告诉苏悦柠了？"

乔司月顿了几秒，摇头："她刚才说她现在和陆钊在一起，所以你说的话她都听到了。"

林屿肆没说话。

招待所简陋归简陋，但每间房都配有独立浴室，用磨砂玻璃挡着，里面林屿肆高大的身形影影绰绰，多了层欲盖弥彰的意味。

乔司月有一下没一下地划动着手机屏幕，什么也没看进去，耳垂隐隐发烫。

淅淅沥沥的水声持续了近十分钟，林屿肆擦着半湿的头发出来，身上只穿了条深棕色睡裤，腰腹肌肉线条利落。

她只看了一眼就收回视线。

"下水道有些堵，你晚几分钟再去。"他的声音沾上水雾，变得有些潮湿。

乔司月放下手机"哦"了声，目光无处安放，只能重新拿起手机，装模作样地一通瞎点，两分钟后揪了个话题："你舌头还疼吗？"

说完，她脸烧起来："我不是故意的……"

因为从没有过接吻经验，她那会儿只剩下慌乱，随着他的施力与深入，缺氧感逐渐占据大脑，直到……

不能再想下去了。

空气出奇的安静。

林屿肆一边单手拉开汽水拉环，一边思忖该怎么回答她的问题。

思前想后，他又觉得"情不自禁"这个词压根经不起深究，于是敷衍了句："没感觉了。"

她眨眨眼睛："那就好。"

声音细细软软的，听得人莫名的躁。

他抓了抓头发："去洗吧。"

乔司月刚进浴室没多久，电话又响了。

林屿肆拿起一看，是小舅子打来的，犹豫几秒接起。

听到对面的声音，乔惟弋沉默了好一会儿："我姐的手机怎么在你那儿？"

林屿肆不答反问："你自己看看几点了？你姐不需要休息？这个时间打来，不觉得你打扰到你姐了吗？"

乔惟弋冷笑："现在接电话的人不是你？"

还挺会抓漏洞。

林屿肆轻笑，不搭话。

"别欺负我姐,不然我揍你。"乔惟弋想来想去,也只有这句威胁有震慑力。

细胳膊细腿的中二少年,连宋霖都打不过,还想揍他?

想到这些,林屿肆一哂:"长二十斤肉再来。"

乔司月磨磨蹭蹭地洗完澡走出浴室,看见他打着赤膊坐在床头,手里转着打火机,一副吊儿郎当的姿态。

她装作没看见,忽然听见他说:"刚才你弟打电话来了。"

"他说什么了?"

"说要揍我。"他跷着腿,一脸无所谓地笑了笑。

"你别逗他,小弋他……"乔司月一时找不到形容词,"还小。"

一个快十八岁还缠着姐姐的弟弟,确实是小。

林屿肆不置可否地扯了扯嘴角。

乔司月上床后,直接用被子把自己蒙住。

隐约听见头顶传来一声轻笑,她的脸更热了。

灯灭了,隔壁传来一道声音:"睡觉。"

"哦。"最近几天她都处于心力交瘁的状态,稍微一放松,很快就进入睡眠模式。

林屿肆偏头看去。

这姑娘平时是真安静,睡觉时也是真不安分。

时不时翻身,动作幅度也大,裙摆跑上去,露出半截腰线,两条腿又白又细。

他起身,提起被子往她身上一盖,没一会儿,又被她掀开。

一来一去差不多十次,他索性撒手不管,挪开床头柜,把两张床并成一张,抱着她睡。

空调制冷效果差,不一会儿乔司月被热醒,看见旁边的人影时,差点吓了一跳:"你怎么过来了?"被闹醒,语气不耐烦。

这起床气还挺重。

"我冷。"林屿肆脸不红心不慌地撒谎。

她一点都不怀疑,大脑昏昏沉沉地往另一侧挪了挪:"那你也别和我挨着,我热。"

床这么大,他偏偏要和自己胳膊抵胳膊,大腿挨着大腿,可除了这些他什么也不做,身体的热度也和自己不相上下,像熔浆。

更像一种微妙的暗示。

林屿肆听出她的话外音,从喉间溢出一声轻笑。

乔司月转过身,撞进他盛满情意的双眸里,一下子清醒,本就滚烫的体温又升高不少。

睡裙吊带随着她翻身的动作滑落,稀薄的光影里,肌肤如玉白到晃眼。

林屿肆喉结剧烈滚动了下，一出声，嗓音哑到不行："闭眼。"

他的手虚盖在她眼皮上，她无意识地眨眨眼睛，睫毛刷得他掌心有些痒。

他松开手，将人往怀里一捞，下巴抵住她额头。

眼不见，心不乱。

但没熬过两分钟，心更乱了。

乔司月几乎是严丝合缝地被他抱住，就算两个人都不动，也能清晰地感受到他紧绷的腰腹肌肉，她的手穿过他腋下，在肩胛骨处停下。

摸到一块凸起，像疤，她愣了几秒。

一阵天旋地转，她被压在身下，他的气息就悬在上方，距离不到五厘米的地方。

看似无法收场的局面，林屿肆却忽然停下，双臂撑在她两侧，目光滚烫，不知道僵持了多久，一个蜻蜓点水般的吻落在她额头上："别随便撩我。"

她什么时候撩他了？

大概过去两秒，覆在身上的影子离开，床一轻，随后是浴室门被推开的动静。

她更加莫名其妙了。

乔司月嘴里打着节拍，差不多数了三百下，他才从浴室出来，身上带着潮湿的雾气。

这二十几年，她的感情生活一片空白，但也清楚他一言不发跑进浴室的缘由。

"你是怕我疼？"她问。

林屿肆没说话，把空调调低几度后，将人拢进怀里。

乔司月扬起下巴，故作镇定地说："我不怕疼的，之前腿上被剜去一个血洞我都没哭。"

说完她又觉得不对劲："我也不是那意思。"

他明知故问："那是什么意思？"

林屿肆摸摸她的脑袋，本意是安抚，却被乔司月曲解为"赶紧闭嘴睡觉"。

她抿了抿唇："你是不是——"

两双眼睛笔直地对上，她把话咽了回去，分不清楚是为自己大胆的言论而羞怯，还是被他幽深的黑眸堵到没了说话的底气，只好将头埋进他胸口，再也没吱声。

林屿肆又气又笑："你这脑袋里都装了些什么？现在还不到时候。"

他拍拍她的背，温声细语地哄了几声，示意她赶紧睡。

再折腾下去，真收不了场。

半夜开始下起雨来，到第二天早上转为暴雨，雨滴砸在玻璃上，重而急。

乔司月被惊醒，昨晚没睡好，人还是蒙的，揉了揉眼睛，房间里就她一个人。

床尾叠着她的衣服，整整齐齐的。

读卡声响了下，熟悉的男声传过来："起来吃早饭。"

乔司月将脸埋进被子，声音闷闷的："困。"

完全不想动。

她这辈子的小脾气估计都使在睡觉和起床这两件事上了，不过该宠的还是得宠。

林屿肆从她的洗漱袋里抽出一次性面巾纸，蘸了水后挤干，将被子往下一拉，在她脸上搽了几下。

乔司月配合地偏了偏脑袋，眼睛一直没睁开，享受的状态。

"我这是在伺候大爷呢？"

乔司月没绷住，被他逗笑，睁开眼睛看他。

林屿肆屈指敲了敲她的脑门："衣服也帮你换？"

"我自己来。"她又把脸埋进去了，这次是因为难为情。

退房前雨就停了，有放晴的迹象，不一会儿，艳阳高照。

林屿肆在路口拦下一辆出租车，把行李放进后备箱，上车后问："真不和我一起回去？"

乔司月摇头："我答应了沈嘉，要代她去看看阿池最后生活的地方。"

安静了会儿，他攥住她的手，于心归拢到一处，低眸不知道在想什么。

到检票口时，林屿肆忽然转身抱住她："舍不得，再待两分钟。"

不知不觉三分钟过去了，他松开："陪你去临江。"征询意见的语气。

她抿了抿唇，没说话。

"不想我陪？"

乔司月抬头对上他期待的目光，违心话硬生生被憋了回去，沉默几秒后，轻声说："我舍不得你，但我只是去见一个人，你不一样，你回杭城是要救人的。"

"还有呢？继续往下说。"

乔司月抿了抿唇，脚尖在地面上轻轻摩擦着："我会想你的。"

她嘴不甜，更不擅长情侣间的撒娇，这一句话说完，感觉自己心脏都快跳出喉咙了。

林屿肆瞥了眼她泛红的耳尖，没忍住动手摸了摸，眉眼带上爽朗愉悦的笑意："越来越坦诚了。"

酥酥麻麻的痒意像电流般窜到心间，乔司月脖子微微一缩。

这细微的动作被林屿肆捕捉到，修长的手指离开她耳垂，将她下巴轻轻托起："来个离别吻。"

他停在原地没动，意思很明确，要她来。

乔司月踮起脚，唇瓣在他脸上一触即离。

"我收回刚才的话。我人都是你的了，你还害羞什么？大胆点，我又不会被你吓跑。"林屿肆堂而皇之地谈论这些事情，声调还一点没收。

乔司月捏捏刚才被他触碰过的地方，烫得厉害，喉咙也像覆着一团火，烧到有些哑，音量压到不能再轻："你什么时候是我的了？我俩明明刚确定关系，都还没到那一步。"

"听你这语气，好像对我还挺有意见的。"

"没……"乔司月捡回曾经的满腔孤勇，抬头看着男人眼睛，认真地说，"我很喜欢你。"

林屿肆恍了下神，那天的告白他至今记忆犹新，她说了很多肺腑之言，但都比不上那句"这九年，我还是只喜欢你"。

当然也可能是"喜欢"这两个字只有从她嘴里说出才会如此动听。

"巧了，我也是。"他笑了笑，把唇瓣贴过去。

比起他们的初吻，这个吻纯粹很多，只有疼惜和不舍。

"我不在身边的时候，麻烦你替我好好爱她、寸步不离地保护她。"

乔司月被亲到大脑卡壳一瞬："她是谁？"

"唯唯。"

闻言，她愣了愣，抿着嘴笑弯眼睛。

乔司月买了最近一班去临江的车票。

阿池见义勇为牺牲的新闻在当时引起了极大的关注，在网页上输入关键词，就有无数条相关信息弹出。

她不费周折就找到了新闻上说的地方，江岸护栏那一侧放着成堆的白菊，对岸横着一排低矮楼房，一楼被装修成各式各样的店铺。

乔司月走进其中一家小超市，拿了瓶矿泉水和一袋叫不上名字的零食，付钱的时候，装作不在意地提了嘴："老伯，我看到江边放了些白菊，是在悼念什么人吗？"

老板刷着条形码的手顿了顿，长长地叹了声气："两年前，有个小伙子在这儿溺水了……那小伙子挺可惜的，年纪轻轻，为了救个想不开的混账，最后人是救回来，只不过把自己的命给搭进去了。"

"哎，姑娘，你怎么哭了？"老板连忙抽出纸巾递过去。

乔司月拿手背胡乱抹了下眼泪："眼睛进沙子了，谢谢您的纸巾。"

那天乔司月在江边待了很久，直到夕阳铺满天际，她将画好的"沈嘉"和幻想中的"阿池"折成小纸船，把红绳套进船帆。

纸船慢慢悠悠飘远，最后只剩下一道残影。

两天后，乔司月回到杭城。

之后那一个月里,她一直忙着准备新作品,同样以暗恋为题材,《无疾而终的夏天》是她很久以前就确定好的名字。

只不过她没料到,曾经的无疾而终,在这趟薇南之行后,正式翻阅到新篇章,成为两个人的得偿所愿。

她不喜欢在画稿的时候被打扰,习惯性将手机调成静音状态,以至于没有接到林屿肆打来的几个电话。

等到她回拨过去,对面始终处于关机状态。两个人的职业特殊,这种你来我往的失联状况也不是一次两次了,虽然担心,但也只能作罢。

第二天晚上,她又给他拨了几个电话,还是没人接。

后来才知道他被派到外地去参加封闭式训练,要半个多月后才能回来。

那二十天里,明知见不到他,可她还是会多绕一些路,经过消防站往里面看一眼。

结束特训当天,晴朗无云,林屿肆一拿到手机,对着天空拍下几张照片发过去。

S:月色美不美?

哪怕知道这样的星空乔司月可能见过不少次,但他还是想发给她看,共享的那一刻,好像他们两个人近在咫尺。

他一本正经地说着隐晦的情话,相隔几百公里外的人发了个猫咪点头的表情包,然后——

later:你的舌头好了吗?

哪壶不开提哪壶,气氛算是被她终结得彻底。

S:这都多久了?

later:下次不会了。

later:我说真的。

太像暗示了,敲下这两句话后,乔司月的心先乱了,抱着手机在床上滚了几圈,才将剧烈的心跳声压下。

S:我信。

简单明了的两个字,杀伤力却巨大。

过几秒。

S:等我回来。

S:验收。

2

别说验收了,两个人就算在同一座城市,也见不到几回,她忙,他更忙。

唯一的三次见面,也只是简单地吃了顿饭,离别前再抱会儿,没别的了。

九月下旬，乔司月在平台发表了《无疾而终的夏天》第一章节。

第二天上午，她被乔惟弋打来的电话吵醒："姐，你最近都住在悦柠姐家是吗？"

乔司月揉着眼睛"嗯"了声，停顿几秒后反应过来他刚才的语气比平常要严肃得多："出什么事了？"

乔惟弋没有正面回答她的问题："那你最近一段时间都别出门，也别上网，我买了今天的高铁，这几天你和我待在一起。"

乔司月扫了眼床头柜上的日历本："你们学校今天不上课？"

电话里传来一阵吵吵嚷嚷的动静，像在大巴上，没多久，嘈杂的背景音淡去，乔惟弋的嗓音变得清晰了些："我请了半个月的假。"

"到底出什么事了？"

他还是不回答。

算了，她自己找答案。

被他这一闹，乔司月彻底睡不着了，洗漱过后，拿出手机看。

#"顾我"与CRT解约#

这不是几个月前的事？

往下滑。

#"顾我"真面目曝光#

她大脑空了一瞬，点进去，刷到一条关键信息，才将事情的前因后果捋顺。

某营销号上传的：今天早上九点，CRT工作室上传了一张合照，并配文"感谢遇见，祝你前程似锦"，随后秒删。有知情人指出照片上的其中一个人就是CRT前签约画师"顾我"。

"随后秒删"这微妙的四个字，傻子都能看出本意何在，乔司月被生生气笑。

没多久，这条热搜被顶上前十。

她在圈内的水平算不上一流，或许有些热度，但也到不了能上热搜前十的程度，不用细想都知道是CRT在背后推波助澜，专挑她新作发表这节骨眼上。

苏悦柠说的"回踩"最后还是成了现实。

△记得没错的话，"顾我"是被CRT捧起来的吧，现在红了就翻脸不认老东家了？真现代版农夫与蛇呗。

△这人看着有些眼熟，跟我一高中同学长得挺像。有没有人来对个暗号：明港霖安中学×××。

△这人也是我初中同学，之前就和不少男生搞暧昧。本来还以为她是挂在天上的月亮，结果是臭水沟里倒映出来的月亮，假到不行。

△我好像在我住的小区里见过她哎。

底下立刻有人问：哪个小区？

乔司月说不上恶心，只是觉得烦，烦这群造谣的人，也烦这个暴露她隐私的人。她没再看下去，拿了瓶冰汽水喝，心里的火没消，喉咙先被刺得生疼。

出门前，她找了顶纯黑棒球帽戴上，帽檐压了又压，大半张脸藏进阴影。

路上她给乔惟弋发去消息，说去东站接他，让他在B1出口等。

还没走出小区，她就撞上一个人，抬头正要道歉，眼睛一亮："你怎么来了？"

"今天下午休息。"

见林屿肆眼神阴冷，眉骨间凝着戾气，乔司月揣测道："你看到热搜了？"

林屿肆极淡地应了声，捧住她的脸，三百六十五度无死角地观察着，好像是瘦了点，衣衫也单薄："才穿这么点衣服就出门，冷不冷？"

一场秋雨一场寒，最近几天杭城一直在下雨，气温已经跌破二十度。

乔司月摇头："不冷。"

突然的一阵风吹得她一个激灵，印证她在逞强。

林屿肆被她气笑，将夹克衫披到她瘦削的肩上，拢实，没戳穿她的谎话，而是说："现在我冷。"

那还把衣服给她？

"嘴巴更冷，你替我焐焐。"他没羞没臊的。

"别用手，用嘴焐。"

"你现在……"乔司月一言难尽地睨他一眼，"好油。"

林屿肆笑了下，捏捏她的鼻子："怎么把我拐到手，就开始嫌弃了？"

乔司月默默捂住他的嘴："这里还有人，你别胡说。"

知道她在害羞，林屿肆暂时放过她："为什么要戴帽子？"他知道她没这个习惯。

片刻后，他反应过来："怕被人认出来？"

她点头："好像有人知道我住在这个小区。"

"你做错了什么？为什么要怕他们知道？"

他成功地把她问住了。

林屿肆停下，将她身子转过来，食指顶顶她帽檐，露出一双漂亮的眼睛："该觉得羞耻的人，不应该是你。"

那般严肃郑重的语气，在这一刻像高度数的酒，把她灌得醉醺醺的，心脏都快跳出去了。

"开心了?"

她重重点头:"开心。"

难得见她露出这么孩子气的一面,林屿肆盯住她,笑了。

两个人的眼睛都又黑又亮,清晰地映出对方的模样。

大概是刚才的酒精上头得厉害,她忽然有点想亲他。这种念头一蹦出来,她自己都被吓了一跳,可气氛在这儿,又觉得是理所当然的。

她眼睛转了一圈,好像没人注意到这边的动静,飞快踮起脚,找准他的唇……

亲不上。

"砰"的一声,帽檐先一步撞过去。

林屿肆最近的皮肤莫名白回来了些,这条红印被衬得格外明显。

空气迅速陷入一种诡异状态。

确定关系后,他们总共接吻过三次,一次把他舌头咬到出血,现在还没亲上就把他撞成这样。再这样下去,他估计能被折磨出阴影来。

乔司月摸摸发烫的耳垂,心虚到不敢看他。

林屿肆却一直盯住她看。

刀山火海滚过的人,这点程度的疼痛,对他来说根本不叫事儿,现在这直勾勾的眼神,接近于一种得到满足后的怦然心动。

苏悦柠说她是被尘埃蒙上的明珠,要用疼爱和关心黏合成的湿布擦洗,擦得越干净,露出的光越耀眼。

他不能再认同。

对于他展露出来的爱意,有时候她会表现出很迟钝的样子,但更多时候,她都在努力回馈他的爱。在一段感情里,没有什么比感觉到自己正在被需要更让人心动。

他把她的帽檐转了九十度,托起她下巴,捧住,旁若无人地吻上,含着她的下唇,轻轻吮了下。

乔司月还不习惯这种零距离的亲昵,前几秒一直处于手脚都不知道该放在哪儿的慌乱状态。

他身上的气息仿佛天生带着安神作用,渐渐地,她放松下来,开始笨拙地回应。

公众场合再肆无忌惮也要有个度,林屿肆停下,替她重新戴好帽子,将碎发勾在耳后,肩膀刚揽上,脚步忽地一顿。

乔司月咬了咬嘴唇,压下心头的悸动,狐疑地看过去。

两个人视线聚焦的地方,乔惟弋皮笑肉不笑地牵了牵嘴角。

乔司月没想到乔惟弋来得这么快,还偏偏被他看到了这一幕。

说不尴尬是假的,但她很快调整过来,没有多想,一巴掌呼开林屿肆的脸,两个人之间的距离瞬间拉开两米。

"怎么这么早就到了？我正打算去接你。"她装作若无其事的样子。

"给你打电话的时候，我已经上了公交车。"乔惟弋也当作什么都没发生，只是在经过男人时，眼尾懒懒地扫过去一下。

林屿肆看在眼里，不戳破，一个抬手，钩住乔惟弋一个包带，收力一拽。

"你扯我干做什么？"乔惟弋腹诽，还二十七岁，得除以九，不能再多了。

"帮你拿着。"

乔惟弋眯起眼睛，不信他这么体贴，果然，大尾巴狼下一秒暴露出来："我的车就停在门口，跟上。"

"我刚才有说要上你车？"

"你也可以不上，我给你地址，自己打车去我那儿。"

乔司月听出他的意思，正想说"我可以订酒店的"，乔惟弋的声音先插进来："去你家做什么？"

"你悦柠姐家里就两间卧室，"林屿肆眼睛扫过一旁沉默着的乔司月，"你姐肯定舍不得让你睡沙发，只会把自己房间腾出来给你，所以你舍得让你姐跟别人挤一间房？"

乔惟弋没去过苏悦柠家，但之前有次和乔司月视频看到过，快两百平方米的空间，卧室也人，和林屿肆口中的"挤"差了十万八千里。

司马昭之心，路人皆知。

也不知道出于什么考量，乔惟弋最后还是上了车。

乔司月全程都有些蒙，她跟去做什么，还有，她为什么也被要求住那儿？

林屿肆分出半个眼神看她，见她两眼放空，呆呆的，也可爱，这会儿只想笑，笑过后问："月宝，今晚想吃什么？"

乔司月被自己的口水呛了下，手机没拿住，"啪嗒"一声滑进储物格。

她透过后视镜，看见后座少年双手环在胸前，满脸写着"我被恶心到了""我很不爽"。

故意的？

林屿肆漫不经心地解释了句："怕叫唯唯，你弟会自作多情。"

乔司月噎了下。

还不如不解释，气氛更僵了。

她把话题带回去："烤肉。"

"换一个。"

"川菜。"

"换一个。"

"那火锅吧。"

林屿肆抬了下眉："可以，但只能点清汤锅。"

乔司月看过去，嘟嘟囔囔的："什么都不能吃，那你问我做什么？"明明知道她无辣不欢。

还闹小脾气了？

"为了提醒你这些都不能吃，"林屿肆腾出一只手揉揉她后脑勺，"我过几天要去长阳区参加一个活动，没法监督你，你自觉点。"

不早说？她心里那点气一下子没了影，嘴角的弧度收也收不住了。

她压着气音应了声，听见后面传来一声嗤笑，马上敛了敛神色，正襟危坐。

他们最后找了公寓附近的一家杭帮菜馆。吃完饭，看时间还早，林屿肆本来想带乔司月逛逛，想到身后紧跟不舍的电灯泡……下次再说，反正机会多的是。

听见脚步声，乔惟弋捞起遥控器，随手摁了个频道。

"春天来了，万物复苏，大草原又到了动物们交配的季节……"

一片沉默。

乔惟弋适时摁下静音键，拿眼尾一扫，见林屿肆抱着一个枕头，说："你睡沙发？辛苦了。"

倒是替他安排得明明白白的，林屿肆指了指次卧："你姐一间，我跟你一间。"

乔惟弋递过去一个嫌弃的眼神："你不是不洗澡？"

林屿肆不想跟他计较，这会儿还是被他的冷嘲热讽气笑："谁告诉你我不洗澡？"

乔司月从房间出来，就听到这段毫无营养、堪比小学生吵架的对话，脑袋开始疼起来。

后来那一个多小时里，乔司月装模作样地进出卧室很多次，看见这两个人分别坐在沙发两头，中间隔着几个人的身位，但怎么说也算维持了表面的和谐，乔司月微微松了口气。

只不过卧室门还没合上，两人又开始互相抬杠。

趁林屿肆去洗澡时，乔司月把乔惟弋叫到房间："小弋，你对他是不是有成见？"

"我都知道了。"乔惟弋敛眉说。

他也知道自己这种行为很不成熟，但他就是忍不住，就是想替她这些年的辛苦抱不平。

"我只是……"算了不说了，说再多也改变不了什么，他只能改口，"我是不是又让你为难了？"

乔司月一顿，抬头看他。

男生五官长开很多，鼻梁挺拔，双眼皮，眼睛又大又圆，更接近于漂亮精致的长相，可能是脸瘦的缘故，下颌线条嶙峋，带点不好相处的锐利感。

他平日里的目中无人，到这会儿只剩下颓然和自我厌弃，骨节分明的手指穿进头发，狠狠抓了把。

乔司月眼眶一热，心酸涌了上来，分不清是为谁。

"你听着，你从来没有让我为难过，"她把手搭在乔惟弋膝盖上，还是那句话，"我很庆幸，你是我的弟弟。"

乔惟弋离开后，乔司月趴在门边听了会儿，屋外听不见人声，似乎相处的氛围和谐不少。

快睡着前，听见开门声，她下意识开灯，迷糊地抬头，来不及反应，林屿肆已经掀开被子，身体贴过来。

"你怎么过来了？"她看他这样子，好像没打算走。

"你弟嫌我身上有味道。"

"什么味道？"

她将脸埋进他肩窝，嗅了嗅，只闻到沐浴露的西柚味。

他不以为意地一笑："谁知道，可能太香了。"

紧接着，他熄了灯："听话，睡觉。"别再睁着这么漂亮的眼睛看他了，他真会忍不住。

好在今晚也没折腾，她睡得安安稳稳的。

林屿肆松开她，拿起放在床头柜上的手机，边走边点进微博，热搜还挂在那里，评论也在不停增长。

他不在她面前提起这事，是不想她继续为了这些恶言恶语分去心神，另外，他也没找到合适的办法，可以平息受到人为操纵后一边倒的舆论导向。

可笑他出入火场这么多次，救下过那么多人，唯独网上的这把"火"，怎么也浇不灭。

他轻手轻脚地走到客厅，在沙发坐下，开了落地灯，将灯光调至最暗，盯着明暗交汇处看了会儿，忽然间想起一个人。

现阶段，唯一能与舆论较量的恐怕只有一个东西。

电话里，林行知没给出明确的回复，意有所指地来了句："你快三十岁了，也该考虑以后了。"

想趁这机会赚个爷爷的身份当？商人就是会做生意。

林屿肆走到阳台，靠在围栏上，眉眼被风吹得惺忪，声线也懒散，故意曲解对方的意思："懂了，林总这是打算改行发展婚庆事业了。"

他含住一支烟，点上，烟雾将他的声音带出去："这事办成了，你直接当公公。"

爷爷就算了，将来要不要小孩，还得她说了算。

林行知没说话，感觉像被气到了，落在耳畔的呼吸声重了几分。

林屿肆反应过来。

哦，忘了，公公还有别的意思。

一想到林行知这会儿难看的脸色，林屿肆的笑意藏不住了，烟吐得断断续续的："事情解决后，你直接多个儿媳妇。"

林行知从他的话音里窥见了未来，准确来说，是他构建出的理想蓝图。

"这是定了？"

更像在问：非她不可了？

林屿肆沉默了会儿，烟灰被风一吹，扑簌簌地往下掉。

烟燃尽前的这半分钟里，他脑袋里闪过很多画面，全都与乔司月有关。

他这人不信什么永远，在喜欢上她之前，看到的只有得过且过的当下。

直到重逢后，他心里莫名升起一种对未来难以言喻的期待感。

两人三餐四季，没有轰轰烈烈的情节，却足够填满这些年在心被剜去后形成的每一处沟壑。

光想想，他就忍不住笑起来："定了。"

他很确定。

这么多年，他想要的，无非只有她一个。

3

林屿肆掐断电话没多久，身后传来一道声音："在我姐面前，别抽烟。"

他回头，男生的轮廓在晦暗不明的光线里像铁片，薄而硬。

"放心，我舍不得让她吸二手烟。"

乔惟弋若有似无地点了点头，走到他身侧停下，又说："对我姐好点，她过得太辛苦了。"

风停了，烟笔直地往脸上窜，熏得林屿肆眼睛有点疼，他随手拂开："你姐现在最担心的人是你，对自己好点。"

说完，他莫名觉得好笑，几个小时前两人还处在水火不容的状态，现在却在阳台上边吹冷风边开始互诉衷肠。

"你们什么时候结婚？"

这问题容不得半点含糊，林屿肆没着急给出回答，安静思考了会儿，思绪忽然被打断："你们在做什么？"

两个人齐齐僵了下，乔惟弋转身："他抽烟。"

他往前几步，划出两个阵营："我劝过的，他不听。"

林屿肆还保持着指间夹烟的姿势，在烟雾里散漫一笑。

乔司月"哦"了声："你们不冷？"

林屿肆掐灭烟，烟头精准地抛进垃圾桶，钩住她的肩，往房间里带："冷，回去睡觉。"

他把人哄上床,自己又去洗了个澡,等身上完全没味,才敢掀开被子。

第二天早上六点不到,听见床头窸窸窣窣的动静,乔司月无意识抬手,拽住他的衣摆:"你要走了吗?"

"先去给你们买早餐。"

"我也要去。"

她眼睛都睁不开还说要陪着一起去,林屿肆闷声笑了几下,又跟伺候大爷一样,牙膏挤好,洗脸巾弄湿拧干,照着顺序一一递过去。

去早餐店的那段路,乔司月的脚就没落过地,一开始他说要背她,她还觉得难为情,结果公寓大楼还没走出去,就走不动了。

她不再矫情,双手环住他脖颈,在他背上又睡了一觉。

回去的路上,他们遇到隔壁邻居提着小菜篮准备去菜市场。

一个慈眉善目的老太太,让乔司月想起林屿肆的外婆。进门后,她没忍住问:"我们什么时候去看看外婆吧?"

她懂人情世故,只是很多时候懒得去践行,唯独在他面前,想做到事事周全。

林屿肆嘴角的笑敛住,片刻哑着声音说:"过阵子带你回明港祭拜。"

这句话砸得乔司月措手不及,大脑蒙了好半会儿,抬头是他浸没在光影里的晦暗神色。

她有很多问题想问,可又怕戳中他的伤心事,最后只能伸手攥住他的衣摆,食指柔柔地在袖扣上打着转。

林屿肆扭头看她,宽大的掌心对过去,笑得玩世不恭:"害羞什么?想牵手直说。"

乔司月把手递过去,神色别扭,有那么一瞬间,她觉得自己回到了过去,对面站着十六七岁青竹般的少年,只不过少年的性子和那时的林屿肆有些不同。

"你现在……"她搜索着脑海里最恰当的形容,"不仅油,而且臭屁。"

他不恼,反而笑起来。

乔司月仔细观察着他的反应,好像开心了些。

她不由得松了口气。

吃完早饭,林屿肆换上衣服,在玄关穿好鞋,起身看见她眼巴巴地站在旁边,心微微一动,抓住她的手臂轻轻往前一带:"舍不得你。"

乔司月眨眨眼睛,破坏气氛地来了句:"那也得舍得。"

他下巴抵在她额头上蹭了几下,用带着蛊惑意味的口吻问:"搬来这里好不好?"

她想也没想就应了声"好",等人走后才反应过来,心脏"怦怦"直跳。

"你可真行,三两句就被他拐跑了。"苏悦柠恨铁不成钢地说。

"也不算三两句,都拐了快十年了。"乔司月坦诚说着,想起一件事,"你知不知道他外婆去世的消息?"

苏悦柠眸光闪了几下,知道,但不能说。

当时她在国外念书,叶晟兰去世的消息还是父亲转达的。

叶晟兰的身体一直不好,在林屿肆大二那年的暑假,一次突发性脑溢血,人没救回来。

偏偏出事当天,林屿肆去了趟杭城。

以至于过去这么多年,他偏执地认为,如果那天他寸步不离地守在叶晟兰身边,叶晟兰就不会错过最佳抢救时间,就不会等被发现时,已经是一具冰冷的尸体。

至于他为什么非要去杭城?

——太想她了,忍不住。

苏悦柠看了眼身旁的人,叹气,这都叫什么事?

节目拍摄中断了两个月,上个月月底才重新开始录制。几天前,苏悦柠想起这事,就对林屿肆提了一嘴,他几乎没有思考就说:"别让她知道,她就爱多想,也喜欢把不是自己的过错全都揽到身上。更何况这件事情已经没有任何转圜的余地,就让它成为过去。"

他的语调很平静,极致的压抑感还是透过手背凸起的青筋血管表露出来,掺杂着悔恨、挫败,还有别的情绪。

他说话时,苏悦柠一直平视前方,错过他脸上复杂的情绪变化。

她轻声问:"那你呢?你过去了吗?"

林屿肆顿了几秒:"总要有人为过错负责。"

离开前,他又强调:"别告诉她。"

不管是出于私心,还是林屿肆的恳求,苏悦柠都没法告知乔司月事情的真相。

"外婆那会儿身体状态就不太好,"心虚让苏悦柠迟疑了下,"生老病死人之常情,你也别想太多了。"

不给对方深入探究的机会,她直接切了话题:"走,带你烫个头发。"

"不烫。"

连着坐五六个小时,太要命了。

"你这直发都多少年了,是时候换换了。"苏悦柠信誓旦旦地说,"你信我,你鬈发绝对会更加漂亮。"

乔司月半信半疑地被她拉进一家理发店,忍受了长达六个小时的折磨后,一看镜子里的自己，蒙住了。

"这是什么发型？"

"当然是鬈发啊。"

乔司月拨了拨头发："这也太卷了。"

"泰迪卷都这样，我觉得挺好看的。"觑着对方一副兴师问罪的架势，苏悦柠声音止不住发虚，"达达一只猫多孤单，正好你可以当它的伴，猫猫狗狗，多可爱。"

这说的还是人话？乔司月用眼神谴责。

"你早说要烫这个，我绝对不跟你进来。"

苏悦柠一脸迷惑："刚才理发师跟你聊了这么久，你都没听出他要给你烫这发型？"

"理发师说的和做出来的什么时候一致过？"乔司月一向左耳朵进右耳朵出。

"真挺好的，你只是没看习惯而已。"

乔司月语塞，狐疑地看过去。

苏悦柠提议："真的，不信你可以去问林屿肆。"

那还是算了吧，要是他也不喜欢怎么办？

愁人。

古安区潮河消防站。

宋霖端着洗脸盆走进洗浴间，洗漱过后拿起润唇膏，在嘴上涂涂抹抹几下。

林屿肆瞥他一眼："你这玩意哪里来的？"

"你说润唇膏啊，我妈给我买的，她说我这职业糙得特别快，让我平时多注重保养，别到三十岁了就顶着一张五十岁的老脸。"宋霖搭上他的肩，一副哥俩好的样子，"你要是想要，回头我让我妈再头一支。"

林屿肆"哼"了声，变相地应下。

宋霖吊着眉梢笑得一脸欠扁："哥，你知道吗？你现在真的很奇怪，特别像我以前那会儿。不过也能理解，上了年纪的人，确实应该开始保养了，要不然配不上司月姐。"

"洗好没？"林屿肆皮笑肉不笑的，"洗好就走，别在这儿妨碍其他人。"

宋霖"喊"了声，实话还不让人说了。

晚上是录制的最后一期，算是告别仪式，没这么多规矩，一行人围在一起，以歌舞活跃气氛后，节目组搞了点噱头，设置真情告白环节，让在场非单身的消防员打电话给自己另一半诉衷情。

何睿第一个打给女朋友，说着说着情绪上来，哭得稀里哗啦的。

他挂断电话后，有人开始怂恿："我们林教官也来一个！"

立刻得到一堆起哄。

"林队！"

"林教官！"

"不打不是男人！"

贺敬诚一个眼神示意，林屿肆心领神会，故意拖拉了会儿，才划开通讯录。

电话打来那会儿，乔司月刚上传完最新章节，那头乱哄哄的，什么也听不清，想起还在锅里的鱼汤，她把手机拿远些，朝厨房喊了句："小弋，把火关小点。"

"知道了。"

林屿肆的手机外放，声音传来，几个大老爷们儿面面相觑——

嫂子那儿有男人的声音？

嫂子现在跟另一个男人在一起？

咱肆哥被甩了？

一眨眼的工夫，思绪已经发散到"怼天怼地的林大队长即将入住和尚庙"。

光这么一想，宋霖几人就忍不住发出一声喜闻乐见的爆笑。

林屿肆不用猜，就知道这几人心里在想什么乱七八糟的事，拿着手机走远了。

乔司月又听见了一阵响亮的起哄声，疑惑地问："你们那边在闹什么？"

"录制最后一天了，都在释放返祖本性。"

乔司月"哦"了声："想和你说个事。"

她把下巴搁在桌板上，食指缠住一绺发有一下没一下地卷着，迟迟不开口。

林屿肆心一紧，语气不自觉柔和下来："出什么事了？"

她委屈劲一下子上来，感觉自己回到了初高中那会儿，强行被苏蓉拉去剪不过眉、傻里傻气的刘海。

那时候她也心烦，但没现在这般难过和害怕，具体怕什么，她自己也说不上来。

"我去烫了头发。"

他当什么事。

"可能不太好看。"

他沉默几秒，想学着别人说类似"你在我心里永远最美"的花言巧语，又觉得太油腻，没必要，没准还会适得其反。

"给我看看。"林屿肆切到视频通话，没两秒就被拒绝。

乔司月瓮声瓮气地回了句："等你回来再说。"

林屿肆休假那天，乔司月先将乔惟弋送到东站，又去邻居那儿把达达接来，回来时看到玄关处的鞋子，心跳一滞，拖鞋也没穿，蹑手蹑脚地绕了一大圈，从身后捂住他眼睛。

林屿肆笑了下,刚才的关门动静不小,他自然听见了,现在也只是在装聋作哑地等着她主动。

等了好一会儿,覆在眼皮上的掌心都开始渗汗,客厅还是一片安静,他索性先出声:"让我看看你。"

乔司月不太情愿:"丑。"

林屿肆握住她的手,想挪开,她还是不愿意,他只能松开:"把我当什么人了?因为你换了个发型就不喜欢你了?"

乔司月也觉得这原因荒谬,可就是本能地感到害怕。

挣扎了会儿,她垂下手臂,小步走到他跟前,低垂着脑袋不看他。

"可爱。"

她抬起头:"真的?"

眼睛瞪得圆圆的,更可爱了。

"不信?"他掏出手机,"那问问宋霖他们。"

烫了个头发就要昭告天下,算怎么一回事?

她拦下他:"我信。"只要是你亲口说的,我都信。

彼此静默了会儿,林屿肆看着她,郑重其事地说:"因为一个发型或者一件衣服就不喜欢了的,这些都是渣男给自己找的理由……乔司月,我这人有时候是容易犯浑,但对你,我很认真,不仅限于现在,以后也会一直这样。"

有些话不摊开一次性说个明白,她只会在自我怀疑的泥淖里越陷越深。

不过他也清楚,自信和安全感不是一朝一夕就能建立起来的,好在他有足够长的时间陪她慢慢来。

"听懂了没?"

"听懂了。"她的心都软成一片了,还能听不懂?

"还有件事想和你说……"乔司月挨着他坐下,"我都知道了。"知道你为我做的那些事情。

林屿肆心一慌,想歪了,以为是苏悦柠没瞒住。

见他一脸阴郁,她跟着被带歪,觉得他还在替自己抱不平,抱住他的脖子:"小弋离开前告诉我,热搜是你帮忙压下去的。"

他对她这样的撒娇毫无招架之力,学着她的模样,把下巴搁在她颈边,很轻地蹭了一下。

他的头发扎在她的颈侧,刺得慌,她笑着避开,黑亮的双瞳望过去:"你都不告诉我。"

"下次一定。"他伸手捧住她的脸,"现在还在为那些话生气吗?"

"早就不生气了。"

他不吭声,继续安静地听她说。

乔司月组织了下语言:"以前没人护着,所以特别在乎别人对自己的看法。当然,我也不是强求所有人都得喜欢我,但最起码不是讨厌,这样我心里还会好受些,觉得自己活着并不是毫无存在感。

"但现在不一样了,有你护着我,这种感觉就好像生活里的是是非非都没有那么艰难……还有这里……"

她抬手捂住心口:"我能清楚地感受到它跳动的力量。

"因为你,我开始对明天有了期待。

"所以网上那些负面言论,我是真的不在意了,你可以心疼我,但你不要为了那些人生气,不值得。"

她说了一大通,结果只得到对面一句:"你这是在撒娇?"

她皱眉,林屿肆到底从哪儿感觉出来的?

算了,他说什么就是什么。

林屿肆笑了笑,把人抱上腿上,目光下滑。她今天穿的这条裙子他没见过,木耳边领口,收腰设计,腰线得衬得很细。

裙摆往上缩了一截,冷白灯光下,那双腿更白了,也细。

他将手搭在上面,又顺着往上走了些距离,呼吸轻重不一,心跳却在不断加速。

阳台飘进来一缕风,吹得乔司月一个激灵,意识清醒大半。能明显感觉到林屿肆的压抑与克制,她心里生出害怕,但好像还掺进了别的情绪。是期待还是心动?她一时区分不出。

不知道过去多久,风停了,林屿肆放弃主导地位,热烘烘的气息在她额头上压着,也压下了大半的情欲。

脚背忽然蹭上毛茸茸的东西,他垂眸,若无其事地问:"这就是你说的达达?"

半分钟前的旖旎散去,乔司月跟着看了眼,点头。

"溜溜达达?"他明知故问。

她装傻不回答,想起另一只猫咪:"溜溜是什么时候离开的?"

"我大二的时候,"林屿肆背过身,"安乐死走的。"

他撒了第二个谎,事实上溜溜是叶晟兰走后没多久跟着去的。

这猫,是真重情。

生离死别的话题挺伤人的,两个人都没再继续。

晚饭是在家吃的,林屿肆亲自下厨,三菜一汤。

乔司月想帮他一起收拾碗筷,被拦下:"去休息。"

"都休息一天了。"

他还是不肯:"你这双手是用来画画的,不是拿来干这活的。"

乔司月心跳不安分地乱了几拍:"可你不在的时候,我都是自己洗的。"

林屿肆手上的动作不着痕迹地一顿。
懂了，回头得买个洗碗机。
碗最后还是林屿肆一个人洗的，顺便把买来的水果洗了，削皮切块。
刚装上果盘，腰就被人抱住，他勾了勾唇，没说话。
"我二十七岁了，不是十七。"
闻言，林屿肆装傻："看不出来，这脸说是十八岁都不过分。"
"我知道你在顾忌什么。"乔司月轻声说，"可我已经不会像以前那样因为别人突然的触碰被吓到。悦柠也说我现在变了很多，会主动抱她了……而且我很清楚，如果那个人是你的话，我不会讨厌的。"
说不害怕是假的，可这一步总要迈出去，不光为了他，更是为了自己。
她窝在他怀里，仰头看他，眼里闪着流光，双颊攀上红晕，莫名让人心痒。
他俯身去寻她的唇，被推开了。
"算了，你还是再忍几天吧。"
他很轻地皱了下眉。
"我忘记我生理期了。"她把声音压得很低，听得出来是真心虚了。
林屿肆彻底被她气笑，但又舍不得冲她发火，捏住她的脸颊好不容易养出来的软肉轻轻往外一扯，用一种无可奈何的语气说："别总撩拨我。"
"我没撩你。"
她睁着一双大眼睛，看上去是真无辜。
有句话说得没错，无形之中的撩拨才最为致命。
隐约听见电话铃声响起，乔司月小跑回卧室去接。
林屿肆在沙发上坐了会儿，达达迈着四条小短腿跑过来。
"喵——"
饿了？
他起身找到猫粮，往盆里倒了些。
大概是吃饱喝足，被哄高兴了，达达的小脑袋一直往他怀里拱。
他轻笑。
撒什么娇？
再撒娇也没你妈叫爱。

第十七章
我们

1

那天晚上,乔司月一直安安分分的,林屿肆抱她,她也避开,用行动证明自己真没撩拨他。

林屿肆看着想气又想笑,在一起三个月,她这小脾气越来越多了。

只不过在她面前,他一向没脸没皮惯了,手臂一伸,又把人捞回来,三两下亲到她浑身发软。

她被箍得死死的,没法动,也没力气动,眼睛里写满质疑:到底是谁在撩拨?

林屿肆不回应,想到什么:"给我起了什么备注?"

何睿下个月结婚,人逢喜事精神爽,最近没少在站里秀恩爱,连和自己女朋友的情侣名都不放过,炫得他胜负欲都出来了。

乔司月有些困了,声线含混:"我给你设了置顶,就你一个。"所以用不着备注。

"再设个备注好不好?"他刻意压低的嗓音磁哑,听得人耳朵一痒。

困,懒得动。

乔司月捂了捂耳朵,推开他,又把脸埋进被子,表示拒绝。没坚持几秒,她轻声补充:"699997,密码。"让他自由发挥的意思。

说完,她抱着被子翻了个身,耳郭已经红了大半。

林屿肆笑了笑,熄灯,拿起手机离开卧室。

乔司月昨晚睡得早,早上起来精气神比平时要足,去吃早餐时没再一路趴在他背上补觉。

回来后,林屿肆把自己的手机递过去:"检查一下。"

检查什么?

乔司月愣着接过,本能地点了下屏幕,没设密码,屏幕直接跳转到微信界面,她一眼看到置顶栏上的"小月亮"。

简简单单的三个字,一下子将她的思绪扯远,他喜欢在拥抱接吻后反复喊她"小月亮"。

腻腻歪歪的称呼,每回她都很没出息地被刺激到脸红耳热。

林屿肆摸摸她的头发:"去看看自己的。"

乔司月解锁自己的手机,盯着他头像旁边的两个字,稍愣后问:"为什么是星星?"

他们的共同回忆里找不到一丝一毫和它有关的细节。

林屿肆没直面回答,拿着一个玻璃储物罐和一沓便笺纸停在她跟前。

乔司月没明白他的用意,一动不动地看着他。

林屿肆手指轻轻点了下便笺纸:"对我有什么说不出口的话,你就写在纸上,等我休假回来会好好看。"

乔司月接过,手指摩挲着纸张的边角,心里软成一片。

人走后,偌大的空间安静下来,她心里突然变得空落落的,在公寓每个角落四处走走停停,最后回到沙发坐下,撕下一张便笺,在纸上写了句话。

我又想你了。

明明才过去两个小时。

"唰唰"几笔画掉,字被黑色墨水罩住。

她想起高二的一次考试,也像现在这样,无意识地暴露出自己内心最真实的情绪,草稿纸上满满当当都是他的名字,怕被发现,她只能欲盖弥彰地反复画上几道。

酸涩并没有维持多久,转而被他离开前附在耳边说的一句话罩得严严实实。

"We are each other's stars and moon."

为什么是星星?

因为你是月亮。

因为我们是彼此的星星与月亮。

她拿笔重新写了遍,还是原来那句话,然后把纸折成星星的形状,塞进玻璃瓶里。

午饭后,乔司月带着达达去宠物乐园,回去的路上听见身后有人叫她。

她回头,看见一道高瘦的身影,西装搭在臂弯上,笑着看她。

"许岩？"太久没见过，她略带迟疑。

许岩还没说话，他身侧的男人打量了两人几秒，意味深长地笑了下，拍着他的肩膀说："认识啊？"

许岩点头："高中同学。"

"那我就先不打扰了，你俩好好叙叙旧。"

乔司月正准备走，这句话把她拦下。她收回脚，礼貌性地寒暄了句："来杭城出差？"

许岩"嗯"了声，目光落在她怀里："一个人？"

乔司月顿了几秒："和别人一起来的。"

许岩看出她在说谎，但没拆穿，若有似无地应了声："我还有事先走了，有机会再约。"

乔司月点了点头，没说什么。

许岩上车后没多久，同事坐上副驾驶座。车刚开出停车场，这人开门见山地问："喜欢的人？"

许岩没承认也没否认，轻笑后说："算是心里的一根刺。"

放了这么多年，总得拔。

乔司月很快将这段偶遇抛之脑后，回公寓后，给林屿肆发了几条消息。对面一直没回，电话也处于无人接听状态。

她没多想，当他在出任务，赶完稿子，将手机调至静音振动模式，戴上他留下的耳塞睡过去。

半梦半醒间，她感觉身体忽然变沉，眼皮也仿佛压着千斤重的秤砣，睁不开。浑浑噩噩的状态不知道持续多久，直到放在枕头下的手机振动几下，她才清醒些。

她迷糊着睁开眼，发现天色已经大亮，一看床头柜上的闹钟，上午十点。以为是林屿肆回来的消息，她忙不迭点开，有些失望。

许岩：明天中午有时间吗？一起吃顿饭吧。

许岩喜欢自己，乔司月大二的时候就确定了，以至于在亲耳听见他的告白后，乔司月并没有表现出太大的诧异。

她很清楚自己对他没有半点超出同学外的情愫，也因为有过相似的经历，更清楚那种似是而非的回应最伤人，所以她就把话挑明了，不给对方留下一丝遐想的余地。

再之后，如她期待的那样，许岩真的没再来找过她，也从未出现在她的聊天界面里。

一时摸不透他的意图，乔司月按灭屏幕没回，再想起此事时已经是五天后的傍晚，又在小区门口碰见他。

许岩闭口不提她不回消息这一茬，熟稔地打了声招呼："巧。"

乔司月干巴巴地笑了下，视线一偏，对上车后座一个灰黑色的宠物包，透明罩里露出一个圆乎乎的脑袋。

"这是你养的猫？"

许岩点头："要出国了，想给它找户好人家。"

中间他又停顿几秒："我记得你也养猫，如果不介意的话，能收养它吗？"

"我要照顾达达，可能分不出心神再去照顾它了。"对上宠物背包里那双清澈的琉璃眼，乔司月一阵心软，斟酌后补充道，"如果你实在找不到可以托付的人家，我可以帮忙问问身边有没有想领养的。"

空气安静了会儿。

许岩："不用了，我刚才想起还有一个朋友他最近说要养宠物，他应该会愿意。"

乔司月没再多说。

许岩昂了昂下巴问："你住这里？"

"嗯。"

"一起去吃顿饭吧？"

"不了，我还有事。"

"我也没别的意思，只是想作为好久不见的老同学，和你吃一顿饭。"许岩看见乔司月皱了皱眉，很轻的一下，却给他足够的时间读出她的抗拒，"我明年年初要移民去新西兰，大概率不会回来了，这顿饭就当是最后一次见面。"

他的言行举止自然到让人揪不出错，乔司月却体会到几分赶鸭子上架的意思，心里的抗拒有增无减，笑容也疏离："我待会儿要和男朋友一起去吃饭。"

点到为止。

他笑容僵住，但很快恢复原状："那下次吧。"

乔司月没回答，远远看见一道挺拔的身影，不带犹豫地跑过去，用力抱住。

许岩慢半拍地偏过脑袋，距离隔得远，看不清对方的脸，但他清楚这男人是谁。

乔司月不喜欢自己这个事实，他早就知道了，她的视线里从来没有自己，包括那次在看到他受伤后，她递过来的创可贴也只是出于礼貌和感激，不含一丝杂念。

从始至终，她喜欢的人只有林屿肆，也因此，对待其他人她才能做到不拖泥带水地拒绝。

这样的性子说好听点是冷静清醒，实际上更接近于冷漠无情，看似不争不抢的温良外表下，裹着能将人肺腑刺穿的锋利刀片。

那两道身影越走越远。

许岩收回目光，自嘲般地勾起唇，头也不回地上了车。

"我前几天遇到许岩了,刚才他约我去吃饭,我拒绝了。"

熟悉的名字猝不及防地撞进耳膜,林屿肆一顿:"许岩?"

他在齿缝间把这个名字碾了遍,神色不由得冷了几分:"他在杭城?"

"来出差的。"乔司月答完,意识到不对劲。

他好像生气了?

在外面吃完饭回到公寓,乔司月拿出那天偶遇许岩后写下的便笺纸,小心翼翼地递过去,同时观察林屿肆的反应。

林屿肆打开,看见纸上的一行字:

许岩好像喜欢过我。

"好像"这两个字还是后来加上去的。

一瞬的工夫,便笺纸被揉成团,扔进垃圾桶。

看来是真生气了。

可不知道为什么,乔司月莫名想笑,嘴角的弧度压都压不住:"你说过有什么说不出口的话就写在纸上,我写了,你又生气。"语气更像在控诉。

"没跟你生气。"

也别再提这名字了,听着烦。

这话他没说,但用实际行动证明了,手指捏上她的耳垂,轻轻揉搓着。

是撩拨,也像勾引。

林屿肆借着光看她,看她湿漉漉的眼睛和被亲到发红的嘴唇,手紧紧搂住她后腰,唇再次压上去。

这一抱一吻后,他忽然发现她整个人都是烫的,不同于情欲缠绕时动心的烫,更接近身体发出来的警告讯息。

怪他只顾沉浸在自己情绪中,忽略了她的身体状况。

"发烧了。"他用的肯定句。

被他这么一说,乔司月才有了感觉,头晕乎乎的。

林屿肆拨了拨她被汗液浸得湿淋淋的碎发,把人抱回卧室,用热毛巾擦了擦她额头上的汗,喂她吃了药。

退烧药很快发挥功效,乔司月昏昏沉沉地睡过去,也不知道睡了多久转醒,身上全是汗,黏糊得难受。

"几点了?"

她开灯的前一秒,眼睛被一只宽大的手掌罩住。给了她充足的缓冲时间后,林屿肆收回手,回道:"半夜一点了。"

他下床冲了包感冒药,自己先试了遍温度,才递到她嘴边。

苦的,她用眼神抗议。

他不知道从哪儿掏出来一颗糖，剥开糖纸，塞进她嘴里。

她满足地笑起来，忽然又觉得不对劲，他又在哄小孩？

林屿肆低声问："还很难受？"

乔司月本能地想要逞强，可一对上他关切的眼神，忘了多久没有在生病的时候受到这样的疼爱，心里只剩下满满的委屈。

"难受，头疼，也没有力气。"

"再睡一觉。"

乔司月仰头看他，皱眉的样子像在问：我是猪吗？

算了，睡治百病。

第二天醒来是早上七点，群聊一堆未读消息。

这群是高一班长建的，说想约个时间组场同学聚会，要来的在群里先说一声，到时候好安排。盛薇也在群里，乔司月看见她发了个"举手"的表情包，跟着回了个表情。

林屿肆端着感冒冲剂进来，贴了贴她的额头："退烧了，还难不难受？"

"好多了。"乔司月脑袋是不晕了，一出声，嗓子又干又疼。

她闭上嘴，直接在手机上敲：嗓子难受。

听出来了。

林屿肆又离开卧室，煮了碗冰糖雪梨汁。

乔司月一口气喝完，等人回来后，把屏幕亮给他看：群里在说同学聚会的事情，你要去吗？

林屿肆拿起手机看，找到一个名字。

去，当然得去。

她喜欢的人一直是自己，既然是这样，那封信为什么会出现在许岩手上，只剩下一种可能性。

过去的事情已经过去，但不代表他心大到可以不去计较。

现在这人自己送上门来了，也算省事。

林屿肆按灭屏幕，将人拢在怀里，看着瘦，抱着更瘦。

"和你一起，去清个账。"

她没听清，哑着嗓子问："什么？"

他点点头，亲她的额角："太久不见了，去叙叙旧。"

2

同学聚会定在明港，当天下午，林屿肆开车经过陆钊和苏悦柠家，将人接上。

乔司月想和苏悦柠聊会儿天，就和陆钊换了座位。陆钊不愿意，苏悦柠一个眼神扫过去，他乖乖照做。

这是在一起了？

乔司月眨了眨眼睛，凑到苏悦柠耳边，低声说："你俩把话说开了？我觉得你可以再晾他会儿的。"

车里的空间就这么大，声音压得再低，也逃不过前排的两对耳朵。

听她这么挑拨离间，陆钊冷冷地"哧"了声，扭头对林屿肆发牢骚："我看你这女朋友快被你宠翻天了。"

"我乐意不行？"林屿肆手搭在方向盘上，漫不经心的神色。

苏悦柠后知后觉，眼睛扫向陆钊的后脑勺："谁准你这么说她的？"

陆钊皮笑肉不笑："行，这里地位我最低，我闭嘴总行了吧。"

乔司月嘴角没绷住。

三个多小时后，车停在聚会地点门口。

下车后没说两句，苏悦柠和陆钊又吵了起来，架势又急又凶。乔司月担心这样下去收不了场，跟上前想劝几句，被林屿肆拉了回去。

"放心，就算打起来了，也只是单方面的，陆钊不可能还手。"想起过去那段时间这厮货的德行，和知道人回国后快要咧到耳根的嘴角，他没忍住嗤笑一声，"他舍不得。"

叶晟兰去世后，别墅就空了下来，但定期会有人打扫，只缺一些洗漱用品。林屿肆看了眼时间，离聚会开始还有半个小时，于是说："我去买牙膏毛巾，你先进去。"

乔司月点了点头。

包间里这会儿已经到了不少人，模样都和记忆里的有几分相似，但就是叫不上名字。

乔司月被苏悦柠摁在中间的座位上，她愣了几秒："你不和陆钊坐在一起？"

苏悦柠抿了口酒，一脸平静地说："不坐，吵架还没分出胜负。"

乔司月欲言又止。

"走。"苏悦柠目光越了一个身位，"出去找个没人的地方继续。"

陆钊跟上，吵不吵架是另外一回事，先找个没人的地方再说。

乔司月目送他们离开，意兴阑珊地听着耳边无伤大雅的玩笑话，给林屿肆发去消息：你到哪里了？

星星：刚停好车，马上就到。

她笑着收回手机，察觉到有目光停在自己身上，她顺着看去，是张楠和许岩。

那天的不欢而散后，许岩就没再联系过她，现在两个人隔着好几个身位，倒也没让她觉得尴尬。

只是张楠……没来由地，她生出一种不好的预感。

"咱们的天之骄子还没来？"李杨的声音打乱她的思绪，"该不会是觉得自己混得太差，丢人不敢来了吧？"

乔司月皱了下眉,他有什么资格这般中伤林屿肆?

"你知道他救过多少人?为了救这些人受过多少伤吗?"她一出声,包间陷入短暂的安静。

李杨循声撩起眼皮:"都多少年没见过了,谁还关注一个连学都没上完的高考状元?哦,现在已经是伟大的消防员战士了……差点忘了,咱这英雄最近还上电视作秀去了。"

有些玩笑话适合点到为止,李杨这番话已经越过了那个度,没有人应和,时间仿佛静止了一样。

乔司月冷冷看他:"什么都不知道的话,就给我闭嘴。"

她太擅长利用自己的长处——表面温暾的性子,毫无攻击性的长相,就连声线也是细细软软的。

强烈的反差感让所有人愣了下。

从始至终沈一涵都没说话,余光瞟了眼张楠的方向,忽地顿住,大约三秒后发现蹊跷。

这时,插进来一道声音:"看来你上学那会儿就怕我了,到现在都心心念念想着我。"

闻言,李杨表情僵了下。

林屿肆眼皮都没掀,笔直地朝一个位置走去,坐下,左臂搭在乔司月椅背上,像宣告主权的行为。

班长诧异地瞪大眼睛:"等会儿,你俩在谈?"

"谈着。"林屿肆掩腔拉调的,细听是愉悦。

刚才的不悦消散,乔司月耳垂红了些。

"了不得,咱们班居然成了两对。"班长端起酒杯祝贺。

林屿肆以茶代酒,笑着应下。

乔司月扯扯他的手,轻声说:"你喝酒吧,到时候我开车。"

林屿肆"嗯"了一声,往杯子里倒了三分之一的白酒。

他还没喝,张楠突然笑着说:"兜兜转转这么多年,没想到你俩最后会在一起。我记得当时司月不是喜欢许岩的吗?还给他写了封信。"

闷头一棍,乔司月生生愣住。不给她缓冲时间,耳朵被林屿肆的一双温柔手掌罩住,随后连人带椅转了九十度:"给你变个魔术。"

他不合时宜的举动,使在场的目光聚集到一处,几秒后,剩下意味深长的探究。

好半会儿乔司月才找回自己的声音,沙哑的:"什么魔术?"

紧接着,她看见他修长的手指间多出一枚硬币,转瞬消失。

"猜猜在哪只手?"林屿肆声线含笑。

张楠捏了捏拳头,用调侃的语气继续说:"那封信许岩你没收啊?也是,要真收了，你俩早在一起了。"

许岩盯住她看了几秒，也笑了："哦，扔了。"

都是在社会上摸爬滚打多年的人，不说混成了人精，起码的眼力见还是有的，张楠这几句话什么意思，压根经不起推敲。

但现在出声阻止已经来不及了，场上这些人索性保持心照不宣的沉默。

"左边。"乔司月的嗓音更哑了。

"闭上眼。"

她照做。

林屿肆换了只手："睁眼。"

他左手掌心放着一枚硬币。

"答对了，给个奖励。"他笑起来，旁若无人地捧住她的脸，"去外面等我会儿。"

她应了声："好。"

人走后，包间气氛还是僵滞，林屿肆把酒放回转盘上："谁告诉你那信是写给许岩的？"

张楠吃了哑巴亏，她总不能说那天发生的事她都看到了，包括信是如何塞进林屿肆的抽屉，又如何掉出，再落在许岩手上，最后又被许岩扔进垃圾桶的。

"我们夫妻俩玩点小暧昧，关他什么事？"林屿肆的视线在许岩身上停留片刻，没什么情绪地收回。

"你们夫妻俩？"李杨嘲讽一笑，"你这老婆还挺多，一下乔司月，一下路迦蓝，这是坐享齐人之福啊。"

班长出声制止："李杨，别说了。"

这话伤不到林屿肆，他把衬衫袖口一层层地往上叠着，露出劲瘦的手臂，勾唇懒懒地笑："你这人还挺疯，会跟自己亲妹当夫妻。"

漫不经心的语调，威力却大。

一石激起千层浪，今天来的这些人几乎都在私底下揣测过林屿肆和路迦蓝的关系，可没有一个人能想到事实真相会是如此。

比起别人的惊诧，李杨的脸上只剩下难堪。他喜欢过路迦蓝，也被路迦蓝拒绝过很多次，当时路迦蓝和林屿肆走得近，他不由分说地将林屿肆当成假想敌，明里暗里地同人作对。

刚才这句话算是狠狠甩了他一巴掌。

林屿肆觉得没跟他们解释下去的必要，解锁屏幕，找到一家高评分的餐馆，点了几样乔司月最爱吃的菜，把手机放回兜里，起身的同时说："你们慢吃，我得去哄人了。"

走到半路，他又补充："钱已经转到群里了，四份，班长记得收。"

张楠看着人消失，拳头松了又紧，反复几次后，摁灭屏幕，"啪"的一声把手机反扣在桌上。

林屿肆在喷泉边看见乔司月熟悉的身影,一动不动的,风从她衣摆里钻进又飘出。

"车就停在门口,自己先开车去汀芷,我马上回去。"他还有事情没解决,得留下,把车钥匙放入她掌心。

乔司月用力攥紧,往前几步,环上他脖颈,拥住。

他一下又一下地抚着她头发,没说话。

周围车辆来来往往,乔司月提醒自己该松开了。

但她没松,是没法松,不安感在心头缠绕:"你会回来的,对吗?"

她迫切地想要听见他坚定的回答,他也没让她失望。

"会。"

她笑了笑,松开手臂,腿还没迈出去,就被他拉了回来,手也被牵住。

林屿肆陪她走到停车的地方,从车里拿出一沓证件。

乔司月愣住:"为什么要给我这些?"

户口本、身份证、房产证……整个家底都交到她手上了。

"这下没地方去了。"只能靠你收留了。

飞虫扑在灯管上,形成密密麻麻的小黑点。

万籁俱寂,只能听到被放人的心跳声,跳得很急,也疼。

乔司月一阵鼻酸:"我等你回来。"

林屿肆盯着她看了会儿,还是不放心,开车将她送回别墅,然后折返。

车停在路边,起风了,呼吸被打乱,打火机上的那一簇光忽明忽暗。

烟始终燃不起来。

林屿肆走后不久,张楠拿上手机离开包间,听见身后越发急促的脚步声,回头。

她愣神的空当,被沈一涵成功拦住去路。

趁人没有防备,沈一涵夺下她揣在上衣口袋里的手机,红唇挑起一个含着讥诮意味的笑容:"你要拍的话,拍我会更有价值。"

张楠的手机还是原来的密码,沈一涵轻而易举就解锁了屏幕,将张楠偷拍到的视频全部删除,递还。

张楠没接,半晌反应过来,压下被抓包的慌乱,阴凉的眼神扫过去:"你在这里装什么老好人?"

沈一涵轻笑了声,松开手,手机与桌板碰撞,发出不轻不重的响声,短暂地切断暗潮汹涌的氛围,避开张楠的问题:"乔司月只是个画师,连半个娱乐圈的人都算不上,你录她跟别人争执的视频没有半点意义,舆论可能会出现一时的迎风倒,但最后对她造成不了任何实质性的影响。"

她话里话外像提醒，更像警告，只不过声线克制，压下了咄咄逼人的腔调："而且你是不是忘记了，之前她被网暴，最后还不是和平解决？也算不上和平，每个造谣中伤的人，都被林屿肆一封律师函解决了，所以你这么做完全是吃力不讨好。"

　　张楠并不觉得沈一涵有这么好心，但不否认她分析得句句在理，一时拉不下脸，空气陷入僵持状态，包间里的笑声时不时传来，心里莫名觉得讽刺："你甘心吗？"

　　这么多年过去，沈一涵对林屿肆早就没了喜欢，只剩下执念，只要她还在原地踏步的一天，就见不得他过得太幸福，更何况他喜欢的人还是自己曾经最瞧不上眼的乔司月。

　　沉默了有半分钟，沈一涵说："不甘心又能怎么样？早就输了不是吗？"

　　时隔多年，因沈一涵这句话，张楠再次感受到那种徘徊在不见天日的等待里产生的数不尽又逃不开的酸涩。

　　明明那些日子，自己也为了他做过很多蠢事：偷偷撕下他的准考证、省吃俭用攒钱，就为了能穿上和他同款的鞋子、去看他打篮球，却从来不敢把多买的那瓶水递给他……

　　可为什么他只能看见乔司月一个人？

　　毕业后，她遇见了很多人，身上也渐渐没了往昔青涩的影子，她和不同的人交往、分手，有过短暂的心动，过后是更为强烈的失落。

　　她意识到，年少时或甜蜜或心酸的悸动才是这一生中最独一无二的经历，而那时就像一场无人知晓的自我消耗，感动得了自己，却怎么也感动不了那个不喜欢自己的人。

　　"我只是不理解，为什么偏偏……"张楠没法再往下说了。

　　沈一涵无波无澜地看着她："没什么不好理解的，你不喜欢乔司月，自然看不到她的好，他喜欢她，所以满心满眼都是她的好。"

　　林屿肆爱的人是乔司月，可这世界上只有一个乔司月，他也会一天比一天更爱这个女人。

　　这是张楠再不甘心也改变不了的事实，望不到头的一厢情愿就要敢于愿赌服输，更要学会及时止损。

　　不管张楠心里如何想的，但沈一涵曾经是真心拿她当朋友看待的，即便她们最后因为同一个人闹了个不愉快的结局。

　　言尽于此，剩下的路得张楠自己走，是好是坏都与自己无关了。

　　沈一涵最后看了她一眼，绕过她回了包厢。

　　好端端的聚会，被搅和成这样，幸好盛薇临时有事不在，不至于让她看到这心寒的一幕。

各怀心思的沉默后,班长出来活跃气氛,同学们才重新发出零零散散的笑声,可场面始终热络不起来,原定的活动不了了之。

许岩订了最近的一家酒店,从停车场出来,看见街角站着一个男人,浸在橙黄光束下的个子很高,套一件黑色长款风衣,衣摆被风吹得微微晃动。

听到脚步声由远及近,男人换了个姿势,半倚在灯柱上,有一搭没一搭地把玩着打火机。

等风消停了会儿,衔在嘴里的那支烟才被他点上,动作娴熟老练,带着玩世不恭的痞气。

火光将他的侧脸轮廓映得很清晰,许岩停下,看出他兴师问罪的架势。"来找我算账?"

林屿肆笑着说:"我是想找你算账,但她会心疼,所以我不动手,只是想找你问个清楚。"

一言不合就开打适用于十几岁的毛头小子,成年人懂什么叫兵不血刃。

"想问什么?"许岩没什么情绪地扯了扯嘴角,"我以为刚才在饭桌上你已经知道了所有答案。"

来龙去脉是弄清楚了,却少了最为关键的东西。

林屿肆开门见山地问:"那封信里,写了什么?"哪怕迟到了很多年,他还是想知道那时她的心意,那颗孤注一掷奔向他的真心。

可他不能亲自问她,这和在她伤口上再捅一刀没什么区别。

许岩摘了眼镜,失去遮拦的黑瞳在背光的阴影里幽深复杂。

他笑着摇头。

不是不知道,是不告诉你,而且,你永远都别想知道。

牛气归牛气,林屿肆不至于失了理智,在这时不管不顾地冲上前打人。

他掸了下烟蒂,侧头看去,脸埋在烟雾里,模糊的瘦削的轮廓,唇线还是清晰的,弯曲的弧度里藏着嘲弄:"她给我的那封信里,究竟写了什么?"

看似一模一样的问题,带来的杀伤力却有着天壤之别。

许岩脸上的肌肉绷得可怕,挤不出任何笑容,眼神阴凉,过了好一会儿才开口:"你怎么就知道那里面一定会写什么?"

沉寂一瞬,林屿肆掐了烟,不咸不淡地说:"哦,原来她给我的是画。"

没什么比借助自己最热爱的东西传递自己的心意更为浪漫。

他早该想到的。

许岩明显一顿,猝不及防的走向,意味着自己已经落了下风。

微信提示音响了一声,林屿肆掏出手机看。

小月亮:你什么时候回来?

他回"快了",摁灭屏幕继续说:"不管是过去还是现在,你永远比不上我。"

他自认为不是什么好人，但比起眼前这人，自己坦荡太多。

这么脏的心，只配一辈子活在阴暗里。

林屿肆双手插进兜里，笑意漫开："说这些，也没别的意思，就是觉得你这人太可怜，偷偷摸摸地活了这么多年，后半辈子还得继续见不得光地守着不属于自己的东西，不是可怜又是什么？"

林屿肆不敢耽误太长时间，得到想要的答案后，开车回了汀芷别墅区。他进门后把外套挂在衣架上，余光扫到桌上满满当当的饭菜："怎么不吃？"

"想等你回来一起吃。"乔司月知道他肯定也没吃什么东西。

嗓音听上去没有异样。

林屿肆摸了摸餐盒，还是热的，拉开她身侧的座椅："吃吧。"

乔司月一直没夹菜，挑着碗里的米饭，艰难地吞咽着。

林屿肆握住她的筷子："吃不下就别吃了。"

一进门，他就察觉到了她的不对劲——怕他担心，她在强装无所谓。

"别为了照顾别人的情绪忽视了自己，我从来不需要你为了我妥协、迁就，你只管做你自己。"

只管把你内心最真实的想法和诉求全都告诉我，只管迈开那一步，剩下的路，我们一起走。

乔司月听着更心痛了，他明明也难过，现在还要装作不在意，腾出精力安慰自己。

她放下筷子，头埋得很低，许久才闷声说："我难受。"

总算又开口了，是好事。

林屿肆卡在嗓子眼的气呼出不少，心里还是难受得要命，恨不得再次冲到许岩面前，狠狠给那男人一拳，可这节骨眼上，总要有一个人保持清醒。

"难受什么？"他继续往下问。

乔司月光顾着摇头，就是不肯说。

他起身转了一圈，拿到纸笔，递到她跟前："没法亲口说的话，全都写下来。"

她握住笔，迟迟落不下，抬头与他的目光一撞，心好像被焐热了些，在纸上生硬地写下四个字：

我没想到。

是没想到信会被许岩拿走，还是没想到会被许岩扔进垃圾桶？

没力气写下去了，也不知道该写什么。

虽然刚才林屿肆在努力转移自己的注意力，但是……

"张楠的话我都听到了,"她的眼泪兜不住了,"我知道她是什么意思。"

风吹动纱幔的声音响起。

"唯唯。"他唤她的小名。

明知道没有意义,她还是想哭,听不进任何话,一夕之间,退回到自己的保护壳里,哆哆嗦嗦地打着战。

忽然,她被他抱到腿上,唇严丝合缝地贴上,冰冰凉凉的,胜过今晚的夜色。

舌根都被吻到发麻,她终于遭不住了,眼泪顺势止住,伏在他肩头喘气。

林屿肆轻轻抚着她的背给她顺气,掌心的触感嶙峋,她太瘦了,以后得多吃点。

"对不起,我把你送我的宝贝弄丢了。"他跟她道歉。

这关他什么事?他也不想的。

乔司月一个劲摇头,好不容易止住的眼泪又涌了上来。

她一边浸在自己混乱的情绪里,一边感受他安慰性的抚摸。他掌心滚烫,不断渗出汗液,洇湿她薄薄的衣衫。

"你也不想的。"她轻声说。

就算那封信最后递到他手里,就算他们因此在一起了,谁能保证这几年两颗相爱的心不会受到一丝一毫的动摇而分道扬镳。

她只是不甘心,为这么多年阴错阳差的误会与错过。

这世上,不是谁都等得起漫长的九年。

可最让她难过到不愿接受的是,她的真心被人当成垃圾一样扔了。

"和我说说,你给我画了什么?"他蹲下身,抬头看她,继续哄。

"月亮,"她一顿,"你站在月亮下,在看我。"

很奇怪,那时候他还没喜欢上她,但这画面在不知不觉中刻进了他心里,以至于在听到她这么一形容后,不费吹灰之力就从记忆里提取出这一幕:

他看到了站在四楼窗口的她,当时陆钊问他在看什么,他还装模作样地敷衍了句:"在看月亮。"

那晚的月亮也确实又圆又亮。

"我把信放在了你的课桌里,我不知道后来为什么会被许岩拿走。"乔司月揪住林屿肆的衣服,哭着控诉,"他凭什么拿,凭什么扔了我给你的东西?"

林屿肆垂眸,看见她因过度用力而泛白的指甲,心疼死了。

他将她的手包进掌心,附在她耳畔:"你听我说。"

她抬头,看向他。

又是一阵风吹过的声音,然后才是他的声音:"我知道你的难过、愤怒,也知道你的遗憾。九年听上去很漫长,但其实改变不了什么。就像山未移,水未涸。我爱你,你也依旧爱我。所以,我们什么都没有失去。

"乔司月。"

她眼角湿漉漉的,声音轻而碎:"嗯。"

"不哭了。"林屿肆虔诚地捧起她的脸,用略粗糙的指腹擦去她脸上的泪,哑声说,"我们,来日方长。"

3

昨晚哭了太久,今天起来眼睛还是肿的,乔司月伸手摁了摁眼皮,挺疼。

下楼看见林屿肆正站在流理台前,她无声无息地走过去,从身后抱住他,把脸埋在他后背轻轻蹭了下。

他身上是冷的,衣服沾了些露水,有些潮,她问:"你早上出去过?"

林屿肆"嗯"了声,天还没亮他就去了趟墓园,本来这次回来是想带她一起去祭拜叶晟兰,但考虑到昨晚发生的事,她现在的状态不适合去那地方,原定的计划只能往后延。

他关上水龙头,手往毛巾上抹几下,托起她的下巴,轻轻往上一带:"眼睛肿得厉害。"

一个轻柔吻落在乔司月红肿的眼皮上,随后他说:"去沙发上坐会儿。"

她乖乖照做,没多久看见他拿着两个水煮蛋出来,热的,滚在眼睛上很舒服。

看不见他,就用手感受他的存在,她手指有一下没一下地戳着他的胳膊:"你昨晚是不是做噩梦了?"昨晚没睡好,她辗转反侧多次,就着微弱的光,看见他额角密密麻麻的汗,可唤了好几声,他都没反应。

林屿肆动作停顿片刻:"我梦见……"他倏然止住,摇头,"没什么。"

乔司月不催,她知道他一定会告诉自己。

过了半分钟,林屿肆哑着嗓子开口:"梦见你哭着问我,为什么迟到了这么多年?"

反反复复同一个梦,同一张脸,同一种哭腔,她的脆弱和无助像一把冰剑,精准地刺在他心头,又冷又疼,可醒来后,一点痕迹也没留下。

乔司月沉默了会儿,握住他的手腕,往前一推,总算又看到了他的脸,憔悴的模样。

她郑重地说:"昨晚哭了一场,我想明白了很多事,你说得对,过去的事情我们改变不了,但未来还有无数个明天等着我们。所以,我不会再为了那些无关紧要的人生气难过,而且梦和现实都是相反的,我不可能问你这问题的,你也别矫情了。"

确实是他矫情了。

林屿肆展眉一笑:"眼睛好点没?"

"好点了。"

"先去吃饭,吃完带你去个地方。"

磨磨蹭蹭一番，两人出门时已经是上午十点，太阳拨开云雾，泄漏出一丝光亮，天晴了。

到了地方乔司月才知道是很久以前来过的那家台球室，她一眼看到小黑板上"一杆清台"的纪录。

第一名林屿肆3分35秒。
第二名许岩3分36秒。

这么多年，还是没有变，只不过当初没注意到的细节到这一刻明朗，乔司月问："你是那会儿就喜欢上我了吗？"

"比那更早。"他坦诚。

她愣了下，笑起来，嘴角勾起浅浅的弧度。

老板还是周炳，体格壮硕了不少，发腮严重，笑起来跟弥勒佛一样。

面前这女人瞧着眼熟，过了好一会儿，周炳才想起，笑着拍拍林屿肆的肩膀："到底还是被你骗过来了。"

"骗？"林屿肆斜眼过去，不纠正，拿起球杆，"给我计个时。"

"你这还是第一名，没必要再刷一遍纪录。"周炳觉得他真闲得慌。

"不把纪录抬高点，省得有些没有自知之明的人以为谁都可以肖想。"

说什么呢？周炳一个字都没听懂。

还是一杆清台。

2分59秒。

乔司月小步跑过去，眉眼弯弯的："厉害。"

林屿肆拨开她额角的碎发，也笑了："刚才他跟你说什么？"他下巴一昂，指的周炳方向。

她实话实说："他跟我说，我离开后的那段时间，你过得不太好。"

"我怎么觉得你听到我过得不太好，挺开心的？"

乔司月错开同他的对视："一半一半，我也心疼你。"

算了，不逗她了，她开心，他也开心。

这次的假期很短，傍晚林屿肆收拾好行李，买了晚上九点的车票，车钥匙没带走，想让她这几天出行方便点。

"把车留给你。"

"那你呢？"乔司月问。

"我坐动车回去。"林屿肆又说，"这几天你就住这儿，把你弟也接来。"

三年前方惠珍搬回明港，这么多年一直一个人生活，后天是她六十八岁生日，乔家三兄弟商量着简单庆祝一番，正好赶上周末，年纪尚小的几个孙子孙女不上学，都会到场，乔司月更加没有理由不去。

乔司月没有拒绝林屿肆的提议，拒绝没用，何况她根本没法拒绝他的爱。

"你要平平安安的，"她张开手臂抱住他，"我会想你的。"

林屿肆只穿了一件衬衫，薄薄的一层衣料，胸膛还是硬，但他向着自己的心是柔软的，软到一塌糊涂。

回到杭城，林屿肆先回了趟公寓，补了五个小时的觉，换上衣服，开车回到站里。

体能训练结束后，宋霖全身湿得像被淘洗过一遍，他把脑袋伸到水龙头下，狠狠浇了把，拽起领子胡乱抹去脸上的水渍，眯眼问何睿："睿睿，你有没有觉得肆哥今天特别狠？"

今天没什么风，何睿晃着手腕给自己制造清凉："正常操作，毕竟到更年期了。"

宋霖竖起大拇指："精辟。"

后来那几天，每到休息时间，站里的小孩都发现他们的队长总会拿笔，不知道在写些什么。

有次何睿实在没止住好奇心，凑上前，"噗"地笑出声来："哟，肆哥，林大队长，搁这儿画火柴人呢？不是我说，咱没这天分就别逞强，伤人伤己。"

宋霖上前，跟着笑到前仰后合："别这么说我肆哥，仔细看，还是能看出画的是一男一女。"

林屿肆想把他的嘴巴钉上。

宋霖指了指左上角："这是饼吗，哥？"

林屿肆似笑非笑地睨他一眼："你这辈子是没见过月亮？"

两人发出一阵爆笑："月亮是见过，就是没见过长得这么像烧饼的月亮。"

林屿肆没跟他们计较，把纸对折好放进兜里，扭头对何睿说："跟我来宿舍。"

何睿和宋霖面面相觑，从对方的眼睛里读出了同一层意思：咋，说不过就想揍人？

按捺不住好奇心，宋霖跟了上去，要真打起来了，到时候他还能贴心地给他们关上门。

林屿肆从柜子里拿出一袋东西，递到何睿手里："送你的。"

袋口敞开着，何睿往里瞄了一眼，嘴巴快咧到耳根："哎呀，肆哥让你破费了，这多不好意思。"演技假到不行。

林屿肆"哧"了声："刚才不还在骂我？"

"你瞧我这张不懂事的嘴，该打。"说完，何睿装模作样地往嘴巴拍了几下。

出息。

林屿肆想说什么，注意力被他胸前的平安符夺走。

他这一眼被何睿察觉到，何睿指着平安符乐呵呵地说："这是我老婆给我求的。"

一提到自家媳妇，一米八五的大个头笑起来憨气十足，跟训练时严肃沉稳的模样截然相反。

宋霖途中被人叫走，来晚了，只听到这么一句，捕捉到关键字眼："老婆？你哪儿来的老婆？"

何睿凉飕飕地笑了声："人的差距是真大，有些帅哥闷不吭声地连结婚礼物都提前准备好了，有些呆头鹅却连自己兄弟已经领证了都不知道。"

好像他是提过领证的事。

宋霖被噎到没词了，挠挠脸，将话题带过去："对了，兄弟，你打算什么时候补办婚礼？"

"婚礼得忙好一阵，我哪有这么多时间筹备，大概率是不会办了。"何睿叹了声气，"不过她挺理解我的，说形式不重要，重要的是我以后能对她好。"

林屿肆打断："既然结婚了就好好办婚礼，过两天我找领导给你说说。"

何睿欣喜万分，朝林屿肆离开的背影喊了声："谢谢肆哥！到时候记得把嫂子也带来啊！"

宋霖露出匪夷所思的表情："等会儿，这男人什么时候变得这么体贴了？"

何睿递过去一个白眼："笑话！我哥什么时候不贴心？"

宋霖一阵无语："你刚才可不是这么说的，让我想想，你还说这男人又老又坏，不把队友当人看！画的画还丑到辣眼睛。"

"你污蔑我不要紧，但别造肆哥的谣！"何睿一巴掌罩住他后脑勺，发出人道主义谴责，"训练是为了什么？当然是为了提升我们的应战能力！肆哥严格要求你，是为了他自己吗？当然是为了你的安全！你现在多跑一圈，你在救援时的安全性就能再提高几分！还有，虽然咱肆哥的画技是寒碜了点，但胜在感情充沛！进步空间巨大！你也老大不小了，能不能懂事点？"

宋霖被骂蒙，脑袋一片空白："你这德行，我鄙视你！"

两人正玩闹着，突然警笛响起，一行人飞快换好消防服，三辆消防车接连驶出。

乔惟弋这两天不在南城，跟同学去临阳打比赛，临阳离明港不远，乔司月让他把地址发来，自己开车去接。

回明港的中途路过一个小县城，赶上当地一季度一次的夜市，考虑到明天才是方惠珍的生日，不着急回去，乔司月就在附近订了两间房，延迟一天回明港。

第二天她起了大早，回酒店时看见乔惟弋提着一袋早餐站在她房间门口。

他循着动静扭头看去,稍愣:"姐,你去哪儿了?"

"听人说这附近有个灵验的寺庙,就去求了两张平安符。"

乔惟弋露出诧异的神色:"你不是从来都不信这些吗?"

乔司月将其中一张平安符放进他手心,另一张小心翼翼地藏进包里:"以前没有害怕的东西,所以信不信都无所谓。"

以前觉得就算没有神佛庇佑,生活也不会变得更糟糕了。

但现在不同,她有太多值得珍视的人,拥有得越多,担心失去的东西也就会越多。

吃完早饭,两个人直接回了明港,明港今天没太阳,雾蒙蒙的一片,空气湿度一如既往的高,咸腥味混进风里。

乔司月将车窗升上,后面有人超车,避开的同时余光扫到乔惟弋的脸,一副心事重重的模样,她找了个话题打破沉默:"打算考哪儿的大学?"

她很少跟他谈论学习上的事情,一方面是觉得他自己心里有数,用不着她督促,还有个更重要的原因,她不想给他造成任何压力。

乔惟弋把头别向窗外,看浮浮沉沉的轮廓线:"京城。"

"有想过读什么专业吗?"

"心理学。"

乔司月愣了下:"小弋,你说过你不想成为我的负担,同样我也不想成为束缚你的枷锁,尽管去做你真正想做的事情,也不要给自己太大压力……"那道拗口的自称在她做足心理建设后,干硬生涩地挤出,"阿姐知道你能行的。"

乔惟弋没说话,手指在口袋里攥紧,慢慢浸湿内衬。许久,他才开口:"我知道了。"

二十分钟后,车停在汀芷别墅区门口。

"这是哪儿?"

"他家。"

乔惟弋顿了几秒才反应过来"他"是谁:"不是说他不在吗?"

"他把钥匙给我了,这两天我们住这儿。"

乔惟弋背上书包,跟在她后面,到玄关时问:"爸妈知道吗?"

知道还得了?乔司月换好拖鞋,转身回头看他一眼。

乔惟弋点了点头,没说话。

这是独属于他们两个人之间的默契,不需要点明,对方就能读懂。

他们去得巧,方惠珍正要出门,几个人打了照面。

"唯唯。"方惠珍声音里好像藏着惊喜。

乔司月皱了下眉,想起在她毕业后的这几年,苏蓉时不时提起的话题——"你奶奶经常念叨起你"。

言下之意让她没事回明港看看，再不济打电话也行。

念叨她做什么？她有什么可念叨的？

乔惟弋的声音插进来："奶奶。"

方惠珍的脑袋偏了几度，笑得更开心了："是小弋啊。"

乔司月抿唇不语。

下午两点，乔崇文、苏蓉夫妻俩也到了。苏蓉找到在客厅的乔司月，等没人后说："你堂姐工作第一年就给你奶奶包红包了，你看看你，都过去这么多年了，还是一毛不拔，能不能懂点人情世故？"

乔司月拨着花生，头也不抬地甩出两个字："不懂。"

没料到她会蹦出这么两个字，苏蓉事先准备好的说教卡在喉咙里："你这孩子！"

见乔司月还是低着头，苏蓉语气软了几分，似做了妥协："不用你出钱，我跟你爸会准备好红包，到时候你再给你奶奶。"

有意思吗？

乔司月抬头，见她一副不肯妥协的模样，轻飘飘地"唔"了声，手指挑开花生皮，露出白色的芯，放进嘴里嚼了几下，没什么味道。

一整个下午，乔司月都在等着苏蓉的红包，对方始终没有动静，以为苏蓉和乔崇文忘了这事，她也就不再多想。

晚上，伯伯和叔叔两家人都来了，家长里短的事在餐桌上一直没停下来过，乔司月左耳朵进右耳朵出，偶然敷衍地应几句。

快结束时，婶婶来了句："乔乔今年也二十七岁了吧，打算什么时候结婚？"

苏蓉笑着回："都没男朋友呢，谈什么结婚。"

"她和她那消防员男朋友分手了？"婶婶一脸诧异。

乔司月笑盈盈的："我和他好着呢。"

多亏了CRT那条热搜，她的感情生活都被网友扒了个底朝天，苏蓉和乔崇文很少上网，没看到这些消息，周围的人默认他们已经知情，也就没提。

苏蓉愣了下，不可置信地看向乔司月。

婶婶扫视一圈，又说："这样啊，不过消防员可不好当，工作忙，要是结婚了，一年到头估计也见不到几次面，乔乔你可得为以后好好做准备。"

说到这份上，苏蓉算是听明白了，脸色一下子变得难看。

"你还挺关心我。"乔司月拿纸巾擦了擦嘴，眉眼冷淡，"但没必要，又不是你和他过一辈子，我觉得好就行。"

婶婶干巴巴地笑了声，没再继续这话题。

方惠珍插话："唯唯都这么大了，自己心里有数，你在这儿叨叨什么，都吃饭！"

说着，她夹了一块排骨到乔司月碗里："多吃点，瞧瞧都瘦成什么样了。"

见乔司月眉心越拧越紧，趁所有人不注意的时候，乔惟弋夹走那块排骨。

饭后，乔司月坐在院子里看视频，苏蓉和乔崇文走过来，脸色还绷着。苏蓉掏出一个红包，用口型示意乔司月赶紧给方惠珍。

乔司月视线一偏，看到正在客厅和叔叔婶婶聊天的方惠珍，在心里笑了声。

摇头，不去的意思。

她从一开始就没打算去，当时应下也不过为了拖延时间，让耳根清静些。

苏蓉压着声音："你这孩子怎么回事，不是说好的吗？"

乔司月不搭腔，不避不让地迎上他们指责的目光。

乔崇文抬了抬眼镜，银白镜框在檐灯照拂下，折射出冰冷的光线。

"真是一点都不懂事。"他声线也冷。

乔司月勾起唇，不合时宜地笑出声，对面两个人不约而同地愣了下。

回到汀芷，乔司月洗完澡直接上床，被子里还有林屿肆身上的柠檬味。

手机铃声响起，她扫了眼屏幕，苏蓉打来的，没接。之后那几通，她直接掐断。

没多久微信频繁跳出消息，秋后算账的感觉。

她点开看，果然是劈头盖脸的一通骂，在饭桌上说不出口的话这会儿全转化成文字了：

苏蓉：在外面待久了，翅膀真硬了？有你这么跟长辈说话的？

苏蓉：你伯母、婶婶、堂姐都知道你谈男朋友了，就我跟你爸不知道，你知道我们刚才有多难堪？你到底有没有为我们想过？

苏蓉：人走了，连声招呼都不打，我跟你爸就是这么教你的？怪不得这么多小孩里你奶奶最不喜欢你。

最后这句话来得毫无防备，乔司月手指一顿，直到屏幕上蔓延开一圈汗渍，她才回过神。

想起方惠珍今天种种不寻常的举动，究竟是想弥补，还是想让自己接下来的日子过得舒坦点？不得而知。

但不管方惠珍出于什么心态，都和她没关系，扇完巴掌再给糖的招数只适用于懵懂无知的时候，对现在的她没用，只会适得其反让她觉得恶心，连基本的作秀都觉得是多余的。

手机里消息还在增长，乔司月设置成免打扰模式，摁灭屏幕的前一刻，看到对话框里的最后一行字：白把你养到这么大了，还养出了一个冷血动物，干脆以后都各过各的。

几下敲门声后，乔惟弋喊道："姐。"

"怎么了？"乔司月放下手机，边开门边问。

"没事吧？"

苏蓉的消息是发在四人群聊里的，乔惟弋也看到了。

乔司月的手停在半空,隔着一扇门说:"我没事,你早点睡。"

"你也早点休息。"顿了几秒,男生哑着嗓子说,"姐,对不起。"

乔司月愣住,没料到这句话会从他这儿听到。

这跟他有什么关系?

从他出生那一刻开始,她就知道自己不再是家里的唯一了。

不是唯一也没有关系,那时候小弋还小,苏蓉确实应该把多余的精力都放在他身上,但苏蓉忘了一个事实,偏爱是会随着时间不断增长的。

乔司月依旧没死心,偶尔会产生一种强烈的诉求:妈妈,你能不能把你的关心和爱再多分点给我?

十三岁发生的那场车祸,她运气好活下来了,但苏蓉在危急关头下意识护住乔惟弋的行为,彻彻底底击碎了她心里的所有幻想。

不知道是不是因为以前有过太多的期待,期待他们的关心,更期待他们毫不偏颇的爱和毫不吝啬的赞赏,于是强迫自己按照他们制定的标准成长,等到被日复一日的负面反馈压到喘不过气,才慢慢意识到不管自己多委曲求全,如何顺着他们的心思来,还是永远都达不到能让他们满意的程度。

她太累了,就像苏蓉说的,她已经变得越来越冷血。

而他们爱不爱自己也已经无所谓了,现在的她有人爱了,全世界独一份的爱。乔司月把头埋进双膝,沉沉地吐出一口气,想通后,内心更多的是畅快和释怀。下雨了,雨珠打在枝叶上,声音闷闷的,落地灯在地板上漫开一圈光晕。沉闷的环境放大她的思念,她又开始想林屿肆,想抱他,感受他胸腔内强有力的心跳。

估计他在出警,打过去的几通电话都没有人接。

乔司月叹了声气,躺回床上,戴上眼罩,伸手关了灯。

房间里一片昏暗,忽然,手机屏幕亮了一下,弹出一条推送:

> 2019年10月17日7时32分许,北湾区临河社区集贸市场发生燃气爆炸事故,经过长达四十二小时的灭火行动,终于将火扑灭,此次事故造成共计十六人死亡,其中三名为消防救援人员,事故原因尚在调查……

床头柜上的平安符被照到发亮。窗外,雨声渐大。

第十八章
"月"

1

回杭城前一天,乔司月才知道何睿牺牲了,这消息还是苏悦柠告诉她的。

葬礼那天,她也去了。

时隔一周再次见到林屿肆,他陌生得让她感到不安,黑西装黑裤,脸瘦了一圈,腰身被皮带勒得很细。

"长胡子了。"

"是不是很丑?"林屿肆摸摸乔司月的脸,心里想的是:她也瘦了。

乔司月怔了怔。

他的嗓音太难听了,像嗓子充着血,哑到不成形,下巴的胡楂像针,刺进她手指,痛感一路蔓延到心脏。

能不能好好照顾自己,快心疼死她了。

她憋着泪,用力摇头:"不丑,还是帅,最帅了。"

林屿肆想要对她展露一个安抚性的笑容,最后发现提不起嘴角,只能作罢,手慢慢移到她的后脑勺,来回抚摸几下。

后来,两个人都没再说话,直到葬礼仪式开始,林屿肆才出声:"先走了,等我回来。"

他作为战友,得去送何睿一程。

乔司月点头,一动不动地盯住他的背影,眼泪漫上来。

她的白杨好像被什么东西压弯了。

何睿的父亲是一名驻守边境的军人，在何睿不到五岁的时候就牺牲了，这些年都是何母一个人把何睿拉扯长大。现在白发人送黑发人，何母情绪没绷住，葬礼途中哭晕了三次。

前来吊唁的人陆续离开，何睿的妻子站在墓前久久未动，直到人都散了，她才骂了声："狗东西。"

林屿肆没走远，跟贺敬诚一起站在树后面抽烟，繁茂的绿荫将两个人的身体挡得严严实实，传进耳朵里的责骂变成了痛哭，憋了几天的眼泪在这一刻终于释放。

林屿肆忽然问："中燃公司那边的负责人一个都没来？"

他心里憋着一团火，语调重而沉。

调查结果已经出来，这次事故发生的直接原因是天然气中压钢管遭到严重腐蚀而泄漏，在密闭空间堆积，与排油烟管道内的火星接触发生剧烈爆炸，也就是说中燃公司得对此次事故负直接责任。

三条人命，说没就没，赔的这几十万到底有什么意思？让那些罔顾生命的人买个心安？

贺敬诚摇头，神色也凝重，燃了半支烟后才开口："说说，你又是什么情况？"

哀恸声炸得耳膜生疼，两个人避无可避，无力地吐着烟圈。

林屿肆扯了扯唇："我能有什么情况？"

贺敬诚拿余光看他："这么多年过去，你什么德行我还能不知道？"

"这么明显？"林屿肆心想，那她岂不是也看出来了？

贺敬诚哼笑一声。

林屿肆低头看向脚尖，鞋头不知道什么时候沾上大片的泥，靠近树桩那侧，成堆的蚂蚁在抢同一块面包屑。他还是感觉不到自己踩着的是块实地，轻飘飘的，像在海面上摆荡。

压抑的情绪堆积在一起，和不安碰撞，剩下对未来的迷茫，他嗓子更哑了，有血腥味："我怕误了她一辈子。"

都是过来人，贺敬诚怎么能不懂林屿肆的意思："厌就厌，别给自己找这么好听的借口。"

林屿肆闷声接下他的斥责，随即听见他又问："我就问你一句，上次你被水泥墙压住差点没命的时候，你这破脑袋里想的是谁？"

除了她，还能想谁？

上次的任务是真危险，身体被水泥板牢牢压着，左胸离心脏两三厘米处也被钢筋刺穿，长时间处于失血状态，几乎半只脚踏进了阎王殿，救援队的医生都说他能活下来就是个奇迹。

最后他在医院躺了快一个半月，那一个半月里他不敢接乔司月的视频电话，怕她察觉到自己的虚弱，通话时拼命挤着嗓子，让自己的声音听上去毫无异常。

不止上次，每回生死存亡的紧要关头，他眼前都会浮现出她的脸。

她就像他的软肋，也是他坚不可摧的铠甲。

可即便他的意志再坚强，人在死亡面前只能算得上渺小。

他害怕自己有一天抵抗不了突如其来的灾难，更害怕留她一个人守着那点零星的回忆到老。

之前队里有个兄弟出警时受了重伤，埋在废墟里快三天才找到，吊着一口气，医生抢救了两天一夜才把人从鬼门关里拽回来。

他清醒后的第一件事就是问护士："我媳妇跟我孩子呢？"

当时守在床边的那几个兄弟眼睛瞬间红了，没有一个人敢把血淋淋的真相剖到他面前，只能含糊其辞让他先照顾好身体。

这些人的演技太拙劣，一下子被拆穿，他气火攻心，伤口也绷开，将床单染得通红，嘴里反复喊着："我媳妇跟我孩子在哪儿？"

眼见瞒不住，兄弟们只能把真相告诉他：他在抢救过程中被下了几次病危通知书，当时他老婆怀了七个月身孕，经受不住这样的刺激，在生产中去世，孩子先天不良，现在还没脱离生命危险。

林屿肆不敢想要是这事落在乔司月头上，她会有什么样的反应。

不敢说的话，有天晚上他在梦里全说出来了——

"如果我不在了，你就把我忘了，好好活。"

她用无比坚定的语气回答自己："我不知道我要花多久才能把你忘记，但在那之前，我会跟着你一起离开。"

分明只是一个没头没尾的梦，但林屿肆还是感到一阵后怕，甚至觉得这就是乔司月内心最真实的答案。

这姑娘对别人狠，对自己更狠。

林屿肆没回答，贺敬诚已经从他幽深的双眸中读出答案。

今天的风很大，烟灰被风吹落，洋洋洒洒地往下掉。

贺敬诚含了口烟，轻轻吐出："做我们这一行的，就相当于把半条命交到阎王爷手里，每个人都在保家卫国，每个人都是铁骨铮铮的英雄，无愧国家、无愧人民。可惜这世上就没有两全的东西，你在保全一方的同时，另外一方难免会遭到冷落跟伤害，我们只能尽量在两者之间找到一个平衡点。"

是这个理，但实践起来谈何容易？

彼此静默，耳边只有女人的痛哭。

"所以别再说这种话，没有一点意义，"贺敬诚眼睛一斜，"更何况，你误人家的年头还少？谈个恋爱磨磨叽叽的，也不知道当初人家姑娘怎么看上你的，就冲着你现在这副尿样，我都替她憋屈。"

何睿这人自来熟，综艺录制那几天，已经跟节目组的人打成一片，这次葬礼很多都来了，包括苏悦柠和沈一涵。

找了一圈，没看见沈一涵，林屿肆问："她人呢？"

"精神不太好，我就先让她回去了。"苏悦柠说。

他"嗯"了声，实在不知道该说些什么，捏着眉心一脸倦怠。

苏悦柠默了半响："你心里到底怎么想的？"

林屿肆顿了下，一个两个的，全看出来了，就他一个人在这里装无所谓。

他脑袋里装的事太多，想说的话更多，把嗓子眼都堵得水泄不通，只能沉默着被融进黑白底色里。

"你理解她也心疼她，但你还不够了解她，我说过的，她这人执拗到不行。"苏悦柠也累，只将话点到为止，"有看过她最新连载的漫画吗？里面应该有你想要的答案。"

没精力开车了，林屿肆在手机上叫了代驾，回去的路上，点开苏悦柠说的漫画。

漫画与现实一一对应上。

盛夏临海小镇咸腥味的海风，洒在皮肤上炽热的光，从少年到成人时代，夏天从未褪色，乔司月的爱也从未退却。

他却因此看到了很多一直以来都没有察觉到的细节，属于另一个人的单向酸涩。

比他更深，更难以忍受。

还是想问她那两个问题：

疼不疼？

傻不傻？

最新一章是在两天前上传的，最后有一段独白：

> 我爱你，爱你的血性与铁骨，爱你肩上扛着的重担，也爱你胸前的勋章。
>
> 但你知道吗？
>
> 我最爱你爱我时的模样。

阴天水汽很重，风一吹，带来细细密密的雨丝。

林屿肆用力抹了把脸，点开乔司月的头像：好好吃饭，好好休息，等我回来。

对面很快回了个"好"。

每隔一段时间，站里几个年轻的小伙子就会更新"遗言"。这次何睿的牺牲，就像悬在每个人脖子上的一把利器，时刻提醒着他们未来对于他们而言究竟有多遥远。

葬礼结束后，"遗言"热潮再度掀起。

破天荒的，这次林屿肆加入了他们的队伍。

他收敛了平时休息时那股不着调的痞气，庄重又虔诚地在白纸上写下两行字：我不在的时候，照顾好自己。等我回来。

宋霖不经意瞥到，疑惑地"咦"了声："肆哥，你这算什么遗书？"

林屿肆将纸反扣在桌面上，眉心拧起，不耐烦地赶人："写你自己的去。"

宋霖一边躲开他的袭击，一边揪住这话题不放："人都死了还怎么回来？给司月姐讲鬼故事吗？"

知道宋霖在开玩笑缓和气氛，林屿肆就没摆脸色给他看，压着声音训斥："死什么死？我不会死的。"

是不敢死，也不能死。

她曾经那般努力地活下去，甚至替自己塑造出了一个并不存在的人物，他不能亲手摧毁她现在的生活，抹去她好不容易找回来的希望。

他得活着回来，陪她度过漫长的余生。

宋霖稍愣，咧嘴笑起来："我肆哥当然能长命百岁。"

不，应该是他的兄弟都得长命百岁。

周五早上，林屿肆回到公寓，见乔司月还在睡，在客厅坐了两个小时。待不住了，他拿起车钥匙出门，回来时手上多了一袋早餐和一束风铃草。

他推开卧室门时，乔司月还是那不安分的睡姿，身体蜷缩成一团，被子不见踪影。

听见动静，乔司月抬了下头，又躺回去："你回来了。"

"吵醒你了？"他俯身吻她的额头。

"没。"乔司月哑着声音揉了揉他的肩膀，"别亲了，我还没洗脸。"

说完，林屿肆又去亲她的脸，然后是头发、耳朵，一路蔓延到锁骨才停下。

乔司月没再推搡，一副"摆烂"姿态，由着他亲，身体忽然一轻，被人抱起。

"干什么？"她顺势夹住他的腰，目光含着错愕。

"和你说说话。"

说什么？

她眼睛睁大了些，他的模样清清楚楚地映进眼底。

没有胡楂，眼睛黑亮，藏着与生俱来的笑意，她最爱的他回来了。

"剃胡子了。"她指腹在他下巴摩挲着，不疼了。

"剃了。"

林屿肆在沙发上坐下，乔司月还窝在他怀里，夸了句："更帅了。"

他笑了笑，配合她玩着你来我往的客套游戏："谢谢。"

她也笑，把脸埋进他胸膛，感受那一下下真实有力的心跳声。

回来了，真好。

空气安静下来。

乔司月问："你不说了吗？"更像在问：不是你说要跟我说说话的？

她嗓音还模糊，传递出没睡醒的讯号。

林屿肆本来想说"算了，不急在这一时，等你睡饱再说"，可她这一觉也不知道要睡到什么时候，他等不及了，心里藏着很多话迫切地想要告诉她。

可等到要开口的时候，他又不知道从何说起。

等待的时间有些久，实在是困，乔司月无意识地眼皮一垂，就没再睁开。

她右脸砸到他硬邦邦的肩膀上，估计是撞疼了，发出一声嘤咛。

他愣了几秒，笑意没兜住，轻轻戳了下她嘴角不太明晰的梨涡，没舍得再次闹醒她。

就再等一会儿吧，反正人也跑不了。

他将她抱回床上，一起补了会儿觉，再醒来已经是大中午。

估计最近又开始昼夜颠倒着过，这个点她还是没醒，林屿肆拿上手机离开卧室。

去客厅的路上，他眼尾扫到储物架上的星星罐，里面多出五张卷纸。

他打开——

△你说的那些话我都听见了。
△没关系，我不怕的。
△人活得自私点也没什么不好的。
△我的私心里装满了你，想和你在一起，一辈子。
△那你呢？

林屿肆心脏一颤。

这些天，他就像失了根的浮萍，在望不见尽头的海面上四处漂浮，而贺敬诚的那些话和被记录在漫画里的种种场景就像海浪，一阵阵地扑来，砸到他身上，够疼，也足够让他清醒。

她说得对，人活得自私点没什么不好，他不知道他有多少个明天，但他构建的每一个明天都少不了她的存在。

哪怕两个人因为工作的关系见不到面，说说话也行。

就这样，最好能一辈子。

总之，他没法放她离开。

那颗颤动到不安稳的心脏终于落到实处，手指在大腿上轻叩几下，千万句心里话通通汇成一句。他刚拿起笔，余光瞥见垃圾桶里被揉成团的便笺纸，鬼迷心窍地捡起，摊在茶几上。

一行密密麻麻的小字：你说过的，我们来日方长，可这算哪门子来日方长？你是不是想反悔？

估计她是生气了，落笔很重，纸的好几处被刺穿。

他轻笑一声，把纸揉成原来的样子扔回垃圾桶。

片刻后，他重新拿起笔，在第五张便笺纸下方回了句：月亮，我给你一个家。

2

林屿肆没把字条放回去，而是折好揣进衣兜，然后将漫画翻来覆去地看了几遍。

每一遍都能得到不一样的体验，故事里的每个画面、每句对白也在不知不觉中渗进他的脑海。

听见卧室门打开的动静，他才收了手机。

"睡饱了？"

估计是意识还没彻底回笼，乔司月答非所问地道："饿了。"

林屿肆看了眼时间，快下午四点了："去换衣服，我们今天出去吃。"

乔司月抓了抓头发，这卷毛可爱是可爱，一睡醒就炸成一团毛线球，压也压不平，只能用手腕上的发绳随手扎个低马尾，看上去没这么乱："那你等我会儿。"

这一等就是半个多小时，林屿肆没催，拨弄着风铃草，直到看见她从浴室出来，才停下动作。

两个人对视片刻，乔司月目光一垂，诧异道："你买花了？送我的？"

他点头，还没说什么，她几乎是一蹦一跳地过来："我能抱着它去吃饭吗？"

她眼眸里染着星星点点的灯光，出奇的漂亮。

拒绝不了她罕见流露出的孩子气，他笑着说："这个放家里，路上再给你买，买很多。"

吃完饭回来的路上，他们路过一家花店，林屿肆牵着她进去，想送她玫瑰。

她摇头，指着雏菊说："就要这个。"

"这么开心？"买完花出来，后面驶来一辆汽车，林屿肆及时将她往自己身上揽，两个人换了身位。

乔司月牢牢护住怀里的花，眉眼带笑："你送的。"所以开心。

潜藏的意思轻而易举就能听出来，他收紧了手，同她贴得更近了。

脚下笔直的黄线一路延伸到尽头，林屿肆忽然想起漫画里的一个场景，忍不住往她身后一退，两手搭在她肩上。

他突如其来的举动让乔司月一愣，几乎是下意识回头，不可避免地撞进他眼睛里，他呼出的气息拂过耳际，心尖酥麻。

"怎么了？"她轻声问。

"这次我不想再走在你前面了，所以你往前走，我就在后面看着你。"

乔司月一时没转过弯来，但还是乖乖照着他说的做了，习惯性地踩着脚底的黄线，步子迈得沉稳又坚定，一如多年前的他。

身影渐行渐远，林屿肆眯着眼睛摸了摸口袋，不到两秒又把烟放回去，沿着她走过的轨迹，快步跟上前，同她十指交缠。

"接下来的路我陪你一起走。"

他说得好像不止是脚下的路，更像是在许诺她一个未来。

乔司月心脏重重地打了下鼓。

她真是太没出息了，明明都在一起几个月了，她还是会为他似是而非的情话心动。

离公寓还有差不多一千米的路，乔司月忽然停下。她平时都宅在家里画漫画，缺乏锻炼，身体素质本来就跟不上，加上今天的运动量早就已经超标，实在走不动了。

"我没力气了。"她瓮声瓮气的，像在撒娇。

林屿肆屈指往她额头上轻轻一敲："你这是什么体力，气球泄气都没你快。"

乔司月推着他往前几步，然后拍拍他的背，示意他蹲下，狡辩着："你体力好就行了，可以随时背我。"

"路我能替你走，有些事情我一个人可干不了。"他嘴上这么嫌弃着，人还是老老实实地蹲下了。

乔司月没听明白，等他背着自己走了一段路后，才意识到他话里的深层含义，脸微微一热。

白天睡得太久，临近深夜十二点，乔司月还是一点困意没有，找了部电影看。里面有不少亲密镜头，乔司月抓了抓脸，浑身不自在。

偏头，他无波无澜。

没多久，听见他说："到点了。"

她蒙了下。

林屿肆起身，从冰箱里拿出蛋糕，放在茶几上。

"为什么要买蛋糕？"她更呆了。

"自己生日都忘了？"

"我好久没过生日了。"她又问,"什么时候订的?"

"你睡得正舒服的时候。月亮,生日快乐。"他关了灯,就着电视机屏幕投射出来的光,将蜡烛点上,"愣着干什么?许愿。"

一片静默。

"许了什么愿?"

这是能说的?她用眼神表示拒绝。

他也不强求,自顾自地把话题继续下去:"知道我十八岁那年许的什么愿吗?"

话音落下,乔司月不受控地想起那晚在KTV里,他散漫的姿态,与现在如出一辙。

她摇头,直到听见他附在耳边柔软到不像话的回答,眼里的错愕迅速变成翻涌的潮水。

"我希望我喜欢的女孩,能在她草木皆兵的青春里,活得再张扬恣意些。"

乔司月的眼眶瞬间红了。

"知道我今年生日许的什么愿望吗?"那会儿两个人还没在一起,林屿肆的生日是在站里过的,可惜了。

"许了什么?"她的声线开始哽咽。

"猜。"他故意制造神秘感。

"也是和我有关的?"

是,他点头鼓励她继续说下去。

她脑袋里忽然蹦出两个词:"前程无忧,岁岁安好。"

是她在离开明港前,给他写的寄语。

林屿肆:"接近了。"

比起前程无忧,他更希望他爱的姑娘,能在她未来的岁月里平安喜乐。

乔司月抬起头,和他视线撞到一处,没再问,而是郑重其事地说了两个字:"谢谢。"

"跟我还这么见外?"

"我不是这个意思,我想说的是……"

林屿肆目光一动不动地落在她身上,眼眸中燃着炽热滚烫的一团火,神态却是不紧不慢的,好像在传达:你说,我在听。

乔司月挠了挠被他鼻息缠绕的脖颈,好半会儿才继续说:"谢谢你喜欢我,也谢谢你,能在九年后坚定不移地奔向我。"

她的青春兵荒马乱,好在有一个他,让这场义无反顾的奔赴有了意义。

他顿了几秒,然后笑了:"现在就哭成这样子了,待会儿不得水漫金山?"

她生生把眼泪憋回去了:"你还准备了别的?"

"还准备了一张嘴。"

闻言，乔司月一噎。

"想什么呢？"

她避开他的眼睛，不自在地回了两个字："没有。"

怀疑都浮在脸上了，还说没有？

她内敛克制，情绪很少表露出来，但他发现自从他们在一起后，她的表情变得生动许多。

是好事。

不能再逗她了。

"我说的准备了一张嘴，是想跟你聊聊天的意思。"

"哦。"乔司月这下不光眼睛红，连脸也红了。

铺垫了这么多，是时候进入正题了，林屿肆从兜里摸出那张字条，让她亲自打开。

乔司月心里的预感在看到纸上那行字后，应验了。

"看傻了？还是不识字了？"他的声线里含着疏朗的笑意。

乔司月眨了眨眼睛："你是不是受什么刺激了？"

她好像刚反应过来似的，接着"哦"了声："怪不得你今天诡计多端的，一会儿送花，一会儿非要让我陪着你散步。"

林屿肆无话可说。

这姑娘没正儿八经谈恋爱前是个林黛玉，一谈起恋爱直得不行，说是气氛终结者也不过分。

"等一下，你这算是……求婚？"乔司月被自己这想法吓住了，说话也不利索。

"非得算的话，只能是预求婚。"他这几年过得挺潦草，唯独在她面前，想把精致与妥帖落实到每一个细节上，现在只能算气氛到了，可场地不合适。

求婚以后再好好策划。

"我给你一个家，"他重复纸上的话，这次多加了几个字，"好不好？"

他知道她一定会答应，但在此之前，他想带她去自己的世界看看。

一个满是伤痕的世界，还有她不辞而别后忙碌急促的九年。

"周炳没骗你，你走后那段时间我过得确实不太舒畅，我这人自大，以为什么事都在自己的掌控范围内，所以你离开后，我陷入很长一段时间的自我怀疑。我没想通自己到底哪里做得不对，才会让你连告别都没留下……之后我去找过你几次，都没见到你，除了大二那年，我去你学校，看到你和许岩一起出来，还抱着一束花……"

她止不住打断："那花不是许岩送的，是一个学妹给我的，后来许岩跟我表白，我也拒绝他了。"

早知道就不提这小偷了，又勾起了她的糟糕情绪，于是他换了个话题。

聊江菱，他亲妈。

他走了十八年的康庄大道，就在前不久才知道那段富裕安稳的生活是林行知用刻意的疏离换来的。

同学聚会那晚，他收拾房间，找到几盘录像带。

是江菱留下的独白和一次采访，里面反复提到同一个名字：沈廷风。

沈廷风是谁，他从叶晟兰那里听到过几次。

江菱的恩师，现在多了层身份：江菱唯一爱过的人。

——"你这一生中最幸福的日子是哪一天？"

——"遇见我师父那天。"

——"最痛苦的呢？"

——"儿子出生那天。"

看到这些，林屿肆终于明白叶晟兰曾经说的那句"不要怨你爸爸，他才是真正爱你的那一个"究竟是什么意思。

那天晚上，林屿肆打电话问林行知，问他为什么要隐瞒实情。

一说完，他就被自己这问题蠢笑。

林行知要怎么把真相告诉他？

说就因为他不是沈廷风的儿子，所以江菱从来都没有爱过他？

说她的遗作《一家三口》，不过只是她想象中的完美家庭构图，有江菱自己，有沈廷风，也有他们共同的孩子，就是没有姓林的这两父子？

林屿肆以前处事不成熟，对林行知的爱不够，可期待又太满，到最后只能用恨来发泄。

现在看来，他连怨恨的理由都是站不住脚的。

距离江菱去世已经过去二十多年，而这么多年里，他反反复复拿恨去伤害一个爱自己的人，再用剩余的爱去祭奠一个恨不得让自己消失的人。

这世界黑白颠倒，爱恨也错位得荒谬。

电话两头都在沉默，只能听见彼此克制的呼吸声，传递着同样的痛苦、愧疚。

也不知道过了多久，林行知先开口，声音一如既往的冷硬："因为你不需要知道这些。她不爱你是她的事情，不是你的问题，所以你不需要承担这些莫须有的罪名。你只管记住，你没有做错任何事情，你的出生对她来说可能是意外是错误，但对我来说，是这辈子最好的礼物。"

林行知爱过江菱，也知道江菱从来没有爱过自己，只把自己当成替代品，一个长得像沈廷风的替代品。

江菱愿意生下林屿肆，也是因为她估算错了，她以为这是沈廷风的孩子。

后来只要林行知流露出一丝父爱，她就会把无处发泄的怨恨加倍使在孩子身上。

他没有办法，只能用刻意的疏离掩盖自己的爱。这办法奏效了，但产生了无法挽救的后果——

缺失父爱的童年，造就父子间难以逾越的隔阂。

江菱死后，林行知尝试改变这种现状，但他和林屿肆的脾气太接近，同样固执强势，聊不过三句，总有一方直接甩脸走人。

直到叶晟兰也离开了，他们不得已成为在这个世界上唯一可以相互依赖的亲人，关系算是得到缓和，但林行知清楚，这只是表面的和谐，自己走不进林屿肆心里。不过这样也好，对方永远没有机会知道真相。

"那路迦蓝呢？"

林行知没说话。

林屿肆猜到答案——江菱想让林行知跟自己一样体会到有个累赘是件多么痛苦的事，所以才会设计出路迦蓝的存在。

其实林行知并不讨厌路迦蓝，只是没法爱她。

不承认她，是因为没法继续让她成为江菱报复自己的工具。

"阿肆。"乔司月在晦暗中捧住林屿肆的脸，缓慢抬起。

林屿肆的眼睛慢慢聚焦到一处，视线太暗，看不清她的脸，只能依稀看见她眼里闪烁的亮光。

她哭了。

但凡和自己有关的事情，她都太上心，可他不想此刻的负面情绪影响到她，只能强迫自己装出若无其事的样子，故作轻松地说："你说，我听着呢。"

她不说了，只是笨拙地去寻他的唇，眼泪顺势滑落到他唇上。

林屿肆尝了下，苦的。

还好她的唇是甜的。

"遇见你那天，是我一生中最幸福的日子。她不爱你，我爱你。"乔司月将下巴搁在他肩头，右手抚着他后背，哽咽几乎漫到嗓子眼，"你继续去保护这个世界，我来保护你。"

林屿肆笑笑，安慰她说："我没事。"

能有什么事？有她在，以后都会变好的。

"上回跟你撒谎了，我在去特训前受了伤，左胸被钢筋刺穿，怕你担心就没敢跟你提。"

乔司月怔住："那你背上的伤呢？"

"一次出警，意外被炸伤的。"他问，"丑吗？"

她用力摇头，继续问："右肩上的呢？"

"之前为了救一个孩子，从三米高的地方掉下去，给她当了肉盾。运气不好，掉的地方有栅栏，扎进去了。"

他从不吝于分享自己的过去和心意，但伤痛不一样，不管是身体上，还是心里的，他都想一个人扛。

但既然做好了彻底进入对方世界的准备，他就得坦诚一切，再毫无保留地把自己交给她。

乔司月没憋住，眼泪一个劲地往下掉。

她不止一次见过他身上的伤，也触摸过这些像树根一样盘根错节的伤疤，本以为心理承受能力已经达到及格线，但听他亲口讲述自己曾经与死神擦肩而过的经历，还是不免一阵心惊肉跳。

"看到没，我在的世界有多危险，"她的眼泪砸到手背上，烧出一片火，林屿肆没理会，替她抹着眼泪，用哄睡时的语气道，"现在给你充足的时间反悔，要是到点了又想反悔，到哪儿我都能将你逮回来。"

乔司月那句"不用反悔了，我答应你"在听见他突然蹦出来的倒计时后，瞬间卡在喉咙。

说是足够的时间，其实也就过去不到十秒，她因他这番耍无赖的行为破涕为笑。

这样的反应，结果不言而喻。

"唯唯。"说不紧张是假的，他终于可以如释重负地呼出一口气，"现在我在你面前，是真的干干净净，什么都没了。"

她吸吸鼻子，用稀松平常的语调安慰："没事，我早就见过你什么都不穿的样子。"

他顿了下，笑到不行。

"是你自己脱的。"她明明只是在阐述事实。

还委屈上了？

林屿肆笑着看她，抓起她的手，去解自己的衣服，同时挑了下眉，似在说：这次是你解的。

乔司月哭笑不得，真是幼稚死了。

所有的底都交代完了，没话说了，他只能亲她抱她。

空气突然安静下来。

两个人隔着跳跃的荧幕光线对视几秒，他忽然牵住她的手往前一带，动作轻柔而坚定，让她稳稳当当地落在自己怀里。

一片寂静里，皮带的金属扣和衣服摩擦的声音无所遁形，往上是他匀实的肌肉线条。

乔司月忽然觉得口有些干，可分明她刚刚才喝了一大杯果汁，还有半瓶酒——怪不得脑袋晕晕乎乎的，原来是被酒精冲到了。

她起身想找水喝，林屿肆一把将她摁了回去。她干脆不动了，也没法动，由着他指腹有一下没一下地摩挲着自己嘴角。

觑着她一副任人摆布的模样，他哑然失笑，然后不轻不重地吻上，另一只手握住她的手，四处游走，摁在冰凉的腰带方扣上。
　　他的唇离开几厘米："解开。"紧接着又强调一遍，"全部解开。"
　　她听话照做，但是闭着眼解开的，手也在抖，呼吸和心跳都变得毫无章法可言。
　　他心里只剩下一句话：
　　慢慢来，舍不得用力。

　　中途乔司月醒过一次，是在床上。
　　遮光窗帘没拉全，月色流泻进来，在红棕色地板上形成一道分明的光束。
　　"阿肆。"
　　他也没睡："嗯？"
　　情欲未退，嗓音里带着沉哑的质地。
　　乔司月看向窗外，星河遍布。
　　"我看到了月亮。"
　　她把脑袋转回来，眼里泛着光，照进人心里去。
　　林屿肆一顿，勾唇笑起来，是吊儿郎当的笑："现在，它是你的了。"
　　月亮是她的了，但乔司月是他的。
　　她弯了弯眉眼，又唤他："阿肆。"
　　"嗯。"
　　而后乔司月没头没尾来了句："我相信你。"
　　我不相信爱情，也不相信明天会变得更好，但我就是相信你。
　　因为你是我的白杨，也是我的摆渡人。
　　他笑了，贴着她耳朵说："睡吧，月亮。"
　　他还说——
　　"Love you, to the moon, and back."
　　我爱你，一直远到月亮那里，再从月亮回到这里。

番外一

求婚

小年夜那天,钱塘新城有场灯光秀,林屿肆调了两天假,早早开车带乔司月去那里。

广场上,乔司月看见一道眼熟的身影,脚步忽地顿住。

林屿肆跟着停下:"在看什么?"

"刚才看到了一个和你很像的人,"她补充了句,"是十七八岁时的你……我还记得那天也是小年夜,你穿着米色大衣、牛仔裤,还有黑色板鞋。"

人群拥了过来,隔断两头的视线。

借着身高优势,林屿肆一眼看到她口中的男生,漫不经心地收回视线:"一个小屁孩而已,没什么好看的。"

"你以前也是从小屁孩过来的。"她小声辩驳一句。

字字在理,他成功地没话说了。

林屿肆提前大半个月订了钱塘江附近一家五星级酒店的房间,位于最高层,视野开阔,巨大的落地窗外,弯月高高悬挂在漆黑的夜空上,江对面的高楼大厦鳞次栉比,浮华连成一片。

看完灯光秀回酒店时,已经快晚上九点了,时间有些赶,林屿肆说:"你先洗澡睡一觉,等我回来。"

乔司月将目光从窗外挪开,落在他脸上:"你要去哪里?"

他没回答:"我会尽量在深夜十二点前赶回来。"

她不放心地交代一句:"那你路上小心。"

林屿肆在十二点最后一刻赶了回来。

听见动静,乔司月急忙下床,趿拉着拖鞋一路小跑到他身前。

林屿肆嘴唇薄薄的,有些起皮,头发被吹得乱糟糟的,脸色发白。

他离开前还是清爽干练的模样,现在只觉得潦草,甚至称得上狼狈,外套沾着水汽,手一摸,冰冰凉凉的。

林屿肆将外套脱下,扭头,见她一直盯着自己看,下意识抬手摸了摸嘴唇,确实糙到不行。

他三步两步走回衣架前,从外衣口袋里掏出润唇膏,在唇上来回涂抹几下。

这一幕看着莫名喜感,乔司月没憋住笑,声线都有些发颤:"你从什么时候开始涂这个的?"

还不是宋霖那小兔崽子,话里话外都在嘲讽他上了年纪,再不保养,老得更快。

"年纪人了,该保养了。"

"没事,你就算老,也是帅的。"

他弹了下她的脑门:"这种安慰的话,下次记得放在心里。"

关于年纪的话题匆匆结束,乔司月抱住他,替他驱赶身上的寒气,问:"你刚才去哪里了?"

"去山里了。"林屿肆握住她的肩膀,将人轻轻往外一推,"会感冒……我自己去空调底下吹会儿。"

她"哦"了声,跟上前:"去山里做什么?"

"踩点,看山里的气温适不适合求婚。"他轻描淡写地回答。

最后那两个字让她心脏"扑通扑通"直跳,但嘴上还是装作不满意地嘟囔了句:"哪有人这么轻易地把求婚挂在嘴边的?"

"有,你老公。"

乔司月又气又笑,她都没答应,他倒好,已经改了称呼。

"你可以让我陪你一起去的。"不就是低温、大风,她又不是受不住。

"都是弯弯绕绕的山路,你跟去做什么?"

她晕车厉害,还记得有次,也就半个小时的车程,二十分钟都在吐,脸色刷白,吓得他手足无措,恨不得下车背她一路走到目的地。

况且他真的只是去踩点,想看看山里和酒店哪个地方更适合求婚。

最后发现山上空气是比城市的好,月亮看着也更漂亮,但风大,深冬气温本来就低,别说让她吹一个小时,十分钟他都舍不得。

"你不心疼你自己,我还心疼。"他情话说得自然,毫无半点扭捏姿态。

乔司月被哄高兴了,眼角眉梢都挂着满意二字。

"把手给我。"

闻言，她心猛地颤了一下，慢半拍地抬起手。

看到细细白白的手腕上有一道狰狞的伤疤，林屿肆没说话，又从口袋里掏出一根红绳，给她系上。

不是戒指。

说不失望是假的。

林屿肆又说："给你表演一个魔术，好不好？"

他明明知道，对于他的恳求她一向不会拒绝，更别提现在这种场合。

她笑着点头，失望一扫而空，内心的欢喜快要压不住，像夏日的汽水，"咕噜咕噜"往外冒着泡。

他背过去，半分钟后才转过身，双手攥成拳头。

"老规矩，猜哪只手里有东西。"

这次乔司月没立刻回答，而是把问题抛回去："那你喜欢哪只手？"

"左边。"

"那就左边。"她毫不犹豫。

林屿肆摊开手，这次是真的钻戒，在稀薄的灯光下熠熠生辉。

乔司月胸腔里的鼓噪声明显更大了。

"嫁给我，好不好？"他依旧是平淡到毫无起伏的腔调。

这样一个男人，在大晚上一个人驱车到山里，吹了一个小时的风，又马不停蹄地赶回来，她怎么说得出"不好"两个字？

心跳也不允许。

林屿肆沉沉吐了口气，切换成放松的姿态，把戒指对准她的无名指，缓慢推进。

他们的身侧是一轮弯月。

沉默几秒，他又说："为了给你一个难忘的求婚仪式，我准备了很多环节，也准备了不下十套方案，只不过在今晚都被自己否决了。"只留下在月夜中求婚这段。

怪不得他最近就算是休假也总是早出晚归，见不着人影，原来是去忙活这些了，她早该想到的。

"那为什么要否决？"她的情绪仿佛坐了次过山车，一瞬间低沉下来，心疼他之前所有的努力都成了无用功。

看穿她的心思，他轻笑着说："因为我发现再精妙绝伦的设计，再合理的时间、地点、场合，都不及你重要。"

事先准备好的一切——那些大张旗鼓的安排、轰轰烈烈的仪式感，所有东西加起来都抵不过在迎上她光亮瞳仁那一刻产生的悸动。

要什么备选方案一二三？

有她一个，足矣。

"猜猜我还给你准备了什么？"

一个大胆荒唐的念头蹦了出来，乔司月说："情书？"

他故意逗她，就是不让她如意："看来你最想要的是这个。"

她撇嘴不说话了。

看不得她这副失望的样子，不到五秒，他改口："聪明啊，一猜一个准。"

他指间夹着一个信封，在空中晃了晃。

乔司月眼睛都看直了。

"等我睡着再看。"林屿肆手臂高高举起，就是不让她夺走。

"为什么？"他太高估她的自控力了，好奇心都被吊起来了，还怎么能忍到他睡着后再看？

无人作答。

"你害羞？"在捕捉到他的逃避神情后，乔司月心里有了答案。

这可真是百年难得一见的奇观，乔司月看乐了，笑弯眼睛，漂亮得和落地窗外的月牙别无二样，随即挽住他的胳膊，将人往床上拖："快睡。"

"平时也没见你这么急着上床。"

信封被压在枕头底下，乔司月幽怨地瞥他一眼，这下更难办了。

林屿肆笑到不行。

没几分钟，见他还睁着眼，乔司月说："你一直睁着眼睛怎么睡得着？"催促急迫的语调。

林屿肆又升起顽劣的兴致，想逗逗她，把头枕在手臂上，似笑非笑地看着她："那你哄我睡？"

小孩吗？还得让人哄。

她不接他的茬，别开脑袋，余光悄悄往枕头底下探，想找个合适的时机夺下。

林屿肆一直没给她这机会，将她牢牢箍在怀里。

不知道过了多久，乔司月用气音唤了声："阿肆——"

没反应。

"你睡着没？"

还是没动静。

她弯了弯唇，轻轻碰了下他的痒痒穴。

他一秒破功。

"干什么？"他抓住她的手不让她动，拖腔拉调地折磨人，"还想不想看信了？"

"那你快睡。"

"你一个劲地折腾，我怎么睡？"他无奈地笑了声。

听他这么说，她忙不迭从他怀里钻出来，乖乖平躺着不动了，眼睛瞪得圆圆的，望向悬在天花板上的水晶吊灯。

她太乖了，乖到他心间莫名的痒，他手臂一伸，将人锁了回去，辗转缠绵的吻不由分说地扣上。

由浅入深，吻到唇舌发麻。

他退开："想听你唱歌，唱完一首秒睡的那种。"

"我唱歌不好听。"她揉了揉他肩膀，有些难为情。

"你唱给苏悦柠听过。"林屿肆委屈巴巴的腔调。

乔司月愣了一会儿才听懂他的意思，多大的人了，怎么谁的醋都吃？

"我唱你就睡？"

"睡。"他保证。

"那就一首，不会更多。"

"好。"他笑了，应得爽快。

她在唱歌上是真没有天分，经常找不着调，做足心理建设后，才敢开口。唱的是一首英文歌。

Taylor Swift 的 *Call it what you want*。

> Starry eyes sparking up my darkest night
> （他清澈明亮的眼眸划亮了我的夜空）
> My baby's fit like a daydream（我的他就像是梦中情人）
> ………………

两个人的眼睛笔直地对上，漂亮又深情，盛满今晚清明的月色。

一片静默里，林屿肆忽然开口："你知道我在写这封情书的时候，最后悔的是什么吗？"

乔司月轻轻摇头。

"以前应该多读点书，要不然也不至于在落笔时才觉得词穷。"

怕词不达意，更怕漏掉任何一处能用来表白的细枝末节。

她松了口气，笑起来。

他揉了揉她的脑袋，笑声沉沉："行了，真要睡了，再不睡，怕你一棍子把我打晕。"

来回三个小时马不停歇地赶路不是开玩笑的，他早就困到快撑不住了，想看她为了这封信抓耳挠腮的可爱模样，才强撑着没让自己睡过去。

空气一安静，紧绷的神经刹那间松弛下来，他合上眼皮，感受着她的存在，今晚的她好像喷了香水，很清冽的味道。

每分每秒对乔司月而言都异常艰难，耳边终于传来节奏平稳的鼻息，她缓慢偏头，手悄悄探过去，运气好，一下子就摸到了信封的边角。

她手指捏住信，小心翼翼地往自己这边挪，下床的动静也小，生怕把他惊醒。

最先看到的是一幅简笔画，线条用彩色铅笔勾勒一遍，和她当年给他画的内容一模一样，只不过换了个视角，变成了他的仰望。

两个人没有对视，他在看她，而她在看月亮。

寥寥数笔，能看出他并没有继承江菱突出的绘画天分，也能看出他是真的尽力了。

乔司月被逗笑，两秒后反应过来，急忙捂住自己的嘴。

好在没吵醒他。

信封里还藏着厚厚的一沓纸。

字迹工整漂亮，与刚才的画呈现出两个极端。

情书没有标准的格式，开头就是一句"唯唯，我爱你"。

她笑了笑，想说：真巧，她也是。

目光下移——

  感情这种东西微妙到难以把控，会在潜移默化中一点点地渗进心里。

  你问我究竟是从什么时候开始真正喜欢上你，这答案我也不知道。我只知道关于高二那年冬天的所有记忆，是我这一生中最与众不同的，也是最值得纪念的，我的情绪、我的意识都是在那个时候开始朝着不受控的方向转变。

  我会经常发呆，发呆的时候，脑子里冒出的总是你的脸。每到一处地方，就想把沿途看到的风景拍下来给你，每尝到一样美食，就想把它买下来送给你。

  想把最好的一切都给你……

  这些念头一产生，我就知道自己栽了，但我栽得心甘情愿。

  人这一辈子，总要狠狠栽一次的。

  我自认为自制力强、做事洒脱不计后果，唯独在你面前，不仅爱瞻前顾后，也会被突如其来的欲望战胜理智。

  虽然不能时刻在你左右，但一颗心总会被你左右着；想要靠近你，又没有名正言顺的理由和身份，更怕因我的莽撞将你吓跑。

  你那么脆弱的一个人，受不得一丝伤害，当然我也舍不得让你再承受。

  九年的分别时间，说长不长，说短也不短，发生了很多事情，全是痛苦不堪的，没有给我留下任何值得反复回味的记忆。

  还记得你曾经问过我，为什么会辍学？

  因为你们都离开我了，我这人没你想象的那般勇敢，那会儿我只能被动地选择逃避，抛下过去，逃到另一个陌生的环境，接受另一种陌生的安排。

　　我以为在高强度的生活模式下，我会腾不出时间想你，可即便再自欺欺人，每到夜深人静的时候，你的脸还是会浮现在眼前，也可能是在梦里。

　　重逢后，我不再隐忍克制，刻意制造各种机会靠近你。

　　毫不掩饰地说，我压根不在乎你到底有没有男朋友，甚至是合法的伴侣，因为我很确定我要的人是你，其他人与我无关。

　　但其实只要你说一句：林屿肆，你离我远点，不要再来找我了。

　　我真的会照做。

　　道德不一定能约束得了我，但你能。

　　万幸，你给了我这个死缠烂打的机会，默许了我恬不知耻的行径。

　　在一起后，我知道了你这九年是怎么过来的，也知道了你的另一层身份。

　　原来，你已经如此优秀了。

　　虽然这听上去很可笑，但在那一刻，我确确实实产生了自卑的情绪。这些年你在不停往前跑，只有我一个人留在原地迈不开腿。

　　不过没关系，这次换我向你奔去。

　　你在网络上受到恶意中伤的同时，我也看到了很多和谐的声音，大多数人站在你这边，替你说话。

　　我难过失落，为的是我的爱不再是你的唯一，只是其中的万分之一。

　　更庆幸，这世界有这么多人陪我一起爱着你、守护着你。

　　就算今后我不在你身边，你也不会再是一个人。

乔司月喉咙哽得难受，想哭又哭不出来的感觉。
她抬头，望见落地窗外晦暗不明的晨昏线上，月亮在缓缓降落。
天快亮了。
鼻尖莫名一酸，她用手背胡乱抹了两下，眼泪就跟止不住似的，仰着脑袋也无济于事，怕打湿信纸，她只能抻长手臂，把情书拿远些。
光线很暗，眼前也一片模糊，她依稀辨认出最后几行小字，笔锋有力。

　　要不是现在动笔，我都不知道自己是这么啰唆的一个人，有很多话想对你说，但又不知道从何说起。

　　千言万语汇成一句：我爱你。

　　可是唯唯。

我对你,又何止一句中意。
岁月漫长,车遥马慢,从始至终,你都是我的不二选择。
还是那个问题:
嫁给我,好不好?

番外二

唯一

六月中旬,林屿肆的婚假审批通过,没几天,邻市突发洪灾亟需支援。

那会儿距离 21 号也不过一周时间,能不能赶回来,还是个未知数。

乔司月表示理解:"如果那天你还是回不来,我就亲自去找你。"

林屿肆笑着同她保证:"我会回来的,乖乖在家等我。"

后来那几天,林屿肆完完全全处于失联状态。

中途苏悦柠来过几次,见乔司月气色不佳,笑问:"你这是犯了相思病?"

乔司月摇头说:"不知道为什么,最近胃口不好,动不动就犯恶心。"

"等会儿,你该不会怀孕了吧?"

因她这番话,一整天乔司月都心不在焉的。从超市回来的路上,经过一家药店,她鬼使神差般地进去买了两支验孕棒。

一夜未眠。

第二天上午,乔司月买了张去邻市的车票,一路打探到林屿肆负责的救灾区域。

警戒线拉着,人进不去,只能远远看着。

不远处橙色身影穿梭在人群中,步子迈得又快又急,她压根辨不清哪个人才是林屿肆,倒先看到了宋霖,然后才同林屿肆目光交错。

两个小时后,宋霖又一次出现在她视野里,消防服被水浸湿,脸上划开一道口子，还在往外冒血。

宋霖笔直地朝乔司月走过来，低低地唤了声："嫂子。"

觑着他这副神情，乔司月心猛地一颤："出什么事了？"

"嫂子，肆哥他……"片刻的工夫，哽咽已经漫到嗓子眼，宋霖深吸一口气，总算恢复些力气把话说完，"回不来了。"

乔司月怔住，起伏不定的心脏被他的哭腔拉扯着，一路往下坠，但在这种时候，她必须保持冷静，哪怕这会儿声线已经抖到不行："把话说清楚，什么叫回不来了？"

宋霖哭着说："肆哥为了救我，被大水冲走了……对不起，嫂子，我没能拉住他……都是我的错……要不是我，肆哥就不会出事。"

出事？

出什么事？

他绝不可能出事。

乔司月不信宋霖的话，一直等到深夜，身体遭不住了，晕倒在地。

第二天早上，她白着一张脸出现在宋霖跟前。

宋霖把整理好的东西递给她："这是肆哥留下的……"

那两个字实在难以启齿，许久才听见他的后续："遗书。"

"找到了吗？"乔司月只敢盯住宋霖的眼睛，不敢看向别的地方，生怕视线里忽然多出一具被白布罩着的尸体。

可就是怕什么来什么，话音刚落，两名医护人员抬着一副担架从她身前经过。

风一吹，露出白布下的那张脸。

不是林屿肆。

宋霖眼睛通红，憋着泪摇头："还没有。"

乔司月吐出卡在嗓子眼里的那口气息，一字一顿地说："既然还没有找到，就别给我看这种东西。"

是死是活至今连个准信都没有，给她看什么遗书？

见乔司月不接，宋霖抹了把眼泪又说："肆哥还留下了一本日记本，我一并放在包里了。"

还有人等着他去救，他没再停留，朝对面的女人深深鞠了一躬。

回到临时搭建的休息区，乔司月坐在椅子上发了近半天的呆，才掏出宋霖说的日记本。

棕色封面，皮质的，侧边上了锁。

她试了很多次，甚至连他们相遇、离别、重逢的时间点都试过了，还是没能打开。

没多久，她接到婚纱店打来的电话，才想起最重要的日子——6月21日，他们决定举办婚礼的日子。

锁开了。

乔司月手指一个劲地打战,攥紧后又松开,反反复复十余次,才成功翻页。

日记里只有简短的两句话,却横跨了整整十年光阴。

> 2010 年 6 月 15 日
> 她好像并不知道我有多喜欢她。

> 2020 年 6 月 11 日
> 此生,忠于国家、人民,还有她。

一刹那的工夫,乔司月抱着日记本泣不成声。

有人推门进来,她生生止住眼泪,将日记本塞回包里。

来的是宋霖新交的女朋友,也在这次的志愿者队伍里,担心她,特地过来送饭:"司月姐,吃点吧,别伤着自己身体了。"

乔司月挤出一个笑,接过餐盒,道了声谢。

与其说是吃,倒更像生咽。

"司月姐,实在吃不下就别吃了。"

"我没事,能咽下的。"

她得多吃点,要是他回来了,看见自己瘦得不成样子了,会担心。

更何况她现在不是一个人。

她正吃着,苏悦柠和乔惟弋分别打来电话,说的是同一个话题,最后还说要来接她回去。

乔司月不肯:"你们不用担心我,我在这里能照顾好自己,等他回来,我就跟他一起回杭城。"

电话那头一片静默,她笑了笑,装出若无其事的模样:"他答应过我,就一定会回来的,哪怕只有一口气在,他也会回来见我。"

吃完饭,乔司月简单收拾了下,又将手机调成静音,放进口袋。

见乔司月要出门,宋霖的女友想跟上去,被乔司月制止:"你不用担心我,我只是出去散散心,在他没回来前,我什么都不会做的。"

对方这才松了口气:"那司月姐你早点回来。"

她笑着应了声:"好。"

和宋霖的女友告别后,乔司月不知道该去哪儿,就在门口吹了会儿风,刚迈出几步,身后有道熟悉的嗓音传入耳膜。

"唯唯。"

她当是幻听，直到余光里进来一道影子，被拉得细细长长的。

心脏像被什么东西敲击了下。

不到五米的路程，她甚至不知道自己是怎么走过去的。

直到两个人之间的距离近到不能再近，她才踮起脚，狠狠咬上他的嘴唇，带着一种毫不留情的劲。

腥味在舌尖漾开，她混沌的意识终于清醒，眼泪成串往地上砸。

心疼，也自责。

林屿肆也心疼，轻轻捧住她的脸。

秋波蓝的天，路灯昏暗，垂下一抔薄光，映不亮她浅淡的瞳色，只映出她悬在眼眶的晶莹泪光。

他用手背小心翼翼地抹去。

"别哭，我回来了，要是还不信，你再打我几下。"他攥住她的手，作势就要往自己身上打去。

人好不容易回来，她哪儿还舍得打他？

乔司月紧紧抱住林屿肆，伏在他胸口哭得上气不接下气，过了好久才平静下来："他们都说你不在了，只有我相信，你一定会回来的。"

他答应过她的事，有哪件食言了？

"悦柠和小弋想接我回家，我没答应。"

他都不在，杭城算不上家了。

林屿肆拼命压抑着情绪，生怕在她面前泄露自己的恐惧和脆弱，这会儿实在忍不住了，眼睛一片猩红。

去他的男儿有泪不轻弹，想哭就哭，哪有这么多的顾忌？

转瞬，他的眼泪彻底绷不住了。

他能看出，这几天她过得很不好。

同样，他也是。

也不知道是不是因为这些年救下了不少人，幸运女神在关键时刻眷顾了他，被洪水冲出几十米后，右手边忽然出现一棵树，他及时抱住，这才捡回一条命，被发现时已经是午夜一点。

虽然是六月天，气温不低，但怎么说也在水里泡了大半天，被人救下时，他的身子烫得像火炉。

在医院昏迷了一天一夜，醒来时脑袋还是昏昏沉沉的，只记得乔司月的联系方式，问隔壁床的病人借来手机，拨过去，没人接。

他退而求其次发了条短信，又用了只有他们两个人才看得懂的暗语，还是没收到对面的回复。

怕她出了什么事，他想也没想就把针头拔下。

他还没走出病房，就被人拦下，医生呵斥道："好好给我躺着养伤，这么着急出院干什么？"

他说："想去见她。

"她胆子很大，可在遇到和我有关的事情上，又小得让人心疼。

"我在这里多待一分钟，对她来说都是折磨。

"所以我现在就得回去见她，越快越好，然后亲口告诉她，我没事，一点事情都没有。"

人心都是肉长的，听到这番令人动容的独白，医生终究没忍心强留下他，只交代了句："见完面马上回来躺好。"

林屿肆露出久违的笑容，朝医生点了点头。

在讲述这两天的经历时，林屿肆有意识地略去了其中的烦琐细节，只将自己如何获救的关键用只字片语描绘了遍。

他最后说："这几年，我参加过不少救援任务，也和阎王打了好几次交道，但这是我第一次怕了。在被洪水冲走的那一刻，我脑子里一片空白，然后才是你，满满当当的你。

"我怕我会死……要是我死了，你怎么办？离开前，我还让你乖乖在家等我，所以不管怎么样，我都不能食言，留下你一个人。

"醒来后我的手脚都没法动弹，还以为自己瘫痪了，又怕到不行……怕自己的下半辈子只能在床上度过，更怕再也当不了你心目中的英雄。"

生也怕，死也怕，他真是越活越没出息了。

乔司月止住眼泪，笑着摇头："你永远都是我们的英雄。"

她什么都不在乎，只要他完好无损地回来。

林屿肆怔了一下，重复那两个字，眼里满是震惊："我、们？"

"没说错，就是我们。"

乔司月弯唇笑，素白的脸在灯光下散发着柔和的暖意。

她将林屿肆的手放在肚子上，轻轻说："来，跟你的英雄爸爸打个招呼。"

得知林屿肆没有牺牲的消息后，宋霖又哭又笑，鼻涕还没抹干净就冲上前，一把搂住他脖子，脚尖一蹬，双腿精准地夹住他的腰，眼泪鼻涕直飙："肆哥，我还以为你和睿睿一样离我而去了，还好你皮糙肉厚，阎王见了都不敢收……"

林屿肆脸色沉到发黑："不会说话就给我闭嘴。"

宋霖"哦"了一声，手脚还是没松开。

乔司月在身后不轻不重地咳了两声，意思很明确：这是我男人，你赶紧给我下来。

有好心的志愿者开车送他们去医院，半路乔司月肩头忽然一沉，她侧眸看去。

林屿肆这状态差到不行，眼底笼着两团照不亮的青黑，下巴冒出细细密密的胡楂，脸也干得像被人抹了层细沙。

好久没有见过他如此疲倦、不修边幅的模样，她心里酸涩难挨。

乔司月适当调整了下姿势，想让他睡得舒服些，奈何路程颠簸，他的脑袋一下下地磕在她肩膀上。

没觉得疼，只心疼他会睡得不安稳。

乔司月隐约看见他皱了下眉，没过多久眼皮一撩，彻底醒了。

短暂的静默后，他没头没脑地说了句："本来想在婚礼这天，开车带你去川西的，现在估计赶不上了。"

她问："为什么非得在这天去川西？"

他脸上笼着一层阴影，沉郁肃冷，忽而切了话题："让我听听。"

"听什么？"

"听宝宝的呼吸。"

乔司月还没来得及说话，他已经弯下腰，将耳朵贴在她肚皮上。

结果可想而知，什么都听不见。

林屿肆慢慢坐正身体："我不在的时候，他闹不闹你？"

乔司月把这些天自己遭的罪全部转述出来，又往里加了些夸张成分，再配合委屈巴巴的腔调，想看看他会是什么反应。

最后得到一句："这小兔崽子怎么能这么折腾你？"

她眼睛一横："你怎么能叫他小兔崽子？"

从她刚才的反应里，林屿肆窥见了自己以后的家庭地位，一家三口，他处于食物链底端。

算了，没地位就没地位，谁让她和孩子他都爱，打不得骂不得，只能放在心尖宠着疼着。

"想好名字了吗？要是还没想好，我看干脆叫林大。"没准以后还会多出林二、林三，叫起来也顺口。

乔司月被气笑："你的孩子，你就这么搪塞的？"

知道他身上有伤，不敢动手，她只能用眼神表示谴责。

林屿肆收敛痞气，正正经经地说："回头我去想几个有气势的名字，全部列出来，由你慢慢挑。"还有八个月，不急。

乔司月又笑了："你长了透视眼吗？怎么就知道一定会是男孩？"

"没长透视眼，也不知道，"他一下又一下地抚着她的肚子，声线轻柔和缓，"只是觉得，你这肚子里的必须是男孩。"

她愣了几秒，故意问道："还没生，你就开始重男轻女了？"

他握住她的手，与她十指相扣，目视前方，缓慢地说："唯唯，我快三十岁了，虽然很不愿意承认，但我确实在一天天老去，身体也会变得越来越差。等到肩不能挑、手不能提的时候，我希望他能代替我在你身边保护你。"

这话题聊起来太沉重，乔司月心口微酸，将脑袋靠在他肩上，不着痕迹地带过："你不在的这段时间，我都快把字典翻烂了……如果真按你说的是男孩的话，我想叫他……"她嗓音一顿，吊足胃口才肯接上，"林微尘。"

人生一世，草木一春。
来如风雨，去似微尘。

——林微尘。

这个名字在唇舌间反复吐露几遍后，林屿肆眼角眉梢情不自禁染上几分笑意，片刻后问："小名叫什么？"

乔司月摇头："没想好，等着你来取。"

林屿肆几乎是脱口而出："不管是男是女，都叫——吧。"

他这辈子，救下过很多人，也做过很多有意义的事。

受人摆布过，也肆意地为自己活过。

最值得庆幸的，是在历经了这些风风雨雨后，还能拥有生命中的唯一。

车窗外光影浮动，两个人都没再说话，朦胧间，乔司月耳边开始循环起同一首歌。

莫文蔚的《这世界那么多人》，她在心里跟着唱起来——

> 这世界里有那么多人
> 多幸运我有个我们
> …………
> 远光中走来
> 你一身晴朗
> …………
> 这世界有那么个人
> 活在我飞扬的青春……

"阿肆。"
"我在这儿。"

番外三
我爱你

林屿肆回杭城后，上头批了三天假，他带乔司月去了趟川西。

虽然是夏天，但川藏海拔高，气温还是偏低，山顶积着厚厚的一层雪。

车窗开了条缝，一阵清凉的风被带进来，吹得额头有些疼，乔司月一边摁下升降键，一边说："你还没告诉我为什么要来川西？"

林屿肆分出半个眼神落在她身上："追月亮。"

她说她是在大二那年来川西后，才决定放弃继续爱他的，说不上难过，更多的是不甘心，所以才想着重游故地，这次他要和她一起追赶月亮，陪她痛痛快快地疯闹一场。

短短三个字，乔司月心领神会，心里有感动，也有释怀，好像所有的遗憾在这一刻都被填满了。

来人间这一遭，经历过这么多伤害，所幸前方终会是温柔和月光。

考虑到车上有个孕妇，车速并没有很快，林屿肆开出一段距离后，将车停在路边，熄火，明知故问道："这次有没有追上月亮？"

"没追上，"乔司月笑着说，"但他自己落下来了。"

林屿肆展眉笑得开怀，没有人比他更懂她想表达的意思。

就在几天前，两人在网上看到了一种说法：月亮落下来＝喜欢的人自己送上门。

林屿肆解开安全带，身体前倾，手臂绕过乔司月的肩头将人拢进怀里，问道:"我送上门来了,你要不要?"

他的呼吸喷在她柔白细腻的颈侧,刻意将语调拖得又慢又长。

旁边陆续有车经过,他毫不在意。

早就习惯了他旁若无人的亲昵举动,乔司月的脸皮在不知不觉中变厚不少,装傻充愣地来了句:"你指的是哪方面?"

"全身上下每一处。"

"不早就是我的了?"

林屿肆挑了下眉,呼出的气息又热了几分:"早就得到了,所以现在腻了?"

乔司月揉了揉他的肩:"注意胎教。"

林屿肆顿了几秒,无奈地向现实妥协,退回去,干巴巴地扯了下唇,用失望至极的语气说:"差点忘了这小电灯泡。"

头三个月,该忍的还是得忍。

月亮悬在天际,笼着一层朦胧的光晕。

乔司月趴在窗沿上,忽然说道:"阿肆,刚才在追月亮的时候,我想起了我写在《无疾而终的夏天》里的一句话。"

她将脑袋转回去,眉间流转着笑意,声线轻柔婉转,顺着微凉的夏风融进夜色。

他精准地迎上她的目光,无声地问:"哪句话?"

她笑着说:"他们在夏日相遇,冬日相爱,秋日离别,春日重逢。"

然后,至死方休。

林屿肆低声笑起来,印上她抹着枣蜜色口红的唇,又将吻慢慢加深,好半会儿才离开,笑着说:"我想过了,我们还是好好办场婚礼吧。"

乔司月揶揄道:"刚才想的?"

当然不是。

林屿肆给了她一个"你把你老公当成什么人了"的眼神,一本正经地说:"不是心血来潮的决定,准确来说,从你说你不打算办婚礼后就开始想了,想来想去,还是想给你一场盛大的婚礼,最好能昭告全世界——"

他用半开玩笑的语气说:"从今往后,你有我罩着,谁都别想欺负你。"

这话让乔司月哭笑不得:"你怎么把结婚说得跟桃园结义一样?谁要你罩着了?"

林屿肆从善如流地换了种说法:"以后不管发生什么事,我都给你撑腰。等这小子出生,过个几年,我让他和我一起给他妈妈撑腰。"

乔司月嘴角止不住笑,不知道为什么,这一刻特别想抱住他,紧紧的,再也不松手。事实上她也这么做了,双手环住他后颈,脸靠在他肩上。两个人都不说话，静到能听见彼此交错杂乱的心跳声。

她的声音缥缈，像绕在远山上的薄雾："好，我们回去办婚礼。"

当时答应得轻松，事后乔司月回想起就一阵懊恼，倒不是后悔这决定，而是担心来不及在显怀前办完婚礼。

林屿肆笑着安抚："你就安心等着当你的新娘吧。"

乔司月从他的保证里听出了一丝苗头，眼睛狐疑地眯起来："你是不是早就在背后安排了？"

早就说不上，也就是从他们在一起后开始的。

"光是求婚方案，我就想了不下十套，婚礼这么重要的环节，不翻个倍说不过去吧？"林屿肆顿了下，"不过从你说不想办婚礼后，那二十套方案基本上都被我放弃了，只剩下了一个，但又怕你哪天改变想法，所以就在暗地里偷偷进行着，以备不时之需。"

这算哪门子的不时之需？

"要是我不打算改变主意，那这钱不就打了水漂？"她一副"你这败家爷们儿"的谴责表情。

他跟她打哈哈："可你这不是改变主意了？"

乔司月说不过他，把嘴闭上了。

婚礼前两天，林屿肆开始休假，晚上被人拉出来喝"单身酒"。年中陆钊和苏悦柠举行完婚礼，按理说这种局陆钊这个有妇之夫不该来，不过秉着看着长大的好兄弟总算把自己"嫁"出去了的心情，他也去凑了波热闹。

陆钊喝酒爽快，属于 口闷的那种，酒精上头，嘴也不带把门的："你们是不知道你们林队以前什么德行。"

站里休假的几个小伙子也来了，只不过都没怎么喝酒，看着陆钊一个人猛喝。宋霖也在，一听陆钊的话，霎时来了兴趣，替陆钊把酒满上，笑得一脸欠扁："啥德行？狗德行？"

他说完，被姗姗来迟的主人公拍了下脑袋："趁我不在，又在背后编排我呢？"

宋霖秒变乖巧。

陆钊还是那副欠扁的嘴脸，盯着林屿肆，拖腔拉调地说："可不就是狗德行，小时候的那些事不提，就高三那会儿，我都替你们林队害臊。"

知道他狗嘴里吐不出象牙，林屿肆也没拦，自顾自地倒了杯啤酒，气泡溢出来。

陆钊继续说："也就是你司月姐没打一声招呼离开后，你们林队整个人就跟丧家犬一样，平时挺目中无人一人，那会儿背倒是驼得和七老八十的老头有得一拼。问他发什么疯,他就哭唧唧地跟我说,'你说人怎么能说没就没了呢',我当时就给他一巴掌,骂他'什么叫人没了,不就是换了个地方生活?厌什么厌,要真喜欢,等高考结束,去找班主任打听消息,直接上人家门口堵去'。"

宋霖:"然后呢?真去堵了啊?"

陆钊:"堵了啊,不过人不在,被你司月姐的妈,也就是他现在的丈母娘赶走了。回来后又哭唧唧的,成天跑到你司月姐曾经住过的地方,就坐在那墙头发呆,有一回还被当成小偷了。"

那段鸡飞狗跳的过去,当事人听了都想笑,不知不觉灌下不少啤酒。他这些年很少喝酒,酒量不行了,没多久脑袋开始晕晕乎乎,飘进耳朵里的声音也变得模糊。

陆钊瞥他一眼,幸灾乐祸地"哟"了声:"这就喝高了啊?"还竖起两根手指,"这是几,认识吗?"

林屿肆凉凉地剜陆钊一眼,用低哑的嗓音回道:"你二吗?"

"还会拐弯抹角骂人呢,看来还没醉。"陆钊又给他灌下两杯。

第三杯被宋霖拦下:"再喝可就回不了家了。"

"这个简单,让他老婆来接。"

"老婆"两个字让林屿肆一顿,微滞后笑起来,挺憨的笑容,然后在众人视线里给乔司月拨去电话。

"唯唯。"

"嗯。"

"月亮。"

"嗯。"

"老婆。"

乔司月一阵好笑:"你到底喝了多少酒?"

林屿肆默了默:"应该不多。"

"应该?"

陆钊趁机打小报告,扬着嗓门说:"确实不多,也就白酒、啤酒掺着喝,现在这脸蛋啊,就跟猴子屁股一样。"

林屿肆踹了他一脚,拿着手机跟跟跄跄地走远了,重新唤乔司月的名字,一遍遍的。

乔司月听乐了,抚摸着自己肚子,心说,你爸爸在发酒疯呢,可爱吧?

仿佛听见了她的心里话,林屿肆也乐了,哼笑一声,仰头看向夜空,今晚的月亮真圆。

乔司月嘴角的笑容扩大几分:"喝了这么多酒,还记得自己是谁吗?"

怎么不记得?

"你老公。"林屿肆忘了自己名字,只记得这称呼。

"我老公是谁?"

这问题把他难住了,沉默许久才说:"你的狗。"

乔司月笑到不行,尤其在听见对面几声"汪"后。

八月天,晚上气温也高,吹来的风都是燥热的,林屿肆用力揉了把脸,意识勉强清醒些,靠在栏杆上,声音轻飘飘的:"月亮,你听我说。"

他撂下这么一句后,沉默了很长一段时间。乔司月很有耐心地站在窗口等着他的话,抬起的手臂有些发酸,她换了只手执机,耳边终于响起他被酒精熏到低哑的嗓音:"我爱你。"

酝酿了这么久的话,说出口也就只有再简单不过的三个字,可也足够了。

大概是今晚的风太滚烫,吹进了胸腔,乔司月的心也是热的。

"我爱你。"她也说。

那天晚上,林屿肆是真的醉了,考虑到乔司月怀着胎,照顾一个大酒鬼未免太折腾,陆钊就把人接回自己家。一开始苏悦柠翻了好几个大白眼,后来见这人喝醉的样子实在滑稽,就没忍住给自己的好闺蜜远程直播,开玩笑道:"瞅瞅他这德行,现在悔婚还来得及。"

乔司月看着屏幕里把抱枕当成她来回乱蹭的人,"扑哧"笑出声:"悔什么婚啊,这多可爱,不知道的还以为我家有两个孩子。"

林屿肆撩起眼皮:"你在跟我老婆说话? 快把电话给我。"

苏悦柠的手机还没递过去,男人伸在半空的手倏地垂落下去,眼皮也合上了,彻底睡了过去。

婚礼是在杭城一家五星级大酒店办的,请的人并不多,中间省去了很多烦琐的环节。即便如此,一天下来,乔司月还是累到不行,洗澡、卸妆什么的,全是林屿肆代办的。

林屿肆洗完澡出来,发现床上的人已经睡了过去,第一次没有顺着她的意思,而是把人闹醒。

乔司月起床气重,当下就给他几个眼刀子。

他一脸委屈:"洞房花烛夜呢。"

她指指自己肚子:"怀着孕呢。"

"我问过医生了,现在没事,我轻点就行。"

乔司月忽然反应过来:"你今晚喝了这么多酒,怎么没醉?"

林屿肆在她锁骨上又亲又咬,好半会儿才停下:"醉酒也得分场合。"

他还是那句话:"洞房花烛夜呢。"

乔司月好气又好笑,最后还是由着他去了。

洗完第二遍澡后,她窝在他怀里,几乎要睡过去,突然整个人一怔:"——刚才踢我了。"

林屿肆也愣了下,还没来得及欣喜,就听见她用幽怨的语气说:"估计是在控诉你刚才的行径。"

他道歉还不成吗?

说是道歉,他却没有用常规的三个字,而是说:"——,爸爸爱你。"

肚子又有了动静,乔司月笑说:"——让我转告你,他也爱你。"

来年二月,乔司月顺产。

如林屿肆期盼的那样,是个男孩。

林微尘跟别的小朋友不太一样,不哭不闹,逢人就笑。

林屿肆"啧啧"称奇:"这怕是弥勒佛转世。"

乔司月在一旁凉凉地扫了他一眼,他立刻求生欲十足地改口道:"跟名字一样,是个乐天派。"

林微尘上幼儿园后,展现出惊人的学渣天赋,回回测验垫底。

这事没多久传到了陆钊耳朵里,陆钊毫不留情地嘲笑道:"说起来你和乔司月也算俩学霸,怎么就生出了个和我水平不相上下的儿子,难不成这就是传说中的负负得正?"

林屿肆皮笑肉不笑地剜他一眼:"闭嘴。"

一周后,迎来第五次小测验。

林微尘第一次造假,技术还不太娴熟,落下了一个大破绽。

一共十道题目,每题十分,卷面印着九个大叉,偏偏分数还是100。

最后加上的那个"0"小得跟是前一个数字下的蛋一样。

对着那串明晃晃的数字,林屿肆脸色沉到发黑。

乔司月生气的同时止不住发笑,学习不行,耍小聪明倒在行。

又一次家庭会议。

从来没见过这么大的阵仗,林微尘被吓到话都说不利索了:"爸爸妈妈对不起,——不应该骗你们的。"

"——也是害怕,"林微尘的哭声更大了,"二胖说他考得太差,所以他爸爸妈妈不要他了。"

这名字两人有点印象,班里的万年倒数第二。

"他考得比我好,他爸爸妈妈还说不要他了,那你们肯定也不会要我了。"

"你们是不是想让二胖当你们的崽崽?"

"为什么拼音这么难?为什么——就是学不会?"

夫妻俩面面相觑,乔司月给了林屿肆一个"你来哄"的眼神后,离开鬼哭狼嚎之地。

林屿肆捏捏眉心:"行了别装了,你妈已经走了。"

小男生眼泪瞬间止住,快到林屿肆一阵发笑,敢情是个未来影帝。

觑见林微尘一副欲言又止的模样,林屿肆压低音量:"等一下,你是不是还有什么小秘密瞒着爸爸?"

他扯了扯嘴角,递出一个"老实交代,保证不打死你"的慈父眼神:"现在妈妈不在,——可以说实话。"

林微尘小心翼翼地瞄了他一眼,脑袋垂得很低,绞着小手:"你和妈妈不在的时候,我偷偷去你们房间睡觉了。"

他当什么事?

林屿肆正要开口,听见臭小子用更轻的声音补充道:"还留下了不太好闻的东西。"

林屿肆一愣。

"爸爸,——尿床了。"

六周年结婚纪念日当天,《无疾而终的夏天》宣布再版,后记多出这样一段话:

> 每个人的生命中都会遇见这样一个人,他或许算不上光,却是那个能够给我们带来光亮的人,也是我们年少时怦然的心动。
>
> 对我而言,S就是这样的存在,让曾经惧怕黑夜的我,学会在万籁俱寂时仰望天空,并且心甘情愿地沉沦于夜色之中。
>
> 他本明月,我吻月光。

三天后,乔司月应邀接受访谈。

事先同节目组打过商量,在访谈最后加上了两个问题:

——"你这一生中最幸福的日子是哪一天?"

"遇见我丈夫后的每一天都是幸福的。"

"最痛苦的日子呢?"

"都过去了,所以不太记得,况且以后也不会有这样的日子了。"

离开演播室,乔司月远远听见林微尘的声音:"妈妈!"

她抬眸,看见一道飞奔而来的身影,身后男人西装革履,迎着光,那张脸慢慢转为清晰。

恍惚间,她想起多年前的夏日午后,他站在盛满阳光的走廊,笔直又坚定地朝她走来。

他们的距离不断拉近着,他身上的蓝白校服再次变成挺括的黑西装,五官依旧清隽,却多了些沉稳的锐气。

然后,她听见他说:"唯唯,我们回家。"